本著作受到伊犁师范大学博士科研启动基金 (2021YSBS002)、伊犁师范大学提升学科综合实力专项 (22XKSY17)、学术著作出版基金、中国语言文学重点学科资助

伊犁流人祁韵士西域诗歌研究

李彩云　任　刚◎著

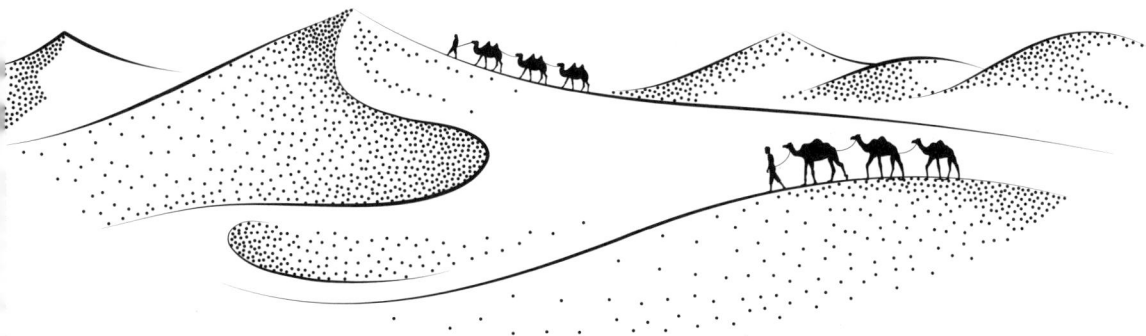

九州出版社　全国百佳图书出版单位

JIUZHOUPRESS

图书在版编目（CIP）数据

伊犁流人祁韵士西域诗歌研究／李彩云，任刚著.

北京：九州出版社，2025.3. -- ISBN 978-7-5225

-3625-5

Ⅰ. I207. 227. 49

中国国家版本馆 CIP 数据核字第 202538ZE54 号

伊犁流人祁韵士西域诗歌研究

作　　者	李彩云　任　刚　著	
责任编辑	关璐瑶	
出版发行	九州出版社	
地　　址	北京市西城区阜外大街甲 35 号（100037）	
发行电话	（010）68992190/3/5/6	
网　　址	www. jiuzhoupress. com	
印　　刷	鑫艺佳利（天津）印刷有限公司	
开　　本	720 毫米 × 1020 毫米　16 开	
印　　张	16. 5	
字　　数	252 千字	
版　　次	2025 年 4 月第 1 版	
印　　次	2025 年 4 月第 1 次印刷	
书　　号	ISBN 978-7-5225-3625-5	
定　　价	69. 00 元	

目　录

绪　论

清代西域流人中有一些具有较高文学素养的学者和诗人，他们在西行路上及西域留下了大量描绘西域风情民俗的诗歌和散文作品，同时又承担了编纂西北史地著作的历史使命，祁韵士就是其中之一，他对西北史地学和西域文学的发展做出了巨大的贡献。嘉庆十年（1805），祁韵士受亏铜案牵连发往伊犁戍边，西行路上，将所见所闻所感记录成册，留下了《万里行程记》《濛池行稿》。戍边伊犁期间，祁韵士受伊犁将军松筠之托编纂《西陲总统事略》，保存了清代西域的山川地貌、政治经济、文化风俗等，该书文献资料精炼翔实，为我们研究清代西域历史文化提供了珍贵的史料。祁韵士在伊犁期间，实地考察民风民俗，留下了《西域释地》《西陲竹枝词》等著作，详细记录了清代中期边疆的历史地理沿革，记述了边疆的民俗风土人情。

　　祁韵士自幼喜读史书，遍览史学典籍，任职于国史馆，有机会接触大量的国家藏书，完成了《蒙古王公表传》《皇朝藩部要略》的编纂工作，对西北史地文献典籍极为熟悉，为日后西北史地学撰述打下了坚实的基础。祁韵士青年时期无意于诗歌创作，晚年遭遇政治打击，流放伊犁，使诗人将诗歌作为排解愁苦、思念亲人的唯一慰藉，在编纂西北史地著作的同时，创作了三部西域文学史上的重要作品：《万里行程记》《濛池行稿》《西陲竹枝词》。《万里行程记》如实记录了西行路上各地民风民俗，成为我们研究《濛池行稿》和《西陲竹枝词》重要的文献资料。诗人亲至西北边疆，考察民风民俗，完成了西北史地学的开拓之功，同时也奠定了祁韵士在西域文学史上的重要地位。正是这最苦痛的三年流放，成就了祁韵士。

目前学术界对祁韵士的关注，大多侧重于他的历史和地理学著作与成就，较多关注其史地学者的身份，对于其文学家身份提及较少，因此学术界研究祁韵士史地学著作的成果较多，而流放期间的散文《万里行程记》及西域诗歌《濛池行稿》和《西陲竹枝词》研究成果较少。

祁韵士西域诗歌数量较为丰富，诗歌主题内容极其丰富，记录了诗人西行路上所见所闻所感，尤其对于各地名胜古迹记载详细，诗人记录历史事件、历史人物时也寄寓了自己的人生感悟和思考。祁韵士西域诗是清代西域诗的重要组成部分，我们需要对清代西域诗研究做一个梳理概述，因此下文将分别对清代西域诗研究和祁韵士研究现状进行综述。

第一节
清代西域诗研究现状

一、清代西域诗的整理和辑注

学者关注清代西域诗始于其编辑整理，《历代西域诗选注》[①] 一书选注历代西域诗人 46 位 275 首诗和无名氏 6 首乐府，其中清代诗人 15 位，共193 首诗，该书是中国选注清代西域诗的著作，可谓有首创之功；《历代西域诗钞》[②] 一书收录了上至汉代下至清代的西域诗人 100 位，历代西域诗1000 余首，其中清代诗人 22 位，清代西域诗 800 余首。吴蔼宸先生完成了该研究领域真正意义上的起步性工作，为后来星汉先生辑注清代西域诗提供了前提条件。此外有专题性西域诗选集《历代西域屯垦戍边诗词选注》[③]，

---

① 陈之任等：《历代西域诗选注》，乌鲁木齐：新疆人民出版社，1981 年版。
② 吴蔼宸：《历代西域诗钞》，乌鲁木齐：新疆人民出版社，1982 年版。
③ 星汉、王翰林：《历代西域屯垦戍边诗词选注》，乌鲁木齐：新疆人民出版社，2001年版。

该书将历代西域屯垦戍边诗词作精品作了逐一注释。《清代西域诗辑注》① 是清代西域诗编辑整理的又一大贡献。该书有两大优势：辑录范围较为明确严格，凡星星峡以西之诗作，皆在辑录范围；收录诗人与诗作众多。《历代西域诗钞》中已录诗人，该书不再重见，李銮宣和景廉例外。吴蔼宸和星汉先生共辑录78位清人的2000余首诗作，西域诗无论在数量上还是质量上都首推清代。近二十年，一些学者特别是新疆的学者，对清代西域诗的关注力度逐渐加大，研究日益深入。他们为清代西域诗进一步研究奠定了坚实的基础。这一类专著研究中涉及祁韵士的笔墨甚少。

学术界亦有《现代西域诗钞》②《当代西域诗词选》③ 问世，由此可见，学术界将目光聚集于古代西域诗时亦关注着现当代西域诗，此举更加印证了西域诗的研究价值。

二、清代西域个体诗人研究

自19世纪80年代以来，学术界对清代西域个体诗人研究日益增加，经笔者统计，已发表的期刊论文百余篇，涵盖多位西域诗人，这些诗人为：施补华、杨廷理、志锐、林则徐、洪亮吉、祁韵士、国梁、颜检、徐步云、纪昀、史善长、李銮宣、曹麟开、阿克敦、景廉、宋伯鲁、萧雄、黄濬、铁保、邓廷桢、福庆和庄肇奎等。杨廷理、林则徐、洪亮吉、国梁、纪昀、萧雄、福庆、祁韵士等诗人研究成果较为集中，多则8篇，少则2篇。清代西域诗人78位，诗作2000余首，相较上述统计数字，研究比重尚不足三分之一，而且同一西域诗人研究常出自同一作者之手，如福庆研究3篇论文作者均为朱秀敏，可见对于清代西域诗个体诗人研究需进一步深入，祁韵士西域诗还有很大的研究空间。

西域诗个体诗人研究著作至今尚少。《历代西陲边塞诗研究》④ 影响较大，全书收录30篇专人专题论文，上起周穆王，下迄宋伯鲁。其中清代部

---

① 星汉:《清代西域诗辑注》,乌鲁木齐:新疆人民出版社,1996年版。
② 胥惠民:《现代西域诗钞》,乌鲁木齐:新疆人民出版社,1991年版。
③ 孙钢:《当代西域诗词选》,乌鲁木齐:新疆人民出版社,2009年版。
④ 薛宗正:《历代西陲边塞诗研究》,兰州:敦煌文艺出版社,1993年版。

分16篇，如《纪昀诗中的乌鲁木齐》《一代奇才洪亮吉的西戍之歌》《严检西域诗的恬淡风格》《林则徐西戍诗歌的爱国本色》《铁马金戈的西陲歌手施补华》等。可见清代西域诗个体诗人祁韵士尚未引起学者关注。另一研究著作为《林则徐诗选注》①，该书选取林则徐西域诗作220首，对林则徐西域诗歌作了较为详细的注解。

周轩是对清代西域个体诗人研究用力最多的研究学者，其多年致力于林则徐新疆诗文研究，论文主要有：《谈林则徐途径甘肃的诗作》②《林则徐流放新疆期间的诗作》③《林则徐和〈回疆竹枝词〉》④《谈林则徐流放诗的用典艺术》⑤《林则徐〈回疆竹枝词三十首〉新解》⑥ 以及相关的《谈邓廷桢流放伊犁的爱国诗篇》⑦《纪晓岚流放前后与新疆之关系》⑧ 等。周轩多侧重于对西域诗人诗歌的思想内容特别是爱国思想的研究，个别涉及诗歌艺术成就的论述，如对林则徐诗歌用典的阐发，该类研究亦未涉及祁韵士。

此外还有《试论国梁西域诗及其在新疆的贡献》⑨《杨廷理的西域诗》⑩《洪亮吉对西域壮美河山的吟唱》⑪《李銮宣与其西域的遗诗》⑫《论清代国梁西域诗的田园之风》⑬《论林则徐西域诗的爱国主义精神》⑭《徐步云生平及其西域诗作研究》⑮ 等。这些学者多结合诗人生平和时代研究诗作的思想

① 周轩：《林则徐诗选注》，乌鲁木齐：新疆大学出版社，1996年版。
② 周轩：《谈林则徐途径甘肃的诗作》，《西北师院学报》，1982年第2期。
③ 周轩：《林则徐流放新疆期间的诗作》，《新疆社会科学》，1983年第2期。
④ 周轩：《林则徐和〈回疆竹枝词〉》，《新疆地方志》，1986年第4期。
⑤ 周轩：《谈林则徐流放诗的用典艺术》，《新疆大学学报》，1996年第3期。
⑥ 周轩：《林则徐〈回疆竹枝词三十首〉新解》，《西域研究》，2003年第2期。
⑦ 周轩：《谈邓廷桢流放伊犁的爱国诗篇》，《伊犁师范学院学报》，1990年第1期。
⑧ 周轩：《纪晓岚流放前后与新疆之关系》，《新疆大学学报》，2002年第2期。
⑨ 星汉：《试论国梁西域诗及其在新疆的贡献》，《民族文学研究》，1999年第2期。
⑩ 星汉：《杨廷理的西域诗》，《西域研究》，2005年第2期。
⑪ 李中耀：《洪亮吉对西域壮美河山的吟唱》，《新疆大学学报》，2000年第2期。
⑫ 魏长洪、高健：《李銮宣与其西域的遗诗》，《新疆大学学报》，2005年第5期。
⑬ 尤海燕：《论清代国梁西域诗的田园之风》，《新疆教育学院学报》，2005年第3期。
⑭ 郑忠莉、刘精远：《论林则徐西域诗的爱国主义精神》，《新疆教育学院学报》，2006年第2期。
⑮ 史国强、崔凤霞：《徐步云生平及其西域诗作研究》，《西域研究》，2011年第3期。

价值，有的兼论诗歌的艺术风格，如对于国梁诗歌田园诗风的论述，该类研究对文化润疆有较大的价值，但未涉及祁韵士，这是一大遗憾。

三、清代西域诗整体性研究

《清代西域诗研究》① 是清代西域诗研究的一部力作。这是国内外唯一一部对清代西域诗的综合性整体研究著作，资料丰富，人物众多，具有开拓性和总结性。该书以历史时期、地域和诗人身份三大标准将西域诗人分为几大群体进行论述。全书共十八章内容，二至四章按照历史时期分为清代统一西域前的诗作、清代统一西域期间的诗作；五至八章按照地域分为伊犁将军的诗作、北路官员的诗作、南路官员的诗作、东路官员的诗作；九至十五章按照诗人身份分为幕府诗作、临时派遣官员的诗作、清代前期乌鲁木齐流人的诗作、清代后期乌鲁木齐流人的诗作、清代前期伊犁流人的诗作、清代后期伊犁流人的诗作；十六至十八章分为新疆建省后的诗作、西域本土诗人的汉文诗作等。全书各章节内容西域诗的思想内容和艺术风格论述详尽、系统，但对祁韵士研究甚少，仅有 7168 字，亦是本书一大遗憾。

该类期刊论文则有《西域诗歌与两种文化的交汇》② 《论西域诗歌的中华情结》③ 《愿得此身常报国——论西域诗歌中报国立功的民族精神》④ 《论清代西域诗中维护国家统一情怀的展抒》⑤ 等。笔者的论文《论清代西域诗中的松树意象》⑥ 《论清代西域诗中的雪意象》⑦ 和《论清代西域诗中的天山意象》⑧ 等亦属于该类研究。这些论文不只是关注个体诗人一时一地之

① 星汉：《清代西域诗研究》，上海：上海古籍出版社，2009 年版。
② 张洋：《西域诗歌与两种文化的交汇》，《新疆艺术》，1997 年第 2 期。
③ 赵嘉麒：《论西域诗歌的中华情结》，《实事求是》，2007 年第 1 期。
④ 赵嘉麒、范学新：《愿得此身常报国——论西域诗歌中报国立功的民族精神》，《新疆大学学报》，2007 年第 2 期。
⑤ 张建春：《论清代西域诗中维护国家统一情怀的展抒》，《新疆大学学报》，2007 年第 3 期。
⑥ 李彩云：《论清代西域诗中的松树意象》，《新疆社科论坛》，2011 年第 4 期。
⑦ 李彩云：《论清代西域诗中的雪意象》，《伊犁师范学院学报》，2011 年第 4 期。
⑧ 李彩云：《论清代西域诗中的天山意象》，《喀什师范学院学报》，2011 年第 5 期。

作，而是将西域诗整体作为关注点，选择西域诗某一题材或角度来研究其深刻意蕴，多从歌颂祖国的统一，赞美新疆各民族友好交往，反分裂与反侵略等方面论述，阐释了清代西域诗中所表现出来的强烈爱国主义情怀。

四、清代西域诗内容分类研究

该类研究尚无专著出现，经查找，仅有少量期刊论文，如《清政府统一天山南北西域诗论略》①《清代西域怀古诗述评》②。星汉一文指出，清政府为了实现西域的长治久安，平定武装叛乱，反击入侵者，维护祖国统一，曾在西域多次采取军事行动，清政府统一天山南北的赫赫武功，更是军事史上大写的一笔，以此为题材的西域诗作既是这段史实的反映，又有审美价值；杨丽一文认为，清代是西域边塞诗发展的又一重要历史时期，诗人及诗作数量胜于唐代，怀古诗独树一帜，并对清代西域怀古诗的风格展开了进一步的论述。经笔者分析，发现清代西域诗中有大量的风景诗、田园诗、咏物诗、送别诗、赠答诗等诗歌，这些诗歌数量几占全部诗歌的二分之一，尤其是祁韵士诗集《濛池行稿》《西陲竹枝词》中上述诗歌类型均有涉及，但未引起学术界足够的重视，可见祁韵士西域诗有很广阔的研究前景。

五、清代西域诗地域性特征研究

目前尚未出现该类研究专著，通过查阅文献，笔者仅找到 4 篇期刊论文研究西域的地域性特征。《乾嘉时期伊犁流人诗作论》③ 一文对清代乾隆、嘉庆两朝伊犁流人陈庭学、赵钧彤等诗作进行了论述；《清人哈密诗评析》④则从地理位置、自然风光、民族风情和地方特产等方面，对清人哈密诗进行评析；《清人乌鲁木齐诗作评析》⑤ 一文是以乌鲁木齐诗作内容及其反映

---

① 星汉：《清政府统一天山南北西域诗论略》，《西域研究》，1999 年第 2 期。
② 杨丽：《清代西域怀古诗述评》，《西域研究》，1999 年第 2 期。
③ 星汉：《乾嘉时期伊犁流人诗作论》，《新疆大学学报》，1999 年第 1 期。
④ 杨丽：《清人哈密诗评析》，《新疆大学学报》，1998 年第 3 期。
⑤ 栾睿：《清人乌鲁木齐诗作评析》，《新疆大学学报》，1998 年第 3 期。

的民族文化观念为依据，阐释其与前代不同的文化心态。《清代伊犁望河楼诗歌的历史文化考察》① 一文以清代乾隆、嘉庆、道光三朝惠远城望河楼诗歌为研究对象，对望河楼诗歌中体现的地域性特征给予了充分的论述和评价。上述四位学者选定某一特定区域结合地域性特征来研究清代西域诗，就目前来看从这一角度入手研究清代西域诗的论文甚少，但是该类研究很有发展前景，笔者选取伊犁流人祁韵士西域诗歌进行系统研究就是基于此提出的。

第二节
祁韵士及其著作研究现状综述

一、历史和地理学著作研究

学术界侧重于祁韵士历史和地理学著作研究，认为祁韵士是西北史地学的开拓者，《松筠、祁韵士和徐松对新疆方志事业的贡献》② 一文指出：松筠在施政、经济方面，如屯田、对人民的政策等方面贡献诸多，但最重要的贡献是文化事业方面的贡献，对后世影响最为深远。松筠本人并未撰述，他善用遣伊犁的文员，邀请他们编纂了很多流传至今的不朽著作，客观上成就了我国西北史地学的开创者——祁韵士和徐松。这一贡献，终清一代，在38位伊犁将军中还找不出第二人。《祁韵士：19世纪西北边疆史地学第一人》③ 认为祁韵士开西北边疆史地学研究的风气之先，以其丰硕的

---

① 赖洪波：《清代伊犁望河楼诗歌的历史文化考察》，《伊犁师范学院学报》，2006年第2期。

② 吕育良：《松筠、祁韵士和徐松对新疆方志事业的贡献》，《新疆地方志》，1997年第2期。

③ 徐松巍、田志勇：《祁韵士：19世纪西北边疆史地学第一人》，《北方工业大学学报》，1998年第4期。

成果奠定了西北边疆史地学的基础。《清代西北边疆史地学的开创者祁韵士》① 认为祁韵士是清代中叶后兴起的西北边疆史地学代表人物，他认为祁韵士以研究边疆史地谋求保国固土。他认为祁韵士以其"信今而证古"的研究原则和开创性的系列作品为清代西北边疆史地学的发展作出了重要的贡献，祁韵士是清代西北边疆史地学当之无愧的开创者。《祁韵士与嘉道西北史地研究》② 一文分析了祁韵士有关史地学著作，反映了清代后期学术风气与治学特点，同时祁韵士史地学研究也预示着西北史地研究的发展方向，显现出清代西北史地研究由起始到兴盛的发展过程。《祁韵士在新疆的文化活动及其影响》③ 从文化史的角度看祁韵士的活动，阐述了他对新疆文化事业作出的巨大贡献，祁韵士史地著作对推动内地了解新疆和开发新疆具有重要的作用。祁韵士治学思想更是对清代中后期西北史地学的兴起和发展起到了重要的作用。《祁韵士及其〈西陲总统事略〉》④通过论述祁韵士史地著作《西陲总统事略》，分析了祁韵士史地著作的学术价值及其影响。《祁韵士〈西陲要略〉研究》⑤ 详细研究了《西陲要略》全书的写作背景、体例内容、历史贡献等。

此外，还有一些学术论文虽然没有专门研究祁韵士史地著作，但也谈及祁韵士及其史地著作内容，如《清代新疆流人与西域史化学》⑥《晚清西北史地学研究》⑦《新疆方志文献研究》⑧，这些学者肯定了祁韵士史地学创作的学术价值和历史价值及其对西北史地学研究的贡献。

---

① 牛海桢:《清代西北边疆史地学的开创者祁韵士》,《伊犁师范学院学报》,2001 年第 3 期。

② 郭丽萍:《祁韵士与嘉道西北史地研究》,《北京理工大学学报》,2004 第 6 期。

③ 唐艳华:《祁韵士在新疆的文化活动及其影响》,《新疆广播电视大学学报》,2006 年第 2 期。

④ 王俊才、侯德仁:《祁韵士及其〈西陲总统事略〉》,《苏州大学学报》,2006 年第 3 期。

⑤ 刘应禄:《祁韵士〈西陲要略〉研究》,新疆大学,2013 年硕士学位论文。

⑥ 周轩:《清代新疆流人与西域史化学》,《新疆社会科学》,2008 年第 3 期汉文版。

⑦ 贾建飞:《晚清西北史地学研究》,中国社会科学院,2002 年博士学位论文。

⑧ 高健:《新疆方志文献研究》,南京师范大学,2014 年博士学位论文。

二、散文和诗歌研究

近年来，学术界对祁韵士文学作品也给予了一定的关注和研究，但多是对个别诗歌作品进行论述和研究，对于行记类散文集《万里行程记》和西域诗集《濛池行稿》《西陲竹枝词》关注较少。整理专著类研究成果有《万里行程记》[①] 和《祁韵士新疆诗文》[②]。前者整理了祁韵士西域散文《万里行程记》，后者将《万里行程记》《濛池行稿》和《西陲竹枝词》编著于《祁韵士新疆诗文》中，都属于资料整理类成果，编者于《濛池行稿》和《西陲竹枝词》诗后进行了注释，部分诗歌做了笺注，但由于编注整理类体制的限制，无法对散文和西域诗歌内容展开研究。

《清代西域诗研究》[③] 是西域文学研究的一部力作，该书45万字，从时间跨度、地域跨度及诗人身份三个方面对西域诗展开了研究，祁韵士研究涉及较少，仅仅有一节用了7618字介绍祁韵士西域诗。

仅有部分论文涉及了祁韵士诗文研究，《论祁韵士〈西陲竹枝词〉的学者化倾向》[④] 一文集中论述了《西陲竹枝词》结构安排、民俗内容、描写对象的选择和语言风格的变化四个方面，认为其西域诗集中体现了祁韵士浓厚的学者化风格。但对于《濛池行稿》未提及。《论祁韵士〈西陲竹枝词〉中的国家认同感》[⑤] 一文重点阐释了祁韵士"竹枝词"这种诗歌形式，指出竹枝词表现了祁韵士的国家和民族的认同感。对于其西域诗集《濛池行稿》未提及。目前仅有《祁韵士西域流放诗文研究》[⑥] 一文将研究对象集中于祁韵士西域诗歌和散文方面，该论文结构总体上有五章内容，第一章叙述了祁韵士生平，第二章论述了清代流放制度，第三章论述了祁韵士的游记类

① 祁韵士著、李光洁整理:《万里行程记》，兰州:甘肃人民出版社，2002年版。
② 修仲一、周轩:《祁韵士新疆诗文》，乌鲁木齐:新疆大学出版社，2006年版。
③ 星汉:《清代西域诗研究》，上海:上海古籍出版社，2009年版。
④ 宋彩凤:《论祁韵士〈西陲竹枝词〉的学者化倾向》，《太原大学教育学院学报》，2010年第1期。
⑤ 郭院林、焦露:《论祁韵士〈西陲竹枝词〉中的国家认同感》，《石河子大学学报》，2012年第5期。
⑥ 张心怡:《祁韵士西域流放诗文研究》，山东大学，2017年硕士学位论文。

散文《万里行程记》，第四章虽题为研究祁韵士西域诗歌，但该章仅有两个小节涉及了《濛池行稿》和《西陲竹枝词》，并未展开深入研究。该论文题为祁韵士西域流放诗文研究，但仅有少量笔墨涉及西域诗歌研究，并在第五章论述祁韵士史地学著作，笔者认为其亦是受当今学界关注祁韵士史地学贡献影响，故而在祁韵士西域流放诗文研究内容中加入史地学研究，并单列一章来论述。

综上所述，学术界目前未有研究祁韵士西域诗歌专著，亦未见研究祁韵士的博士论文，仅有一篇硕士论文，虽题为《祁韵士西域流放诗文研究》，但更多笔墨投向了史地著作。笔者遍查期刊论文，亦未见有研究《濛池行稿》和《西陲竹枝词》历史文化价值的论文，因此，笔者认为将研究对象确定为《濛池行稿》和《西陲竹枝词》有较高的学术价值，亦有很大的研究空间。

第三节
研究背景与问题

一、"西域"与"新疆"二词的选定

西域有广义和狭义之分。广义的西域最远可至中亚和南亚各地区。狭义的西域主要指今新疆维吾尔自治区及其统辖之下的各个地区，本书使用狭义的西域概念。清代乾隆年间后，清代文人对国家疆界的观念认识较前代更为强化，因此对西藏和西域等边疆地区的历史和地理尤为关注，清代逐渐强化的文字狱也对边疆史地学发展起了一定的推动力，关注时事政治有可能惹来杀身之祸，唯有置身于政治之外才能保全性命和整个家族，研究边疆史地学亦能展现自己对国家民族的认同和热爱。很多流放东北和西域的文人集中研究边疆历史和地理学，故而出现了一批边疆史地学者。任职于边疆的官员对此也作出了巨大的贡献，比如松筠在伊犁和西藏任职时

都邀请文人编著史地著作，为今人研究西域和西藏文化留下了宝贵的文献。

《西域图志》中对西域范围的划分十分明晰：西域"东南接肃州，东北直喀尔喀，西接葱岭，北抵俄罗斯，南接番藏"①，也就是说清代西域包括了天山南北。清代史书《大清一统志》曾经过先后三次编修，乾隆二十九年（1764）第二次由和珅等人编修，将重新统一的西域历史地理写入《大清一统志》，以此昭显清政府大一统的国力盛世。②在后来的续修本中，专门设立了"西域新疆统部"，这充分体现清政府的大一统观念：西域自古以来就建立了与祖国不可分割的血肉联系，从而贯彻了国家大一统的纂修宗旨。续修本记载当时西域所辖范围是"东至喀尔喀瀚海及甘肃省界，西至萨玛尔罕及葱岭，南至拉藏界，北至俄罗斯及左右哈萨克界，东南至甘肃省界，西南至葱岭拔达喀山、痕都斯坦诸属界，东北至俄罗斯界，西北至右哈萨克界，广轮二万余里。北为旧准噶尔部，南为回部，统辖天山南北事务，将军驻扎伊犁，至京师一万八百二十里"③。直到嘉庆十七年（1812）嘉庆帝命穆彰阿等第三次重修《大清一统志》，此次重修后就将"西域新疆统部"都简称为"新疆统部"了。书中记载当时西域所辖范围是："东至喀尔喀瀚海及甘肃省界，西至右哈萨克及葱岭，南至拉藏界，北至俄罗斯及左右哈萨克界，东南至甘肃省界，西南至葱岭拔达喀山、痕都斯坦诸属界，东北至俄罗斯界，西北至右哈萨克界，广轮二万余里。北为旧准噶尔部，南为回部，统辖天山南北事务将军驻扎伊犁，至京师一万八百二十里。"④"两相比较，除'西至'的提法小有变化外，疆界范围还是一样的。"⑤

雍正在位期间，曾将我国云南、贵州、四川三省的几个地方都称之曰新疆，虽然名为"新疆"，但这些被称为"新疆"的地区都并非新并入的疆土，恰恰相反，自古至雍正朝，这些地区都是中国不可分割的重要组成部分。从汉代张骞出使西域，历代中央王朝在这些地方都设置有政府机构，

① 钟兴麒整理：《西域图志校注》，乌鲁木齐：新疆人民出版社，2014年版，第203页。
② 穆彰阿：《大清一统志·序》，上海：上海古籍出版社，2008年版，第2—3页。
③ 穆彰阿：《大清一统志》卷414，上海：上海古籍出版社，2008年版，第635页。
④ 穆彰阿：《大清一统志》卷516，上海：上海古籍出版社，2008年版，第206页。
⑤ 星汉：《清代西域诗研究》，上海：上海古籍出版社，2009年版，第3页。

行使管理权。乾隆二十九年（1764），乾隆皇帝在上奏的奏折中批复增修的《大清一统志》事宜时道："至西域新疆，拓地二万余里，除新设安西一府及哈密、巴里坤、乌鲁木齐设有道、府、州、县、提督、总兵等官，应即附入甘肃省内。其伊犁、叶尔羌、和阗等处，现有总管将军及办事大臣驻扎者，亦与内地无殊。应将西域新疆，另纂在甘肃之后。"①"西域新疆"这种称谓不方便日常称呼，于是人们在特指西域时的情况下就直接叫"新疆"了。

七十一的《西域闻见录》和徐松的《西域水道记》，仍然称新疆为"西域"。嘉庆初年，祁韵士的《西陲要略》中就有新疆的称呼了："今之新疆，即古西域。"然而嘉庆末年，龚自珍仍然称新疆为西域，并且著有《西域置行省议》一书。综上所述，在清朝政府统一新疆以后，西域和新疆两个名称一直长期并存使用。光绪十年（1884），国家统一法律政策中把"新疆"作为一个固定地名，其正式成为一个省。本书探讨的是伊犁流人祁韵士西域诗歌，学术界称西域更为常见一些，称西域诗歌比新疆诗歌更为准确，也更加符合传统文化研究的内涵和习惯。

本书中"西域诗歌"的概念，不能等同于"西部诗歌""西部边塞诗"和"西域边塞诗"。今天"西部"即指中国西部地区，包括重庆、四川、贵州、云南、广西、陕西、甘肃、青海、宁夏、西藏、新疆、内蒙古等十二个省、市和自治区。边塞，即指边疆地区的要塞，泛指边疆。"边塞诗"即是以边塞为题材的诗，它以描写边疆地区自然风光和边地军民生活为主要内容。从这个意义上讲，边塞诗不能涵盖西域诗，西域诗也不包括我国其他地域的边塞诗。它们既有联系，也有区别。

本书选取伊犁流人祁韵士西域诗歌作为切入点，力图从祁韵士西域诗歌出发，通过查阅大量清代历史和人类学等文献进行纵横向比较研究来探究西域诗歌。书中不用新疆诗歌之说，原因有二，一是清代以前文人习惯上称为西域诗歌，二是新疆与西域二词涵盖的时间也有差别，1884 年新疆

---

① 纪大椿、郭平梁原辑，周轩、修仲一、高健整理订补：《〈清实录〉新疆资料辑录 4》，乌鲁木齐：新疆大学出版社，2017 年版，第 1806 页。

建省后才统一称为新疆，故而题目中使用西域诗歌之称。

二、流人文化内涵的界定

因为祁韵士西域诗歌研究中涉及流人文化，故而对文化内涵做界定。文化有广义和狭义之分，广义文化概念涵盖面较为宽泛，文化既是社会现象也是历史现象，是社会历史的积淀物，文化可以涵盖一个国家的历史、地理风土人情、传统习俗、生活方式、文学艺术、行为规范、思想方式、宗教信仰等等。本书采用广义文化概念来研究祁韵士西域诗歌内容。清代西域文化覆盖面较广，从服饰到饮食乃至居住环境及其屯垦状况、民族融合、宗教信仰等皆属于清代西域文化研究范围。祁韵士西域诗歌充分涵盖了清代西域文化的方方面面。

三、研究内容的界定

祁韵士是西北史地学开拓者，学术界更多关注其西北史地学方面的贡献，《西陲总统事略》《西陲要略》《西域释地》等史地学著作是近两百年来的关注热点，其纪行散文《万里行程记》也逐渐被学术界作为研究其史地学的辅助文献。本书研究内容既不是《西陲总统事略》《西陲要略》《西域释地》，亦不是《万里行程记》。对于祁韵士来说，历史学家和地理学家的身份对他更为合适，从他编著的《鹤皋年谱》来看，他本人也是更中意于他的史地学著作，但这些都无法掩盖他西域诗歌的价值，笔者将学术界关注较少的《濛池行稿》《西陲竹枝词》作为集中研究内容，从而透视清代伊犁乃至西域的社会生活、文化、政治、经济、军事以及民俗等。

本书研究对象是祁韵士西域诗歌，如果仅选取祁韵士在伊犁所作诗歌只是截取了诗人生活的一个片段，祁韵士流放三年间，有大部分时间足迹涉及伊犁以外的其他西域地区，只有将祁韵士西行路上全部诗歌纳入研究范围，才能全面解读诗人对于人生和世界的整体认知。

第四节
研究思路和研究方法

一、研究思路

本书以伊犁流人祁韵士西域诗歌为切入点，围绕其谪戍伊犁期间诗人经历和诗歌内容透视西域社会生活，阐明其至西域前后心态上的差异。对诗歌内涵精准把握的同时，辅之以查阅史地学和人类学等文献资料，进行跨学科、跨文化的纵横向比较研究，务求达到所得结果具有较强的科学性和合理性。

二、研究方法

（一）文献学方法

以文献学研究方法为基础，充分搜集相关材料，以诗歌为中心，并结合家谱、年谱、碑刻、书信等史料展开研究。祁韵士西域诗歌研究首先必须建立在对伊犁流人作家群成员的具体把握上，必然需要搜集详尽的材料。对一个作家及其诗歌研究，不仅需要熟悉该作家年谱，还需结合家谱、书信等资料把握该作家群整体状况，还需要对该作家群成员诗歌进行细致分析，掌握该作家群的诗歌创作成就和特点及整体风貌，同时还应该尽量利用方志、碑刻等资料再现该作家群历史真貌。笔者将在收集整合各种资料的基础上，对祁韵士西域诗歌进行深入探讨和研究。

（二）文史结合法

运用文史结合的方法，借鉴社会学、文化学的研究方法，将祁韵士西域诗歌研究置于同时代文学语境中考量并评价其意义。本书始终将祁韵士置于清代伊犁流人文学和学术的流变中考察，力图清晰地展示祁韵士西域诗歌发展历程。一个作家、一个作家群是社会的一个单元，作为社会结构中的一个组成部分，必然与其特定时代的文化背景构成一种互动关系，成为伊犁整体的社会文化结构中一个重要的组成部分。在三四百年的历史演进过程中，西域流人文学的历史变迁本身就蕴含着深刻的文化意义，因此，对祁韵士西域诗歌的研究必须用社会学、文化学的视角来审视。本书各章节都尽可能地贯穿这种视角，力图在清代文化语境变迁中，深入考察祁韵士西域诗歌的文化内涵。

（三）点面研究结合

点面结合法体现了客观世界局部和整体、个别和一般的辩证关系，是科学研究中的常见方法。该方法有助于多方面地展示祁韵士西域诗歌的思想内容和艺术特征，揭示祁韵士西域诗歌蕴涵的文献价值和文学价值。该研究方法使用中应注意处理好祁韵士西域诗歌与清代西域诗的共同点和特殊性，将祁韵士西域诗歌置于整个清代西域诗中考量和研究。

此外，研究中对祁韵士西域诗歌作品成就较高者予以重点研究，对非典型性诗歌则予以概述。本书属于作家作品研究，必然要涉及祁韵士各个时期不同的诗歌作品，不能面面俱到对每首诗歌展开论述，故而只能采用一般概论与重点研究相结合的方法。通过该研究方法，以期阐释祁韵士西域诗歌发展特色，从而揭示伊犁作家群及其诗歌研究的深刻意义。

第五节
研究价值

一、理论价值

伊犁流人祁韵士西域诗歌研究是清代西域文学史研究的重要组成部分，

该群体研究将进一步明晰西域流人文化特有的内涵，从深层次观照这一特定的地域作家群与特定区域的政治和文化关系。清代伊犁流人作家众多，他们的诗文数量多，作品质量亦臻上乘，但多未被整理出版，流通范围极为有限，若能将其介绍推广，对于新疆文化发展有重要的促进和推动作用。

二、现实意义

该研究是对中国优秀的传统文化的弘扬和发展，是爱国爱疆精神的重要内容之一，对于正确理解和认识新疆伊犁历史及其文化的深刻意义具有重要的价值；对于加强中华民族共同体意识和国家认同感，加深民族交往和融合具有深远的意义；对于实现中华民族伟大复兴，铸牢中华民族共同体意识，具有一定的推动作用；对于维护祖国统一，加强民族团结，实现文化润疆和文化强国，亦具有重要的现实意义。

三、学术价值

该研究对古代文学及文化研究都有重要的理论价值和方法意义，祁韵士西域诗歌研究可以从另一视角揭示古代文学、文化的历史面貌。清代西域诗个体诗人研究对于推动地域文学研究具有重要的意义。对祁韵士西域诗歌深入研究，可以丰富西域文学历史文化内涵，文化层面上加深对西域文学发展脉络的探究，加深地域文学与文化内在关联的认同。同时，该研究与地域文学有密切关系，一个地区文学面貌的呈现及其文学的传承，多集中于代表性作家作品的发展。伊犁流人祁韵士是清代文学颇为值得研究的作家之一，但学术界对其文学创作还缺乏应有的重视和系统的研究，所以本人选择该研究对象，以期引起更多学者对伊犁流人作家的关注，增强对伊犁历史文化的认同感。本书旨在以祁韵士西域诗歌为基础，在学术界现有的资料整理成果基础上，将祁韵士西域诗歌创作纳入研究视野，通过作家个案研究与时代背景和学术变迁相结合，对其创作进行较为全面的分析，展示群体文学研究和地域文学研究方法论意义。

第一章

伊犁流人作家形成的

历史背景

本章从清代伊犁的历史状况出发，主要综述清政府对该地区的管理和开发，并结合清代流放制度考察伊犁流人作家群形成的原因，进一步透视伊犁流人祁韵士逐步成长为一个地域性作家代表的历程。

第一节
清政府对伊犁的管理

　　伊犁①地处中国西北边疆，东北与俄罗斯、蒙古毗邻，东南与昌吉回族自治州、巴音郭楞蒙古自治州相连，西北与哈萨克斯坦为界，西南与阿克苏地区仅隔一座山相望，约占新疆总面积的五分之一。清朝末年之前伊犁还包括巴尔喀什湖以东以南地区。伊犁历史悠久，文化绵长，伊犁河流域水系发达，水源丰富，长期以来是西域最富庶的地区，伊犁一度成为西域政治军事中心。乾隆二十一年（1756），乾隆皇帝封定边右副将军兆惠为"驻伊犁等处办事大臣"，由其统辖士兵2000名，镇守于伊犁，保卫伊犁边疆稳定与安宁。乾隆二十五年（1760），清政府任命参赞大臣阿桂为"办理大臣"总理伊犁事务。乾隆二十六年（1761）明瑞接任阿桂继任"办理大

---

　　① 本书指现今伊犁哈萨克自治州管辖范围。

臣"总理伊犁事务，有了前两任的管理经验，清政府于乾隆二十七年（1762）正式任命明瑞为"总统伊犁等处将军"，简称"伊犁将军"。伊犁将军的设立具有里程碑的意义，至此，伊犁正式成为全西域政治、军事中心。以伊犁为中心的管理全西域的伊犁军府制度正式形成。1884年新疆建省，恢复伊犁将军设置，此时称呼改为"伊犁驻防将军"，但不再总统全西域军事和防务。在伊犁地区设立了伊塔道，用来管理伊犁、塔城地区的军事和防务。

祁韵士是伊犁流人作家群成员之一，流人作家大多围绕于伊犁将军府周围，这些作家有汉族的、满族的、蒙古族的等等，伊犁军府制度的形成在一定程度上推动了伊犁流人作家群的形成。祁韵士受伊犁将军松筠委托，编纂了《西陲总统事略》，松筠奏请嘉庆帝，恳请由中央下诏，由松筠组织编纂官修西域史地著作，虽然该奏章未被批准，但松筠仍然尽力招募了祁韵士和徐松编著了西北史地著作，为清政府加强祖国统一版图和增强国人的民族归属感做出了很大的贡献，松筠因此留名于史，也成就了祁韵士和徐松。正是因为有了松筠的邀请，祁韵士至伊犁后，生活和住处都有了保障，为其创作《万里行程记》《灜池行稿》和《西陲竹枝词》提供了必备的条件。没有松筠，祁韵士无缘于西北史地学，更没有可能在相对稳定的生活情况下吟诵诗歌。设想一下，如果祁韵士整日为吃住而奔波劳碌，哪有闲情逸致去观赏西域美景，哪有条件去翻阅边疆史地文献。

第二节
清代流放制度对伊犁流人产生的影响

清代伊犁流人戍边原因各不相同，他们或在内地触犯了法律，或被敌对势力打压排挤，或进言被皇帝所不容流放至伊犁。清代西域是伊犁军府制管理，因此，很多流放的文人围绕在伊犁将军府周围，他们与伊犁将军往来密切，诗文唱和，故而留下了很多西域诗歌和散文作品。他们被流放西域是不幸的，然而因此留下了大量诗文史地著作，对伊犁甚至是整个西域而言是幸运的。本节主要通过梳理清代流放制度及其在伊犁的实施情况，探讨该流放制度对伊犁流人的影响。

"流放是统治者将罪犯以流远的方式加以惩戒的一种刑罚。它的主要功能是通过将已定刑的人押解到荒僻或远离乡土的地方，以对案犯进行惩治，并以此维护社会和统治秩序。"① 当代著名学者余秋雨在他的著作《流放者的土地》中这样说道："中国古代列朝对犯人的惩罚，条例繁杂，但粗粗来说无外乎打、杀、流放三种。打是轻刑，杀是极刑，流放不轻不重嵌在中间。"② "作为徒刑与死刑之间的一种过渡刑法的流放刑，则自从其产生以来，为了解决其降死一等的作用，一直处于不断变化之中，花样翻新，迄至清代，已经发展成为一个具有多种类型的综合性刑罚。"③ 清代的流放制度，因循前代，又有出新，较前代复杂程度大大增加。在清代所有法规条例中，流放刑罚竟占总条例的四分之一。④ 清代流放刑罚除了继承前代的军、流、迁徙之外，又增加了发遣刑。这些刑罚中，流刑、军刑和遣刑都规定为异地安置，但安置地域各不相同，有的流放边远地区，有的发配边疆戍地充军，有的遣至边疆为奴隶。这些被流放至边疆的人犯身份的差异决定了他们在发配地的地位和身份，由此亦决定了他们的生死，有的流人一生无法回乡。

因为清代文字狱盛行，有清一代被流放的文人不可胜数，其数量超过了以前各代总和。流放地一般为祖国边远地区和环境恶劣、气候苦寒地区，主要集中于东北和西北地区。西域成为清政府流放地的集中选择。发遣刑作为流放刑罚的一类，是清代独有的，但发遣一词在明代律例中已经开始出现，亦有发配和流放的含义，清朝建立，发遣刑才正式作为一种刑罚进入清代律例条文中，成为流放刑罚的一种。其概念被准确解释为：发遣刑

---

① 王云红：《清代流放制度研究》，北京：人民出版社，2013 年版，第 2 页。
② 余秋雨：《山居笔记》，上海：文汇出版社，2002 年版，第 35 页。
③ 王云红：《清代流放制度研究》，北京：人民出版社，2013 年版，第 2 页。
④ 张铁钢：《清代流放制度初探》，《历史档案》，1989 年第 3 期，第 80 页。

"指把罪犯发往东北或新疆地区分别为当差、为奴、种地的一种刑罚,而被发遣的罪犯则成为遣犯"①。清代初期,东北是清政府发遣罪犯的主要集中地,康熙年间,北部的喀尔喀、科布多、乌兰固木等地区也逐步纳入清政府的发遣地。乾隆帝平定西域天山北路准噶尔部叛乱后,继而在天山南路又平定了大小和卓的叛乱,为了维持和巩固统一的局面,清政府在平叛后派遣和组织军队至西域屯田(历史上称为兵屯)。为了配合兵屯,清政府又将内地大批的农民至西域屯田(历史上称为民屯)。与此同时,亦将大批遣犯发遣至西域,乾隆皇帝登基后,对于这种新的发遣刑更加重视,在他看来,这种发遣刑既能给予犯罪之人以惩戒,比起杀头的死罪又显得较为仁慈,因此从乾隆朝始,清代律法中关于发遣的条例日益增多,发遣刑在流放刑中的地位也逐渐上升,发遣制度在乾隆朝逐渐完善并正式形成体系,"从乾隆朝开始,发遣新疆、发遣东北与内地军流相互协调,共同构成了清代完备的流放体系"②。军屯的将士、民屯的农民和这些因犯罪被发遣至伊犁的遣犯们,与当地百姓共同建设了美丽富饶的伊犁,伊犁流人作家群的成员们多为军屯的将士和这些遣犯中的文人。

清代流放刑实施的范围十分广泛,被流放的人员众多,数不胜数。这些被发遣的罪犯有的因为杀人、盗窃、抢劫被遣;有的因为反对清政府统治,如农民起义,起义失败者或被杀或被遣,被遣者通常连同家属一起被发遣至边疆;有的因为文字狱,如明史案、南山案等,文字狱中受到株连之人经常全家被发遣至边疆;还有的因为参与清朝统治集团内部的派系斗争,如康熙年间平定三藩和雍正年间年羹尧、隆科多等案,派系斗争中失败的一方因失势被遣;还有大批的官员因为在任职期间触犯法律,如贪污受贿、渎职舞弊等而被发遣。对于最后一种遣犯,即官员犯罪,因为这些人身处统治阶层,地位特殊,因此清政府对其的惩罚也与其他犯罪之人不同。

《清史稿·刑罚志》中记载:"有清一代,若文职武官犯徒以上,轻则

---

① 王云红:《清代流放制度研究》,北京:人民出版社,2013年版,第54页。
② 王云红:《清代流放制度研究》,北京:人民出版社,2013年版,第58页。

军台效力，重则新疆当差，成案相沿，遂为定例。"① 清代官员在任职期间犯罪主要惩罚方式有两种，即发往军台效力和遣至西域当差。上述两种惩罚方式中最先实行的是发往军台效力。清政府平定准噶尔部叛乱后，为了巩固清政府在西北边疆的管理，由北部张家口开始，一直延伸至乌里雅苏台的北路地区设置了几十个军台。清政府在其领土管辖的边疆地区设立军事性的驿递，主要负责边疆的政治稳定与军事管理，该驿递习惯上被称为"军台"，这些军台主要分布在我国的东北和西北地区。这些军台地理位置十分偏僻，地处荒山野岭，气候苦寒，生活条件和居住条件都很艰苦，内地的官员往往不愿来此任职，可是军台管理又必须由清政府派遣人员来此任职，因此每一任来此任职的官员都是由抽签决定，一年轮换一次。其次是遣至西域当差。清政府需要大量的文武官员任职于此以加强清政府的管理，因此促使清政府将大批获罪官员发遣至西域。在清政府看来，将这些官员迁至遥远的边疆，远离家乡，艰苦的自然环境对其身心进行折磨，既可以达到惩戒的目的，又可以使其服务于祖国边疆地区，配合清政府对西域的管理。这些被发遣的官员习惯上称之为废员，废员发遣西域和遣犯发遣西域基本上是同时开始的。乾隆二十五年（1760）始，就有废员发遣至乌鲁木齐的记载，乾隆二十五年（1760）至嘉庆十二年（1807）年间，发遣至西域的废员约有三百八十余人，这些废员主要发遣至伊犁、乌鲁木齐、巴里坤、叶尔羌、乌什、库车、和阗等地，其中以伊犁和乌鲁木齐为主，被发遣至西域各地的废员，皆由伊犁将军和乌鲁木齐都统统一分配差事。通常情况下，总督巡抚等大员被发遣至西域者，大多派至伊犁将军府公署粮饷处当差，提督等武职废员被派至营务处当差，其他类的废员则被安排至公署册房、军器库、屯工、铜铁厂等处当差。这些废员的生活费用按照他们当差级别予以发放，有些废员还可以依靠其他官员或托家人们捎来的银两和物品维持生活。伊犁将军府是西域军事政治的中心，为了便于管理，多数废员便被安置于伊犁将军府及其周边当差，而伊犁流人中的部分作家即是这些废员。

---

① 赵尔巽：《清史稿》，北京：中华书局，1976年版，第4195页。

综上所述，发遣刑成为清代独特的流放制度，被发遣至西域的遣犯们身份复杂，既有爱新觉罗皇室宗亲，又有平民百姓，既有曾经叱咤风云、战场杀敌，无往而不胜的将军，又有手握笔杆、指点江山的书生。这些遣犯们民族成分也较为复杂，既有汉族，又有满族、蒙古族，还有锡伯族等。众多文人或将军因获罪于内地，被发遣至伊犁，他们在边疆苦寒之地，身心受苦赎罪以惩戒，同时也加强了清政府对西域的统一管理。伊犁流人作家不少即来自于此，他们与伊犁将军及其下属官员们往来密切，诗文唱和，或抒发被遣异域的思乡情怀，或歌唱异域奇异风光，或宣泄无法得到朝廷重用的苦闷，三百年来被发遣至伊犁的流人和被派遣至伊犁的官员络绎不绝。客观上讲，正是这些流人、任职于伊犁将军府的官员和伊犁当地百姓共同建设了伊犁，维持了伊犁的社会稳定与长治久安，这些流人对于伊犁政治、军事、经济和文化等方面都具有一定的贡献。

第三节
流人文化的形成及其对祁韵士的影响

"流人文化是指历代流人在与自然、社会相互作用中所创造和传播的一切知识的总和，其实质是以中原汉文化为主体的多民族文化相互交融而产生的新质文化，具有中原农耕文化与边疆游牧文化兼备的双重特点。"[1] 随着清政府发遣至伊犁的流人日渐增多，流人身份复杂，这些来自不同地区、民族和社会群体的流人，他们当中既有王公贵族，又以军功封爵的将军，也有普通文士和平民百姓。流人文化正是各种类型的文化结合而构成的文化综合体。

伊犁流人对流人文化贡献巨大，正是由于大量流人被遣至伊犁赎罪效力、耕种劳作、驻防戍边或者任职于伊犁将军府及其下属单位，与当地文

---

① 李兴盛:《黑龙江流域文明与流人文化》,《学习与探索》,2006 年第 2 期,第 183 页。

化在一起构成了流人文化，反过来，流人文化的形成又推动了伊犁作家群的形成，促使其完成诗歌、散文等文学创作。因此，在一定程度上讲，没有伊犁流人就没有流人文化，相应地，没有流人文化，也就没有伊犁流人作家群的形成。祁韵士则是伊犁流人作家群最具有代表性的诗人之一。

伊犁流人文化既有中原农业文化的特点，又有边疆游牧文化的特点，受流人文化影响，祁韵士在心态、习俗、居处及诗风、文风等方面都有了新的变化。流人文化既有中原民众崇尚农耕、安土重迁、眷恋故乡、重视礼节的内涵，又有边疆游牧民族畜牧养殖、生活简朴、民风质朴的特点；在祁韵士的观念中，既重视文治、渴望和平，也将目光投向了驻守边疆的将士们，描写了他们练习弓马骑射的本领。这些新的文化意蕴在祁韵士西域诗歌中或多或少都有展现，以祁韵士为代表的流人表现最为突出和集中的是以下几种精神：

一、适应环境，自强不息的抗争精神

适应环境主要包括两个方面，一方面指伊犁流人需要适应的艰苦严寒的自然环境，另一方面指伊犁流人需要适应面临的复杂的政治环境。流人们在面临这双重的环境时，大多数没有退缩和逃避，他们敢于与之不懈地斗争，与之进行拼搏、抗争。这些流人被遣至伊犁后，面对严峻环境，常年身处冰天雪地、荒凉的沙漠、戈壁，这里人烟稀少，人迹罕至，沙风四起。岑参诗中"胡天八月即飞雪，随风满地石乱走"描述的即是西域边疆真实的场面。此外，被流放至伊犁，他们没有良好的交通工具，往往是步行前进，他们被强制迁徙，管理严格，或被强制为奴或在伊犁将军府及其下属部门当差，最短期限亦为三年，有的长达十年以上。生活在这种艰苦的自然环境和政治环境中，是与之抗争、坚强地生存下去，还是选择有尊严地死亡？绝大多数流人选择了自强不息的抗争。为了能够在流放地生存下去，他们顽强拼搏，与艰苦的环境进行了长期的抗争。很多文人拿起笔，写下了一首首与边疆的风雪、沙漠、戈壁进行抗争的赞歌。在祁韵士的西域诗歌作品中，集中出现了一批自然意象。他借助于雪意象、沙漠意象等，对命运的不公发起了一次次抗争。这些意象中蕴含了诗人自强不息的拼搏精神。

二、扎根边疆，踏实务实的奋斗精神

这种精神是主要指伊犁流人在苦寒逆境中依然不放弃理想，在流放地依然想英雄有用武之地，期待在祖国边疆一展才能，建功立业。他们来到流放地，生活处境十分艰难。他们中的很多人，并没有丧失信心，为了实现人生价值，在挫折中经受磨炼，增强斗志，艰苦奋斗，展现出难能可贵的奋斗精神，他们渴望建功立业。这些流人中有的自己开垦荒地，勤劳耕种，祁韵士则是在求得基本的生存之余，坚持读书，治学不息，写下了大量诗文和史地著作，为后人研究西域文学史、文化史等提供了许多宝贵文献。如果没有踏实务实的奋斗精神与建功立业的动力，年近暮年的祁韵士很难在学术、文学研究与创作上达到这样的建树。正如一生被贬谪的苏轼自海南赦归后写的《自题金山画像》诗，就曾自问自答道："问汝平生功业？黄州惠州儋州。"苏轼这样写虽有自嘲意味，但客观上讲，正是因为贬谪的坎坷人生成就了他的诗词文。正是在黄州、惠州和儋州苏轼完成大量精品作品，这一时期可以看成是苏轼终生功业的时期。设想一下，如果祁韵士一生平坦，终老于内地，他也无缘结识松筠，无缘于西北史地学。正是这三年的流放生涯使得祁韵士留名于史书，留名于西北史地学，成为清代西北史地学真正意义上的开拓者。

三、关心百姓，巩固边疆防务的爱国精神

这种精神是指伊犁流人表现出以天下为先、以国家民族利益为己任的爱国主义精神。这种精神大多体现于伊犁流人的言行及其著述之中。祁韵士在流放前即关心朝政大事，能够从百姓的利益出发，面对权相和珅敢于直言进谏，批评朝廷弊政。这些正直的文人遭遇流放后，他们的为人准则没有改变，他们依然对于国家前途和命运挂怀于心。松筠出于对西域管理和发展的担忧，奏请嘉庆帝恳请朝廷下诏官修西域史地著作，松筠清楚地认识到重修史地学著作对于清政府管理西域的意义，但被嘉庆帝拒绝了，于是他以伊犁将军的身份，招募了流放伊犁的文人编纂西域地理图志著作。巧合的是，松筠第一次任伊犁将军时祁韵士流放伊犁，第二次任伊犁将军

时徐松流放伊犁，这样的巧合和机缘成就了松筠，也成就了祁韵士和徐松。过程看似偶然，实则正是由于松筠和祁韵士等人以天下为先、以国家和民族利益为己任的爱国主义精神的集中体现。清代末期，当沙俄侵略者侵犯伊犁边境时，伊犁流人们撰写诗歌或散文，赞扬了伊犁军民反抗沙俄侵略的正义战争，他们创作了大量以抗俄斗争为主题的诗篇。这些文人以国事为重的反侵略的言行，正是其爱国精神的表现。综上所述，有清一代，由内地流放至伊犁的流人在边疆著书立说，为当地的经济、文化、教育和艺术的发展做出了较大的贡献。伊犁流人特有的抗争精神、奋斗精神和爱国精神也值得我们赞颂和学习。

第二章

祁韵士生平及西域诗歌

创作的缘起

第一节
生平及其与西域的缘分

一、祁韵士进入仕途及其与史地结缘

祁韵士（1751—1815），山西寿阳人。最初名庶翅，应试时改名韵士，字鹤皋，另字谐庭，别号筠渌，暮年时祁韵士欲购家乡一山的尺寸之地筑店而无款，无奈之下又自号访山。乾隆十六年（1751）八月生于山西凤台县（今晋城市）。其父时任训导一职，祁韵士四岁即开始识字，五岁进入家塾中接受启蒙教育，九岁可以作诗，十岁便可以写文章，自幼即偏爱历史书籍，十三岁读史书时喜欢自己做一些小册子将所读史实记录成册，家里可谓小册子累累。《清史列传》中记载这一情景："韵士颖特善属文。自幼喜治史，于疆域山川形胜，古人爵里姓氏，靡不记览。"① 乾隆三十二年（1767），祁韵士十七岁，参加县试取得了第一名的好成绩，其文章得到了主考官龚岷川的赏识。乾隆三十三年（1768），时年祁韵士十八岁，参加院

---

① 王钟瀚点校：《清史列传》，北京：中华书局，1987 年版，第 5943 页。

试，为学使吕守一先生赏识，补附学生。

乾隆三十四年（1769），祁韵士跟随兄祁贯亭至山西省静乐县李氏家教书。李氏家藏书丰富，仅书楼就有十余间，楼中所收藏书籍皆为善本，亦有很多绝佳的书法和绘画作品。祁韵士为了阅读这些珍贵的藏书，在李氏家任教五年，课余时间，他阅读李氏藏书，这一时期，为祁韵士编纂史地著作打下了坚实的学养基础。祁韵士在《鹤皋年谱》中亦记载："余留静乐五年，非为修脯计，恋其有可读书耳。"① 祁韵士参加院试补附学生之后，他的父亲去世，于是他放弃了乾隆三十三年（1768）的省试。祸不单行，乾隆三十六年（1771）时他的母亲病故，三十七年（1772），他的长兄祁赞亭突然死亡，短短几年间，父亲母亲长兄频遭变故，祁韵士痛不欲生，唯有借助于他所钟爱的历史书籍，方能有所依托。这也是客观上使祁韵士留居李氏私塾五年之久的一个重要原因。至乾隆三十八年（1773），祁韵士年二十三岁，他参加了岁试，补增广生。第二年科试补廪膳生，同年九月，离开任教五年的李氏私塾，至晋阳书院读书。乾隆四十一年（1776），至校尉营道院读书。乾隆四十二年（1777），祁韵士为学使国使堂先生赏识，选拔贡生。乾隆四十三年（1778），祁韵士二十八岁，取得了"会试中式第九十三名"和"殿试中第二甲第四十七名"的好成绩，朝廷授祁韵士进士出身并翰林院庶吉士。乾隆四十四年（1779），祁韵士跟随满族学者德保、阿桂、富炎泰及汉族学者钱载等人学习满文。乾隆四十五年（1780）春二月，清高宗纯皇帝南巡期间，祁韵士进献诗歌，列二等第一名，引见授编修职。乾隆四十六年（1781），祁韵士授命担任武英殿纂修《四库全书》分校官。

乾隆四十七年（1782），祁韵士进入国史馆，这一时期国史馆奉旨正在编纂《蒙古王公表传》。此项工作原本由管千贞负责，但他仅仅组织编纂数篇就奉差离职他往，国史馆最高管理者嵇璜了解到祁韵士熟悉满文，又精通历史地理学知识，于是委任祁韵士继续编纂《蒙古王公表传》。祁韵士又参与纂修《四库全书》，有机会阅读大量珍本秘籍，并认真抄录，这样的经历使他得以有机会看到许多常人不可能看到的资料，无疑给祁韵士史地著作的完成提供了必备条件。继阅读李氏藏书之后，这是祁韵士又一次极

---

① 祁韵士著、刘长海整理：《祁韵士集》，太原：三晋出版社，2015年版，第685页。

为珍贵的读书机会，他十分珍惜这一机会，加之他熟谙满文的优势，阅读了大量内阁大库所藏的档案"红本"和"实录"，了解了许多第一手的资料，前后历时八年，祁韵士在助手郭在奎的协助下，完成了民族历史著作《蒙古王公表传》一百二十卷的编撰。在该著作完成之后，祁韵士又结合编纂《蒙古王公表传》时所积累的边疆历史地理资料，编纂完成了一部关于史地学编年史著作《皇朝藩部要略》。此书后经张穆、毛岳生等人的审定校勘，由李兆洛为其作序，于道光二十六年（1846）出版发行。《蒙古王公表传》完成后由乾隆帝亲自钦定书名为《外藩蒙古回部王公表传》。《外藩蒙古回部王公表传》成为乾嘉时期边疆史地学的开山之作，也是清代系统整理研究西北边疆民族源流世系及其事迹功绩的第一部著作。《皇朝藩部要略》也成了今人研究蒙元历史和地理极为珍贵的文献资料。

上述史地学著作的编纂使祁韵士对史地学产生了浓厚的兴趣，尤其引起了祁韵士对边疆史地学的关注。他在编纂《蒙古王公表传》和《皇朝藩部要略》时，接触和阅读了大量的史地学珍贵的文献资料，积累了丰富的史地学学养，历时八年的严谨治学精神也日益凸显。祁韵士在编纂《蒙古王公表传》时，八年间均是"辰入酉归，虽风雨寒暑无间"[1]，他整理现有资料时，发现当时资料大多"羌无故实，文献奚征，虽有抄送旗册，杂乱纠纷，即人名亦难卒读，无可作据"[2]，这对《蒙古王公表传》的编纂造成了极大的阻碍，对此，祁韵士采取了十分严谨的做法：

> 乃悉发大库所贮清字红本，督阅搜查，凡有关于外藩事迹者，概为检出，以次覆阅详校，择其紧要节目，随阅随译，荟萃存作底册，以备取材。每于灰尘壁积中忽有所得，如获异闻，积累既久，端绪可寻，于是各按部落条分缕析，人立一传，必以见诸实录红本者为准。又以西北一带山川疆域，必先明其地界方向，恭阅《皇舆全图》，译出山水地名，以为提纲。其王公等源流支派，则核以理藩院所存世谱订正勿讹。[3]

---

① 祁韵士著、刘长海整理：《祁韵士集》，太原：三晋出版社，2015年版，第592页。
② 祁韵士著、刘长海整理：《祁韵士集》，太原：三晋出版社，2015年版，第688页。
③ 祁韵士著、刘长海整理：《祁韵士集》，太原：三晋出版社，2015年版，第688页。

乾隆四十九年（1784），《四库全书》编纂工作最终完成，祁韵士先后两次奉旨对《四库全书》进行了两次复校。第一次是乾隆五十七年（1792），祁韵士与纪昀共同复校文渊、文源两阁所藏《四库全书》；第二次是乾隆五十九年（1794），祁韵士奉乾隆帝旨至热河承德，对文津阁所藏《四库全书》进行了复校。乾隆五十二年（1787），祁韵士任国史馆提调兼总纂官，承担了《国史大臣列传》的编纂工作，至乾隆五十五年（1790），该书编纂工作圆满完成。祁韵士编纂《蒙古王公表传》《皇朝藩部要略》等著作时具备了坚实的史地学知识基础，加之其严谨务实的治学态度为日后祁韵士成为西北史地学开拓者提供了前提条件。

二、祁韵士与西域的缘分及其两位知己

当初《蒙古王公表传》纂修工作进行时，该书参考了大量的满文文献，需要将其翻译成汉文，仅参加翻译和誊录的工作人员就有两百名之多。该书完成之日，祁韵士有感于他们的辛苦，他认为，该书纂修工作能够圆满完成，这些翻译和誊录人员功不可没。他们毫无怨言地工作了近十年之久，希望能够奏请朝廷，奖励这些工作人员。阿桂和嵇璜等大臣亦同意祁韵士的建议，愿意代为上奏，但权相和珅反对祁韵士此番提议，和珅反对的理由是蒙古文献未翻译。祁韵士据理力争，回复和珅说："蒙古字乃理藩院续办之事，非史馆所能越俎。且查各馆定例，誊录、供事悉给公费，每居五年，议续一次。今此书效力人员，本系自备资斧，不给公费又越十年之久，著有微劳，勤苦可悯，若不奏请鼓励，未足以昭平允。阿文成公以为然，乃得具奏，蒙恩给叙如例。或谓余忤和相意，将有不利。余曰职任提调，公事公言，利害非所计也。"① 祁韵士性格耿直，于此可见。他平时为人淡泊节俭，清雅耿介，言行素来慎重，为了给这两百多人请命，不惜得罪了和珅。祁韵士一生从不逢迎阿谀权贵，做事兢兢业业，治学态度极为认真，但因得罪和珅在日后的仕途中得不到升迁。《蒙古王公表传》成书后，朝廷大考官员，因受到和绅的排挤，祁韵士本应按名次补录员外郎，却改补了

① 祁韵士著、刘长海整理:《祁韵士集》,太原:三晋出版社,2015年版,第690页。

主事。其后阿桂和嵇璜大力举荐祁韵士考核为一等，朝廷承诺重用祁韵士，但乾隆五十五年（1790），祁韵士却被任命为右春坊右中允。右春坊右中允是东宫属官，官阶是正六品。祁韵士二十八岁进入翰林院，两年后授编修，编修官阶是从五品，主持编纂史学著作十年后，在考核均为一等的情况下，官阶反而降为六品，祁韵士深知其中原因，其好友为其鸣不平，但祁韵士泰然处之。殊不知，降官阶仅是祁韵士仕途不顺的开始。

　　乾隆五十六年（1791），朝廷又下令将他调任户部云南司主事，该官职也是六品官。依照朝廷用人定例，考中进士后朝考成绩优异者入翰林院为庶吉士。祁韵士因为成绩优异而列为庶吉士，只有那些成绩考核较差的才会被任命为主事、中书或者知县。在朝廷辛苦劳作十三年后，考核均为一等的情况下被任为主事，身边的亲友为其叫屈，祁韵士也明白，这是当初没有按照和珅的意愿去行事而招来的报复打击。此时，耿直的阿桂依然支持祁韵士，阿桂仍然任命他为国史馆的总纂修，令祁韵士跟随时任礼部尚书的纪昀参与了《四库全书》的复校工作，祁韵士才有机会阅读到更多的珍贵文献。嘉庆四年（1799），时为太上皇的乾隆去世，嘉庆帝掌权后立即诛杀了权相和珅，至此祁韵士二十八岁至四十八岁被和珅打压报复的生涯终于宣告结束。同年，祁韵士任户部主事，由于工作成绩突出，每次呈稿文章才华显露，为当时总理户部事务的成亲王赏识，祁韵士终于被提拔为户部河南司员外郎。

　　嘉庆五年（1800）春，祁韵士被授为户部福建司郎中，同时兼任则例馆提调。祁韵士任职期间，工作态度严谨，择选两年以内的漕仓章程奏明改订，编订成册，又撰写滇司职守说，悬挂于司堂之壁。同年八月，祁韵士任顺天乡试同考官。就在祁韵士觉得自己人生的春天到来的时候，不幸又降临到了他的头上。嘉庆六年（1801），祁韵士奉旨担任宝泉局监督，这是清政府的铸币局，该部门的管理直接决定了清政府的经济和财政状况，宝泉局监督属正三品，任职于此正说明了朝廷对祁韵士的重视。该职位按照惯例，每任监督更替时，都是凭册接任，并不盘点仓库现货，积年累月，亏空十分严重。祁韵士到任时，与前任监督交接，依然按惯例行事，对所辖仓库物资没有一一进行查点。这为日后亏铜案埋下了隐患，致使祁韵士流放伊犁。嘉庆九年（1804），清政府官员在审查时发现宝泉局仓库亏空了铜 70 万斤之多，上奏朝廷，嘉庆帝下令清查。嘉庆帝认为宝泉局亏空铜数量如此庞大，历任监督都难逃干系，如此重大贪腐案件，仅判现任监督五灵泰等拟绞监候惩罚太轻。于是嘉庆帝命宗人府会同刑部审讯，判历任监督五灵泰、遐龄、董成谦、祁韵士、凤麟、丁树本等拟绞监候。先行下狱于同年秋后核审。至嘉庆十年（1805）二月，五灵泰之子多次替父申诉，嘉庆帝于是派令庆桂等核审宝泉局亏铜案，此次查明五灵泰收受书吏童焕曾节礼，但并未实质参与贪污腐败，于是嘉庆帝将五灵泰免去死罪，发往热河，令其给披甲人当差。其余监督祁韵士等五人，因行贿书吏童焕曾已被处死，没有真凭实据，宝泉局亏铜案始终无法定案，因此不得不将前任监督遐龄、董成谦、祁韵士、凤麟、丁树本等免去死罪。将五人发往伊犁充当苦差。

诏书下达后，祁韵士将全家老小从北京送回山西寿阳老家，便启程前往流放地伊犁。嘉庆十年二月二十八日至七月十七日，经过 170 多天，历时六个月，全部行程一万零七百余里，祁韵士终于抵达流放地伊犁，也就是西域政治和军事中心的惠远城。祁韵士一生行事谨慎，其后每每回忆仅凭造册交接宝泉局监督这件事时，悔恨不已。祁韵士在《鹤皋年谱》中记载："局库亏铜案发，历任监督奉旨逮问治罪，余名亦在牍中。向来监督交代，仅凭册造出结，相沿致误，追悔莫及。"① 祁韵士一生谨言慎行，把清誉看得比性命还重，这是最大的打击。他一向蔑视权贵和珅，从不为金钱所动，清贫一生，却因为亏铜案下狱，这对祁韵士来说是难以接受的。流放至伊犁对祁韵士来说，身体的痛苦不及精神打击和心灵创伤的万分之一。祁韵士西戍之路，是由河北进入山西，渡过黄河，从陕西翻过六盘山到达甘肃兰州，由兰州穿越河西走廊，穿过星星峡进入西域，在西域沿着天山南麓行走，过风穴，越火州，翻越达坂到迪化，也就是今天的乌鲁木齐。从乌鲁木齐出发沿着天山北麓向西行走，最终到达伊犁惠远城。黄州惠州儋州成就了苏轼，流放伊犁虽是祁韵士人生最低谷，虽是祁韵士内心最伤痛的一段时间，却也成就了祁韵士在史地学领域的开拓者和先驱地位。在伊犁，

---

① 祁韵士著、刘长海整理：《祁韵士集》，太原：三晋出版社，2015 年版，第 693 页。

祁韵士不仅收获了累累的学术著作、文学佳作，还收获了他一生最为重要的两位挚友。

其中一位挚友是时任伊犁将军的松筠。祁韵士走上西北史地研究之路，伊犁将军松筠的作用极其重要。客观上讲，正是松筠的慧眼识才，成就了西北史地学的开创者祁韵士，松筠善用人才，这在有清一代三十八位伊犁将军中找不出第二人。因为松筠这位伯乐，祁韵士由一个流放的罪人，成了西北史地学者。伊犁将军松筠本身就喜好历史和诗文，特别看重祁韵士的才学，免去祁韵士在流放地的苦差，为祁韵士提供了良好的食宿条件和撰述条件。正是因此，祁韵士在三年流放伊犁期间，得以亲眼看到伊犁各地民风民俗，并对伊犁周边进行实地考察。

松筠和祁韵士有共同的人生经历，松筠两次任伊犁将军和任职于西藏都是拜和珅所赐。松筠也是一个清高耿介之人，不屑于对和珅趋炎附势，得罪了和珅，几次被排挤出朝廷。祁韵士和松筠在西北边陲再次相遇，真是"同是天涯沦落人，相逢何必曾相识"，更何况二人早已听说对方的声名，只是未及深交而已，在异乡相遇又同是被和珅打压过，正所谓相见恨晚。松筠是很有远见的，也是一个爱好文章诗词之人，本就属意于编著边疆史地之作，他认为边疆史志的编纂有利于巩固国家边防和领土完整，具有重要的意义。于是在任职于西藏和西域时，都着力发展当地的文化教育事业，善待和重用文人，编纂地方史志。他任职于西藏时亦编纂了西藏史地著作。他在伊犁见到祁韵士，又怎会放过如此良机。于是松筠便极力邀请祁韵士编写《西陲总统事略》，这部书原名《新疆南北两路事略》。祁韵士流放伊犁以前，流放伊犁的汪廷楷曾受松筠委托，根据伊犁原有的史地文献汇编完成初稿，但很快汪廷楷就回乡了。祁韵士流放伊犁，松筠明白祁韵士是上天派给他编纂西域史地著作的不二人选，他上奏嘉庆帝，请求朝廷准许其在伊犁组织人员编写清政府官方史地文献，以此彰显乾隆嘉庆在西域的大一统功绩，也有助于清政府在西域的管理。但嘉庆帝认为这个工作由朝廷人员编写就够了，原有的历史文献就够了，不需要在伊犁本地组织人员另行编纂，所以驳回了松筠的奏疏，责其弃本逐末，不重视边防管理。松筠并没有因此放弃编纂方志的想法，他认为对西域天山南北地理、历史和文化、城镇等进行深入细致的研究，有助于清政府的有效管辖。汪廷楷回乡后，祁韵士的到来，让他看到了希望，他在自己权力允许的范围内开展方志编纂工作，他并没有开展官方修史工作，这是死罪，他只是组织文人进行编修地方史地著作而已，但这个决定事后证明是多么正确，这个决定使得西域和西藏在松筠的主持下均留下了诸多珍贵的史地文献，成为后来研究西域和西藏的宝贵资料，客观上也成就了一批西藏和西域史地研究的先驱者。祁韵士就是其中之一。松筠和祁韵士也因此留名千古。

祁韵士编修了《蒙古王公表传》和《皇朝藩部要略》，积累了丰富的修史经验、方法和相关史地学知识，参与了《四库全书》的复校工作。至伊犁后，祁韵士受松筠委托，开始编纂《西陲总统事略》。他很快就拟定了全书的体例和需要增补的部分，祁韵士又一次发扬了他在国史馆的治学精神，夜以继日地整理和编修文献，前后花费了两年的时间，《西陲总统事略》编纂工作圆满完成。该书内容总括了四个方面：清政府统一西域的前后经过，西域的疆域、城镇、山川河流、卡伦、管制和军台及兵制等各个方面的管理情况；全书梳理了伊犁各个地区各级官员的任职和免职状况，对伊犁各个地区衙门和庙宇以及其他建筑的历史和粮食、茶、布、盐、货币、武器、船工、矿场等都有准确的记录，对西域的屯田和水利也做了详细的记载。这些都是今人研究西域社会生活的珍贵文献；全书对伊犁以外的乌鲁木齐、塔尔巴哈台及南疆各地区也有明确的记载；全书也涉及了西域生活的各个民族，对蒙古族、哈萨克族和柯尔克孜族的民俗及活动都进行了详细的记载。该书成为现今学者研究乾隆和嘉庆时期西域史地学最可靠的资料，也成为沙皇俄国侵吞我国领土的有力佐证。祁韵士是最早关注西北史地学的先驱之一，只有充分了解了该书的内容，才能深刻认识到西域自古以来就是中国版图不可分割的一部分。以往都是将李白出生于碎叶城来说明唐王朝的兴盛，笔者希望中国古代文学老师在讲述清代伊犁流人时，也可以通过祁韵士著作来加强学生的爱国主义和民族团结教育，不断铸牢中华民族共同体意识。这也是我们身处新疆高校教师的特殊职责所在。

完成了松筠委托的编修任务后，祁韵士利用生活中的闲暇时间，又编著了《西陲要略》《西域释地》两部著作。在编纂《西陲总统事略》时，祁韵士将西域原有的地名和城镇的历史演变做了一一的梳理和注释，这是西域第一部地名的小辞典，意义非凡。后来他的儿子将这些史地学著作刊印出版，成了西北史地学研究的必备参考文献。

西行路上，祁韵士记录了从北京出发至流放地的整个过程，完成了游记类散文《万里行程记》。同时，他寄情于伊犁的山水景物和风俗人情等，创作了《濛池行稿》和《西陲竹枝词》。诗人晚年遭遇政治挫折，内心伤痛不已，但对朝廷和国家的忠诚却没有任何改变，他将目光集中于编修史地学著作，这是对国家民族的责任，也是为了报答松筠知遇之恩，二人在三年内建立了深厚的友谊。嘉庆十三年（1808），在松筠的多方疏通和请求、周旋下，祁韵士顺利返乡。嘉庆十五年（1810），松筠调任两江总督，再次邀请祁韵士协助他管理事务，祁韵士有感于松筠的友情和恩情，便欣然前往，但一年后实在难以适应当地水土，便不得不辞别松筠回乡。

那彦成是祁韵士在伊犁结交的另一挚友，那彦成和祁韵士的身份一样，也是流放伊犁的文人，这一身份本就拉近了二人，又加上那彦成是阿桂的孙子，阿桂对祁韵士有提携和保举之恩，二人自然更为亲近一些。因为有家族的庇护，那彦成仕途一直很顺利，他于乾隆五十四年（1789）考中进士。嘉庆时期那彦成受命军机大臣上行走，兼任工部尚书，仕途大好。那彦成任两广总督时遇海盗猖獗，那彦成继承了阿桂的耿直和清介，出于民生的考虑，他对海盗进行了招安，给海盗首领封官并且发放了钱财。朝廷认为，那彦成不奖励本朝官兵，却奖励盗匪，这是为官不正。嘉庆十一年（1806），朝廷下令将那彦成流放伊犁。这一年是祁韵士流放伊犁的第二年。那彦成是阿桂之孙，家族背景显赫，能力也很强，流放伊犁后，先后担任伊犁领队大臣、喀喇沙尔办事大臣、喀什噶尔参赞大臣等。祁韵士在松筠幕中编修史志，那彦成在松筠幕中为官，二人结识，并且经常往来，二人均是清高耿介之人，志同道合，引为知己。嘉庆十六年（1811），祁韵士在江宁（南京）水土不服，辞别松筠后，回到家乡。第二年适值那彦成调任陕甘总督，祁韵士接受了那彦成的邀请，离开山西寿阳，到兰州主持兰山书院教学工作，亲自给学生授课。嘉庆十九年（1814），祁韵士又受那彦成之邀，至保定主持莲花书院。祁韵士一直倡导信古证今、经世致用的治学思想，在这里备受学生欢迎和爱戴，学生感其年迈高龄之下的教授恩泽，将"西河楷模"匾额悬挂于讲堂中。至兰州书院时，祁韵士已是六十三岁高龄，晨起晚归，整日操劳于讲堂之上，积劳成疾。嘉庆十八年（1813）冬月，因为身体不适，祁韵士不得不返回寿阳老家休养。嘉庆十九年（1814）春，祁韵士身体逐渐好转，因感念那彦成的友情和恩情，不听家人的劝告，再次接受那彦成的邀请，至那彦成府中，抵达仅十日，旧疾复发，医治无效，于嘉庆二十年（1815）三月二十五日寿终保阳书院，享年六十五岁。临终前还以书院课卷数百本置于枕边，手自评定。他的治学方向、治学方法、学术思想和学术成果对后来许多著名学者都有深远影响，如龚自珍、魏源、张穆、何秋涛等。

祁韵士在"伊江静虚书室"写了序文，详见如下：

余少喜读史，讨论古今，未尝少倦，顾独不好为诗。通籍后始稍稍为之，然酬唱嫌其近谀，赋物又苦难肖，操觚率尔，急就为章，已辄削弃之，不复置意。当在史局时，承纂《藩部表传》，历八年而成书。嗣总纂史稿，日惟搜辑掌故，自喜得其性之所近，益不乐为诗。厥后迁秩郎曹，劳形案牍，牵率益剧，其于诗更无暇为之。以故备员京毂垂三十年，吟咏之作仅《珥笔》《覆瓿》两集及《筠渌山房诗草》寥寥数卷而已。岁乙丑，以事谪赴伊江，长途万里，一车辘辘，无可与话，乃不得不以诗自遣。客游日久，诗料滋多，虽不能如古人得江山之助，然无日不作诗，目览神移，若弗能已。……愿借是得以孳孳于诗，补平生所未逮，亦未始非幸矣。……辗转走瀚海中千余里，迭经风穴、火山、沙坂、急流之险。又数月，始抵戍所，已徂秋矣。自念此行若非得诗以为伴侣，吾何以至此。重五之年，羸弱之躯，幸未僵仆于道，皆诗力也。即所为诗间有哀音促节，不免近于蝉嘒蛩吟，然以余所见山川城堡之雄阔，风土物产之瑰奇，云烟寒暑之变幻，一切可骇可愕之状，有所触于外，辄有所感于中。悱恻忠爱，肠回日久，无一不寄于诗。吟啸偶成，吮笔书之，长短惟意所适。其所不能尽，则又为行程记以纪之。是役也，余始信诗之不可以已。向者独不好此，乃余之陋也。①

这篇序文记录了诗人对诗歌的认识过程及其西域诗歌创作的缘由，从这篇序文中可以明确得知，《濛池行稿》中记录了西行路上祁韵士的心理历程，这是他的西域诗歌的重要内涵之一，从诗歌数量看，流放至伊犁已然成为祁韵士生命的一个重要组成部分。

嘉庆九年，祁韵士因为身陷宝泉局局库亏铜案被下狱，后免了死罪流放伊犁，在戍地编修史志三年，回乡后再未踏入仕途，他晚年专心于著书讲学。祁韵士走完了短暂而不平凡的一生，其中与西北伊犁结缘的三年最重要，在这里，他完成了西北史地著作，成为西北史地学研究的开拓者和先驱者，在这里也收获了他人生最为珍贵的两位挚友，回首祁韵士的人生，笔者相信他一定不会后悔这三年的伊犁之行。祁韵士对松筠和那彦成情深至此，那彦成和松筠对祁韵士亦如是，松筠在高龄之时，曾专门去拜访祁韵士的遗孀。

祁韵士信守经世致用和信古证今的治学理念，开创了中国西北边疆史地研究的新领域和新方向，其后西北史地学研究在道光和咸丰年间逐渐繁荣兴盛，形成了研究热潮，从而促使西北史地学研究成为清代学术研究中重要的组成部分。其经世致用的治学精神对徐松、张穆、李兆洛、郭在述、何秋涛、龚自珍、魏源以及更晚的王轩、杨笃等人产生了重要的影响，这批学者在治学门径与方向上，都受到他的教益和启发。时人和后人对其在西北史地学上的贡献均有很高的评价，道咸时期的胡思敬，晚清时期的张之洞、陈康祺和梁启超等人都对他给予了较高的评价。近代学者冯承钧、吴燕绍、高观如、吴廷燮、陈祖武、纪大椿、齐清顺、周王显、贾建飞、郭丽萍、朱玉麒和侯德仁等人也对祁韵士及其著述给予了较高评价。

祁韵士一生著作丰富，主要有《万里行程记》《己庚编》《书史辑要》《洱笔集》《袖爽轩文集》《覆瓿诗集》《濛池行稿》《西陲竹枝词》《访山随笔》等诗文集，编纂了《蒙古王公表传》和《皇朝藩部要略》《西陲总统事略》等史地著作。《清史列传》和《清史稿》均有其传。

---

① 祁韵士著、刘长海整理：《祁韵士集》，太原：三晋出版社，2015年版，第22-23页。

第二节
《濛池行稿》《西陲竹枝词》

祁韵士是西北史地学的开拓者和先驱者，他是乾隆嘉庆朝对西北史地学有重大贡献的文人，近百年来学术界侧重于研究他的《西陲总统事略》《西陲要略》《西域释地》等诸多著作，肯定了其史地学著作的功绩，对于他的文学创作关注较少。在三年流放期间，祁韵士创作了西域诗歌和散文。《万里行程记》是游记类散文，记录了祁韵士离开北京后到达伊犁的全过程，行程一万多里，对沿途所见所闻都做了详细记载，全书有一万五千余字，笔者未将该散文纳入研究范围。本书集中研究祁韵士西域诗歌《濛池行稿》《西陲竹枝词》。过去几年，仅有几篇学术论文研究了祁韵士的《西陲竹枝词》，笔者欲扩大研究范围，将《濛池行稿》和《西陲竹枝词》都纳入研究范围。

一、《濛池行稿》

《濛池行稿》有 109 首诗，诗人将西行路上所见所感诉诸诗歌。《濛池行稿》因"濛池都护府"一名而来，该名并非清代伊犁政府机构名称，而是源于唐代，是唐代都护府名称，唐高宗在五努失毕部设濛池都护府，祁韵士至伊犁时，唐代濛池都护府统辖范围正是伊犁将军松筠的管辖范围，因此，有强烈家国情怀的祁韵士，将自己的诗集命名为《濛池行稿》。祁韵士在《濛池行稿·自序》写道："客游日久，诗料滋多，虽不能如古人得江山之助，然无日不作诗，目览神移，若弗能已。……自念此行若非得诗以为伴侣，吾何以至此！"① 由此可见，《万里行程记》重在对客观事物的记录

---

① 祁韵士著、刘长海整理：《祁韵士集·濛池行稿自序》，太原：三晋出版社，2015 年版，第 23 页。

和描绘，而《濛池行稿》和《西陲竹枝词》则是将诗人遭受政治挫折后各种主观感受都寄寓其中，其中包含了被权相打压排挤、被宝泉局亏铜案无辜牵连的苦闷和冤屈，还有身处西北边疆身体的不适、内心的痛苦等等复杂情感。

二、《西陲竹枝词》

《西陲竹枝词》是祁韵士编纂《西陲总统事略》期间创作的又一部诗集，共收录西域诗歌 100 首。这些诗歌附录于《西陲总统事略》后，于嘉庆十六年（1811）首次出版刊行。竹枝词最早源于南方，产生于民间，语言通俗易懂，和传统的诗歌有明显的差别。刘禹锡是最早关注竹枝词的文人，他被贬谪至南方，常年接触民间新的诗歌样式，于是开始有意识地进行竹枝词的创作。刘禹锡在夔州刺史任上时，大力学习屈原作《九歌》的精神，借鉴当地民歌的曲调，创作出《竹枝词》，刘禹锡前后创作了 11 首竹枝词，都是描写男女爱情生活，竹枝词的体裁和七言绝句类似。与传统绝句写法不同的是，竹枝词大量使用白描手法，民间百姓对典故所知甚少，故而竹枝词中甚少使用典故，都是浅显易懂的话语，富有民歌气息。最为人所熟知的是《竹枝词二首·其一》：杨柳青青江水平，闻郎江上踏歌声①。东边日出西边雨，道是无晴却有晴②。刘禹锡对竹枝词的尝试大大地推动了该诗体的发展进程。经过刘禹锡的大力创作，竹枝词成为一种有别于绝句的新诗体。唐代中后期，竹枝词大多沿用之前的内容，吟咏男女爱情生活的主题，情感鲜明，绝大多数主题表达了男女无法长相厮守的怨恨，这种怨恨有别于其他诗体的怨恨，这种怨恨往往缠绵悱恻。竹枝词发展到明清时期，诗歌的主题逐渐地发生了变化，由最初的男女爱情主题转变为对男女主人公居住地的民风民俗的真实记录。这样一来，竹枝词所能吟咏的范围一下子扩大了几十倍，凡是涉及当地吃穿用的各种风景民俗皆能写入其中，白描的写作手法得到了长足的发展，竹枝词可以写及生活的方方面面，特别是旅行中的文人尤其喜好这种文体，写作起来不受太多约束，他们常

---

① 踏歌声,一作:唱歌声。
② 却有晴,一作:还有晴。

常用这种诗体进行纪游和纪事，于是地方竹枝词大力发展起来。

祁韵士在到达伊犁之前，创作了《陇右竹枝词六首》和《河西竹枝词六首》，其所到之处，以竹枝词将沿途风景民俗记录下来。清代派遣官员任职于西域，大批的文人也被流放至此，这些官员和流放文人使用竹枝词吟咏西域民风民俗。祁韵士虽然被清政府流放，但其忠于朝廷和心系百姓的儒家情怀没有改变，他初次踏上这块土地，便被西域的民风民俗和山川河流沙漠戈壁打动，国家认同意识空前萌发，他开始记叙祖国西北的历史地理民风民情。竹枝词的吟咏范围从男女爱情扩展到民俗民情地方风物，与此同时，同时代众多诗人不约而同地创作竹枝词，如纪昀《乌鲁木齐杂诗》、曹麟开《塞上竹枝词》、王芑孙《西陬牧唱词》、福庆《异域竹枝词》、林则徐《回疆竹枝词》、萧雄《西疆杂述诗》等。这些作品集中反映了西域民风民俗，他们绝大多数都是西域流人，竹枝词在内容上多记录西域社会生活、史地资料，这些作品表现了国家领土完整和统一的观念，充分展现了清代文人的国家认同、民族认同和文化认同，在这个意义上讲，祁韵士的竹枝词是西域各民族交往交流融合的最好体现。

第三章

祁韵士西域诗歌的

主要类型

第一节

风景诗

　　流放至伊犁的祁韵士，一踏上西域这片土地即被这些异于中原的景物震撼了：这里高耸的天山、终年不化的积雪、神奇的戈壁瀚海和岑参笔下一川碎石大如斗的奇特景象印入祁韵士的眼帘，看到这些雄奇壮观的景物，祁韵士之前的抑郁暂时消失了。从河西走廊一路西行至此，这些神奇的景物让祁韵士无比震撼，生活在中原的祁韵士从未想到在祖国的西北边疆有这样一番新天地，《濛池行稿·自序》中祁韵士说道："少时所读伊凉诗，多言征戍之苦，及天山、黑水、饮马长城诸迹，一一皆亲见之。叩关西出，景象苍凉，雪窖龙堆，纠纷极目……然以余所见山川城堡之雄阔，风土物产之瑰奇，云烟寒暑之变幻，一切可骇可愕之状，有所触于外，辄有所感于中。悱恻忠爱，肠回日久，无一不寄于诗"①，祁韵士在这里看到了之前从未见过的景物，将这些景物和内心的感受一一写入《濛池行稿》和《西

---

① 祁韵士著、刘长海整理：《祁韵士集·濛池行稿自序》，太原：三晋出版社，2015年版，第23页。

陲竹枝词》中。《红柳峡》《星星峡》《抵哈密》《连木沁风景甚佳喜作》《风穴行》《胜金口苦热作》《有谈岔口鸟者诗志之》《塔尔奇沟记胜》等都是描写这类震撼感受的风景诗。笔者将按照以下五个方面来阐释祁韵士西域诗歌描写自然景观的诗歌。

一、风之诗

唐代诗人岑参至西域,看到的是"北风卷地白草折,胡天八月即飞雪",一千多年后的祁韵士同样感受到了西域的大风带给他的震撼,他写下了《风穴行》[①] 一诗:

男子竟说胆如斗,几履虎尾脱虎口。一虎且足制人命,何况风穴连天吼。连天吼,动地来,行人到此色成灰。鸿毛不顺胁无翼,十常八九遭残摧。沙碛崎岖亘千里,此穴横穿沙碛里。三间房至十三间,无端巨浪从空起。沙石错杂迷道路,昼夜狂号风不止。风不止,路难通,人人雌伏大王雄。皆言飞石惯碎首,若被攫去类转蓬。千斤重载衔尾至,一一翻扑为之空。须臾车亦腾空去,只轮不反人无踪。余始闻言疑过甚,亲历乃觉非无凭。询之不解是何怪,但云有穴在山中。忆昔鸿濛初开凿,泄漏元气通山泽。大块吸破土囊口,天籁席卷青萍末。喷薄而去势莫当,积之既厚发必力。造物于人本仁爱,人不知避或误触。况有神灵护所居,云门咫尺谁敢越。封姨少女若居此,广寒月府连宫阙。凡俗岂容近门户,必遣爪牙守其缺。蚩尤旗,飞廉钺,假借声势为剽掠。吐舌南箕助簸扬,横杓北斗梗车辙。雷公电母欲赴会,云龙雾豹争掎角。突若千军万马至,咆哮腾踏森广漠。浩浩荡荡神力猛,一怒天地皆错愕。咄哉入坎一身轻,有进无退人马惊。衔枚疾走一日夜,百五十里作兼程。晴朗且喜尘埃静,微飔送我向西征。恰似偶值猛虎睡,未逢彼怒啸不生。世间万事悉前定,涉险惟当受以平。临穴惴惴亦何益,黑风川作天衢行。

1800 年,祁韵士的好友洪亮吉流放伊犁时也在此遇到了飓风,其《道

① 修仲一、周轩:《祁韵士新疆诗文》,乌鲁木齐:新疆大学出版社,2006 年版,第 150 页。

中遇大风，避入风半晌乃定》① 一诗云"云光裹地亦裹天，风力飞人复飞马。马惊人哭拼作泥，吹至天半仍分飞。一更风顽樵者唤，人落山头马山半。"1816 年，史善长流放乌鲁木齐时也写过飓风，但祁韵士笔下的飓风不同于他人。《易经》中云"云从龙，风从虎"，黑风川历来被中原的文人视为虎啸，祁韵士《风穴行》一诗下自注："即《明史》所谓黑风川也。"②此地即是《明史》所说的黑风川。诗中"三间房"句，句下自注："两地名，相去约有二百四五十里，风穴最险处在此。"③《明史·西域传》："东去哈密千里，经一大川，道旁多骸骨。相传有鬼魅，行侣早暮失侣多迷死"④，可见，黑风川是极为凶险之地。在祁韵士至黑风川之前，这里已有多人丧命于此，故而传言众多，祁韵士早前就听说这里风力巨大，大到什么程度呢？"男子竞说胆如斗，几履虎尾脱虎口"，传言都说这里的风力大如虎，祁韵士说世间男儿有胆大的，但世间最大胆的男儿也只能和一只老虎搏斗，无法同时和多只虎斗，"一虎且足制人命，况且风穴连天吼"，这里的飓风就如数不尽的老虎齐声大吼，不仅声音巨大，而且声势浩大："连天吼，动地来"，极写黑风川大风之规模，"行人到此色成灰"，由行人亲见时的恐惧来衬托出黑风川大风的不寻常。此处不仅风力巨大，风势规模前所未有，飓风持续时间之长也是闻所未闻："沙碛崎岖亘千里，此穴横穿沙碛里。三间房至十三间，无端巨浪从空起。沙石错杂迷道路，登夜狂号风不止。"这飓风绵延至整个瀚海沙碛，昼夜狂吼不止。诗人一起笔即言自己所听传闻，男子即便胆大如斗，面对风穴都面色如灰，鸟类常常在此毙命。想要穿过如此凶险之地艰难异常，因为风穴横穿整个沙漠，从三间房到十三间房，如此广阔的地带，八九级的大风随时随地凭空而起，一旦遭遇大风，沙石飞扬，行人十有八九迷路，此风不分昼夜呼号不已。在这风穴地带，再硬气之人都得俯首低腰，他们明白一旦遭遇大风，个人就如蓬草一般无足轻重，瞬间被大风刮飞，这些风穴惊险都是听闻而已，想不到能亲

---

① 修仲一、周轩：《洪亮吉新疆诗文》，乌鲁木齐：新疆大学出版社，2006 年版，第 167 页。

② 修仲一、周轩：《祁韵士新疆诗文》，乌鲁木齐：新疆大学出版社，2006 年版，第 151 页。

③ 修仲一、周轩：《祁韵士新疆诗文》，乌鲁木齐：新疆大学出版社，2006 年版，第 151 页。

④ 张廷玉等：《明史·西域传》，长春：吉林人民出版社，1995 年版，第 5575–5576 页。

见，曾经以为别人将风穴之凶险夸张异常，想不到亲见的比听说的还要凶险，到底为何会这样呢？诗人寻其原因，得知"有穴在山中"。

于是，诗人通过想象追述了一段神话传说：上古时期，天地开辟之时，天地之气泄露充溢于整座山。大地突然裂出了一块缺口，这个缺口就是风穴口，风穴巨大的响声和大风即来源于此，天地创造了如此奇观本无恶意，是人类不小心遭遇了此风。诗人接着又描述了这个神话的细节，这奇观原本就是避着人类的，所以天帝派其爪牙来看守，这个爪牙就是美丽无比的风神封姨，风神的力量有多大，她的实力竟然可至广寒宫。不仅如此，蚩尤也吐着赤气，飞廉也舞动着斧头，他们都在风穴口凭此声威劫掠路人，普通人无法进入此处。他们还有其他神助，南箕星帮他们扇着大风，使北斗星下横梗车辙。此外还有雷公电母和云龙雾豹协助他们，这些都如千军万马一般，声势浩大，声音响彻整个沙漠。诗人诗中描述的是哈密至鄯善之间的"百里风区"。"笔者曾工作于此，知祁韵士所言不虚。作者想象的狂风之源当然不可信，但似乎作者暗示社会上的一种恶势力在横行霸道。"①

"根据现代科学考察，由于十三间房的东、北、西三面皆为高山，东西两山结合部为一狭长的山沟，北面的冷空气通过山沟时，密度很大，出山后就形成强大的扇形喷射，刮起偏北大风。这就是气象学上的狭管效应"②，诗人笔下描写的神话传说是诗人想象出来的，自然不可信，但这想象却让《风穴行》这首诗歌多了层浪漫主义色彩，使得全诗更加神秘梦幻。风穴的大风，祁韵士《西陲竹枝词》中亦有提及，《西陲竹枝词》中也有题为《风穴》③的诗："履穴方知猛则苛，到来人有戒心过。封姨不是无情侣，谁遣妖氛作路魔。"可见大风带给他的震撼和惊惧。其游记散文《万里行程记》记载的内容即是对于风穴之凶险的最佳补正："自三间房至此，途中云有风穴，古谓之黑风川，有鬼魅为祟，见明史，最凶险处也，行人往往被风灾。当扬沙走石之际，或碎人首，或径吹去无踪，千斤重载之车，掀簸力尽，并车亦飞去，只轮无反者。《西域闻见录》言其状甚详。余发梧桐窝，抵三

---

① 星汉：《清代西域诗研究》，上海：上海古籍出版社，2009年版，第346页。

② 修仲一、周轩：《祁韵士新疆诗文》，乌鲁木齐：新疆大学出版社，2006年版，第151页。

③ 修仲一、周轩：《祁韵士新疆诗文》，乌鲁木齐：新疆大学出版社，2006年版，第211页。

间房，两程之内，风吼已甚，日夜不息，御者惮：过此乃入风穴，且不测，请勿行。"① 风势之大，驾车的车夫都怕了，在祁韵士再三的催促下才继续前行，他认为"此地荒凉特甚，令人愤懑欲绝，安能守风一二日耶!"② 一路上不仅"天籁飕飗，透屋溜中，声甚厉"③，扑面而来的是"迎面巨石，磨牙屹立欲搏人，凶恶不可名状，觉森森黑暗，非复人间世"④，最后出风穴后，诗人认为脱此险乃为天幸，若无《万里行程记》结合来读，仅诗中的神话传说不足以将此诗解读清楚，同样的内容，同样的描写对象，散文中使用的是写实的语言，诗歌中则是想象加工和优美华丽的语言，诗歌多了些浪漫主义色彩，诗人于惊险中体味风穴的另外一种美，这是散文无法表现的，因此，这首诗歌是展现西域风穴惊险和震撼之美的最佳方式，这种惊险可以使用散文进行补正，从此意义上讲，《万里行程记》于《濛池行稿》和《西陲竹枝词》而言是具有史料性质和作用的文献材料。

　　比祁韵士略早至西域的七十一也写过《阻风行》⑤，虽然这里的飓风也带给了他极强的震撼，但七十一不是流放的文人，这里的飓风带给他更多的是自然现象的震撼，而祁韵士因为在中原遭受的种种委屈和不公，这里的飓风不仅让他感受到自然之风，祁韵士更多地感受到了政治和命运的飓风，故而将这种情感都写进了《风穴行》一诗中，这是由祁韵士潜意识中不自觉完成的。就像司马迁在经受了李陵之祸后重新审视《史记》的编纂宗旨，将本来受父亲遗命为汉武帝歌功颂德，编一部自有人类以来至汉武帝盛世的通史，在司马迁遭受宫刑后不自觉地将史记的编纂宗旨调整为"究天人之际，通古今之变，成一家之言"，在后来52万字史记的内容中，司马迁不自觉地将自我的人生遭际和情感都蕴含在了每一个历史人物之中，今天我们读起这部巨

　　① 祁韵士著、刘长海整理:《祁韵士集·万里行程记》，太原:三晋出版社，2015年版，第16页。

　　② 祁韵士著、刘长海整理:《祁韵士集·万里行程记》，太原:三晋出版社，2015年版，第16页。

　　③ 祁韵士著、刘长海整理:《祁韵士集·万里行程记》，太原:三晋出版社，2015年版，第16页。

　　④ 祁韵士著、刘长海整理:《祁韵士集·万里行程记》，太原:三晋出版社，2015年版，第16—17页。

　　⑤ 星汉:《清代西域诗研究》，上海:上海古籍出版社，2009年版，第2页。

著才显得尤为打动人心，这也使得《史记》成为二十五史中文学色彩最强的一部著作。祁韵士将年近暮年遭遇人生重大挫折和不公被流放至遥远的边疆，身为人子不能尽孝，身为人父不能承担教育养育子女的重任，身为人夫不能撑起一个大家庭的无奈，只有眼睁睁看着自己年迈的妻子带着全家老少迁回寿阳老家艰难度日，这种人生感受不自觉地都蕴含在《风穴行》一诗中了。

二、水之诗

如果说哈密到鄯善的大风让诗人感受到了大自然的震撼、惊惧以及对身世的感伤的话，那么连木沁的溪水带给诗人一抹暖流，其位于鄯善以西九十里，这溪水之甜美让诗人流连忘返，浑然忘了自己是戴罪之身。

《连木沁风景甚佳喜作》① 一诗云：

塞外苦无水，觅得辄称幸。睋彼清且漪，厥名连木沁。宿雾湿客衣，晨光吐明润。缭绕溪几曲，群流势相竞。高柳覆层阴，堤草遥掩映。溪西一水来，委折行何迅。其东又一水，激湍出深箐。又东石蟠中，怒涌竹箭劲。略彴会纵横，潺潺响樾荫。人家溪上居，牛马溪下饮。漂者杵相闻，汲者瓶靡罄。水砲与良田，丰乐适其性，我行偶过此，一览万念净。濯足倚清流，尘氛忽已尽。俯仰恣瞻玩，异类草余憎。昔闻桃花源，避地津罕问。渊明一作记，世诧神仙洞。又闻空灵岸，沄沄霞石峻。子美拟营居，新诗发高咏。中邦佳山水，所在多幽兴。独兹世外境，绮丽殊绝胜。知者果谁欤，创获自不佞。欣然欲私之，景与心相印。开豁畅征襟，白日忘西竟。行迈有程期，仆夫促余乘。回首滋恋恋，既远觉犹近。讵意沙漠中，遇此清凉径。

诗中诗人见良田盈亩，溪水数条，上游妇孺洗衣，下游饮马，高高的柳树，无数堤岸环绕，如此美景温暖心间，诗人禁不住脱去鞋袜，濯足溪水，良辰美景中忘却流放伊犁的痛苦，也俨然忘了刚刚黑风川的万分惊险，连木沁之溪水美景在《万里行程记》中亦有记载，与该诗遥相呼应："西行

---

① 修仲一、周轩：《祁韵士新疆诗文》，乌鲁木齐：新疆大学出版社，2006年版，第155页。

六十里至连木沁，风景最佳。村西河水自北而南，清澈可爱。稍东，则石罅中突出一泉。稍北，又有一溪从深林内涌出，汇合桥畔，潨潨振响。上有万柳阴云为之庇幂，炎天酷热，顿觉清凉。时看头人暭暭，妇子嬉嬉，饮马捣衣，往来不绝，别有天地。徘徊半日，觉尘襟为之一涤，解袜濯于溪头，快事，快事！过河登岸，良苗盈亩，盖回民习于耕种，安乐之况可想。"① 诗中"讵意沙漠中，遇此清凉径"中一个"讵"将诗人于沙漠中见此清流之惊奇全然写出。如果将朝廷流放祁韵士至伊犁给予政治打击看作黑风川的话，那么松筠在伊犁为祁韵士所做的一切安排和照拂就是这溪水良田捣衣饮马高柳濯足般的暖心。

《行抵伊犁三台观海子》② 中写道："三千弱水竟谁探，巨泽苍茫势远涵。万顷光分浓淡碧，一奁影划浅深蓝。群飞白雁翔初起，对舞文鸳浴正酣。极目寥天明月好，清辉彻夜浸寒潭。"题中"三台"即清代军台，在今伊宁市东北 300 里。"海子"，即赛里木湖。"极目"句，句下自注："时中元（七月十五）前一夕。"③《万里行程记》中的文字可以作为这首七律的注脚："三台四面皆山，中有一泽，呼为赛里木诺尔，汇浸三台之北。青蓝深浅层出，波平似镜，天光山色，倒映其中，倏忽万变，莫可名状。时有鸳鸯、白雁往来游泳，如海鸥无心，见人不畏，极可观也。"④ 这首七律，紧扣诗题，所写景物，都从"观"字着笔。先总写，再分说；先白天，后夜间；天上、岸边、水中，娓娓道来，极有层次。《西陲竹枝词》中也提到《赛里木海子》："澄波不解产鱼虾，饮马何曾问水涯。碧草青松看倒影，蔚蓝天远有人家。"⑤ 可见祁韵士对赛里木湖印象之佳。

《柳树泉》⑥ 也写到了西域的甘泉："皮存仅剩劫余灰，喷玉跳珠混混

---

① 祁韵士著、刘长海整理:《祁韵士集·万里行程记》，太原:三晋出版社，2015 年版，第 17 页。

② 修仲一、周轩:《祁韵士新疆诗文》，乌鲁木齐:新疆大学出版社，2006 年版，第 169 页。

③ 修仲一、周轩:《祁韵士新疆诗文》，乌鲁木齐:新疆大学出版社，2006 年版，第 170 页。

④ 祁韵士著、刘长海整理:《祁韵士集·万里行程记》，太原:三晋出版社，2015 年版，第 20 页。

⑤ 修仲一、周轩:《祁韵士新疆诗文》，乌鲁木齐:新疆大学出版社，2006 年版，第 214 页。

⑥ 修仲一、周轩:《祁韵士新疆诗文》，乌鲁木齐:新疆大学出版社，2006 年版，第 212 页。

来，岁歉岁丰皆可卜，天然一孔好传杯。"此处泉水与连木沁不同，此处泉水十分特殊，该泉的守护者是棵千年老柳树，是阳萨尔神泉的老柳树，据《乌什二泉记》①记载，此处老柳树有数十棵，高耸入云，"修干如龙，卧地复起，盘挐倔强，疑张牙爪，盖柳之别种也"。此处泉水就是从柳树根处三尺多的地方流出，饮之如酒甘甜。该泉最为神奇的地方是具有占卜能力，当地百姓呼为灵泉，乌什泉水有两处，一处即此处阳萨尔灵泉，一处在乌什城南，阳萨尔灵泉的泉水出水多的时候那一年一定是丰收之年，泉水少的时候一定是灾年。出水量多少是由于当地气候环境和地质原因所致，当地人不明原因，将因果关系倒置，所以认为该泉有占卜的能力，因而该泉在当地影响甚大。

这三首诗都写及了西域的水，但更多的都是和地理历史有关，诗人从历史地理学的角度写水。

《连木沁风景甚佳喜作》写的是甘泉，但沙漠戈壁甘泉较少，更多的是苦水，《苦水》②一诗就是最好的证明："渴际谁甘饮盗泉。生憎滴水苦茶煎。葫芦车上朝朝挂，昏暮求人便值钱。"西域戈壁中最缺水，即便遇到水，也多是苦水，无法饮用，因此，常年行走于戈壁之中的人们在泉水处用葫芦装水，挂在车上，以备口渴时饮用。《万里行程记》中也写到了此处苦水："由十三间房西行八十里至苦水。前一苦水在沙碛中，此一苦水亦在沙碛中。自梧桐窝至此三百余里。每投宿处并无二店，平生从未见此窘况。水亦奇咸，饮则破腹。"③破腹指的是拉肚子，而且很严重，诗集中写得美丽，但散文纪实，苦水写得实苦。不仅写到了戈壁滩的苦水，横亘西域的天山之雪水也是诗人描写的对象，《雪水》④一诗云："良田十斛祝丰饶，天赐三冬雪水浇。粗作沟塍谁尽力，功成事半乐逍遥。"西域属于内陆干旱地区，气候严寒，雨水较少，但年降雪量较大，春夏秋三季的庄稼全赖雪水浇灌，诗人经历了连木沁的甘泉，也尝了戈壁滩的苦水，见此灌溉农田的

---

① 施补华：《泽雅堂文集》，北京：朝华出版社，2018 年版，第 167 页。

② 修仲一、周轩：《祁韵士新疆诗文》，乌鲁木齐：新疆大学出版社，2006 年版，第 207 页。

③ 祁韵士著、刘长海整理：《祁韵士集·万里行程记》，太原：三晋出版社，2015 年版，第 17 页。

④ 修仲一、周轩：《祁韵士新疆诗文》，乌鲁木齐：新疆大学出版社，2006 年版，第 209 页。

雪水欣慰万分，天山绵延数千里，一座座高山就是一座座水库，西域老百姓农业耕作是十分粗放的，经常是骑马撒下种子，稍微开沟渠即可灌溉，因此诗中有"粗作沟塍谁尽力，功成事半乐逍遥"一句，这种耕种方式虽然收成不多，但西域地广人稀，这样的耕作方式也是可以满足百姓日常所需的。在描写苦水的风景诗中，描写环境艰苦的同时，也反映了诗人顽强不屈的抗争精神，正是这抗争精神支撑着诗人完成了《西陲总统事略》和大量的西域诗文。

《雪水》一诗写了天山雪水灌溉农田，《赛里木海子》① 则将笔墨延伸至西域内陆湖泊，赛里木海子在清代亦称为察罕赛里木淖尔、赛里木淖尔，也就是今天的赛里木湖。淖尔是蒙古语，意思是湖泊，赛里木湖是一个长圆形的湖泊，属于内陆湖泊，面积为450多平方公里，海拔2073米，是当时西域最大的高山内陆湖泊，② 该湖泊是经由乌鲁木齐至伊犁的必经之地，凡是经由乌鲁木齐到伊犁的流人均能看到此湖泊，比祁韵士早到伊犁的洪亮吉笔下也写及了此湖泊，其以"西来之异境，世外之灵壤"③ 来赞美此湖泊。"碧草青松看倒影，蔚蓝天远有人家"，祁韵士身处赛里木湖，感受到自己在群山的环抱之中，看着雪岭翠松、蓝天和草原，看着倒影中的碧草青松，再看远处的村落人家，诗人在此小憩，如此清澈的湖水，此湖水也不咸，何以没有任何的鱼虾"澄波不解产鱼虾"，诗人不仅自己在此补足了饮用水，"饮马何曾问水涯"，马儿也在此饱饮一顿，此湖之大，无边无际，以诗人地理历史的学养他是很想探究一番赛里木湖的边缘，但无奈时间有限，只好说"饮马何曾问水涯"，后来他在西域史地著作中也确实做了一番探究。

祁韵士诗中描写了众多的水，有泉水、有溪水、有雪水、有湖水、有戈壁的苦水，从诗人的描写中我们可以窥见西域水资源之丰富，也可以想见当时西域百姓的整个农业生活概貌，从这个意义上说，祁韵士这些描写水的诗歌具有史料文献价值，可以和其散文《万里行程记》相互印证而读。

---

① 修仲一、周轩:《祁韵士新疆诗文》,乌鲁木齐:新疆大学出版社,2006年版,第214页。
② 修仲一、周轩:《祁韵士新疆诗文》,乌鲁木齐:新疆大学出版社,2006年版,第214页。
③ 修仲一、周轩:《洪亮吉新疆诗文》,乌鲁木齐:新疆大学出版社,2006年版,第292页。

祁韵士描写水的风景诗数量也有很多，还有以下诗歌：《晚宿格子烟墩》《出兰州北郭渡黄河浮桥作》《冰岭》《晨渡玛纳斯河》《行抵伊犁三台观海子》《黑水》《河源》《蒲昌海》《苇桥》等等，这里不再一一论述。

三、山之诗

不仅黑风川的大风、鄯善的溪流带给祁韵士别样的震撼，西域的天山也多次成为祁韵士诗歌表现的对象。山意象出现在文人笔下，自古有之，《诗经·郑风·山有扶苏》中"山有扶苏，隰有荷华。不见子都，乃见狂且"①；汉乐府《上邪》曰"上邪，我欲与君相知，长命无绝衰。山无陵，江水为竭，冬雷震震，夏雨雪，天地合，乃敢与君绝"②，借助于山意象描写爱情的坚贞；盛唐时期《游泰山》中有"终当遇安期，于此炼玉液"③，将自己功成身退的理想寄托于山意象中。《鹿头山》中有"连山西南断，俯见千里豁"④，杜甫通过描写鹿头山展现了自己对未来踌躇满志。盛唐诗人看山，将盛唐气象融入山中，充分体现了自信、朝气蓬勃的时代特征，而宋代国力的衰弱则决定了山意象又出现了另一种风格，如苏轼《白塔铺歇马》中有"甘山庐阜郁相望，林隙熹微漏日光"⑤。苏轼理性看待人生的遭遇，甘山中蕴含了诗人乐观、旷达的儒释道合一的思想。在中国古典诗词中，山意象源远流长。山意象有自己的特殊发展历程，早期山作为衬托诗歌内容的环境而出现，至山意象成熟时，山就是诗歌主题内容。天山横贯中国新疆的中部，古名白山，又名雪山，冬夏有雪。天山以其独特性成为西域的象征。祁韵士流放至伊犁，异域风光带给他心灵的震撼，天山是这些异域风光中的典型景物，已具有了较为成熟的意象含义。

"个人意识的觉醒，使诗歌创作摆脱了传统诗教观的束缚，缘个体之

---

① 骆玉明校注：《诗经》，西安：三秦出版社，2018 年版，第 154 页。
② 郭茂倩：《乐府诗集》，北京：中华书局，2017 年版，第 431 页。
③ 李白著、王琦辑注：《李太白全集》，北京：中华书局，2011 年版，第 789 页。
④ 杜甫著、萧涤非主编：《杜甫全集校注》，北京：人民文学出版社，2014 年版，第 1885 页。
⑤ 苏轼著、王文诰辑注：《苏轼诗集》，北京：中华书局，1982 年版，第 1228 页。

情，感多彩外物，物亦蕴含深情而展现带有不同哲学意味的韵致。"①《望博克达山》② 一诗将天山的广袤无垠和高峻表现得淋漓尽致，天山绵延数千里，高耸入云，是个人意识的觉醒和西域风景完美融合的典范："山脉远自葱岭发，蜿蜒直向东北来。插天三峰势欲落，中横一脊高崔巍。峻坂仰看白雪老，连城俯压青云闲。天外奇观似此少，壮游使我歌莫哀。"

天山终年被雪覆盖，望着高俊、奇特的天山，诗人不由得产生了喜爱之情，置身于天山之下，诗人顿时感受到造物主的神奇和自身的渺小，瞬间忘记了自己遭受的不公，忘记了现实的痛苦，心里只有天山带来的莫名喜爱和震撼，他甚至有想要拥抱一下天山的冲动，可以毫不夸张地说，是天山让他的精神得到了升华。诗人在描写天山时常常离不开对雪的描写，经常是积雪满山，山顶常年积雪覆盖，"峻坂仰看白雪老，连城俯压青云闲"是雪与山连为一体的最佳写照。面对博克达山峰如此奇观，诗人早已将流放的哀苦抛到九霄云外，"天外奇观似此少，壮游使我歌莫哀"，在诗人看来，这样的奇观百年难得一见，我这戴罪之身的痛苦也不复存在了，我就放开怀抱在此高歌一曲吧，此时此刻诗人满怀豪情壮志。

祁韵士《天山》③ 一诗渗透着个体历史地理哲思意识："三箭争传大将勋，祁连耳食说纷纷。中原多少青山脉，鼻祖还看就此分。"自古以来，对天山山脉的广度和长度看法不一，诗中化用了唐代典故，唐代薛仁贵从郑仁泰击九姓铁勒于天山，薛仁贵射了三箭，杀了三个人，其余皆下马投降，所以军中皆唱"将军三箭定天山，壮士长歌入汉关"。但薛仁贵所定天山其实是阴山，并非现在意义上的天山，祁韵士是历史地理学家，他很清楚这一点，因此说"祁连耳食说纷纷"，就如苏轼明明知道湖北黄冈赤壁并非三国赤壁古战场，词人在《念奴娇·赤壁怀古》里明确写道：人道是三国周郎赤壁。苏轼自己知道这不是赤壁古战场，但苏轼由此感发，是不是真正的赤壁古战场不重要，重要的是苏轼要借此抒发情感，该诗也是如此用法，

---

① 马奔腾:《诗教视野下"兴"与古代山水诗的产生与发展》,《郑州大学学报》,2019年第 6 期,第 69 页。

② 修仲一、周轩:《祁韵士新疆诗文》,乌鲁木齐:新疆大学出版社,2006 年版,第 161 页。

③ 修仲一、周轩:《祁韵士新疆诗文》,乌鲁木齐:新疆大学出版社,2006 年版,第 199 页。

薛仁贵所定天山是不是真正的天山不重要，重要的是，诗人想由此抒发赞颂天山的强烈愿望："中原多少青山脉，鼻祖还看就此分。""奇特的异域风光带给来到西域的清代诗人们心灵的震撼，而天山和雪则是这些异域风光中的典型。因此，天山这一客观的自然景物一经诗人摄入笔端，就必然带上了诗人特定的主观感情色彩，赋予它灵性，便成了浸透着这些因为各种不同原因至西域的诗人们主观意愿的'天山意象'。"①

祁韵士编纂了《蒙古王公传表传》，熟知中国边疆历史和地理，他认为天山山脉太重要了，天山贯穿古西域南北疆，主脉位于西域中部，将天山分割为南北两个部分，伊犁位于天山北部。他将天山山脉归于中原山脉的鼻祖，这充分体现了诗人将西域和中原归于一统的观念，正是在这种国家一统的观念的影响下，祁韵士在伊犁完成了《西陲总统事略》等西域史地著作，开西域史地学先河。

西域气候严寒，山上常年冰雪覆盖，大多数诗人写天山时多是山峰和积雪一起描写，积雪中亦有冰有雪，但祁韵士将笔触投向了山之冰，《冰岭》② 一诗写道："巨岭摩天尽是冰，日光山色映千层。玲珑雪窖深无底，茧足盘旋履战兢。"冰岭指位于天山北部昭苏和天山南部拜城两县之间的木素尔岭。现今呼作木扎尔特达坂。冰岭位置十分重要，翻越冰岭可到达南疆，是北疆通往南疆最便捷的一条道路，《突厥语大词典》和《世界境域志》中都记载了这条冰岭古道。徐松《西域水道记》中有详细的记载："坚冰结成层峦叠嶂，一种白如水晶……又含巨石如屋，及其融时，冰细若骨，衔石于巅，柱折则摧，当者糜碎。"③ 冰岭道路十分险峻，经常有人马毙命于此，因其冰川瑰丽异常，因而被称作冰岭。"巨岭摩天尽是冰，日光山色映千层"，描述了该景观，冰岭在阳光照射下五彩缤纷，美丽无比，"玲珑雪窖深无底，茧足盘旋履战兢"则是描写冰岭的凶险，在冰岭行走十分艰难，脚底生出了老茧，虽是夸张，但写出了跋涉之艰难。值得注意的是，

---

① 李彩云：《论清代西域诗中的天山意象》，《喀什师范学院学报》，2011 年第 5 期，第 67 页。

② 修仲一、周轩：《祁韵士新疆诗文》，乌鲁木齐：新疆大学出版社，2006 年版，第 204 页。

③ 徐松著、朱玉麒整理：《西域水道记(外二种)》，北京：中华书局，2012 年版，第 218 页。

这些风景诗蕴含了历史或者地理哲思，很少有不使用历史或者地理哲思的诗歌，"在他们眼中，花草树木、飘风云雨和寂兮廖兮的道中所蕴含着的哲理浑然一体的契合起来。一方面，具体山水所蕴含的生生不息的生命感和自然万物和谐同一的浑然感，常常引发他们对于宇宙万物和生命的种种思索，因此他们'微言剖纤毫'，通过具体的'山水物象'体悟亘古宇宙中难以言传的玄理所在"①。

除了将目光投向博格达峰的高峻和冰岭的凶险外，诗人对吐鲁番天气的炎热程度也给予了较多关注，他从未体验过冰火两重天之感，刚刚经过严寒的冰岭，又遇如此酷热的火山，而且距离如此之近，真正体会了才出冰窟，又入火坑之感，《火山》② 一诗中这样记载："冰山雪海界将交，赤地洪炉鼓异飓。难执阴阳殊气解，热来无昼亦无宵。"火山指吐鲁番盆地的火焰山，火焰山在吐鲁番市东北九十里处，从东到西总长二百里，南北总宽二十里，高约五百米上下。因为火焰山的主体部分大多是侏罗纪红色砂岩，整座山呈赭红色，当地居民称为"克孜勒塔格"，译成汉语就是红色之意。唐代岑参亲至西域，多次描写了吐鲁番火焰山，岑参《经火山》③："火山今始见，突兀蒲昌东。赤焰烧虏云，炎氛蒸塞空。不知阴阳炭，何独染其中。我来严冬时，山下多炎风。人马尽流汗，孰知造化功。"岑参《火山云歌送别》④ 亦云："火山突兀赤亭口，火山五月火云厚。火云满山凝未开，飞鸟千里不敢来。"岑参将火焰山的炎热描写得淋漓尽致，明代陈诚行至西域看到火焰山，也是感触极深，"一片青烟一片红，炎炎气焰欲烧空。春光未半混如夏，谁道西方有祝融"⑤，陈诚不仅在诗中使用了夸张的修辞手法，还将神话传说也写进了诗中。祁韵士《西陲竹枝词》和《万里行程记》用纪实的方式也描写了吐鲁番的炎热程度，如果诗歌重在写心的话，那么同时期创作的散文则是写外在环境："峡尽，出山为胜金口，土石夹杂而生，色

---

① 吕新峰：《东晋中期会稽文人与玄言山水诗》，《齐齐哈尔大学学报》，2019 年第 10 期，第 126 页。
② 修仲一、周轩：《祁韵士新疆诗文》，乌鲁木齐：新疆大学出版社，2006 年版，第 206 页。
③ 吴蔼宸：《历代西域诗钞》，乌鲁木齐：新疆人民出版社，2001 年版，第 14 页。
④ 吴蔼宸：《历代西域诗钞》，乌鲁木齐：新疆人民出版社，2001 年版，第 16 页。
⑤ 吴蔼宸：《历代西域诗钞》，乌鲁木齐：新疆人民出版社，2001 年版，第 65 页。

皆赤，壁立千寻，土人呼为火焰山。其地奇热殊常，不可耐，至闭人呼吸气，虽夜静亦然，往往行至中途，有喝死者。"①

祁韵士描写山的诗歌数量也很多，《明岨山纪异》②一诗描写山的同时结合了大量的典故和神话传说；《四月十四日度六盘山，风雪交作，狼狈殊甚，次日作长歌纪其事》③中山的形象也十分突出，"危坂陡绝上青霄，时有风雨相倚徙""足趾二分垂在外，深涧万丈冰雪窟""路转峰回不记数，冰裂雪绽风飕飕"，诗人将山、雪和风三种物象交融在一起，最终以"不怕层峰叠嶂险，但愁泥滑雪漫漫"作结。《晚过大河沿，南山极雄峻，其西忽见小山耸翠，一一秀削可爱，记之以诗》④中山的形象也呼之欲出，"沙路随山转，雄奇仰巨观"，诗人为山的高峻和挺拔而惊奇和震撼，这里和峨眉山不同，"翠吐青莲瘦，烟凝玉笛寒"，欣赏之余，更觉"别开生面目，无数小峰峦"，诗人恨不得将该美景长久留下，"欲移屏障里，留作图画看"，至此，诗人一路西行看到众多山川美景，由最初被流放时的愁苦和失落情怀，逐渐转向释然和旷达。此外，祁韵士描写山的诗歌还有《望方山》《访五峰山龙池》《至榆次县境出山》《霍山》《平阳道中望藐姑射山》《中条山》《华山》等等，这里不再一一赘述。

四、沙漠之诗

沙漠在西域随处可见，沙漠种类很多，戈壁是最常见的一种，很多村落和城市之间要走一段或者数段戈壁，西域地大物博，多数地方是沙石覆盖的戈壁，不是可以耕种的黄土，《濛池行稿》和《西陲竹枝词》中描写戈壁的诗句不在少数，这些诗歌在描写戈壁的同时寄寓了诗人坚韧的性格和对未来无限的希望。

祁韵士在《戈壁》⑤一诗中这样写道："目断龙堆寸草枯，寻常鸦鹊鸟

---

① 祁韵士著、刘长海整理：《祁韵士集·万里行程记》，太原：三晋出版社，2015年版，第17页。
② 修仲一、周轩：《祁韵士新疆诗文》，乌鲁木齐：新疆大学出版社，2006年版，第107页。
③ 修仲一、周轩：《祁韵士新疆诗文》，乌鲁木齐：新疆大学出版社，2006年版，第113页。
④ 修仲一、周轩：《祁韵士新疆诗文》，乌鲁木齐：新疆大学出版社，2006年版，第168页。
⑤ 修仲一、周轩：《祁韵士新疆诗文》，乌鲁木齐：新疆大学出版社，2006年版，第198页。

还无。横空隔绝几千里，不信迤西有奥区。"诗人极目远眺，收进眼底的尽是戈壁沙漠，在这无边无际的戈壁中，行人若无骆驼和当地居民向导，经常会毙命于此。"寻常鸦鹊鸟还无"，就是善于飞翔的鸟儿也难以飞越此处沙漠。这沙漠绵延几千里，根本看不到沙漠的尽头是否会有土地肥沃的可耕之地。龙堆此处指戈壁，阳关、玉门关以西，罗布泊以东有著名的白龙堆沙漠。唐代岑参《登北庭北楼呈幕中诸公》"大荒无鸟飞，但见白龙堆"① 说的也是穿越千里戈壁的凶险，即便鸟都难以安全穿过，更何况是不能飞的行人呢？说的也是穿越几千里戈壁的凶险，即便鸟都难以安全穿过，更何况是不能飞的行人呢？戈壁里缺水，植物稀少，没有食物供给的地方，经常会伴随着大风天气，飞沙走石，让行人迷失方向，真的是凶险至极，戈壁这一景观往往体现出西域气候的恶劣和生存的艰难。诗人即便行走在如此凶险的戈壁中仍然唱出了"横空隔绝几千里，不信迤西有奥区"，绝境中预示了希望，正是这困苦中透露出的亮光支撑着祁韵士完成了他的《西陲总统事略》等史地巨著。

祁韵士描写戈壁的诗歌还有一首《瀚海石》②，里面详细描写了诗人在三间房所捡的戈壁石头："袖石携将旱海回，嵌奇影落碧云堆。耳边弹指闻清越，泗水何劳觅磬材！"诗中所言"旱海石"即瀚海石，也就是当地百姓所说的大漠奇石或者戈壁奇石。祁韵士在他的《万里行程记》中也说"沙冈上乱石纵横，色似猪肝，又有紫中透绿者，扣之，其声清越如磬，即瀚海石也。"诗人在三间房将看到的戈壁奇石放进袖中带回住处，"耳边弹指闻清越，泗水何劳觅磬材"，诗人说良才是可遇而不可求的，正如自己本以为被流放至西域会一无所成，没想到在这里结识了松筠和那彦成两个知己，完成了引以为傲的《西陲总统事略》，虽然造化弄人，但只要自己拥有一颗不屈的灵魂，在哪里都会找到自我的人生价值，该诗因为运用了典故具有了托物言志的意蕴。

西域多戈壁，常年伴随大风天气，祁韵士将风和戈壁结合写进了《风

① 吴蔼宸：《历代西域诗钞》，乌鲁木齐：新疆人民出版社，2011年版，第12页。
② 修仲一、周轩：《祁韵士新疆诗文》，乌鲁木齐：新疆大学出版社，2006年版，第256页。

戈壁》① 中:"漫空雪阵欲埋人,不死蚩尤作转轮。猬缩魂消舒尔汉,花牛犊子漫言神。"诗人知道风不是蚩尤所为,但这里为了将诗歌写得浪漫无比,诗人说戈壁的大风是蚩尤复活了,以刺猬遇到敌人团缩起来形容人在大风面前也是无能为力,畏缩不前。此处"舒尔汉"一词指风雪,"花牛犊子"则是当地居民流传的民间传说。该传说"花牛犊子"在七十一的《西域闻见录》可以相印证:"舒尔汉,译风雪也。边外北路多有之。伊犁哈布他海西山径过,马行两昼夜,中有花牛一只,小于常牛,见则舒尔汉起,急风大雪旋转漫天,非寻常可比。人畜遭之,十存二三。额鲁特呼之为阿布图呼尔,译花牛犊也。至其地则虔诚祭祷而后行。俗谓之风戈壁。"②

戈壁源于蒙古语戈壁的音译,在蒙古语里是荒漠之意,地表只要覆盖有沙石的地方都可以成为戈壁,在有戈壁的地方,多狂风,有戈壁的地方缺水源,植物覆盖很少,水土流失严重,没有水草,又没有参天大树,因此戈壁滩上都是很空旷的,这种空旷的地理位置和恶劣的气候环境直接导致狂风大作。祁韵士至西域,经过最大的戈壁有两处,一处是《戈壁》一诗中所说的戈壁,属于哈密以西梧桐窝至七克腾木的一段,要穿越这段戈壁,最凶险的是要经过风穴,也就是《风穴行》诗中描写的黑风川。

另外一处是甘肃安西以西至哈密长流水之间的莫贺延碛,唐代玄奘法师当年至西域时,经过该地,差点丧命于此。祁韵士《夜行戈壁中》③ 一诗云:

> 安西北郭外,千里起沙碛。一望少人烟,所至水草缺。
> 赤日午当空,精光远流铄。覆釜欲煎豆,马蹄苦触热。
> 向夕稍可行,裹粮走蹩躄。明月从东来,照我西去辙。
> 凉风徐扑面,清气乍相逐。浩然发长叹,仰视河汉隔。
> 念我再生人,今作远游客。家山在何许,魂梦依北阙。
> 莫漫咏归来,且觅杯中乐。浊醪冷倾瓶,一醉天地阔。

---

① 修仲一、周轩:《祁韵士新疆诗文》,乌鲁木齐:新疆大学出版社,2006 年版,第 213 页。

② 姚晓菲编注:《明清笔记中的西域资料汇编》,北京:学苑出版社,2016 年版,第 177 页。

③ 修仲一、周轩:《祁韵士新疆诗文》,乌鲁木齐:新疆大学出版社,2006 年版,第 133 页。

风月当塞外，兹景堪自悦。冷冷清凉界，身忘在沙漠。

颓向车中卧，起视东方白。

此处是祁韵士由中原至西域的必经之路，清代雍正二年（1724）在步隆吉置厅，雍正五年（1727）移治安西县。乾隆二十四年（1759）年改为府，三十八年（1773）改为直隶州。祁韵士诗中言"念我再生人，今作远游客"，流放已经倍受打击，到此戈壁，更是悲从中来，"一望少人烟，所至水草缺"。中午行走在戈壁更是炎热难耐，"赤日午当空，精光远流铄"，戈壁中没有驿站和饭馆，所以行人都是随身携带锅碗烹制食物，"覆釜欲煎豆，马蹄苦触热"，戈壁昼夜温差特别大，中午地表温度特别高，十分炎热，不仅人受不了，马蹄都是触地难耐地表的高温。到了夕阳西下时，才能继续行走，"向夕稍可行，裹粮走整�"，晚上温度不高，"明月从东来，照我西去辙。凉风徐扑面，清气乍相逐。浩然发长叹，仰视河汉隔"，晚上身体舒服了，心里又涌起自己被流放的苦闷，身在异域，夜晚的孤独又使得诗人无限地思念家乡的亲人"家山在何许，魂梦依北阙"。诗人极度苦闷之时，酒便成了排解苦闷的良药，"莫漫咏归来，且觅杯中乐。浊醪冷倾瓶，一醉天地阔"，喝醉了便忘却了一切烦恼，"风月当塞外，兹景堪自悦。冷冷清凉界，身忘在沙漠"，诗人劝解自己既来之则安之，这里风景独好，就权且欣赏这里的戈壁美景吧，比起中午炎热难耐，此时的凉爽让人浑然忘了是在戈壁，"颓向车中卧，起视东方白"，欣赏完美景，酒也喝够了，就回车中睡一会吧，等诗人再起来时估计就天亮了，颓字多解作颓废、颓败之意，但此处我以为不是贬义，而是指诗人就此刻喝了美酒、看了美景后无所事事的一种闲适心情。诗人虽然经历了仕途的坎坷，但在挫折中迸发出自己都始料不及的抗争精神，在西域不仅完成了史地著作，还创作了《濛池行稿》《西陲竹枝词》和《万里行程记》等文学著作。

祁韵士描写沙漠的诗歌数量很多，《风穴行》一诗写山时结合了典故和诸子散文寓言故事；《星星峡》中沙漠的形象也十分奇特，"一峡锁万峰，横绝瀚海上"[1] 诗人将山峰的高峻和沙漠的广袤无垠交融在一起，最终以

---

① 修仲一、周轩：《祁韵士新疆诗文》，乌鲁木齐：新疆大学出版社，2006 年版，第 137 页。

"猥琐奚足观，徒令嗤庸妄"作结。《旅次遣怀》①中沙漠的形象也极有深意，"行经瀚海难为水，渡向恒河但有沙"，诗人化用了李商隐"曾经沧海难为水"的诗句，这里融入了佛教思想，"寂寞长途谁是伴，中书老秃尚生花"，悠闲之余，更有欣赏之意。至此，诗人一路西行所见沙漠奇景，由最初被流放时的寂寞和悔恨情怀，逐渐转向悠闲和淡然。此外，祁韵士描写沙漠的诗歌还有《连木沁风景甚佳》《即目》《哈密》《圈车》《偶占》《红柳峡》等等，这里不再一一赘述。

祁韵士的风景诗主题内容极其丰富，全方位展示了清代中后期西北边疆的山川河流、地理风貌，借助于诗人之心将边疆山水画卷无保留地展现于我们眼前，展示了西域自古以来就是中国不可分割的重要组成部分。风景诗在祁韵士诗歌中的比重很大，可见边疆不一样的风景带给诗人内心的震撼，这是流放伊犁后，诗人在西域所见所感的直接展现，也是诗人诗歌的精华所在。祁韵士诗歌中难免流露出对自身命运的哀怨和愁苦之情，然而正是伴随着这种感情，诗中表现出的积极乐观和顽强抗争精神尤其能够打动人心，他笔下描写的西域风景和人文风貌尤其真实可信。祁韵士风景诗在艺术表现方面取得了很高的成就，展现出诗人极高的创作才华。

第二节
咏史诗

祁韵士《濛池行稿·自序》中明确写道："自念此行，若非得诗以为伴侣，吾何以至此。重五之年，羸弱之躯，幸未僵仆于道，皆诗力也。即所为诗间有哀音促节，不免近于蝉嘒蛩吟。然以余所见山川城堡之雄阔，风土物产之瑰奇，云烟寒暑之变幻，一切可骇可愕之状，有所触于外，辄有

---

① 修仲一、周轩：《祁韵士新疆诗文》，乌鲁木齐：新疆大学出版社，2006 年版，第 139 页。

所感于中。悱恻忠爱，肠回日久，无一不寄之于诗。"① 修仲一、周轩在《祁韵士新疆诗文》中概括祁韵士诗歌内容时亦言"借古人之酒杯浇自己胸中之块垒"②，笔者梳理了《濛池行稿》和《西陲竹枝词》，这种借古人之事迹来抒发诗人自己情感的诗歌数量不在少数，这类诗歌因为借助于历史事件或者典故，因而归入咏史诗。诗人经常直接在诗歌题目中即展示了所咏的历史人物或者历史事件，其中以历史人物居多。祁韵士西行路上创作了《至介县谒郭有道》《太安驿韩文公诗亭》《祁县祁大夫祠》《韩侯岭怀古长句》《闻喜吊郭景纯即用其体》《过安定县，忆汉皇甫规事，为之一笑》《忆唐书哥舒翰事，有感明季诸人》《过太平县境见文中子故里碑敬赋》《国士桥论豫让事》《中条山》《裴晋公祠》《询诗人吴天章故庐所在》《过华州谒郭汾阳祠》《浴骊山温泉作》等数量众多的咏史诗。

"咏史"在诗歌中的比重很大，这是史地学者身份导致其在晚年生活中不自觉地选择，也是祁韵士西域诗歌的精华所在。一般情况下，咏史诗从两个方面着手：一是记录历史事件，借以表达诗人创作时的心态或传达诗人创作该诗的目的；一是吟咏历史人物，通过吟咏的历史人物体现诗人对他们的敬仰和崇敬的心情，同时往往伴随着历史人物和诗人有着类似的命运和情感，这类咏史诗往往看似在吟咏历史人物，但深究起来，这类咏史诗里吟咏的历史人物与诗人有千丝万缕的联系，只是这种联系不易察觉而已。

祁韵士咏史诗相关情况统计详见下表3-1：

表3-1　祁韵士咏史诗分类统计表

时期	数量	诗歌题目	人物数量	总计数量
先秦	2首	《祁县祁大夫祠》	6人	9人
		《国士桥论豫让事》	3人	
两汉	3首	《至介县谒郭有道祠》	6人	20人
		《韩侯岭怀古长句》	10人	
		《过安定县，忆汉皇甫规事，为之一笑》	4人	

---

①　祁韵士著、刘长海整理：《祁韵士集·濛池行稿自序》，太原：三晋出版社，2015年版，第23页。

②　修仲一、周轩：《祁韵士新疆诗文》，乌鲁木齐：新疆大学出版社，2006年版，第10页。

时期	数量	诗歌题目	人物数量	总计数量
魏晋南北朝	1首	《闻喜吊郭景纯即用其体》	3人	3人
隋	1首	《过太平县境见文中子故里碑敬赋》	4人	4人
唐	6首	《太安驿韩文公诗亭》	3人	31人
		《浴骊山温泉作》	4人	
		《过华州谒郭汾阳祠》	2人	
		《裴晋公祠》	4人	
		《忆唐书哥舒翰事，有感明季诸人》	16人	
		《中条山》	2人	
明清	2首	《询诗人吴天章故庐所在》	4人	20人
		《忆唐书哥舒翰事，有感明季诸人》	16人	
总计		15首		87人
备注	重复一首			重复16人

通过上述表格可以看出，诗题出现历史人物的咏史诗有14首诗歌，这些诗中涉及的有87人之多，通过笔者上述统计，我们可以发现诗人对唐代历史人物更为偏爱，《濛池行稿》诗歌共109首，诗歌题目中提到唐代的历史人物的就占据了6首，这6首诗歌中涉及历史人物31人。吟咏先秦人物的诗歌有2首、两汉人物的诗歌有3首、魏晋南北朝人物的诗歌有1首、隋代人物的诗歌有1首、明清人物的诗歌有2首。从上述表格也可以看出，诗人在描写历史人物时，一首诗歌不是专门写一个朝代的一个人或多个人，也不是专门吟咏一个朝代一件历史大事，而是将不同朝代的历史人物并列放在同一首诗中，以诗人某种情结融汇在一起，众多历史人物供他驱使。最为典型的是《忆唐书哥舒翰事，有感明季诸人》一诗。该诗涉及的历史人物有16人之多。

一、春秋时期历史人物

（一）借助赞颂春秋时名士祁奚隐喻自己不惧权贵

"咏史诗以历史题材为咏写对象，对历史事件和历史人物，或表达缅怀之情，渴望像古人一样建功立业；或凭吊古人，寄托怀才不遇的哀思。"①
《祁县祁大夫祠》② 即是如此，通过缅怀祁奚表达了诗人的复杂情感。起句
"敢效崇韬后子仪" 提及了两位重要的历史人物，即盛唐末中唐之初的郭子
仪和唐五代时期的郭崇韬，据《旧五代史·郭崇韬传》："豆卢革谓崇韬曰：
'汾阳王代北人，徙家华阴。侍中世在雁门，得非祖德欤？'崇韬应曰：'经
乱失谱牒。先人常云，去汾阳王四世。'"③《新五代史》云："以其郭姓，
因以为子仪之后。"④ 可见因为郭崇韬和郭子仪同姓，据郭崇韬所言家族族
谱失传，其先祖所言，到郭崇韬这一代是郭子仪的四世孙。因为有郭崇韬
自认为自己是郭子仪的后人这个先例在前，于是祁韵士到了祁县祁大夫的
祠堂里，不由得也将同姓的祁奚当作了自己的祖先。郭子仪是安史之乱平
叛的大功臣，也因此几代享受了极高的名誉和待遇，祁韵士来到祁大夫的
祠堂，想起祁奚年老时分别向晋悼公举荐了自己的仇人解狐和自己儿子祁
午。祁奚一生正直，这种"外举不隐仇，内举不隐子"的举动深深影响了
祁韵士，祁韵士敬爱祁大夫，所以甘愿自认为是祁氏子孙，可见祁韵士本
人的人格理想追求也是和祁大夫是一致的，这才是该诗起句就出现了两个
历史人物的原因所在。

　　"未惶拜谒向宗支"，祁韵士对祁大夫的崇敬之情和人格之认可度更加
深了一层。"三卿鼎峙今无土，七邑瓜分尚有祠"，春秋末年晋国韩赵魏三
家是如何显赫富贵，今天也已经化为尘土，连存在过的印记和灰尘都看不
见了，而祁奚的祁氏土地虽然被瓜分为七邑，当时就不存在了，但是他的
人格和精神永远影响着后人。距离一千年以后还有祁大夫的祠堂，可见祁
韵士认为人的荣华富贵功名利禄皆不重要，重要的是这个人为家族为后人
做了什么。祁韵士愿意以祁奚子孙自居，他和祁奚有共同的人生观和价值
观，所以祁韵士在朝中为了跟随自己编写《蒙古王公表传》的众多部下请

---

　　① 王晶晶：《唐代咏史诗的现实关照》，《遵义师范学院学报》，2021 年第 1 期，第
74 页。

　　② 修仲一、周轩：《祁韵士新疆诗文》，乌鲁木齐：新疆大学出版社，2006 年版，第 75 页。

　　③ 薛居正：《旧五代史·郭崇韬传》，北京：中华书局，1976 年版，第 772 页。

　　④ （宋）欧阳修撰、（宋）徐无党注：《新五代史·郭崇韬传》，北京：中华书局，2016 年
版，第 285 页。

命，不惜得罪权相和珅，因此被和珅报复。"属籍马头留世系"，祁韵士以自己是祁奚的后代，而产生深深的自豪感和骄傲感。

颈联的下句"通家羊舍溯心知"又写及四个春秋时期历史人物，《左传》中记载了祁奚和叔向的友情：晋国当政者范宣子杀了羊舌虎后，以为叔向是羊舌虎的兄长，范宣子也欲杀叔向，先把他囚禁了起来。叔向的朋友乐王鲋打算救叔向，但被叔向拒绝了，叔向很清楚，只有祁奚可以救得了自己，他不想让乐王鲋被牵连无端送命。叔向在狱中没有主动去找祁奚，他知道祁奚一定会救自己，祁奚听说叔向被囚后赶去拜见范宣子，讲清楚了个中厉害，使得叔向最终被免去死罪。事后叔向没有当面致谢于祁奚，两家世代成为故交。祁奚和叔向互相交心，祁韵士在此浓墨重彩的描述这种交心有其深刻原因，在权相和珅对他三番五次的排挤和打压之时，每一次都是阿桂伸出援手来帮助他，才使得他能够保全性命，在这里他就是叔向，阿桂就是祁奚。祁韵士对阿桂的提携之恩和援救之恩铭记于心，所以祁韵士后来和阿桂的孙子那彦成成为知己，也正是有报答阿桂对自己的提携之恩和援救之恩。祁韵士最为困顿的时候那彦成对他有知遇之恩，为了回报此恩情，祁韵士高龄不顾家人如何阻拦，接受那彦成的邀请去书院讲学，终因水土不服病逝。

尾联"水源木本千秋感，慨想当年乘驿时"，讲祁奚救叔向时等不及回家骑自己家的马，直接骑了驿站的马去找范宣子解救叔向，诗人借助于典故再次表达二人的友谊，祁韵士对阿桂和那彦成有深深的感激之情。诗人通过"昔盛今衰怀古伤今的现实加以讽喻。都是借用史料，托用历史典故，去照应当代社会现实及人生，感慨、感悟发人深省，令人感动"[1]。这首咏史诗涉及至少六个历史人物，两位唐五代时期人物，四位春秋时期人物，两件春秋时期重大历史事件，这些事件和历史人物给全诗的解读增加了难度，读起来要费一番功夫。但也正是通过这一番解读的功夫，我们才能感受到这首咏史诗的内涵和魅力。

---

① 王晶晶：《唐代咏史诗的现实关照》，《遵义师范学院学报》，2021年第1期，第74页。

（二）借助春秋时名士豫让表达自己的冤屈

《国士桥论豫让事》① 一诗吟咏了春秋时期的豫让，《史记·刺客列传》里记载了豫让的忠烈故事。春秋末年，晋国的智伯被当时的韩赵魏三家所杀，智伯的门客豫让没有像其他门客一样离开，而是发誓要为智伯报仇雪恨，豫让三番五次刺杀赵襄子都以失败告终，最后含恨自杀。后世感念豫让忠烈，将豫让行刺赵襄子的那座桥命名为"豫让桥"，豫让活着的时候经常说"智伯国士待我，我故国士报之"，于是后世将此桥亦称为"国士桥"。因国士桥对后人的激励作用巨大，因而多地都修建了国士桥，汾水流域的太原、赵城和太平等地都修建了国士桥。

祁韵士被流放后先回山西寿阳老家再启程，他经过太平县时作诗《过太平县境内见文中子故里碑敬赋》，之后就创作了这首《国士桥论豫让事》，因此，此处的豫让桥最有可能是在太平县。祁韵士自己也知道有多个豫让桥，此处不一定是真的豫让桥，就像苏轼《念奴娇·赤壁怀古》一样，苏轼明明知道此处赤壁并非三国周郎赤壁，但苏轼就想借此抒发感想，所以词中明确写道"人道是三国周郎赤壁"，祁韵士也是同样的感受，借助于此处豫让桥抒发对豫让的敬佩之情。祁韵士对于此前有议论说豫让和智伯并不是君臣关系，智伯并非真正的名正言顺的统治者，豫让为其报仇也被认为是非公义之举，祁韵士在此为其翻案："知己既云死，吾生愤不伸。一心成国士，几次报仇人。事许击衣创，情怜吞炭真。闻风感义气，莫复论君臣。"豫让多次刺杀赵襄子失败，他知道自己不可能有成功的那一天了，于是豫让请求："今日之事，臣故伏诛，然愿请君之衣而击之焉，以致报仇之意。"② 赵襄子感念其忠烈，满足了豫让的愿望，派人手持自己的衣服到豫让跟前，豫让使劲全身力气完成了他对智伯的誓言，之后伏剑自杀。

祁韵士对豫让充满了同情，自己晚年以贪污罪别流放是诗人最不愿意承担的，这对他来说是最深层次的侮辱，一如豫让报智伯之君臣之义被否

---

① 修仲一、周轩:《祁韵士新疆诗文》,乌鲁木齐:新疆大学出版社,2006年版,第89页。
② 修仲一、周轩:《祁韵士新疆诗文》,乌鲁木齐:新疆大学出版社,2006年版,第89页。

认一样。祁韵士看到国士桥就想到了豫让，想到了豫让的忠烈之举被否定，由此想到了自己一生最痛恨和珅的贪污腐败之举，却不曾想自己这一生也和贪污腐败联系到了一起，因而这一首咏史诗与其说是给豫让翻案，不如看作是诗人给自己翻案，这也是为什么一生不喜作诗的祁韵士被流放伊犁后，创作了大量诗歌的原因。史地著作，不需要隐晦编著，而自己这千古冤情却无法直言。在这种情怀的感染下诗人创作了大量咏史诗和咏怀诗。

二、汉代历史人物

（一）借助汉代韩信表明自己遭遇了不公正待遇

《韩侯岭怀古长句》① 一诗则是将汉代淮阴侯韩信作为咏史对象，淮阴侯，名韩信，故而也称韩侯。该诗题目即为长句，唐代以七言古诗为长句，祁韵士沿用这种命名方式，从首联"淮阴死汉近未央，无端藁葬霍山傍"到尾联"千金漂母真知己，哀尔王孙空断肠"，涵盖了韩信对刘邦的忠义、为汉朝建立的功劳以及年少时忍胯下之辱。祁韵士对韩信充满了同情："我来吊古三叹息，莫须有事殊难详"，诗人认为韩信谋反是假，刘邦吕后想杀韩信是真，"侯如果反奚不早"，又何必去"解推义重非忍忘"，诗人不仅对韩信充满了同情，还委婉地批评了刘邦及吕后："垓下功成经百战，伪游云梦何太忙。"诗人明确指出："君不见，飞鸟尽，良弓藏，越王灭吴范蠡亡"，赞颂了范蠡功成身退的做法："一叶扁舟五湖去，网罗脱却随翱翔。"

诗人无限同情韩信，只有漂母才是韩信的知己啊，诗人至韩侯岭凭吊韩侯，"哀尔王孙空断肠"，全诗对韩侯韩信对汉室功业的极度赞颂，对韩信以莫须有的罪名被诛杀充满了无限的同情和愤怒。细思之下，诗人同情的不是韩信，而是自己，回想韩侯遭遇的不公正待遇，诗人想起自己编撰《蒙古王公表传》和校对《四库全书》，想起前半生对朝廷无限的忠诚，想起自己兢兢业业一辈子，清廉了一辈子，竟然年近暮年时以亏铜案被流放边疆。身体的苦楚都是次要的，诗人视为生命的清誉被毁才是他心里最深

---

① 修仲一、周轩：《祁韵士新疆诗文》，乌鲁木齐：新疆大学出版社，2006 年版，第 78 页。

的痛，他在这里反复为韩信鸣不平其实更多的是为自己鸣不平。他没有贪污过，为了给下属们谋求正当的待遇，得罪权相和珅，如今却是一辈子背负贪污的罪名，看到韩侯岭想到韩侯的遭遇，由彼及此，与其说是"哀尔王孙空断肠"，不如说是哀诗人空断肠。

诗人何以不自己写诗明确表达出自己不公正的遭遇呢？这次事件是由嘉庆皇帝亲自主持的，牵连之广，获罪之人数量众多，诗人受儒家思想教育，不直接批评嘉庆帝处理的不公，但内心却因为这不公痛苦万分，所以诗人借助于韩信遭遇的不公来委婉曲折地诉说自己的不公。这首咏史诗全诗每一句都是吟咏韩信，无一句写自己，但却是句句写自己，这就是咏史诗的魅力。

（二）借助汉代名士郭泰和皇甫规表明自己高洁的品格

《至介县谒郭有道祠》① 一诗借助于吟咏名士郭有道表明自己高洁的品格。"共羡先生折角巾，当时水鉴仰群伦。不撄一网清流祸，无愧千金谀墓人。丰碣久残书再勒，老槐独茂荫常新。魏魏俎豆尊乡产，潞国耆英尚后尘。"郭有道指东汉时期的郭泰。此人博学多识，在家收弟子讲学，弟子多达千人，曾经被征召，但不受。郭泰一生美名，在当时的士林阶层有很高的威望。

首联"共羡先生折角巾，当时水鉴仰群伦"就是这种威望的体现。郭泰出行遇雨，头巾一角因为淋湿了情急之下将头巾折叠起来佩戴，于是当时的文人争相效仿，故意将头巾折一角佩戴，当时被文人称为"林宗巾"。因为郭泰字林宗，对于祁韵士而言，林宗巾不重要，重要的是郭泰"当时水鉴仰群伦"，这如水如鉴般的人品和道德才是让人敬佩不已的。在东汉末年文人大多不免于宦官之祸的时代，郭泰却能"不撄一网清流祸"。唐代的韩愈曾经多次作碑铭而得丰厚的报酬，于是人们把为死去的人作碑铭而得钱财称为"谀墓"。东汉时期的大名士蔡邕一度也为别人作碑铭度日，郭泰死后，蔡邕为郭泰作碑铭，蔡邕对朋友卢植言"吾为碑铭多矣，皆有惭德，惟郭有道无愧色耳"，"无愧千金谀墓人"这一句说的就是蔡邕作碑铭记载

---

① 修仲一、周轩：《祁韵士新疆诗文》，乌鲁木齐：新疆大学出版社，2006 年版，第 77 页。

郭泰的美名和美德皆是实有其事，而非杜撰，这更加说明了郭泰在士林之中享有的声誉。

"丰碣久残书再勒，老槐独茂荫常新"一句写蔡邕所作的碑铭已经亡佚了，现在祁韵士看到的碑铭是明末清初时期著名诗人傅山所摹写的，这一条在祁韵士《万里行程记》里记载得十分清楚"蔡中郎所书碑已亡，今存者，傅青主所摹"①，傅青主即傅山，傅山是明清之际的诗人。尾联"魏巍俎豆尊乡产，潞国耆英尚后尘"又写到北宋时期做到宰相一职的文彦博比起郭有道来尚属后辈。这是用已经很有名的文彦博来更加抬高诗人推崇的郭有道。这首咏史诗写及了多个历史人物，三个历史时期，祁韵士的咏史诗里包含的历史信息之多是不少诗人做不到的。

《过安定县，忆汉皇甫规事，为之一笑》②一诗全是五言写成，皇甫规是东汉时期有名的正直之人，曾在文章中讽刺过大将军梁冀，梁冀怀恨在心，一直打压皇甫规，后皇甫规托疾免归故里，州郡长官受梁冀的指使多次陷害皇甫规。皇甫规为人正直，就像诗人一样，皇甫规是祁韵士极为敬佩之人。诗人在安定县创作了这首咏史诗，安定县即今甘肃定西县，本属天水郡勇士县地，金代设置定西县，元代时因为地震更名为安定州，明代洪武初年时改州为县，清代沿用安定县名称。这个安定县并非东汉时期皇甫规的故里，祁韵士是史地学家，对此怎能不知，诗人就是想借助于此安定县吟咏皇甫规。皇甫规不仅对权贵不阿谀奉承，他对真正的名士是"衣不及带"极度热忱的。《后汉书·王符传》中记载："后度辽将军皇甫规解官归安定，乡人有以货得雁门太守者，亦去职还家，书刺谒规。规卧不迎，既入而问：卿前在郡食雁美乎？有顷，又白王符在门。规素闻名，乃惊遽而起，衣不及带，屣履出迎，援符手而还，与同坐，极欢。时人为之语曰：徒见二千石，不如一缝掖。"③诗人对于皇甫规这种鄙视功名利禄、看重人品的高尚品格极为赞颂，诗人好友也和祁韵士一样看淡权势富贵。祁韵士

① 祁韵士著、刘长海整理：《祁韵士集·万里行程记》，太原：三晋出版社，2015年版，第2页。

② 修仲一、周轩：《祁韵士新疆诗文》，乌鲁木齐：新疆大学出版社，2006年版，第114页。

③ 范晔：《后汉书·王符传》，北京：中华书局，1965年版，第1620-1643页。

为了报答松筠和那彦成对自己的知遇之恩和友谊，宁可水土不服也要接受那彦成的邀请，最后去世于书院里。他用一生的时间证明了自己就是皇甫规这样的名士，他赞颂名士、看重名士，他自己就是名士。

三、魏晋南北朝和隋代历史人物

（一）借助郭璞隐喻自己的不平经历

《闻喜吊郭景纯即用其体》[①] 一诗与《过安定县，忆汉皇甫规事，为之一笑》写法不同，起句并未直接写咏史的对象郭景纯，而是从祁韵士自己被流放写起"暮春远行役，辘辘行趑趄"，诗人一起笔就写自己流放启程后的艰难，"驾言登陇坂，晨气流平芜"，登上闻喜县的高台之上，"睠思古英哲"，从而引发祁韵士对东晋时期郭璞的吟咏，在闻喜县登高望远，想起郭璞，引起诗人感慨的不是郭璞反对王敦谋反被杀的正义之举，而是郭璞一生有理想抱负不能实现的慷慨激愤。清代何焯评论："景纯《游仙》，当与屈子同旨，盖自伤坎壈，不成匡济，寓旨怀生，用以写郁"，[②] 祁韵士凭吊郭璞，引起他感慨的正是清代何焯说的这种对于自己理想抱负不能实现的激愤，郭璞的抑郁和慷慨激愤就是祁韵士的抑郁和慷慨激愤。郭璞博学有才"况余卜筮外，二九注虫鱼"，不仅精通经学，擅长词赋，还精通阴阳、历算、卜筮之术，十八岁就开始注解《尔雅》，因《尔雅》里有《释虫》《释鱼》篇，所以祁韵士在这里直接说二九释虫鱼。郭璞博学多才，祁韵士亦是如此，祁韵士也是在年少之时就开始读史地著作，正因为有这样的史地学基础才能编著《蒙古王公表传》。郭璞虽然有才但怀才不遇，郭璞只好借助于游仙来排解苦闷"高抱托蓬莱，静啸凌仙裾。浮丘及洪涯，拍肩相与俱"，虽然郭璞一直在诗中向往游仙，但现实的残酷将其游仙之梦击得粉碎。郭璞为实现理想抱负曾为王敦的记室参军，后郭璞因为反对王敦谋反被杀，因而诗中言"尘网一堕落，不能保厥躯"。祁韵士与郭璞惺惺相惜，郭璞博学多才，命运如此多舛，祁韵士又何尝不是。"讵惟文章伯，抑亦圣

---

① 修仲一、周轩：《祁韵士新疆诗文》，乌鲁木齐：新疆大学出版社，2006 年版，第 92 页。
② 何焯著、崔高维点校：《义门读书记》，北京：中华书局，1987 年版，第 211 页。

第三章　祁韵士西域诗歌的主要类型 ｜ 75

贤徒"，祁韵士不仅欣赏郭璞的才能，也欣赏郭璞的品德，正因为此，郭璞坎坷的命运才如此引起诗人的感伤。"白云望悠悠，英风遍路隅，我来千载下，但读所著书"，全诗首尾呼应，起句写诗人祁韵士，中间忆及郭璞，结尾处回到诗人自己，诗人诵读着郭璞的书籍，感慨"当时佞奸辈，谁复存一庐"，这也是在说一直排挤迫害诗人的和珅等人也会化为尘土，正是看透了这一层，诗人最后以"搔首去莫问，俯仰为唏嘘"作结。这首咏史诗借助于同情郭璞，进而同情感怀自己不公正的遭遇，从这首诗中我们明确可以看出，在诗人的内心深处，因为亏铜案自己被流放，诗人认为是不公正的，诗人自己并未贪污，这不是诗人的错，他看似为郭璞鸣不平，实则为自己鸣不平，所以读郭璞的书时才能感同身受，"俯仰为唏嘘"。

（二）借助王通隐喻自己人生观

《过太平县境见文中子故里碑敬赋》① 一诗亦是如此，起句吟咏文中子王通"龙门教授继西河，中论精言自不磨"，王通弃官后，回到山西河汾一带，教授弟子千余人，诗人崇敬王通，将王通与子夏并论。西河是子夏的代称，子夏曾弃官于西河之上教授弟子。"家倚河汾千古秀，才成将相一朝多"一句吟咏王通弟子都做了高官。杜淹《文中子世家》中记载，房玄龄、魏征，即便是杜淹自己，均从学于王通。"每从史册尊山斗，况近汾榆问薜萝。遗泽欲寻书带草，郑乡敢作等闲过。"诗人怀着崇敬的心来到了王通故里，诗人不曾想还能亲临其故里，一定要正式庄严地凭吊一番，怎可等闲路过。这首咏史诗中，诗人极为赞颂王通的才华，但细读之下，就会发现诗人对于王通归隐选择持极为肯定的态度。王通因为仕途不顺，弃官不作，归至故里教书授业解惑，诗人在此表明如果让他再次选择的话，诗人也会像王通一样选择归至故里传道授业解惑，那就大可不必受此不公正的遭遇了。这首咏史诗看似赞颂王通，实则表达诗人认为及时隐退才是明智之举的人生观价值观。

---

① 修仲一、周轩：《祁韵士新疆诗文》，乌鲁木齐：新疆大学出版社，2006 年版，第 87 页。

四、唐代历史人物

（一）借助于韩愈和哥舒翰寻求精神的慰藉和动力

《太安驿韩文公诗亭》① 一诗是诗人途径太安驿在韩文公诗亭有感而发，"偶尔题诗处，千秋驿路传"起句就使用了典故，据《万里行程记》中记载："由寿阳西行七十里至太安驿。驿为寿阳西南境，四面皆高阜，驿居其中如井，韩文公诗亭在焉。"② 寿阳驿有韩文公诗亭，相传唐穆宗时期，韩愈任兵部侍郎时曾宣抚镇州，经过寿阳驿时作诗《夕次寿阳驿题吴郎中诗后》，后世为了纪念韩愈在此处建了韩文公诗亭。祁韵士行至寿阳驿，见到韩文公诗亭，由此想到大诗人韩愈曾在这里停驻"公昔此投鞭"，而诗人在此是"我今来问字"，诗人用西汉刘棻曾向多识古文奇字的杨雄问字的典故，说明自己到韩文公诗亭处是来学习的，以此表达诗人的谦虚。诗人在这首咏史诗里既不是为了赞颂韩愈也不是为了赞颂杨雄，而是感怀"故乡明日别，慷慨忆前贤"，这些前代的圣贤之人均有仕途不顺的时候，更何况自己呢，诗人在韩文公诗亭里找到了流放后继续活着并且要活得更好的动力。

《忆唐书哥舒翰事，有感明季诸人》③ 一诗亦是如此，起句批评哥舒翰轻视安禄山乃至战败的结果，"独羡气节士，不畏鼎镬诛"，诗人表达了自己极度羡慕极具气节的李憕和卢弈。"凶焰忽已燔，徒供世揶揄。嗟彼武人何足道，后世苟活乃吾徒"，后半部分又写了龚鼎孳、王铎、杨文骢、竹林七贤、杨雄、刘歆等人。短短一首诗歌一共写到了16人，这16人主要分为两类，一类是面对权势和名利变节了的人，另一类是以死殉国的有气节的人。诗人极力批判变节不遵守道德规范的一类人，极度赞颂以死殉国的气节之士，诗人说自己是苟活的那类人，这也是诗人从中原到流放地西

---

① 修仲一、周轩：《祁韵士新疆诗文》，乌鲁木齐：新疆大学出版社，2006 年版，第 73 页。

② 祁韵士著、刘长海整理：《祁韵士集·万里行程记》，太原：三晋出版社，2015 年版，第 1 页。

③ 修仲一、周轩：《祁韵士新疆诗文》，乌鲁木齐：新疆大学出版社，2006 年版，第 142 页。

域行程中难以疏解的心结，即将到达伊犁时，路过哥舒翰故里，诗人由此感发，写下了这首咏史诗，这是咏史诗里涉及历史人物最多的一首。全诗从首句到末句都在咏史，诗人的遭遇丝毫没有被提及，但却句句在写自己。

（二）借助裴度事迹隐喻自己终将洗雪冤屈

《裴晋公祠》① 一诗通过裴度事迹隐喻诗人自己终将洗雪冤屈。首联"平蔡元功著，昌黎岂誉词"写唐宪宗时，裴度平定蔡州李希烈和吴元济之事。颔联"当年心事晦，公论至今垂"，写韩愈撰写碑文赞颂裴度后，李愬妻诉碑辞不实，唐宪宗又命翰林学士段文昌重撰碑文颂赞李愬，但宋代时知州陈珦又磨去段文昌碑文，重新撰写韩愈的碑文，可见公论自在人心，虽然短时期内人们有时会被历史的表象所蒙蔽，但历史终究会还人们一个公道。颈联"祠宇留基址，江山讵改移"，这段历史在诗人心中本已经尘封已久，自己被流放后行至裴晋公祠时，心中不禁想起来此事，裴度的功绩被淹没只是一时的，历史终究还了裴度一个公道，这不也说明在祁韵士心中，自己清廉正直一生，年近暮年却背负一个贪污的罪名被流放，在晋公祠里凭吊裴度，说明诗人内心里也坚信历史会还自己一个公道，到那一天，人人都会知道自己并非贪污之人。笔者认为这就是祁韵士在流放之前很少写诗，被流放后才大量写诗的原因吧，如果祁韵士没有被流放伊犁，那么在祁韵士的人生里，他终将是一位伟大的史地学家，而非诗人，正是这次亏铜案导致的流放伊犁，才成就了诗人祁韵士。正如苏轼一样，如果苏轼不是被贬黄州惠州儋州，我们今天也读不到那么多诗词佳作了，正所谓诗人不幸诗家幸、赋到沧桑句便工。

（三）经过陕西感怀之作

《过华州谒郭汾阳祠》② 一诗是祁韵士经过陕西华州时专门凭吊郭汾阳的祠堂所写，郭子仪平定安史之乱对唐王室有再造之恩，因此首句就写

---

① 修仲一、周轩：《祁韵士新疆诗文》，乌鲁木齐：新疆大学出版社，2006 年版，第 94 页。
② 修仲一、周轩：《祁韵士新疆诗文》，乌鲁木齐：新疆大学出版社，2006 年版，第 100 页。

"再造兴唐室,安危系此身"。诗人赞颂郭子仪"天钟河岳秀,不是等闲人",这里是郭子仪的故里"一代福星曜,千秋桑梓新","式闾怀骏烈,乡产首西秦"写诗人对郭子仪充满了崇敬之感,此诗中桑梓即指故里,末句的式指的是车前面的横木,通"轼",车至里门,人立在车上,俯凭车前横木,在这里便是对郭汾阳郭子仪的无限崇敬之情。

《浴骊山温泉作》① 一诗比较特殊,诗人抒发了人世无常之感。祁韵士到了有名的骊山温泉,唐代唐明皇和杨贵妃在此洗浴,无人不知无人不晓。"天地本传舍,吾生各异躯",诗人吟咏这段历史意在说明即便是再风光无限再富贵繁华,时间会冲刷一切,终究是化为尘土,祁韵士借此感慨人生无常,人生短暂。祁韵士也想在这有名的骊山温泉洗去身上的纤尘"客中逢一濯,留得斗尘无",这首诗和前面提到的咏史诗不同的是这首咏史诗咏怀的成分较多。

五、明清历史人物

(一)对吴雯充满了赞颂之情

《询诗人吴天章故庐所在》② 一诗极为赞颂清代诗人吴雯,首句"九曲桃花水到门,西昆诗格玉溪存"是化用了吴雯"门前九曲昆仑水,千点桃花尺半鱼"一句。"莲洋不遇渔洋老,冰雪谁将几卷论",吴雯是清代初年诗人,曾经应试博学宏词科,不遇,深受诗坛名家王士禛的赏识,本首诗前六句都是在大力颂赞吴雯的才华,吴雯虽然不遇,但是后来有王士禛赏识他。"今日我来寻旧隐,河声岳色壮诗人",诗人何以对吴雯的故庐如此有感触,笔者以为吴雯的不遇让诗人想起来自己前半生的不遇,诗人感慨吴雯在后半生遇到了赏识他的知己王士禛,诗人这时没有想到他将在伊犁遇到赏识他的松筠和那彦成,否则这首诗的结尾恐怕就会是另一番景象了。

---

① 修仲一、周轩:《祁韵士新疆诗文》,乌鲁木齐:新疆大学出版社,2006 年版,第 101 页。
② 修仲一、周轩:《祁韵士新疆诗文》,乌鲁木齐:新疆大学出版社,2006 年版,第 97 页。

（二）对王铎等人的谴责和批判

《忆唐书哥舒翰事，有感明季诸人》批判了明末清初的众多历史人物。诗中涉及 16 位历史人物，"哥舒轻禄山，视之为羯雏"，诗人委婉地批判了哥舒翰轻敌，导致最后兵败被杀。"宗伯曾拜贼御史，宰相羞遇马家奴"，宗伯似指龚鼎孳，宗伯原指古代六卿之一，后世称礼部尚书为大宗伯。宰相似指王铎和杨文骢，王铎在南明弘光政权中任东阁大学士兼吏部尚书，清军占领南京后，他以文臣之首出降，跪迎清军统帅多铎。杨文骢是贵州人，与南明弘光政权的首辅、武英殿大学士马士英是同乡，也是他妹夫，他投靠马士英，与阮大铖一起，扰乱朝政，被左良玉斥责为"行同犬彘"①。诗人对于涉及明清的历史人物均持批判和谴责态度，因为涉及历史人物众多，历史事件十分复杂，因而这首诗较为晦涩难懂。史学家祁韵士用他亲身经历向我们展示了"咏史诗歌在古代中国大量出现并成为卓然一体的文与史的融汇产物，与历史学在中国古代知识结构中的重要地位有关，也与诗歌绵延不断的文化传统有关，这是历史意识与诗情对中国人心灵的双重渗入的直接结果"②。从包含着历史古迹的各种人文景观，到自然山川的自然景观，"世间的一切存在物和活动，都有可能在这种人文传统的背景下，引发出或淡或浓或隐或显的思古咏史之情"③。

祁韵士一生致力于历史和地理研究，史学思想和地理学思想已然成了其生命中最重要的一部分，诗人一旦遭遇不幸，这种以咏史为主题的诗歌自然不自觉地成为其诗歌创作最主要的内容。祁韵士一生仕途极为不顺，但一直关心国家大事，了解边疆局势，在朝中主持编修《蒙古王公表传》和校对《四库全书》。诗人对于编纂史书时涉及的历史人物和事件早有感触，这次流放伊犁成了吟咏历史的催化剂，于是诗人每到有感发之地，就会吟咏历史，这种诗歌创作已经成为其日常生活中不可缺少的调味品了。

---

① 修仲一、周轩：《祁韵士新疆诗文》，乌鲁木齐：新疆大学出版社，2006 年版，第 143 页。
② 彭卫：《中国古代咏史诗歌初论》，《史学理论研究》，1994 年第 3 期，第 19-20 页。
③ 彭卫：《中国古代咏史诗歌初论》，《史学理论研究》，1994 年第 3 期，第 20 页。

第三节

咏怀诗

　　"咏怀"一名最早出自于阮籍《咏怀八十二首》，"所谓咏怀诗即吟咏诗人怀抱、情志之诗，它的实质在于诗人借此一诗歌类型再现对现实世界的体悟、对生命存在的思考，其终极目标指向对个体生命的把握、对未来人生的设计与追求"①。"在中国诗史上，魏晋咏怀诗建构为一个完整的诗歌系统。这个诗歌系统内包含了咏怀诗的三种基本形态：淑世情怀；超世情调；游世情趣。"② 按照孙明君的观点，游世者对现实、对人生是一种游戏的态度。祁韵士的咏怀诗不属于此类。孙明君认为 "淑世情怀即忧国忧民，负荷担道，志在通过修身齐家、治国平天下来实现个体生命的价值。与游世者对人生短促、人生变故如梦的体认一致，淑世者也不是认为人生是漫长的、人生是一帆风顺的"③。"淑世者除了对一己的忧患外，他们的忧患视野还扩充到民族、国家和天下，把自己的前途同国家的命运、天下的衰亡联系起来"④，结合孙明君对咏怀诗的阐释，笔者以为祁韵士的咏怀诗当属此类，祁韵士在感怀自己遭遇的人生坎坷和不公命运的同时，经常把视角延伸到整个中华民族和西北地区。正是因此，祁韵士才成为西北史地学的开拓者。以下着重谈谈祁韵士的咏怀诗。

---

① 孙明君：《酒与魏晋咏怀诗》，《清华大学学报》,1999 年第 1 期,第 24 页。
② 孙明君：《酒与魏晋咏怀诗》，《清华大学学报》,1999 年第 1 期,第 24 页。
③ 孙明君：《酒与魏晋咏怀诗》，《清华大学学报》,1999 年第 1 期,第 26 页。
④ 孙明君：《酒与魏晋咏怀诗》，《清华大学学报》,1999 年第 1 期,第 26 页。

一、浓郁的思乡之情

（一）因思念亲友而思乡

祁韵士诗中有众多思念故里、思念亲朋好友之作。出了嘉峪关以后，诗人思乡的情绪日渐强烈，连续创作了多首思念家乡亲朋好友之诗。如《寄内》①"音书久隔怜儿辈，井臼亲操念老妻。手勒平安聊寄语，莫从风雨怨凄凄"。这里的寄内指写信给家里的老婆孩子，诗歌末两句是诗人给家人报平安，希望他们放心，虽然口中述说平安但心里却流露出远在万里之遥被流放地的悲哀感怀。《无题》② 中有诗句"伊谁能却思乡念，独我还生吊古情。中外一家逾万里，秦皇徒尔筑长城"，"中外"系指中原以外。这首诗既展现出祖国版图辽阔，也由此表现出诗人浓郁的思乡之情。《宿三道沟有感》③ 中有诗句"忽忆家园在何处，此身今已隔关西"，这些诗歌，都表现出诗人出关后对故里、对亲朋的无限思念。

祁韵士西行过了星星峡之后，眼见边塞的荒凉和环境的恶劣，诗人的心情日益低沉和痛苦，看到这一路的风沙和戈壁，无边无际的荒凉，诗人内心的伤感不禁溢于言表，不自觉地创作了多首凄苦情怀的思乡诗歌。如《望家信》④："忧患须眉变，艰难志气摧。征尘和泪湿，乡梦逐云回。野水送人去，山花迎我开。马前鸦噪象，日日望书来。"

诗歌中的"鸦噪"指乌鸦喧噪，时人以为这预兆着喜事。清代褚人获的《坚瓠四集·鸦卜》记载："鸦子东，兴女红；鸦子西，喜事齐；鸦子南，利桑蚕；鸦子北，织作息。"⑤ 祁韵士此诗是从"鸦子西"的角度来着眼的。"忧患须眉变"中以眉须变白说明了诗人已近暮年。

《月夜旅宿不寐》⑥ 中思亲之情更甚："嗷嗷八口想饥啼，旅馆萧条月色

---

① 修仲一、周轩：《祁韵士新疆诗文》，乌鲁木齐：新疆大学出版社，2006年版，第129页。
② 修仲一、周轩：《祁韵士新疆诗文》，乌鲁木齐：新疆大学出版社，2006年版，第130页。
③ 修仲一、周轩：《祁韵士新疆诗文》，乌鲁木齐：新疆大学出版社，2006年版，第131页。
④ 修仲一、周轩：《祁韵士新疆诗文》，乌鲁木齐：新疆大学出版社，2006年版，第164页。
⑤ 修仲一、周轩：《祁韵士新疆诗文》，乌鲁木齐：新疆大学出版社，2006年版，第164页。
⑥ 修仲一、周轩：《祁韵士新疆诗文》，乌鲁木齐：新疆大学出版社，2006年版，第166页。

凄。家滞都中惟有梦，诗成塞外半无题。松涛遍入幽人耳，雁唳频惊客子栖。中夜彷徨眠不得，吟髭变白已将齐。"诗成塞外半无题"是说西域诗中无题诗很多，也有几首有题但意义上像无题诗歌，如"偶占"这样的题目。祁韵士的无题诗，不是陆游《老学庵笔记》指的唐代诗歌中的无题诗，都是宴饮场合应和之作，并不是真的没有题目。祁韵士这一类无题诗内容上大多是抒写自己所见所感，只是无法标明内容而写成无题诗。诗人被流放后产生思乡之情，想念亲人好友，夜晚难以成眠，不能尽一个父亲和丈夫的责任。

有的诗歌在思乡之中又多了一层怀古之情。如《无题》①"客西水自向东行，三五人家村不成"，首句即点出诗人自己以客身份西行，虽然身体向西行，但水依然向东流去。"水"的意象告诉我们诗人虽身在西而心向东，本就极为不愿西行，看到途中三五人家稀稀疏疏的居民，西北地理广博，人烟稀少，这荒凉加重了诗人的思乡之情。"广漠无边芳草白，流沙极目暮云平"，诗人紧接着又看到了沙漠和流沙，这荒漠无穷无尽，不知何时才有尽头，多么像诗人自己的人生啊。"伊谁能却思乡念，独我还生吊古情"，看到向东的流水，看到稀少的人烟，看到无尽的沙漠，谁能止住思乡之情呢，诗人不仅思乡，还由此吊古，感叹历史："中外一家逾万里，秦皇徒尔筑长城"。中原与西域相隔很远，即便秦始皇筑就了万里长城，也拦不住诗人的思乡思家之情。这首咏怀诗中，祁韵士句句尽写思乡之情。

（二）因悔恨前事而思乡

《宿三道沟有感》②一诗中诗人借助于典故表达了对前事的悔恨，三道沟即玉门县（今玉门市西北之玉门镇西北五十里）。祁韵士《万里行程记》中描写过三道沟："滩流清浅，水净沙明，风景差佳，田亩肥润，民生其间者亦秀。"③诗人看到"平岗一望远天低，风疾沙迷塞草萋"，描写了踏上西

---

① 修仲一、周轩：《祁韵士新疆诗文》，乌鲁木齐：新疆大学出版社，2006 年版，第 130 页。
② 修仲一、周轩：《祁韵士新疆诗文》，乌鲁木齐：新疆大学出版社，2006 年版，第 131 页。
③ 祁韵士著、刘长海整理：《祁韵士集·万里行程记》，太原：三晋出版社，2015 年版，第 13 页。

行路程的艰难，自然环境恶劣，风疾沙迷塞草萋。如此环境，无法步行，于是诗人坐车前行："日卧毡车疑鹿梦，晚投茅店似鸡栖"，诗人艰难地向伊犁前行，此句化用了《列子·周穆王》典故。春秋时期，郑国有一个樵夫打死了一只鹿，怕别人知道，就把这只鹿藏在一个洞中，上面盖上蕉叶。后来这个樵夫再去寻找时却怎么也找不到藏鹿之所了，他以为是自己做了一场梦，诗人借助于该典告诉我们坐车行驶在荒凉的玉门县，他觉得这就是一场梦，流放也是一场梦，梦醒之后自己依然在朝中为官。"月从绿树林中见，诗向黄泥壁上题"，诗人日夜兼程，因思乡而旅程痛苦万分，但依然借助于诗歌排解苦闷。"忽忆家园在何处，此身今已隔关西"，末句与"日卧毡车疑鹿梦"一句相呼应，刚才是梦，此时梦醒了，明白了自己已然是戴罪之身，已然被流放，现今早已离开了朝廷离开了家乡。此诗将梦醒后的苦痛和无助展露无遗，诗人未来要面临的艰难，诗中未做描述，留给我们更多的思考和想象空间。这是此诗的妙处，看似结束，意在言外，正所谓言有尽而意无穷。

《偶占》① 也是抒发思乡的感情，虽然也是感慨自身遭遇，但比起前一首多了些调侃和讽刺的意味，因此较前一首诗歌悲伤的情感冲淡了很多。该诗很短，"堪怜漂泊去家乡，木偶何如土偶良"，起句用典，木偶一典出自《史记·孟尝君列传》："今旦，代从外来，见木偶人与土偶人相与语。木偶人曰'天雨，子将败矣。'土偶人曰：'我生于土，败则归土。今天雨，流子而行，未止所止息也。'"②诗人在诗中将自己比喻为木偶，飘零不偶，离开家乡，因此诗人说"堪怜漂泊去家乡""往往来来缘底事，青山也笑白云忙"。祁韵士一路西行至嘉峪关，想起历代诗人笔下的阳关，诗人无限地思念自己的故乡，孤身一人喝酒的孤独感一阵阵涌上心头。自己即将出关，却连送别的朋友亲人都没有，诗人感伤万分，写下《出塞前夕不寐口占》③一诗。"离情无限望家山，欲向长城饮马还。浊酒几杯聊独酌，何人送我出阳关"，"诘旦将为塞外行，鸡鸣起视斗杓横。毛锥投却谈戎马，莫把儒冠

① 修仲一、周轩：《祁韵士新疆诗文》，乌鲁木齐：新疆大学出版社，2006 年版，第 133 页。
② 司马迁著、韩兆琦译注：《史记·孟尝君列传》，北京：中华书局，2010 年版，第 5004 页。
③ 修仲一、周轩：《祁韵士新疆诗文》，乌鲁木齐：新疆大学出版社，2006 年版，第 127 页。

误此生"，诗人想起自己一介书生，却在晚年成了戍边流放的罪人，此句中化用了《新五代史·史弘肇传》："弘肇曰：'安朝廷，定祸乱，直须长枪大剑，若毛锥子安足用哉！'三司使王章曰：'无毛锥子，军赋何以集乎？'毛锥子，盖言笔也。"① 细读结尾"莫把儒冠误此生"，不难发现，诗人此处又一次感慨自己应当在中年时及时隐退，不应该沉迷于官场，诗人多么希望自己及时归隐了，那么就不会招致此次流放的悲惨命运了。此诗以思乡起笔，但最后归结于悔恨前事的感慨。

《五月二十七日出嘉峪关西行》② 一诗更为沉痛悲苦，"种种嗟余两鬓斑，穷沙远戍几时还。始知天下伤心处，无过西来嘉峪关"。此诗相较前一首诗歌思乡和感慨身世的伤感程度加深了许多，更多了一层悲苦的情怀。"回首仍看云际月，前途只见雪中山"，诗人觉得流放后的前途渺茫，一切都是未知数。"行行忽遇东归客"，诗人一路西行，竟然遇到了从流放地东归的人，双方相遇感慨万千，一样的境遇，一样的坎坷，不一样的是对方活着回去了，对方看到的是回乡的希望，而诗人则是前途未卜，能不能活着回去都是未知数，因此诗人悲苦万分"不觉低头泪欲潸"。

（三）因壮志未酬而思乡

《无题》③ 是祁韵士唯一的一首无题诗，"太平边塞静无尘，烽火台空记里真"，首句赞颂边塞安宁，没有战事没有战乱，边塞上的烽火台目睹和见证着珍贵的和平的生活。"一日难齐寒暖候，长途时见两三人"描写边塞气候早晚温差大，诗人难得一日经历两种气候，早晚寒冷，中午较热，西域地广人稀，沙漠戈壁众多，西行路上难得遇见行人。在此情此景下，诗人不禁感慨"登楼王粲应多泪，投笔班超岂爱身"，首联和颈联都抒发了爱国之情，之所以把它列入思乡主题，是因为颈联用王粲登楼的典故：王粲曾登荆州城楼④，亲眼目睹了天下大乱，感叹自己的身世，作《登楼赋》，作

① （宋）欧阳修撰、（宋）徐无党注：《新五代史·郭崇韬传》，北京：中华书局，2016 年版，第 376 页。
② 修仲一、周轩：《祁韵士新疆诗文》，乌鲁木齐：新疆大学出版社，2006 年版，第 128 页。
③ 修仲一、周轩：《祁韵士新疆诗文》，乌鲁木齐：新疆大学出版社，2006 年版，第 146 页。
④ 一说登当阳城楼。

品中满怀哀怨，后人将《登楼赋》作为思乡流泪之典。颈联上句用王粲登楼的典故，下句用班超投笔从戎的典故，祁韵士本是文官，被流放至伊犁戍边，可以看作投笔从戎，此句是既感怀思乡，又肯定了西行至边塞也想做一番事业。这首诗既交杂诗人因为被流放伤怀思乡的苦痛，又有诗人想施展才华做一番事业的雄心壮志，两种情感交织其中，诗人是戴罪之身，不能也不便于直接在诗题中命名为后一种主题，亦或许诗人自己都说不清占据自己内心的是哪一种情感，因此这首诗题为《无题》。"西北云山看欲饱，独怜东望梦魂亲"，末尾写出诗人贪看西北边塞的美景，但依然难以忘怀故乡的亲人朋友，身在西北，心在故里。基于上述原因，将这首诗歌归入思乡的主题中。

二、诗人的爱国之情

（一）流放边疆却依然心系国家和百姓

戴伟华将诗歌分为用于传播和不用于传播两类，他认为"与此相联系的是表述方法的不同，前者常用于诗人与他人的对话交流，后者则常用于诗人自我的心灵交流，谓之"独白"可矣。"① 他进而指出："独白"，就是指那些在创作当下并不用于传播而主要用于自我心灵对话的作品，如题为《咏怀》《古风》《无题》以及乐府诗和拟古诗的很大部分诗歌，独白诗的产生与诗人的性格和际遇有相当密切的联系。独白诗常常产生于诗人情绪震荡、心灵躁动不安之时，他们以诗为手段，抒写内心的痛楚，坚定自我人格的信心，表达对时局的担忧和对政治的评价。但从诗歌发展史来看，独白诗传统的形成，可以在中国文化积淀、文人的思想及其生存状态、价值取向中找到原因。祁韵士表达爱国之情的这类咏怀诗都有上述特点。

《晓行》② 一诗表达了诗人深重的忧患意识，"孤村人静听鸡鸣，秣马脂车傍晓行。山外月明斜欲落，沙中水过寂无声。星稀渐觉东方白，天远遥

① 戴伟华:《独白——中国诗歌的一种表现形态》,《中国社会科学》,2003 年第 3 期,第 151-152 页。

② 修仲一、周轩:《祁韵士新疆诗文》,乌鲁木齐:新疆大学出版社,2006 年版,第 131 页。

瞻北斗横"。诗歌前六句都是集中写自己被流放后的苦楚和艰难处境，本以为诗人会在末尾继续抒发内心的痛苦，但笔锋一转写到"残梦不知关塞阻，独随秣骘待朝盈"。诗人身在西域，被阻隔在万里之外，但想报效国家的心早已随着自己的梦回到了中原。诗人在咏怀诗中也不忘使用史书典故和词语，秣马、脂车和秣骘都为这首诗增加了历史的厚重感。"该作表面上是一首'伤羁旅'的咏怀诗，然而诗人真正要表达的是对复杂政局的担忧与对人生际遇的感慨和苦闷"①。

诗人西行至星星峡后创作了五律《山鸟有唧哳求旦者，闻而感赋》②，展现出诗人"悱恻忠爱"沿途的恋阙之情。"辨色想熹微，黎明玉漏稀。朝班方立鹄，圣主早求衣。入梦征尘隔，惊心往事非。如闻鹖旦鸟，凄怆更依依。"

诗题中"求旦"，谓报晓。诗中"立鹄"，如黄鹄般站立，此处形容大臣恭敬站立的样子。"求衣"，谓起床。"鹖旦鸟"，又名寒号虫，报晓之鸟。此诗名为写"山鸟有唧哳求旦者"，实际上是对待漏上朝的回忆，颔联"圣主早求衣"便是对嘉庆帝"宵衣旰食"的赞扬。"凄怆更依依"一句，便有无限恋阙之情。"求旦"一词，当隐含希望嘉庆帝早日赦归的意思。

诗人以戴罪之身被流放至此，但内心魂牵梦萦的依然是国家："辨色想熹微，黎明玉漏稀。朝班方立鹄，圣主早求衣。"诗人西行之路极为艰难，天亮前听到山鸟唧哳，想起白居易被贬江州时写下了《琵琶行》，题目用《琵琶行》中的语句。首句则用陶渊明《归去来兮辞》中的句子："问征夫以前路，恨晨光之熹微"③，诗人在异域他乡听到山鸟唧哳，想起上朝的情景，诗人多么希望自己还是在朝中为国家分忧，多么希望皇帝能够早早上朝，勤政爱民。自己前半生都在朝中为官，身在西域，梦中依稀又回到了朝堂之上"入梦征尘隔，惊心往事非"，过去的入狱和流放仿佛一场梦一样，这梦是噩梦，诗人至今回忆起来尤为惊心。因为诗人内心始终放不下

① 于士淇、邹德文：《〈文选〉阮籍咏怀诗与萧统选诗标准探究》，《长春师范大学学报》，2003 年第 3 期，第 54 页。
② 修仲一、周轩：《祁韵士新疆诗文》，乌鲁木齐：新疆大学出版社，2006 年版，第 144 页。
③ 陶渊明：《陶渊明全集》，上海：上海古籍出版社，2015 年版，第 138 页。

国事，因此末句"如闻鹡旦鸟，凄怆更依依"，诗人即便是被流放至伊犁，依然心里关心的是国事，这首咏怀诗充分体现出诗人的爱国之情。

（二）戍边中愿为国效力

诗人被流放伊犁，是戴罪之身，本可以不接受伊犁将军的委托。正是因为诗人心系国家，所以当伊犁将军松筠邀请他编纂西域史地著作时，祁韵士欣然受命。《七月十七日抵戍书怀》① 这样写道："谪居今已到天边，回首燕云路万千。翼息何心符六月，艾安有愿待三年。恩同福载知无极，材愧庸愚只自怜。葵向微忱如望岁，他时马首快言旋。"

诗中"翼息"句，句下自注："此行计一百八十日。"② 此诗多种版本均作七绝两首，误。之所以致误，是因为"艾安"句原作"艾愿有愿待三年"。此句不通。"艾愿"一词，于格律失调，查《四库全书》和《汉语大词典》未见此二字之组合，当是抄录致误。窃以为"艾愿"当作"艾安"，谓民生安定，宇内承平。艾，通"乂"。这是到戍后当天的七律。

首联对句"回首燕云路万千"已经含有"悱恻忠爱"之意。颔联谓，没想到赶到戍地正好是六个月，我愿在安定的边疆等待三年赦归。这里的"六月"是双关的用法，指的是《诗经·小雅·六月》的主旨。诗人在这里想表达自己既然是戍客，那么就有安定边疆的职责和义务。因此欣然接受了伊犁将军松筠的委托，竭尽全力编著《西陲总统事略》。颈联诗人认为即便是把自己流放到西域，这也有朝廷自己的用意。尾联是再一次表达了自己想报效国家的愿望，诗人说自己和向日葵一样永远朝着京城的方向眺望和期盼，作者没有丝毫犹豫和哀怨，他愿望为国家出力。

三、间接抒发自己的人生感受

（一）通过城市今昔变迁咏怀

"中国古代诗歌的创作，除具有时间背景外，还具有空间背景，因为诗

---

① 修仲一、周轩：《祁韵士新疆诗文》，乌鲁木齐：新疆大学出版社，2006年版，第172页。
② 修仲一、周轩：《祁韵士新疆诗文》，乌鲁木齐：新疆大学出版社，2006年版，第172页。

歌总是诞生于具体的地理环境中。"① 祁韵士通过描写地理和历史，间接抒发自己的人生感受。《西安府》② 中 "佳哉云气郁苍苍，形胜由来重帝乡，圣世龙飞成右辅，雄州虎视镇西方"，起句写西安府重要的地理位置。这里风景优美，"天开渭北林光远，日近终南雪影长"，历来是百姓安居之地："一望川原皆沃土，耕犁遍野劝农桑""慈恩塔影验丰荒，经古碑残石洞藏"。祁韵士《万里行程记》中亦写道："客为余言，唐雁塔在城南，岁歉则塔中分为二，却不倾，岁丰则仍合焉。"③ 诗人依据当地民间传说将大雁塔记载为合影之塔，这是不准确的。西安城的南部有两个雁塔，一是慈恩寺塔，也叫大雁塔，一是荐福寺塔，也叫小雁塔。小雁塔经历了明代中期的大地震，塔的顶部毁坏了两层，塔身裂开了一尺多宽。几十年后又一次地震，这个裂缝又神奇地合拢了，即 "荐福塔影验丰荒，经古碑残石洞藏"。"耆老至今知有汉，长安犹昔已非唐"，长安已经不是唐代的长安城了，尽管 "曲江地僻莺花杳，灞岸春深草木香"，诗人由此感慨 "我亦千秋一过客，欲从夸父逐斜阳"。唐代西安城是多么繁华富庶，多么热闹非凡，经历了宋元明清，西安早已不再繁华，城市尚且如此，何况人事哉！诗人由西安沧桑巨变联想到自己人生的起落，不由得抒发感慨，因此我以为此诗当为咏怀诗。此时祁韵士已经看得通透了，这一切都是过眼云烟，我不如跟随夸父去追逐太阳吧！夸父是西行逐日的，此处指祁韵士西行至流放地，就如同夸父逐日终究是悲剧性的壮举一般，诗人在去的路上亦是以为此去就是自己人生的终结了，他没有想到在伊犁又遇到了松筠和那彦成，在流放地又开启了人生新的篇章。

《抵张兰镇抚今追昔卒尔寄慨》④ 一诗也是借助于张兰镇今昔对比，并且联系自己命运抒发感慨 "二十年前此授餐，今来又复歇征鞍"。诗人二十年前到过张兰镇，此处繁华热闹，但今天的张兰镇早已没有往年的繁华热

---

① 殷虹刚:《论地理位置对清代虎丘离别诗的影响》,《苏州科技大学学报》,2020 年第 4 期,第 58 页。

② 修仲一、周轩:《祁韵士新疆诗文》,乌鲁木齐:新疆大学出版社,2006 年版,第 102 页。

③ 祁韵士著、刘长海整理:《祁韵士集·万里行程记》,太原:三晋出版社,2015 年版,第 6 页。

④ 修仲一、周轩:《祁韵士新疆诗文》,乌鲁木齐:新疆大学出版社,2006 年版,第 76 页。

闹,"但闻车马声轰烈,不见金银气郁盘。市上争估嫌价贵,道旁乞食悯衣单"。此前的张兰镇繁华富庶,热闹非凡,这繁华富庶并没有在诗人心中引发感触,何以二十年后诗人看到冷清的张兰镇感慨良多,并且在行程中用诗歌记录下来,这和诗人自己的人生经历有密切的关系。诗人年近暮年被流放至伊犁,这种落魄的经历和张兰镇失去往昔繁华的过程何其相似,诗人通过张兰镇的今昔对比来展现自己人生的巨大变化。张兰镇的今昔对比就是诗人自己人生的今昔对比,正是因为人生的大起大落,诗人无比感慨,才将这感慨形诸文字,我们才能在一百多年后看到这首咏怀诗。

"随着众多诗人的长期反复沿用,这个地理空间会在历史中积累起深厚的离别文化底蕴,逐渐由实转虚,内化为诗人们的心灵空间,从而脱离具体地理环境,转变为抽象、泛化的艺术符号,成为诗歌中一个代表离别的地理意象。"① 上述西安和张兰镇就是典型的地理意象,在祁韵士的诗歌中反复出现。

（二）通过吟咏历史名人典故咏怀

《中条山》② "未访王官谷,中条在眼前","东南屏障合,气象万千雄",中条山在山西西南部,南面是黄河,东面是王屋山,主峰雪花山,高两千多米,中条山气势挺拔,风景优美,有幽深的岩洞。"松忆幽人笔,亭留遁世躯",诗人对于隐士司空图极为赞颂,司空图是晚唐诗人,晚年居住中条山王官谷,家中有祖上的田地,隐居于此,建亭素室,皆画唐兴节士,并且给亭命名为"休休"。诗人被流放后行至中条山王官谷,想起司空图晚年的选择多么正确,诗人感慨,假若自己也像司空图一样晚年选择隐居的话完全可以安度晚年,不至于遭遇被流放的不公命运。

《过咸阳县北原有感》③ 一诗则描写了一个无名英雄,"不到咸阳上,那识郏鄏累。强半犁为田,但留土垅堆。彼岂无豪杰,今乃不转谁。欲往考

<hr>

① 殷虹刚:《论地理位置对清代虎丘离别诗的影响》,《苏州科技大学学报》,2020年第4期,第60页。
② 修仲一、周轩:《祁韵士新疆诗文》,乌鲁木齐:新疆大学出版社,2006年版,第90页。
③ 修仲一、周轩:《祁韵士新疆诗文》,乌鲁木齐:新疆大学出版社,2006年版,第105页。

世代，没字尝限碑"。祁韵士被流放至伊犁，行程中诸多伤感，行至咸阳县北原，这里本是秦国的都城，祁韵士在《万里行程记》中对其作了专门的记述："出北门，上峻坂，古冢累累，慨然叹古之豪杰，不知青山埋却多少矣。"① 诗人看着这一望无边的无字墓，更加感慨身世，无限伤感，"白杨风萧萧，向我耳际吹。世事浮云变，富贵徒尔为"，人生世事多变，富贵和高官利禄对我有何用呢。此处的祁韵士在感慨前半生追求功名有何用呢，为自己的身世感慨，此时的祁韵士遭遇人生重大打击后终于明白了"黄土惯埋人，玉山曾几颓"，诗人以"独念浮华子，终忘死去悲"作结，诗人说自己独自感伤浮华子忘记身后名，强调自己不是浮华子，自己不会像他一样忘了死后的悲哀了。

细想下，诗人认为自己死后有何悲哀呢，他是史地学家，史地学家用笔来记录历史人物的得失和身后名，就如同辛弃疾词中所言"赢得身前身后名，可怜白发生"。诗人见北原坟堆累累，不由得想起了自己的身后名，他清廉一生，正直一生，不曾想暮年却因为贪污案被流放至伊犁，这对于诗人来说是身后名被污了，所以他才批判浮华子"终忘死去悲"。然而对于诗人来说，这批判中又有几许羡慕，如果诗人也能像浮华子一样只追求富贵利禄，也许就不会如此痛苦了。这首咏怀诗的感慨意味深长，含蓄蕴藉。

《甘州道中》② "凉州西去是甘州，积雪青山半白头。长路生憎逢斥卤，前途忽喜见林邱。"自古边塞多荒凉，环境艰苦，祁韵士诗中也写到了西北边塞之苦，到处都是盐碱地，就是春风也不愿来此"春迟塞草不成绿，风紧河沙无定流"。在如此艰苦恶劣的环境中，诗人不仅要身受环境之苦，"莫说此游同汗漫，长安远望不胜愁"，身体之苦，尚且能承受，可以一天天远离中原远离长安远离亲人们，这是诗人难以承受的，诗人通过吟咏所见所闻间接抒发了流放后的人生感受。

---

① 祁韵士著、刘长海整理：《祁韵士集·万里行程》，太原：三晋出版社，2015年版，第6页。

② 修仲一、周轩：《祁韵士新疆诗文》，乌鲁木齐：新疆大学出版社，2006年版，第122页。

四、展现了西域环境的艰苦和生活的艰难

（一）荒凉凄苦中透露出些许暖意

《晚宿格子烟墩》①和前期溢于凄苦之意比，到戍地后心情反而较之前明丽，凄苦的情怀减弱了很多。"百余里外未逢村，沙路迟迟问远墩"，起句写西域荒凉的地理环境，一望无际的沙漠和戈壁，"日暮途遥频驻马，更深店闭懒开门"，从山西老家一路行至伊犁，路途遥远，行走艰难，从早到晚也走不了多少公里，天黑了，停下来投宿旅店都难以找到住处，如此艰难，如此境遇。"浊沽漫觅三杯醉"，诗人借酒消愁，"残梦为寻一席温"，即便是想温暖地睡一觉这个愿望都要在梦里去寻找了。"喜得新泉非苦水，茶余客话且同论"，在这里出行艰难、住宿艰难，就是平常的饮水也是十分不易，大多是苦水，所以诗人最后写难得遇到甘泉的喜悦，因为有了这一点甘甜，这悲苦的生活也仿佛多了些暖意，这甘甜不约而同地成为了大家谈论的幸福话题。前六句悲苦万分，最后两句甘甜为全诗点缀了一些暖意，从中我们可以看出，诗人也看淡了看透了很多，也旷达了很多。

《玉门县道中》②"乘驿经三月，边庭到尚迟"，起句写诗人已经西行三个月之久，但到达伊犁戍地还很远。"饥驱怜体瘦，囊涩避人知"，一路风餐露宿，吃住条件极差，此句中化用晋代阮孚的故事，阮孚拿着一个皂囊游赏会稽时，有人问他这是何物，阮孚言："但有一钱守囊，恐其羞涩"，后世文人多用囊涩来代指自己没有钱，背负贪污腐败案的祁韵士此处说囊涩也有讽刺意味。"畏冷披裘好，倾阳戴笠宜"，诗人穿戴严实，向西一路行驶，"识途凭老马，却幸路无歧"，末句中化用了《韩非子·说林》中老马识途的寓言故事，这首咏怀诗通过抒写诗人西行路上的艰苦也间接地描写了诗人几近旷达的情感。

---

① 修仲一、周轩：《祁韵士新疆诗文》，乌鲁木齐：新疆大学出版社，2006年版，第145页。
② 修仲一、周轩：《祁韵士新疆诗文》，乌鲁木齐：新疆大学出版社，2006年版，第129页。

（二）孤独愁苦中自我消解和慰藉

《偶占》① 中诗人使用了一个古典诗词常用的水意象，"流水皆东去，吾独向西行"。水意象一直就是愁意象，"问君能有几多愁，恰似一江春水向东流"②，诗人反其意用之，水皆东流，唯有我不得不西行，我也是多么想向东流去啊，无奈之意苦痛之意溢于言表。"沙原春寂寞，惟见草萋萋"此处，又多了一层思乡之情。这首诗是祁韵士诗歌里最短小的一首诗，虽然字数少，句子短，但言有尽而意无穷。这首诗创作于哈密附近，从内容来看诗人极度悲苦的情怀已经开始有所疏解，心情逐渐好转。

《梧桐窝次壁间韵》③ 是一首答诗，诗人行至哈密以西二百七十里处，有驿站，《万里行程记》中记载"此地只有一店，店只一间屋，如此苦境，而名曰梧桐窝，甚不解"④。此处梧桐窝墙壁上常常有路过文人的题诗，诗人依据壁上题诗，和了一首诗，因此这首诗是答诗。"小店差容膝，风飘入户声"写诗人在空间极度狭窄的客店之中，听着屋外的风声，独行的感伤之情又袭来。"客孤如过鸟，月暗不知更"，诗人听着窗外的风声，一夜不眠，无法从昏暗的月光判断时间，不知长夜何时尽。"破屋题诗遍，长途杂感生"，想着被过客题满的壁上诗，回想自己的一生，再也无法入睡，不如"挑灯聊一续"吧。原以为续完后自己可以排解苦闷，不曾想"不觉怆离情"阵阵涌上心头，诗人经常抒写客悲，这类咏怀诗经常出现独或者孤的字眼，该诗是诗人咏怀诗中少有的没有用典故和历史人物的作品。

《胜金口苦热作》⑤ 是通过咏怀来描写西域环境艰苦的一首典型诗歌，"才过黑风川，还逢热火扇。天将炉炭炽，人作釜鱼煎"，胜金口在吐鲁番火焰山的南麓，是吐鲁番经过火焰山的必经之地。火焰山在吐鲁番东北部，东西长一百公里，南北宽十公里，高五百多米。整个山体都是侏罗纪红色

---

① 修仲一、周轩：《祁韵士新疆诗文》，乌鲁木齐：新疆大学出版社，2006 年版，第 149 页。

② （南唐）李煜：《李煜词集》，上海：上海古籍出版社，2016 年版，第 3 页。

③ 修仲一、周轩：《祁韵士新疆诗文》，乌鲁木齐：新疆大学出版社，2006 年版，第 149 页。

④ 祁韵士著、刘长海整理：《祁韵士集·万里行程记》，太原：三晋出版社，2015 年版，第 16 页。

⑤ 修仲一、周轩：《祁韵士新疆诗文》，乌鲁木齐：新疆大学出版社，2006 年版，第 157 页。

砂岩,因此维吾尔语称之为"克孜勒塔格",维吾尔语的意思是红色的山。唐代将火焰山称为"火山",唐代诗人岑参到西域写过"火山五月火云厚""火山六月应更热",不仅岑参诗歌中记录了这里的炎热,明代陈诚诗歌写到了:"一片青烟一片红,炎炎气焰欲烧空。春光未半浑如夏,谁道西方有祝融。"此次祁韵士被流放至伊犁,路过吐鲁番,亲身感受到了火焰山的炎热,好像上天做成的炉炭,人在火焰山行走就好像鱼在釜中煎一样。魏晋时期刘伶天当被地当床,此处祁韵士天当炉炭,地当作釜,人在其中煎熬。这种炎热自古有之,谁都无法改变"无计调冰水,何方采雪莲",凡是路经此地的人均是急速行驶,"吴牛喘未息,尚欲著鞭先",《太平御览》卷四引应劭风俗通中记载:"吴牛望见月则喘,彼之苦于日,见月怖喘矣。"① 此句是更进一步写火焰山的炎热,诗人恨不得快马加鞭地通过火焰山。

五、咏怀中体现出诗人的哲学思想

(一)西行流放中显旷达和乐观

在祁韵士遭受亏铜案后心态发生了很大的变化,他的诗歌中多次写到了隐居和退隐,多处体现了想要回乡归隐的想法,每每行至古代隐士之故里处,诗人往往感慨万分。此处诗人虽然没有在隐士的故里抒发归隐的感慨,但也通过写西域的艰苦环境间接表达了这一想法,如《晚宿小店率尔成篇》② 起句"廖天又看夕阳红,竟日奔驰夸父同。逆旅岂悬高士榻,流沙且避大王风",诗人说自己就像夸父一样朝着太阳竟日奔走,从早到晚,又从晚到早,一刻也不停歇,在西域的客店里没有隐士所卧的高榻,一路上都是戈壁大风。"人言极乐西天远,我悟阎浮世界空",别人都说佛教里的彼岸世界虚无缥缈难以到达,可是我看人世间的此岸世界就已经是虚无空幻的,更何谈彼岸世界。"堪笑达观如阮籍,无端痛苦为途穷",阮籍的特立独行处处显示其达观的人生态度,可是阮籍真的达观吗?诗人反问如果阮籍真的是达观的话,他会驾着马车行至途穷之处痛哭流涕吗?很显然,

---

① 李昉:《太平御览》,北京:中华书局,1960年版,第22页。
② 修仲一、周轩:《祁韵士新疆诗文》,乌鲁木齐:新疆大学出版社,2006年版,第141页。

诗人认为阮籍并没有做到达观，这个现实世界在诗人看来都是虚无空幻的，有何理由去哭泣去难过呢？该诗以此表达诗人自己的达观。

诗人相信自己因为亏铜案被诬陷的罪名终有一天会水落石出，不必将自己的不幸遭遇日日挂在嘴上，如《塞外独行忽有所悟》①"塞外极乐境，非暑亦非寒。自在吾心稳，无遮世界宽。"诗人行至星星峡后，即将进入西域，不愿意接受和面对的终究要面对。诗人独行在边塞，用佛家的眼光去看边塞，竟然发现这里气候宜人，不热也不冷。诗人劝慰自己既来之则安之，只要像佛教徒那样心无挂碍，一切天地宽，"但从空里想，莫向忙中看"只要自己看淡了看透了，"一切冰销矣，何须挂舌端"。纵观《濛池行稿》，诗人悲苦的心绪随着西行之路慢慢消解，从最初遭遇坎坷的悲苦到西行路上的排解，偶尔会有悲苦情怀体现，但总体上被其他情怀消解了。由此可以看出诗人内心坚强，虽然赶不上刘禹锡对待贬谪的旷达，但比柳宗元坚强和客观。

（二）困境中寻求新的人生目标

长途漫漫，诗人仅有笔相伴，正是这支笔完成了中国西北史地开拓之作，带我们走过了西行的每一个角落，找到了新的人生目标。《旅次遣怀》②"几回怅触在天涯，不见长安不见家"，诗人西行至边塞，看不见京城看不见家乡，惆怅万分，想给家里人写书信都带不到。"作字那寻苏武雁，尝新欲饱邵平瓜"，此句用了两个典故，《汉书·苏武传》中记载："汉求武等，匈奴诡言武死。后汉使复至匈奴，常惠请其守者与俱，得夜见汉使，具自陈道。教使者谓单于，言天子射上林中，得雁，足有系帛书，言武等在某泽中。汉使大喜，如惠语以让单于。"③ 后世用鸿雁作为传递书信的使者。此处苏武雁指代的就是书信。邵平瓜即东陵瓜。《史记·萧相国世家》记载："召平者，故秦东陵侯。秦破，为布衣，贫，种瓜于长安城东，瓜美，

---

① 修仲一、周轩:《祁韵士新疆诗文》,乌鲁木齐:新疆大学出版社,2006 年版,第 140 页。
② 修仲一、周轩:《祁韵士新疆诗文》,乌鲁木齐:新疆大学出版社,2006 年版,第 139 页。
③ （汉）班固撰、（唐）颜师古注:《汉书·苏武传》,北京:中华书局,2005 年版,第 1877 页。

故世俗谓之东陵瓜。"后代指退官人的瓜田。① "行经瀚海难为水,渡向恒河但有沙"一句用唐元稹《离思》"曾经沧海难为水,除却巫山不是云",这里反其意用之,在沙漠戈壁里行走,很难找到水源,恒河是印度的一条河,《金刚经》里有"是诸恒河所有沙数",因此后人用恒河沙数表示多得不可胜数。此句"渡向恒河但有沙"也是说河里无水只有沙。行走在广袤无际的沙漠戈壁中,诗人思念着家乡,百无聊赖,"寂寞长途谁是伴,中书老秃尚生花",正是佛教的思想伴随着诗人走过了最艰难的流放之路和戍边岁月,使其找到了新的人生方向和目标,从而成就了其西北史地开拓之功。

"文学经典以其自身情感和思想的独特感染力,在中国传统文化教育中具有强烈的针对性,对人的思想境界、道德水平和精神风貌能产生积极的影响。"② 祁韵士咏怀诗既无家国之痛,也无时代更替的悲哀,更多是书写一种对短暂人生的体验,一种对理想和现实的艺术体味和诗意感受,这种冷静而又热烈、理智而又感性的思索在同时代诗人笔下是少见的。他的诗中也充满着诗情,充满着对现实人生、理想信念的追求与抗争,更体现了着诗人对自己人生之路的不断思考和艰苦摸索,充满着史地学家的人生态度和处世哲学,有诗人睿智思考与亲身实践。诗人年近暮年才开始写诗,但诗歌成就不亚于同时代的诗人。

第四节
咏物诗

咏物诗是中国古典诗歌常见题材之一。咏物诗在先秦时期第一部诗歌总集《诗经》中就已出现。从先秦至明清时期,咏物诗经历了漫长的发展

---

① (汉)司马迁:《史记·萧相国世家》,北京:中华书局,2013 年版,第 2435-2436 页。
② 谢志勇:《文学经典在中华文化传统教育中的特征及其实现路径》,《宜春学院学报》,2020 年第 10 期,第 109 页。

阶段。咏物诗经典之作层出不穷。"咏物诗是以物为吟咏对象的诗歌。在一首诗中，通篇以某物为吟咏对象，对其物进行刻画，绘形传神，或借物表现诗人的主观情感、人生感慨、政治见解等等。"①

纵观祁韵士的一生，仕途上没有大的成就，但诗人在史地学和文学方面，取得了很高的成就。乾隆年间，在伊犁将军邀请下，祁韵士在汪廷楷辑录的草稿基础上，重新纂修编《西陲总统事略》。此书后面附录了伊犁将军松筠的《绥服纪略图诗》，也附录了祁韵士《西陲竹枝词》一百首。《西陲竹枝词》附有诗人于嘉庆十三年二月撰写的序文《小引》，全文录如下②：

> 歌咏之作，曰情，曰景。西陲远在塞外，果有何景可摹，何情可寄。然而天地之大，万物之变，书册所载，犹欲裒集恭稽，以广异闻。若既有所见而顾无一言以纪之，可乎！况龙沙万里，久入版图，游斯土者，见夫城郭人民之富庶，则恩德化覃敷，怙冒罔极；见夫陵谷薮泽之广大，则思《山经》《水注》耕漏殊多；见夫物产品汇之繁滋，则思雪海昆墟瑰奇不少。每有所触，情至而景即在，是岂必模山范水，始足言景，弄月吟风，始足言情哉。塞庐读书之暇，涉笔为韵语，得一百首，聊自附于巴渝之歌。首列十六城，次鸟兽虫鱼，次草木果蔬，次服饰器用，而终之以边防夷落，以志西陲风土之大略。词之工拙有所不计，惟纪实云。

该篇序文，陈述了创作《西陲竹枝词》的起因：一是诗歌所写就是"情""景"二字，西域有景可摹，有情可寄；二是西域"久入版图"，是中国的领土，此地民众富庶，应当普及文化；三是过去的地理著作"挂漏殊多"。因此，在诗人每每情有所感时，在读书闲暇之余时，提笔创作了竹枝词一百首。诗人将其分为五类："首列十六城，次鸟兽虫鱼，次草木瓜蔬，次服食器用，而终之以边防夷落。"③

祁韵士咏物诗数量众多，仔细梳理可分为两大类，一类是属于娱宾遣

---

① 俞燕：《唐人咏物诗的生命意识》，新疆师范大学，2004年硕士学位论文，第5页。

② 祁韵士著、刘长海整理：《祁韵士集·西陲竹枝词小引》，太原：三晋出版社，2015年版，第116页。

③ 祁韵士著、刘长海整理：《祁韵士集》，太原：三晋出版社，2015年版，第115页。

兴或遣赏把玩、应酬游戏之作，另一类是托物言志或借物抒情之作，后一类诗歌中有深沉的个人情感寄托，借所咏对象来抒情言志，表达诗人的理想抱负与个人情感。如《雁》通过大雁表达了自己思乡之情，诗中大雁仿佛就是诗人自己，诗人通过咏物来表达思想感情和人生价值观，所咏之物寄托深沉的情感。

《诗经》《离骚》之后，香草美人的比兴传统在诗歌创作中得到了长足的发展，咏物诗追求体物肖形，传神写意，有时候咏物只是形式，实际是为了抒发诗人的情感。《西陲竹枝词》中咏物诗绝大部分属于这类寄托遥深、象征深远的作品。

"咏物贵在不即不离。从体物上说，就是要表现物的形貌或本质，传达其风骨神韵，形成较为完整的艺术形象，但不要求处处咏物、句句咏物，贴定不移。从抒情方面说，要依物有托，借物抒情，而不能脱出题外，另起炉灶。"① 俞燕提出的选择咏物诗的标准，也是笔者选择祁韵士咏物诗的标准。笔者选取的咏物诗都是描写了完整的艺术形象之后用借物抒情的方式来表达自己的感受，祁韵士咏物诗吟咏的对象，内容丰富，包括植物类如西瓜、甜瓜、芨芨草等，也包括动物类如野鸡、压油鸟、骆驼等，也包括大自然中之物象，如瀚海石、松皮膏等。此外，西域居民生活中独特的事物，如琶离、圈车等，这一类也应该算作咏物诗的范围，但为了更加清晰地梳理这一类诗歌，笔者将其单列出来归入民俗诗。按照上述范围，笔者统计了咏物诗80多首。下文将按照不同咏物诗类别进行论述与研究。

一、植物类

（一）可食用瓜果类

1. 寄寓了诗人的思乡之情

《西瓜》② 是一首典型的咏物诗。"三白逢新摘，瓜期任早尝"，三白指

---

① 俞燕:《唐人咏物诗的生命意识》,新疆师范大学,2004 年硕士学位论文,第 5 页。
② 修仲一、周轩:《祁韵士新疆诗文》,乌鲁木齐:新疆大学出版社,2006 年版,第 148 页。

的是白皮白瓤瓜子，此为三白瓜。"镇心宜热客，得气应西方。暑际神添爽，冰余齿觉凉"，吃着西域边塞的西瓜，西瓜冰凉，是解暑的最佳水果，正是西瓜太好，不由得让诗人想起家乡的榆次瓜"还思乡味好，中合记红瓤"，吃着西域的西瓜，触及了诗人的思乡之情。该诗前半首描写西瓜，后半首抒发了诗人的思乡之情。

《甜瓜》① 写"爱觅堆盘绿，争传金棒瓜"，诗人句下自注甜瓜是内外纯绿的为最佳，首句写甜瓜是当地瓜果佳品，争相品食这形如金棒的甜瓜。"十分甜以蜜，半破手为华"，甜瓜极甜也极软，用手就可以剖为两半。"肉厚充肠好，浆浓到口夸"，诗人食用时感受到了前所未有的甜蜜，不由得想要将这美味分享给家人，"分甘小儿女，对此忽思家"。这首咏物诗和《西瓜》写法如出一辙，前半首描写甜瓜的色香味等外形，后半首抒发诗人的思乡之情，甜瓜有多香甜，思乡之情就有多浓烈。

《梨》② 这首咏物诗中，写法依然如此："垒砢堆盘手自擎，色香与味过柑橙"，梨子堆放盘中，诗人随手取来品尝，色、香、味均超过了柑橙，满口生香。"齿牙脆嚼无渣滓"，这是库尔勒香梨、叶城棋盘香梨和鄯善斯尔克普梨的特点，库尔勒香梨尤其美名远播。诗人赞颂香梨满口生香，抒发了思乡之情，"错认波梨是永平"，其中一个错字，表明了诗人明知道是库尔勒香梨，但却依然错认，因为永平梨指代了中原亲朋好友。

2. 蕴涵了诗人对西域特产的喜爱之情

《沙枣》③ 中展现了诗人对西域特产的喜爱之情。"金枣尝新贮满篮，离离亦有赤心含"，金枣指沙枣，通体呈棕黄色，故而言金枣。诗的下句化用了《尚书大传·略说》中的"昭昭如日月之代明，离离若参星之错行"④，诗人意在描写沙枣一粒粒颗颗分明。西域天山南北遍布这种沙枣树，西域多沙漠戈壁，土壤多盐碱地，这种沙枣树极其耐干旱和盐碱，是西域地区

① 修仲一、周轩：《祁韵士新疆诗文》，乌鲁木齐：新疆大学出版社，2006 年版，第 148 页。
② 修仲一、周轩：《祁韵士新疆诗文》，乌鲁木齐：新疆大学出版社，2006 年版，第 248 页。
③ 修仲一、周轩：《祁韵士新疆诗文》，乌鲁木齐：新疆大学出版社，2006 年版，第 247 页。
④ 伏胜著、皮锡瑞校注：《尚书大传疏证》，北京：中华书局，2022 年版，第 21 页。

特有的绿化树种之一。沙枣树每年开花季节，满树金黄，香气扑鼻，笔者是新疆人，每年都能闻到这醉人的沙枣花香，每到秋季，沙枣树上又缀满了棕黄色的果实。诗歌前两句描写了沙枣的香味和颜色，后两句"蒲萄美酒所难匹，风味还怜小酿甘"则是将沙枣酒和蒲萄酒进行比较，认为沙枣酒也别有一番滋味。这首咏物诗中表现了诗人对沙枣的喜爱之情。

《蒲萄》① 一诗将目光投向葡萄。"紫浆凝处似琼膏，玉露垂涎马乳高"，描写了西域紫红色和晶莹碧绿的葡萄。诗人尤其醉心于这绿色的马乳葡萄，因其形状像马乳头而得名马乳葡萄，老百姓俗称马奶子葡萄，这种葡萄皮薄，汁多，入口即破，也用来酿造葡萄酒。"风物宜人留齿颊，那随桑落酿仙醪"，诗人认为直接食用就是最佳美味，马奶子葡萄因为皮薄不易存放，季节性很短。该诗前半首描写葡萄的颜色外形味道，后半首抒发了诗人的喜爱之情。

《石榴》② "移植当年说使辀，葳蕤照眼玉阶稠"，首句写张骞出使西域后将石榴这一植物传至内地，石榴既可以观赏又可以食用，还可以入药。不仅如此，石榴在传入中原后，即被赋予了象征的文化色彩，石榴多子，故而象征女性多子，"物归中土能宜子，不似西方安石榴"。分析了上述三首诗歌，不难发现，在祁韵士这类吟咏瓜果类诗里，首句都是吟咏题目中的瓜果，但末句都是以具体的某种情感和感受作结。这就是上文所说咏物诗贵在不即不离。

《哈密瓜》③ 写法有别于上述几首诗歌，"分甘曾忆校书年，丝笼珍携只半边"，首句即是借物抒情。看到眼前的哈密瓜不禁想起编纂《蒙古王公表传》那些埋头故纸堆中的日子，因为那段日子里，诗人可以吃到半个哈密瓜，不曾料命运起伏，来到盛产哈密瓜的西域。"今日饱餐忘内热，莫嫌纳履向瓜田"，因为贪吃哈密瓜，已经顾不得"瓜田不纳履，李下不正冠"了，这首咏物诗娓娓道来，让我们浑然忘了诗人的悲惨命运，读到这首咏物诗，感受到的是诗人饱食西域美食的幸福，诗人已经逐渐走出流放的苦

---

① 修仲一、周轩:《祁韵士新疆诗文》,乌鲁木齐:新疆大学出版社,2006年版,第250页。
② 修仲一、周轩:《祁韵士新疆诗文》,乌鲁木齐:新疆大学出版社,2006年版,第247页。
③ 修仲一、周轩:《祁韵士新疆诗文》,乌鲁木齐:新疆大学出版社,2006年版,第249页。

闷，开始了西域别样的人生。

（二）观赏类植物

1. 象征诗人身处逆境依然保持高洁的人品

祁韵士除了吟咏可食用性植物之外，他乘坐简陋的圈车，常年行驶于沙漠戈壁中，对观赏类植物也关注颇多，这是史地学家身份不自觉地一种反映。正是借助于诗人之笔，我们今天可以看到更为真实的清代西域风景。这是该类咏物诗的史地学价值所在，也是笔者研究它们的原因。

关于《胡桐泪》① 一诗，《万里行程记》中记载："胡桐者，译言柴也。想昔年此地多有此树，故得名。"② 胡桐在当地民众口中被称为柴火，胡桐不能当作栋梁之材，因为胡桐多生长于干旱沙漠地带，生长拳曲，老百姓多是把胡桐当作柴火来烧。"怜渠拳曲养天年，樗散甘推栋梁贤"，诗人看到胡桐，便想起了《庄子·逍遥游》中的无用之树樗，也就是我们今天说的臭椿，诗人在此诗中模拟胡桐的口吻说，自己甘愿当作柴火，心甘情愿地让位于那些真正地栋梁之材。诗人看到胡桐无端地流下眼泪，更加心系胡桐树，诗人由此赞美胡桐不但甘愿被当作柴火来烧，胡桐泪的中药疗效更让诗人情动于中。该句借助于胡桐泪象征了诗人身处逆境依然保持高洁的人品。胡桐泪究竟是何物？诗人在该诗歌句下自注："夏日晒，津液结为泪，白者佳，以烧酒冲三厘许服之，治胃痛极效，又治瘰疬喉痛。"③ 胡桐泪经现在科技分析，其主要成分是碳酸钠，也就是民间所用的苏打，治疗胃病有些许的疗效，但对于喉痛并无疗效，该诗句下自注内容应是当时民间的偏方说法，不足为信。诗中结尾处说"独讶无端频下泪，疗人疾病结良缘"，胡桐泪和老百姓结良缘，从现今科学的角度来看，胡桐泪虽然不能治疗疾病，但在饮食上和百姓结下了良缘，民间蒸馒

_____

① 修仲一、周轩：《祁韵士新疆诗文》，乌鲁木齐：新疆大学出版社，2006 年版，第 238 页。

② 祁韵士著、刘长海整理：《祁韵士集·万里行程记》，太原：三晋出版社，2015 年版，第 16 页。

③ 修仲一、周轩：《祁韵士新疆诗文》，乌鲁木齐：新疆大学出版社，2006 年版，第 239 页。

头发酵面粉时多使用苏打来中和发酵的酸味。

《红柳花》① 一诗借助于红柳花展现诗人逆境中依然保持高洁的人品。"自生自长野滩中,吐穗鲜如百日红",红柳花是清代西域诗人吟咏最多的植物,萧雄这样记载红柳花:"红柳高不过五六尺,大者围四五寸,叶细类柏,色似蓝而绿,开粉红色花,如粟如缨,有似紫薇,嫣然有香,木中最艳者。皮色红,光润而贴,削之更现云纹。每枝节处,花如人面,耳目悉具。性坚结,西人用作鞭杆。"② 祁韵士吟咏的红柳花也曾见于《汉书·西域传》,不同的是该书中记载的名字是怪柳,这种怪柳在西域天山南北广阔的沙漠戈壁均可见到,因为这种红柳树对环境的适应性极强,不但可以抵抗干旱的气候,生长于沙漠戈壁,也能在极为潮湿的盐碱地中茂密生长。清代流放西域的文人笔下不约而同地描写了红柳树,纪晓岚有诗句"依依红柳满滩沙,颜色何曾似降霞"③,施补华有诗句"萧萧迎马白杨树,的的骄人红柳花"④,李銮宣有诗句"几枝红柳影,对客舞婆娑"⑤。祁韵士这首咏物诗后半部分"最喜迎人开口笑,却羞买俏倚东风",描写了红柳花在逆境中依然保持旺盛的生命力和坚韧的特征。这首咏物诗极为符合文人咏物诗的写法:托物言志。被流放至西域,命运悲惨,仕途坎坷,是就此放弃还是重新振作,从祁韵士的人生选择来看,他选择了重新振作,这不正是红柳花的象征意义的写照吗?该诗是祁韵士咏物诗中最合托物言志的一首。

2. 蕴涵了珍贵的史料价值

《集吉草》⑥ 具有很高的民俗史料价值。祁韵士咏物诗描写了西域独有的物象,集吉草是西域特有的植物,只有亲自到过西域的诗人才能见到。唐代诗人岑参到过西域,诗中有"北风卷地百草折,胡天八月即飞雪"⑦

---

① 修仲一、周轩:《祁韵士新疆诗文》,乌鲁木齐:新疆大学出版社,2006 年版,第 240 页。
② 萧雄:《西疆杂述诗》,北京:商务印书馆,1935 年版,第 110-111 页。
③ 周轩:《纪晓岚新疆诗文》,乌鲁木齐:新疆大学出版社,2006 年版,第 91 页。
④ 吴蔼宸:《历代西域诗钞》,乌鲁木齐:新疆人民出版社,2001 年版,第 175 页。
⑤ 吴蔼宸:《历代西域诗钞》,乌鲁木齐:新疆人民出版社,2001 年版,第 158 页。
⑥ 修仲一、周轩:《祁韵士新疆诗文》,乌鲁木齐:新疆大学出版社,2006 年版,第 240 页。
⑦ 吴蔼宸:《历代西域诗钞》,乌鲁木齐:新疆人民出版社,2001 年版,第 14 页。

句，诗句中的白草就是集吉草，集吉草又叫息鸡草、席箕草，现今也写作
芨芨草。白草最早见于《汉书·西域传》。"霜茎坚韧郁成丛，独立亭亭竹
性同"，该诗前半首写芨芨草的外形和生长特点，"编作帽丝裁作箸，龙须
也共上帝枨"，后半首着重描写了芨芨草的功用。芨芨草发挥了十分重要的
作用，可以戴在头上，也可以做成筷子，这首诗里又写了芨芨草的另一种
用途，将芨芨草做成帘子来用，祁韵士作为史地学者记录了芨芨草的实用
性，诗人绝少无病呻吟之作，大多表达真情实感和某种具体物体的实际功
用。诗人年轻时不喜作诗，异域的事物带给他新奇和探索欲，故而将芨芨
草记录下来。

　　《雾凇》①也具有西域文化研究的史料价值。"岂是梅花开满树，居然柳
絮欲漫天"，首句乍一看以为是写柳絮，似乎与题目毫不相干，再细读，原
来是将雾凇比作柳絮，诗句中"居然"是确实像之意，雾凇是西域地区冬
季很常见的自然景象，也称作"树挂"，指树上挂满了白霜。西域昼夜温差
极大，气温由温暖骤降至较低温度时，就会形成大面积的雾凇现象，只有
在气候湿润的地区才能看到这种现象，干燥地区即使温度骤降也不会形成
这种雾凇，因为伊犁常年有天山雪水浇灌，湿度较大，素有"湿岛"之称，
冬季到来时这种雾凇随处可见。笔者此刻写作时节正值冬季，居所窗外雾
凇也是随处可见，笔者了解这种景观带给人的震撼之感，笔者是本地人，
每每见到雾凇尚且不能自持，为其所动，何况诗人以前从未见过雾凇，他
内心的震撼可想而知。雾凇形成的季节正是梅花漫天的时节，所以诗人起
句就说这哪里是梅花开满了树，柳絮竟然要漫天飞舞了，诗歌前半首描写
雾凇的外形颜色，后半首抒发个人的情感。

　　祁韵士吟咏物象大多都是集中于"有用还从无用来"，红柳是这样，芨
芨草是这样，胡桐泪也是这样，这些西域独有的物种都可以看作无用的东
西，天山南北随处可见，正是这些看似无用的东西却成了当地百姓最重要
的生活用品。《梭梭木》②也是如此。"化工生物亦奇哉，有用还从无用
来"，老百姓将梭梭木当作日常火种的保存方法，"竟日瓦盆留活火，更宜

---

①　修仲一、周轩:《祁韵士新疆诗文》,乌鲁木齐:新疆大学出版社,2006年版,第218页。
②　修仲一、周轩:《祁韵士新疆诗文》,乌鲁木齐:新疆大学出版社,2006年版,第241页。

闺阁惯催胎"。萧雄也在《西疆杂述诗》中记载:"沙滩之中生琐琐柴,为漠地特有者,高四至五尺,围不过数寸,屈曲古峭如树根,皮白叶圆,性若朽脆,折易断而无声,拔之根即随出。"① 该诗也和《集吉草》一样重在描写吟咏对象的实用价值。

3. 以植物特殊品质慰藉诗人心灵

《雪莲》② 中雪莲花成了诗人重要的精神慰藉之一。"刬刬冰崖路万千,奇葩忽睹雪中莲",起句描写雪莲艰苦的生存环境,在悬崖峭壁,绝处困境之中忽逢奇景雪中莲。"一枝应折仙人手,岂向污泥较色鲜",北宋周敦颐《爱莲花》中说莲花出淤泥而不染,诗人认为此处雪莲本身就生长于仙人世界,高洁的雪莲无需和泥中莲花相较。这首诗十分符合托物言志的主题,看到雪莲仿佛看到了自己的一生,诗人前半生致力于史地学的编纂和校对,面对和珅的排挤打压也没有屈服,正是这雪莲般的写照。雪莲是一种雪山植物,诗人此前从未见过此物,此时他带着新奇的眼光描写雪莲。雪莲分布于我国的新疆、青藏高原和云贵高原,以天山雪莲分布最广,数量最多,祁韵士诗中多次提及雪莲,雪莲艰苦的生长环境不正是祁韵士坎坷人生的象征吗?

《干活草》③ 一诗通篇抒发了诗人在异域的人生感受。"微生若寄性宜干,小草无根碎叶攒",该诗化用了《古诗十九首》"人生天地间,忽如远行客""人生寄一世,奄忽若飚尘""人生忽如寄,寿无金石固"等等诗句④。诗人感悟甚深,暮年遭流放,这种人生短暂的感慨尤为深切,这种感慨本就寄寓心中良久,忽遇西域干活草喷涌而出,这种奇特的小草勾起来祁韵士对于自己遭遇的伤感,这与史地学家的学识也极为契合,他在该诗句下自注:"遇水即死,俗呼为湿死干活。"⑤ 这种干活草在杨廷理、徐松的著作中也有记载,清代道光年间至西域的方士淦对其记载尤为详细:"伊犁

---

① 萧雄:《西疆杂述诗》,北京:商务印书馆,1935 年版,第 113 页。
② 修仲一、周轩:《祁韵士新疆诗文》,乌鲁木齐:新疆大学出版社,2006 年版,第 242 页。
③ 修仲一、周轩:《祁韵士新疆诗文》,乌鲁木齐:新疆大学出版社,2006 年版,第 243 页。
④ 隋树森集释:《古诗十九首集释》,北京:中华书局,2018 年版,第 23 页。
⑤ 修仲一、周轩:《祁韵士新疆诗文》,乌鲁木齐:新疆大学出版社,2006 年版,第 243 页。

有草，出石面上，红花娇艳可爱。家家用线悬于窗槅间，见水则萎，名曰湿死干活。"清代记载这种干活草的诗人数量不少，只有祁韵士将这种干活草提升到了人生短暂的高度来感悟。这种干活草是否真的是"一点水星沾不得"，为了印证，诗人"时从壁上把来看"。我们无从得知他对干活草的判断，当代学者周轩和修仲一在注释《祁韵士新疆诗文》时遍查当代各种资料，也没有找到这种奇特的小草，今人在新疆各地也未寻见这种小草，我们权且将这种小草当作祁韵士对自己人生感受的寄托和映射。

西域无竹，但林则徐言伊犁"芦苇丛生，鲜碧娟秀。此地无竹，只可以此代之"①，这里的"此"指祁韵士《沙竹》②的吟咏对象沙竹。"竹箭如藤向野丛，无心何必解虚中"，诗人在该诗下自注："丛生似藤，名依尔该。"耶律楚材《河中十咏》和李志常《长春真人西游记》中都记载了这种沙竹，竹子通常都是中空的，但沙竹却是丛生如藤而且是实心的，故而诗人言"无心何必解虚中"，现今伊犁已看不到这种沙竹了，它的外形我们只能从诗人这首诗歌中去追寻了。"那堪皮相同芦苇，适用良材在直躬"，结尾处化用了《史记·郦生陆贾列传》中"夫足下欲兴天下之大事，而成天下之大功，而以目皮相，恐失天下之能士"③。该诗以沙竹"实心"和"适用良材"暗示了祁韵士内心依然渴望被重用，不致于使自己的才华被埋没。这首咏物诗重在摹形，和前几首托物言志诗有很大的不同。

另外，祁韵士咏物诗中还有一首重要的诗歌《棉花》④，这首诗歌虽然是咏物诗，但着重描写了西域百姓商贸和种植棉花使用棉花的民俗，故而将这首诗歌列为民俗诗来论述。这里不再赘述。

（三）可食性植物

1. 食用和改善生态两全其美

祁韵士咏物诗中吟咏了很多可食性植物，下文选取典型诗歌进行论述。

---

① 周轩、刘长明：《林则徐新疆诗文》，乌鲁木齐：新疆大学出版社，2006年版，第197页。
② 修仲一、周轩：《祁韵士新疆诗文》，乌鲁木齐：新疆大学出版社，2006年版，第246页。
③ 司马迁著、韩兆琦译注：《史记·孟尝君列传》，北京：中华书局，2010年版，第6044页。
④ 修仲一、周轩：《祁韵士新疆诗文》，乌鲁木齐：新疆大学出版社，2006年版，第244页。

《苜蓿》①将笔墨写及了苜蓿。"欲随青草斗芳菲，求牧偏宜野苜肥"，诗人在西域看到牧马都在啃食苜蓿，野草的生命力极强，只有苜蓿才能与之并肩，所以诗人说苜蓿欲随青草斗芳菲，只有苜蓿有这个实力与青草争春色。马儿更喜欢吃苜蓿，因为苜蓿富含氮磷钾和多种蛋白质及维生素，不仅马喜欢吃苜蓿，其他牲畜如牛、羊、驴、骡子等都喜欢吃苜蓿。草场里不仅有野生的苜蓿，还有很多牧民专门种植的苜蓿，苜蓿因为根系极为发达，是多年生宿根性豆科草本植物，可以固定空气中的游离氮，从而达到增加土壤肥沃性的功能，苜蓿的益处极多。诗人看到西域大面积种植苜蓿，因而在作品中多处写及这种植物。

《沙葱》②也描写了可以改善生态的沙葱，沙葱可以供人们食用，也是野生的食物。"针细何殊草一丛，摘来盈把向沙中"，诗人从沙葱的外形起笔，直接描写了沙葱细如小草，当地人经常从野外摘来一把作为菜品。但该诗后两句并没有继续吟咏沙葱，"不随姜桂老同辣，羊角多须是若翁"写这种食物不像生姜和肉桂那样长老了就变辣，吃羊头时经常会一同使用这种植物，这里显然指的又是洋葱，该诗句下有自注："中不空而极细，回人呼为丕雅斯。"③修仲一和周轩两位学者于该诗下有按语："丕雅斯是维吾尔语洋葱的音译，如系沙葱，则应译作翁丕雅斯。"④当地百姓吃羊头时多食用洋葱，后两句应指洋葱而非沙葱，头两句写沙葱，后两句写野生洋葱，是两种不同的食物，都是当地百姓喜爱的食物。祁韵士是很严谨的史地学家，他校对《四库全书》时的严谨一直烙印在笔者心中，笔者认为很有可能不是诗人搞混了，可能是该诗流传过程中误传了。笔者生活在新疆尼勒克农村，这里多山，山上的确可以看到野生的洋葱和沙葱，两者极易辨别，该诗中描写的前后对象不符的问题尚有待日后考证。野生沙葱和洋葱漫山遍野都可以看到，极大地起到了固定泥土、防止水土流失效用，对当地生态环境起到了很好的保护和改善作用。

---

① 修仲一、周轩：《祁韵士新疆诗文》，乌鲁木齐：新疆大学出版社，2006年版，第245页。
② 修仲一、周轩：《祁韵士新疆诗文》，乌鲁木齐：新疆大学出版社，2006年版，第252页。
③ 修仲一、周轩：《祁韵士新疆诗文》，乌鲁木齐：新疆大学出版社，2006年版，第252页。
④ 修仲一、周轩：《祁韵士新疆诗文》，乌鲁木齐：新疆大学出版社，2006年版，第252页。

2. 赞誉人类可食用的菌类

如果说《苜蓿》吟咏了动物食用的植物，那么《香菌》[①] 一诗将目光转向了人类食用的植物。"大青山外白营盘。珍味由来重食单"，诗人看到特色物产，不由自主地想起中原物产，该诗也是如此，看到香菌想起张家口的口蘑，张家口的口蘑是京城一带最贵重的美食。后二句诗风一转，"岂识松根精液厚，肥甘莫漫佐常餐"，诗人说京城一带的人们哪里知道西域松树根下有一种最美味的蘑菇，那才是世间最好的蘑菇，此诗中"精液厚"指的是松树根部会长出羊肚菌和獐子菌这些特别鲜美的食物。诗歌化用了《孟子·梁惠王》中"为肥甘不足于口与?"[②] 之句。该诗重在吟咏香菌，意不在抒情。祁韵士还有一首《无题》[③] 也是一首描写西域美食的诗歌，该诗吟咏了两种食物羊肝和奶茶，皆是当地百姓喜爱的食物，这首诗歌里还描写了薄笨车这种交通工作，因而笔者将该诗归入民俗诗中进行论述。这里不再赘述。

二、动物类

（一）飞鸟类动物

祁韵士不仅将目光关注于西域当地植物方面，也将笔墨触及了当地动物。

1. 寄寓了思乡之情和高洁的人格

《雁》[④] 一诗化用杜甫的诗句表达了思乡之情。"嘹唳声从海上还，高秋夜月度萧关"，先描写雁之声，未见其形，先闻其声，大雁从北方湖泊上飞来先听见它的声音，尤其秋夜里听到大雁的鸣叫声让人内心凄怆不已。"相

---

① 修仲一、周轩:《祁韵士新疆诗文》,乌鲁木齐:新疆大学出版社,2006 年版,第 251 页。
② 方勇译注:《孟子》,北京:中华书局,2010 年版,第 13 页。
③ 修仲一、周轩:《祁韵士新疆诗文》,乌鲁木齐:新疆大学出版社,2006 年版,第 167 页。
④ 修仲一、周轩:《祁韵士新疆诗文》,乌鲁木齐:新疆大学出版社,2006 年版,第 220 页。

呼南返江干去，不恋情凉雪外山"，秋季北雁南飞，诗人睹雁思乡，听到雁鸣，呼唤它的同伴一同南飞回乡，就好像是此时祁韵士，诗人内心深处也呼唤同命之人一起回到朝廷，在诗人的咏物诗中，很少如此凄怆描写自己的感情，多是客观地描写物产，这首诗通过大雁托物言志地抒发了诗人的思乡之情。笔者梳理了80多首咏物诗，该诗是托物言志契合度最高的一首。这首诗里，只能看到诗人的情感，没有史地学家的印记，祁韵士作诗喜欢化用史书或者经书之典，抑或者结合地理学知识，只有这首诗中既没有历史，也不言地理，也没有谈及经书，仅仅化用了诗圣杜甫《宾至》的诗句"岂有文章惊海内，漫劳车马驻江干"①。诗人已经由早年不屑于作诗，转而成为一个真正意义上的诗人了，正所谓人生不幸诗歌幸，"赋到沧桑句便工"，正是晚年的坎坷遭遇和政治上的打击成就了祁韵士的诗歌。

祁韵士咏物诗还描写了美丽的鸳鸯，《鸳鸯》②谓"翩翩新浴翼何鲜，列队参差向海堧"。新疆内陆湖泊众多，但经过查证史书，新疆历来都不出产鸳鸯，鸳鸯是候鸟，通常生活于内蒙古和东北北部，过冬时节则迁徙至长江以南一带，该诗中所吟咏的对象鸳鸯并不存在，应当是将当地赤嘴潜鸭或者风头潜鸭误作鸳鸯了，二者极为相像。清代中后期的新疆，野鸭种类多至十几种，绿头鸭、风头潜鸭等，外形体态和鸳鸯都十分相似。诗人想要通过鸳鸯来表达自己的感受，"欧父底须作解事，无端惊起作蹁跹"。该诗主题十分幽深，诗人化用《列子·黄帝篇》中"海上之人有好沤鸟者，每旦之海上，从沤鸟游。沤鸟之至者，百住而不止。其父曰：'吾闻沤鸟皆从汝游，汝取来，吾玩之。'明日之海上，沤鸟舞而不下也。"③诗人欲借助于寓言故事，说明自己也有纯净纯洁的内心，表达了自己高洁的人格和品行。这首诗歌也有托物言志的主旨。

如果说《鸳鸯》是诗人的自我写照的直接展示，另一首咏物诗《雉》④则以野鸡的命运间接暗示了诗人的处境。"草浅风嘶雪霰飞，离披五色雉初

---

① 萧涤非选注，萧光乾、萧海川辑补：《杜甫诗选注》，北京：人民文学出版社，2016年版，第166页。

② 修仲一、周轩：《祁韵士新疆诗文》，乌鲁木齐：新疆大学出版社，2006年版，第222页。

③ 叶蓓卿译注：《列子》，北京：中华书局，2016年版，第49页。

④ 修仲一、周轩：《祁韵士新疆诗文》，乌鲁木齐：新疆大学出版社，2006年版，第221页。

肥"，深秋初冬时节，北风呼呼，飞雪舞动之时，正是食用野鸡和山鸡的时节，五色野鸡正是肥美的时候。"火枪举处纷纷落，且趁平明猎一围"，诗人写到用火枪打猎野鸡的场景，西域天山南北的平原绿洲和湖泊沼泽地带，这种野鸡数量很多，随处可见，它的体型比家鸡稍小，有一身美丽的羽毛，尤其是雄性野鸡，羽毛艳丽，而且长有两条长长的尾巴，十分美丽。这种野鸡不会飞，但奔跑速度很快，也是军营中练习枪法的一种途径，因此都用火枪射落。诗人的一生，从编纂史书开始至流放伊犁，自己何尝不是任人宰割的野鸡。

2. 蕴涵了珍贵的民俗史料价值

祁韵士咏物诗中还写到了美丽孔雀，《孔雀》① "圆眼金翎映日高，展开璀璨翠舒毫"，首句重在描写孔雀的外形，诗人句下自注："雄者生三年翎始齐，其开屏极可玩。"首句描写了孔雀开屏的美丽。"吉光片彩因人显，声价当时重异遭"，该句化用了焦竑《澹园集》"断管残沈，等于吉光片羽"②，本指古代残存下来的文物，但这里用来形容孔雀羽毛。现今，新疆除了动物园外，其他地方是没有孔雀的，但《魏书·西域传》中记载龟兹国"土多孔雀，群飞山谷间，人取养而食之，孳乳如鸡鹜，其王家恒有千只云"③。祁韵士该诗吟咏孔雀，正好和史书相印证，说明新疆曾经有大量的孔雀存在，因此这首咏物诗具有较高的史料价值。后来道光年间被流放新疆的文人史善长，也亲眼看到新疆当时有大量的孔雀，并在他的著作《轮台杂记》中也做了记载："孔雀产吐鲁番，翠衣炳耀，饲以谷，驯如家鸡。"④ 从今天的气候来看，新疆不属于亚热带气候，孔雀的繁殖却需要热带和亚热带气候，新疆当时的孔雀又从何而来呢？《汉书·西域传》中记载今克什米尔和印度一带的孔雀曾被引入新疆，后徐松对此也做了补证。从上述资料来看，当时祁韵士和史善长见到的孔雀是从国外引进的，是人工

---

① 修仲一、周轩：《祁韵士新疆诗文》，乌鲁木齐：新疆大学出版社，2006 年版，第 221 页。

② 张宏儒、罗素主编：《中华传世奇书》第一卷，北京：团结出版社，1999 年版，第 152 页。

③ （北齐）魏收：《魏书》，长春：吉林人民出版社，1995 年版，第 1386 页。

④ 董光和、齐希编：《中国稀见地方史料集成》第 61 册，北京：学苑出版社，2010 年版，第 484 页。

饲养的，而不是本地野生的，这也就解释了后来孔雀消失的原因，当饲养的条件不具备时，新疆就没有孔雀了。

如果说《孔雀》吟咏了现今当地不存在的鸟类，《鸳鸯》《压油鸟》吟咏了当时当地不存在的鸟类，那么《雪鸡》①诗中的吟咏对象却是真实存在的。"啄雪鸡肥肉可烹，剧怜双肋擅冰清"，诗人也未见过雪鸡，该诗句下自注：《闻见录》言之，惜余未见。②七十一《西域闻见录》中记载："喀什噶尔雪鸡群飞，极肥美而性燥。"③诗人也表达了对雪鸡的喜爱之情，"剧怜双肋擅冰清"。结尾批判了那些猎杀雪鸡的狩猎者，"西方佛地多灵物，怜彼蠢愚好杀生"，诗人认为雪鸡十分珍贵，痛恨那些猎杀之人。雪鸡体型和普通家鸡相似。主要生活在天山、阿尔泰山及帕米尔高原海拔四千至二千米的雪线以下至松林上缘的高山草甸里，雪鸡不随季节迁徙，有稳定的居住地。雪鸡因为药用价值很高，是治疗妇科疾病的良药，猎杀者甚众。现今数量锐减，被列为国家二级保护动物。这首诗也因此具有重要的史料价值。

此外，咏物诗《鸦》④在西域文化史上也占有一席之位。它以诗歌的形式印证了清代中后期西域历史地理文化。"聒耳慈禽孰与嗔，伊江树色接城阃"，首句化用了乌鸦反哺的传说，将乌鸦形容为慈禽，凌晨时分，乌鸦就在枝头啼叫不已，仿佛叫人起床，伊犁树色接城阃，以动衬静，描写了黎明时伊犁的静谧。后两句"春来秋去期无爽，又有冬鸦作替身"，描写了每年乌鸦和白颈鸦按照季节换班的场景，这种迁徙从未改变过。该诗下有自注："伊犁多鸦，黑灰二种。黑者惊蛰至，霜降去；灰者反，是若换班。"清代文人方士淦《东归日记》中也有此记载："伊犁白颈鸦十月从南路飞来，乌鸦飞去；二月白颈鸦南去，谓之换班。"⑤方士淦较祁韵士时代稍晚，二人先后流放至伊犁，均是亲见了乌鸦换班的场景。伊犁常见的乌鸦有渡鸦、寒鸦、小嘴乌鸦、秃鼻乌鸦和大嘴乌鸦等种类，方士淦记录的白颈鸦

① 修仲一、周轩：《祁韵士新疆诗文》，乌鲁木齐：新疆大学出版社，2006 年版，第 223 页。
② 修仲一、周轩：《祁韵士新疆诗文》，乌鲁木齐：新疆大学出版社，2006 年版，第 223 页。
③ 姚晓菲编注：《明清笔记中的西域资料汇编》，北京：学苑出版社，2016 年版，第 174 页。
④ 修仲一、周轩：《祁韵士新疆诗文》，乌鲁木齐：新疆大学出版社，2006 年版，第 226 页。
⑤ 方士淦：《东归日记》，兰州：甘肃人民出版社，2002 年版，第 136 页。

就是秃鼻乌鸦，祁韵士诗中描写的鸟类可以排除渡鸦，渡鸦有一条粗大的尾巴，样子丑陋，而且体型较其他乌鸦大两三倍。寒鸦主要是灰色，仅仅背部及尾部是黑色，其他乌鸦都是黑色羽毛。现今伊犁的乌鸦不迁徙，但由于当时时代不同，乌鸦种类和食性不同，祁韵士和方士淦见到的乌鸦可能会有迁徙的习惯。

《有谈岔口鸟者诗以志之》① 中也吟咏了一种小鸟"岔口鸟"。"雪山小鸟不知寒，水腹坚时出卵完"，该诗中的岔口鸟与七十一《西域闻见录》中记载的相同：岔口，小鸟也。全似鹑，而嘴爪皆红。生冰山中，千百为群，卵遗冰上，极寒之时，卵自绽裂，有鸟飞出，性最热。② 该诗首句写岔口鸟的繁殖过程和繁殖环境。此句中的水腹是诗人据《释名·释形体》中"自脐以下曰水腹，水沟所聚也。又曰少腹，少，小也，比于脐以上为小也"③的解释而来，在诗人的咏物诗里，史学和地理学的知识随处可见。正是因为这个原因，他的新疆诗文较洪亮吉等诗人晦涩难懂。也正是这个原因，使得祁韵士诗歌有较高的文化价值。《西陲竹枝词》吟咏物象时都是一首诗歌吟咏一个对象，该诗未收入《西陲竹枝词》，收录于《濛池行稿》中。该诗后半首又加入了对火鼠和冰蚕的吟咏，"火鼠冰蚕非怪事，奇闻莫作等闲看"，祁韵士在被流放以前就听说过火鼠和冰蚕，很多人把它们当作传闻来笑谈而已，祁韵士却认真思考了，并且把它们记录在诗中。据修仲一和周轩校注的《祁韵士新疆诗文》可知：《十洲记》中有"炎洲在南海中，有火林山，山中有火光兽，大如鼠，毛长三四寸，或赤或白。取其兽毛以缉为布，时人号为火浣布"④。《太平御览》中也记录了张勃的《吴录》："日南比景县有火鼠，取毛为布，烧之而精，名曰浣布。"⑤ 可见，当时的火鼠一度和百姓日常生活联系在一起。该诗中的冰蚕和岔口鸟一样，常年生活于极寒的环境，王嘉《拾遗记》记载："有冰蚕长七寸，黑色，有角，有鳞，以霜雪覆之，然后作茧，长一尺，其色五彩；织为文锦，入水不濡，以之

① 修仲一、周轩：《祁韵士新疆诗文》，乌鲁木齐：新疆大学出版社，2006 年版，第 159 页。
② 姚晓菲编注：《明清笔记中的西域资料汇编》，北京：学苑出版社，2016 年版，第 174 页。
③ 刘熙：《释名》，北京：中华书局，1985 年版，第 32 页。
④ 修仲一、周轩：《祁韵士新疆诗文》，乌鲁木齐：新疆大学出版社，2006 年版，第 159 页。
⑤ 李昉：《太平御览》，北京：中华书局，1960 年版，第 3651 页。

投火，经宿不燎。"① 从诗的题目可以看出，时人是经常谈及这种岔口鸟的，诗人不仅记录了岔口鸟，还记录了火鼠和冰蚕，可见诗人处处留心史地文化。

3. 以动物特点慰藉诗人心灵

《压油鸟》② 一诗展现了诗人处境不如意至极，困顿至极，这是当时祁韵士被流放新疆的仕途写照。该诗也吟咏了一个当时并不存在的鸟类，多是以讹传讹而来的。"非关觅食往来频，体累多脂解向人"，压油鸟整日飞来飞去不是为了觅食，而是因为自己太胖了，需要向人求助，帮助它除去多余的脂肪。"却忆侏儒饱欲死，兰膏徒自速焚身"，此处化用了《汉书·东方朔传》中的侏儒典故来比喻脂肪满腹的压油鸟。"侏儒长三尺余，奉一囊粟，钱二百四十。臣朔九尺余，亦奉一囊粟，钱二百四十。侏儒饱欲死，臣朔饥欲死。"③ 诗人在这里使用了这个典故，是为了托物言志。

《黑雀》④ 吟咏对象和西域当地农业紧密结合在一起。"螽蝗害稼捕良难，有鸟群非竞啄残"，耕种时节最怕蝗虫灾害，蝗虫数量众多，跳跃敏捷，不易捕捉，对于庄稼种植危害极大，黑雀就是上天派来帮助百姓的使者，该诗中句下自注："雀如燕而大，色黑有斑点，啄蝗立毙，然不食也。土人目为神雀。""此雀疑即鹭鸶，阿文成公镇伊犁时所献者。"诗人将黑雀称作神雀，起源于史书记录，《国语·周语》中记载："周之兴也，鹭鸶鸣于岐山。"⑤ 鹭鸶被看作神鸟，该诗下才会自注为鹭鸶。后两句是"斑点赤睛鹭鸶尔，横空来去倏无端"具体刻画了黑雀的外形，根据李时珍《本草纲目》中记载，鹭鸶是一种水鸟，外形和鸭子相似，体型略大于鸭子，赤目斑嘴，长项。通过李时珍记载的鹭鸶，可以看出和诗中黑雀是有区别的，

---

① 王兴芬译注:《拾遗记》,北京:中华书局,2019 年版,第 364 页。
② 修仲一、周轩:《祁韵士新疆诗文》,乌鲁木齐:新疆大学出版社,2006 年版,第 224 页。
③ (汉)班固撰、(唐)颜师古注:《汉书·东方朔传》,北京:中华书局,2005 年版,第 2146 页。
④ 修仲一、周轩:《祁韵士新疆诗文》,乌鲁木齐:新疆大学出版社,2006 年版,第 225 页。
⑤ (三国)韦昭注,徐元诰辑注,王树民、沈长云点校:《国语集解》,北京:中华书局,2019 年版,第 32 页。

诗中所说的黑雀，学名叫椋鸟，当时新疆椋鸟分为粉红椋鸟和紫赤椋鸟，粉红椋鸟外形为粉色和黑色杂斑，只生活于天山以北的草原地带，紫赤椋鸟外形为黑色夹杂白斑，生活范围十分广泛，分布于整个西域。祁韵士流放新疆三年间，绝大多数时间都待在伊犁，结合诗中的斑点赤睛这个外形，可知祁韵士吟咏的是粉红椋鸟。笔者认为诗人作为史地学家应该可以分辨出二者的不同，但他依然借助于这个历史传说来歌颂黑雀，就如苏轼明知道此赤壁非三国真赤壁，诗人只是借助于神话传说歌颂黑雀，椋鸟是益鸟，他们以森林和草原的各种害虫为食，主要啄食金龟子、步行虫、蝗虫等，该诗赞颂了椋鸟啄食蝗虫为百姓除害。

《雕》[1] 中也描写了有地方特色的鸟类。"朔彪徒转白云端，一鹗盘空振远翰"化用了《尔雅》中"扶摇谓之飚"，郭璞则将飚又进一步解释为"暴风从下上也"，首句描写雕飞上天空凌厉的气势，展示了雕升空和俯冲的迅疾。诗人吟咏的对象大都是西域特色物象，在同时代或者稍晚稍早的著作中可以相互印证，该诗吟咏的雕在七十一《西域闻见录》中也有记载："骨岔，雕之黑而大者，高二三尺不等，翅翎健而多力，回地深山所生。惟巴达克山益西，黑雕尤大而猛鸷，飞则两翼遮云。宿山岭，高如驼象，所过之处，人皆避屋中。往往攫其牛马。翅翎坠地，长辄八九尺，或丈余。"[2]祁韵士从小熟读经典，对于《庄子》十分熟悉，对《逍遥游》中的大鹏鸟钦佩不已，但却一直没有亲见，此次流放新疆，见到的虽然不是真的鹏，但眼前的雕也给了他同样的震撼"争说遗翎八九尺，垂天翼若大鹏抟"，雕升空时亦有《逍遥游》中鹏"抟扶摇而上者九万里"[3] 之气势。西域地域广阔，地形和气候亦是复杂多变，是鹰和雕类猛禽生活的最佳地。天山南北一带的高山峡谷和沙漠草原中，祁韵士诗中描写的这类猛禽就多达四十多种，这些猛禽一度也成为当地牧民圈养牲畜的威胁之一。

祁韵士咏物诗大多是绝句，《飞雁篇》[4] 则是例外，这首诗突破了绝句

① 修仲一、周轩:《祁韵士新疆诗文》,乌鲁木齐:新疆大学出版社,2006 年版,第 227 页。

② 姚晓菲编注:《明清笔记中的西域资料汇编》,北京:学苑出版社,2016 年版,第 174 页。

③ 方勇辑注:《庄子》,北京:中华书局,2010 年版,第 2 页。

④ 修仲一、周轩:《祁韵士新疆诗文》,乌鲁木齐:新疆大学出版社,2006 年版,第 168 页。

的界限，内容较上述咏物诗多了三四倍，该诗是古体诗，以古体诗固定体式篇命名。"年年送雁塞北飞，不知飞向何处依"，诗人说年年都是我送大雁从南飞向北，从来不知道它到底在哪里栖息。不想"今我追雁来到此，雁惊避我起沙矶"，没有想到自己会被流放西北，连大雁都被我这个举动惊着了，这句以拟人的手法来突出诗人命运的坎坷。"苇湖森森望不极，六月无暑犹寒晖"，《万里行程记》中详细记录了苇湖，其位于库尔喀喇乌苏以西的托多克，"此地之东有苇湖，浩渺无际，飞雁群翔，野树丛生，望之若林"①，身在陌生的环境，放眼远望，看不到尽头，六月原本是暑热季节，但诗人身心俱寒。"塞外相识惟尔雁，畴昔过余是耶非"，远在边疆，人生地不熟，没有亲人朋友，唯一让他有些许慰藉的就是大雁了，这一生是对还是错，也许只有大雁来评判了，诗人睹雁思往事，万般人生感慨涌上心头。"雪泥踪迹偶然耳，行见衔芦归去肥"，化用了苏轼《和子由渑池怀旧》"人生到处知何似？应似飞鸿踏雪泥。泥上偶然留指爪，鸿飞那复计东西"②，想到人生百年，流放不过是其中的一个鸿爪而已，这鸿爪也必将随着雪泥湮灭消失不见，看到原本相识的大雁，内心感慨万分，悲痛不已，可是猛然间想到了苏轼，想起苏轼被贬至黄州惠州儋州，就豁然开朗了，"行见衔芦归去肥"，诗人对大雁说出了释怀的言语。这首诗句里既可见苏轼诗句的影子，也可见李清照《声声慢》词中"雁过也，正伤心，却是旧时相识"③的印记。如果该诗至此就结尾了，那么我们看到的是诗人已经从困境中解脱了，但末尾以"吁嗟呼，尔雁到处我亦到，尔雁归时我未归"作结。诗人虽然自我排解了，但依然对前途深感忧虑。诗中飞雁有托物言志的作用，仿佛就是诗人的化身，这里诗人与飞雁对话，与陶渊明《形影神》中有异曲同工之妙。

---

① 祁韵士著、刘长海整理:《祁韵士集·万里行程记》，太原:三晋出版社,2015 年版,第 20 页。
② 苏轼著、王文诰辑注:《苏轼诗集》，北京:中华书局,1982 年版,第 96 页。
③ 柯宝成:《李清照全集(汇评本)》，武汉:崇文书局,2009 年版,第 58 页。

（二）哺乳类动物

1. 蕴涵了珍贵的民俗史料价值

祁韵士不仅将目光投向鸟类，他也描写了爬行类动物。《鹿》①"性秉纯阳却也痴，卧从麀鹿采灵芝"，鹿浑身是宝，历来是中医最喜欢使用的一种药物，可以补人的阳气。首句写鹿是纯阳之物，麀鹿指母鹿，采灵芝一句则是指鹿以灵芝为食，萧雄《西疆杂述诗》有关于鹿采灵芝的说法："且凡有鹿处，必有参芪灵芝等项。鹿交必食芝，芝无定状，惟鹿能认。其平时所食者，皆参芪补剂之苗。鹿茸之补，非关乎血肉，关夫所食之物，元气聚归耳，故养之于家。"②"仙胶益气为人饵，角解空山在夏时"，鹿到了夏至时节，至山中脱角，时人用鹿角熬制鹿胶，就是该诗中的仙胶，新疆流人史善长《轮台杂记》中有相关记载："鹿大于马，夏至解角山中，贾人携锅帐，裹粮入山取熬膏，多不胜收，以故胶真而价贱。"③该诗句下亦有自注："鹿角熬胶，可医气虚之症。"④

经笔者统计，《马》⑤是祁韵士咏物诗里用典故和史实最多的一首，也是最晦涩难懂的一首诗。"渥洼异种漫相推，宛马何须独擅才"，起句化用了神马的典故，司马迁《史记·乐书》中记载："又尝得神马渥洼水中，复次以为太一之歌。"⑥《汉书·武帝纪》中记载"元鼎四年六月得宝鼎后祠旁。秋，马生渥洼水中。作《宝鼎》《天马》之歌。"⑦因为史书对神马的记载，后世用渥洼来代称马。这首诗吟咏马，西域盛产良马，该诗下有自注："今安集延为汉大宛，西域皆产良马，不必专属一地。"所以诗中说并

① 修仲一、周轩：《祁韵士新疆诗文》，乌鲁木齐：新疆大学出版社，2006 年版，第 228 页。
② 萧雄：《西疆杂述诗》，上海：广文书局，1969 年版，第 132 页。
③ 董光和、齐希编：《中国稀见地方史料集成》第 61 册，北京：学苑出版社，2010 年版，第 479 页。
④ 修仲一、周轩：《祁韵士新疆诗文》，乌鲁木齐：新疆大学出版社，2006 年版，第 228 页。
⑤ 修仲一、周轩：《祁韵士新疆诗文》，乌鲁木齐：新疆大学出版社，2006 年版，第 229 页。
⑥ 司马迁：《史记》，北京：中华书局，2011 年版，第 1111 页。
⑦ （汉）班固撰、（唐）颜师古注：《汉书》，北京：中华书局，2005 年版，第 131 页。

不是只有大宛马才是最好的。"一顾空群逢伯乐，莫将汗血认龙媒"，后半部分诗句"空群"化用了唐代诗人韩愈《松温处士赴河阳军序》中的典故："伯乐一过冀北之野，而马群遂空。夫冀北马多天下，伯乐虽善知马，安能空其群邪？解之者曰：吾所谓空，非无马也，无良马也。"① 自此后，文人们便用"空群"来比喻慧眼识才。诗人使用这个典故，是称赞伊犁良马太多，即使有伯乐来相马，也难以识尽良马。该诗结尾更是对伊犁马赞颂至极，诗人深知汗血马之所以汗血的缘由，该诗下自注："吐鲁番一带，夏日蚊蠓吮马辄见血，意汗血之说，因此传讹，非真有汗血马也。"该诗中的汗血马亦是指代良马，"龙媒"也指代良马，但并非同一种良马。《汉书·礼乐志·天马歌》中记载"天马徕，龙之媒"②，自此后，龙媒指代骏马。诗人说不要将汗血马误作龙媒，他认为伊犁马更在骏马之上，借助于史书典故和散文典故来歌颂伊犁马，可见诗人对伊犁马的肯定。

《虎》③ 吟咏的对象是老虎，虽题为咏虎却是为了吟咏威猛的士兵。"壮士鹰扬气若虹，殷殷虎啸碧山空"，起句就赞颂了壮士的勇猛，接着才描写老虎的凌厉，这些勇猛的士兵为民除害，片刻之间他们将老虎制服。祁韵士到伊犁后受松筠的邀请编纂新疆史地丛书，时常也随松筠狩猎，诗人通过士兵狩猎老虎，来赞颂松筠治军有方，从松筠在伊犁当地的政绩来看，他确实称得上一位名副其实的将军。该诗的价值不在于吟咏威猛的虎，也不在于吟咏勇猛的士兵，而是将西域是否真的有老虎推上了讨论的浪尖。现今新疆天山南北，山区或者草原都无老虎踪迹，新疆历史上是否有老虎，诗人用诗歌告诉了我们。和这首诗歌相印证的是，纪晓岚比祁韵士早三十年流放新疆，其《乌鲁木齐杂诗》中也记载了新疆之虎："五个山投新雨后，春泥才见虎蹄踪。"④ 林则徐流放伊犁时，曾奉命至南疆勘察地理，他的日记中也记载了老虎："此数程皆树木蓊郁，枯苇犹高于人，沿途皆野兽

---

① （唐）韩愈撰，卫绍生、杨波注译：《唐宋名家文集·韩愈集》，郑州：中州古籍出版社，2010 年版，第 118 页。

② （汉）班固撰、（唐）颜师古注：《汉书》，北京：中华书局，2005 年版，第 904 页。

③ 修仲一、周轩：《祁韵士新疆诗文》，乌鲁木齐：新疆大学出版社，2006 年版，第 230 页。

④ 周轩：《纪晓岚新疆诗文》，乌鲁木齐：新疆大学出版社，2006 年版，第 114 页。

出没之所，道中每有虎迹，因此次随从人多，兽亦潜踪而避耳。"① 萧雄曾经三次到新疆，其《西疆杂述诗》更是详细地描写了老虎："虎之身躯较南中所见者小二凶猛亦杀，不乱伤人。"② 除了这些文人记录了新疆有虎的事实外，编纂于光绪末年的几部新疆乡土志中，都记载了新疆有虎的事实。尤其有参考价值的是我国著名古生物学家杨钟健在《西北的剖面》一书中，具体记载了玛纳斯"以北丛林深处，尚有虎及其他野兽"③。1979 年在印度新德里召开了国际老虎保护会议，明确宣布世界上十一个老虎亚种中有三种已经灭绝，其中一个就是新疆虎，因此祁韵士这首吟咏虎的诗歌便有了史料价值。

2. 保存了珍贵的民间医学相关史料

《黄羊》④ 一诗留存了黄羊犄角的民间医学史料。"猎较邱陵笑触羝，天高漠远草萋萋"，首句化用《孟子·万章》："孔子之仕于鲁也，鲁猎较，孔子亦猎较。"猎较指古时候君王及诸侯王打猎时争夺的猎物，是用来祭祀的祭品。后来泛指狩猎之事。邱陵指丘陵。诗人描写在平原之上，众多雄性黄羊为了争夺配偶，每每于发情期就会群体进行角斗，黄羊是群居动物，所以诗人在天高云淡、沙漠草萋萋的时节才会看到这一幕，这一幕在中原不曾见过，诗人惊奇于此，因而用笔墨进行了记录。"归鞍拉杂驮将去，肥羜还应速客齐"，在黄羊角斗时是最好的猎杀时机，这时候狩猎猎物最多，全部驮在马上，用"拉杂"二字形容数量之多，这时的黄羊也是肉质最鲜嫩、最肥美的时节，因而回去后立刻遍邀好友来一起品尝食用。黄羊常年生活于荒漠或者半荒漠环境，广泛分布于新疆天山南北的塔里木盆地和准噶尔盆地，在甘肃和新疆交界一带也时常有黄羊出现。黄羊的学名是鹅喉羚，鹅喉羚的脖子细长，脖颈下有甲状腺肿物，鹅喉羚的全身基本上都是黄褐色，成群奔跑起来，就像戈壁沙丘之中滚动着众多黄色圆球，因而俗

① 周轩、刘长明：《林则徐新疆诗文》，乌鲁木齐：新疆大学出版社，2006 年版，第 227 页。
② 萧雄：《西疆杂述诗》，上海：广文书局，1969 年版，第 171 页。
③ 杨钟健：《西北的剖面》，北京：生活·读书·新知三联书店，2014 年版，第 288 页。
④ 修仲一、周轩：《祁韵士新疆诗文》，乌鲁木齐：新疆大学出版社，2006 年版，第 232 页。

称黄羊。黄羊因为肉质鲜美,是其他野生羊如盘羊、岩羊和北山羊等不能比拟的,加之雄性黄羊长有一对犄角,有很高的药用价值,所以狩猎黄羊的人很多,目前黄羊已是国家二类保护动物。

《野豕》① 中野猪肉也具有药用价值,该诗正好和史书医书相补充。"野畜争看骡与牛,豵豜种类更云稠",西域地广人稀,野生动物种类较多,首句言野骡和野牛最佳,野骡指蒙古的野驴品种或是藏野驴类。新疆没有严格意义上的野牛,该诗指野牦牛。该诗使用了《诗经》中的"豵豜"二字,指野猪,《诗经·豳风·七月》中记载:"言私其豵,献豜于公。"② 一岁野猪称豵,三岁野猪称豜,使用这两个字说明了野猪种类和数量众多。该诗将野猪作为吟咏对象,"不豭牙势徒刚狠,那识蒹葭有射蒛",使用了三个生僻字,都指野猪,不豭指没有经过阉割的野公猪。诗人说野猪即使再凶狠,也抵不过那藏身于蒹葭丛中的神射手。清代时,野猪生活于新疆天山南北,它们在山区、森林、湖畔河边均能存活,对环境的适应性极强,繁殖能力极强。《新疆回部志》中也记载了:"野猪大者中三四百斤,豝者嘴两边露二牙,极锋利,能伤人。多藏于苇甸密林中,回人虽不食其肉,因其害稼,亦掘阱驱陷,或用鸟枪击毙之。"③ 野猪所食范围极广,不仅糟蹋啃食庄稼,还偷食牧民圈养的羊,据《本草纲目》记载,野猪肉具有药用价值,可以治疗"癫痫,补肌肤,益五脏,令人虚肥"④。

3. 反映了清代西域社会百态

《白驼》⑤ 用诗歌对白骆驼进行了记录。"碧眼人骑白橐驼,川原平旷往来多",诗人看到当地的交通工具既不是马也不是车,很惊奇,白橐驼就是白骆驼,该诗下作了自注:"蒙古池驿用驼,白者足健,行戈壁中,马不及驼。"白骆驼足健,脚力最快,后半首中言"单峰一日行千里,快马应输转

---

① 修仲一、周轩:《祁韵士新疆诗文》,乌鲁木齐:新疆大学出版社,2006 年版,第 233 页。

② 王秀梅译注:《诗经·国风》,北京:中华书局,2015 年版,第 304 页。

③ 苏尔德著、吴丰培整理:《新疆回部志》线装写印本。

④ 王庆国主校:《本草纲目(金陵本)新校注》,北京:中国中医药出版社,2013 年版,第 1489 页。

⑤ 修仲一、周轩:《祁韵士新疆诗文》,乌鲁木齐:新疆大学出版社,2006 年版,第 231 页。

瞬过",诗人被白骆驼的迅捷震惊,将快马和白骆驼作了比较,使用夸张的手法形容白骆驼的速度。不只是诗人被白骆驼的迅捷震撼了,史善长《轮台杂记》中也记录了骆驼的速度:"骆驼足高,步辄二三尺,足徐步从容,日常行一二百里,故追马须骡,追骡须骆驼,;理当然也。"① 祁韵士所说的白驼,应该是少部分骆驼基因发生变异的结果,白骆驼数量很少,但其性能和其他骆驼相同。这里所说的白驼,就好像"明驼"一样,可以看作普通骆驼的雅称。骆驼盛产于西北地区,因其耐旱耐饿,擅于长途跋涉等特点适宜于沙漠戈壁,故而有"沙漠之舟"的美称。《汉书·西域传》中记载了鄯善国"多橐它"②。《北史·且末传》中也有记载:"且末西北有流沙数百里,夏日有热风,为行旅之患。风之所至,惟老驼预知之,即嗔口聚立,埋其口鼻于沙中。人每以为候,亦即将毡拥蔽其口。"③ 从史书和诗歌中,我们可知,骆驼不但可以当作长途交通工具,还可以用于战争中。康熙二十九年(1690),清政府与准噶尔部噶尔丹在乌兰布通交战时,噶尔丹部就以上千峰骆驼作为栅栏,并名之为"驼城"。后来清政府统一了新疆天山南北后,为了便于物资运输到新疆各地,便在伊犁、巴里坤分别设置了孳生驼厂和备差驼厂,这些机构的主要职能就是大量培育和养殖骆驼。

《麕》④ 也描写了西域狩猎和饮食的情况。"本从麕属亦名麃,肥比羔羊味更饶",该诗题目为"麕",首句解释了麕是麕属,也称"麃",麕指大型的马鹿,这里的麕和麃是同一类,《史记·武帝本纪》中有记载:"其明年郊雍,获一角兽,若麃然。"⑤ 裴骃集解:"韦昭注:楚人谓麋谓麃。"⑥ 如果以该集解对应诗中麃的话,诗人的解释就稍有不妥。从西域史料记载麕的外形来看,麕体型较小,身长一米左右,体重三十至四十公斤,后肢略长于前肢,尾巴较短。这种麕,也叫狍,当地俗称麕子,或是狍子,是偶

_____

① 董光和、齐希编:《中国稀见地方史料集成》第 61 册,北京:学苑出版社,2010 年版,第 489 页。
② (汉)班固撰、(唐)颜师古注:《汉书》,北京:中华书局,2005 年版,第 2858 页。
③ 李延寿:《北史》,北京:中华书局,1974 年版,第 3209 页。
④ 修仲一、周轩:《祁韵士新疆诗文》,乌鲁木齐:新疆大学出版社,2006 年版,第 233 页。
⑤ 司马迁:《史记》,北京:中华书局,2011 年版,第 386 页。
⑥ 司马迁:《史记》,北京:中华书局,2011 年版,第 387 页。

蹄目鹿科的食草性动物。活动范围较广，新疆天山、阿尔泰山的森林和草甸都可见到它的身影。麃的雄性头顶长有一对长二三十厘米左右的三岔角，每年脱落一次，长出新角。因为这种麃体型不大，无法抵抗熊和狼等大型动物的攻击，只能躲避，因此练就了迅捷的奔跑速度，一小时可达五十公里。因其擅奔跑，麃的瘦肉多于肥肉，肉质鲜美，是百姓喜欢狩猎的对象之一。"麕至那期一获十，人人下马觅柴烧"描写麃子成群结队的场景，"那期"二字说明了这种场景不常见。麃不是群居动物，是独居动物，只有在每年秋季发情季，大量雄性和雌性麃子聚集在一起。该诗化用了两部典籍，麕至二字化用了《左传·昭公五年》："晋之事臣，臣曰可矣，求诸侯而麕至。"① 祁韵士是史学家，对他而言，这些内容简单易懂，但对读者来说就晦涩难懂了。诗中"一获十"化用了《孟子·滕文公下》："吾为之范我池驱，终日不获一，为之诡遇，一朝而获十。"② 该句本意是说打猎的时候如果按照打猎规定狩猎的话，一天最多狩猎成功一个猎物，如果不按照狩猎规定，伺机而动，所得猎物就很多。诗人使用这则史料是说狩猎麃要突破常规，专挑他们发情期狩猎，这时猎杀麃很容易，不使一人空手而归，"人人下马觅柴烧"，每人满载而归，觅柴烹饪美味的麃肉。

此外，祁韵士动物咏物诗中还涉及很多先秦的神话传说内容，可以和先秦典籍相互印证。如《豺》③ "山中狠兽莫如豺，投彼凶残梼杌侪"，首句化用了《诗经·小雅·巷伯》"取彼谮人，投畀豺虎"④。该诗共四句，句句出自古代典籍，梼杌是传说中的凶兽，《神异经·西荒经》中记载："西方荒中有兽焉，其状如虎而犬毛。长二尺，人面虎足，猪口牙，尾长一丈，搅乱荒中，名梼杌，一名傲狠，一名难驯。"⑤ 诗歌前半首借助于经典和神话传说将豺的凶狠和梼杌并列，从而凸显豺的凶狠残暴。"若遇周官服不氏，抗皮定与虎狼皆"，这两句化用了儒家经典，"周官"指《礼记》，《礼记》最初名为《周官》，后来为了不和《尚书》中的同名篇目混淆，人

---

① （战国）左丘明著，（晋）杜预注：《左传》，上海：上海古籍出版社，2016 年版，第 739 页。
② 方勇译注：《孟子》，北京：中华书局，2010 年版，第 107 页。
③ 修仲一、周轩：《祁韵士新疆诗文》，乌鲁木齐：新疆大学出版社，2006 年版，第 234 页。
④ 骆玉明校注：《诗经》，西安：三秦出版社，2018 年版，第 406 页。
⑤ （晋）张华等撰：《博物志（外四种）·神异经·西荒经》，北京：华文出版社，第 86 页。

们将《周官》更名为《周官经》，自汉代刘歆整理典籍后定名为《周礼》。"服不氏"化用了《周礼·夏官·服不氏》："服不氏掌养猛兽而教扰之。"① 按照《周礼》的记载，服不氏是专门教化驯养古代猛兽的人，诗人使用古籍说明即使再凶狠的豺狼，也会被服不氏驯服降服。服不氏将豺狼抽筋扒皮，和虎狼一样成为服不氏的朝聘之礼了。《周礼·夏官·服不氏》中记载："宾客之事则抗皮。"孙怡让注引郑众曰："谓宾客来朝聘，布皮帛者，服不氏主举藏之。"② 可见该诗吟咏对象是豺，但主旨却不在豺，而在于服不氏，上文中《虎》具有同样写法，都是先描写虎或豺，再赞颂杀虎的将士和杀豺的服不氏。它们都是句句化用古典典籍，不同的是《马》化用了史书典籍，而《豺》则化用了儒家经典的典籍。

（三）虫鱼类动物

1. 寄寓了思乡之情

祁韵士也将笔墨触及了鱼类，《鱼》③ "北海鲟鳇美在颅，长安佳品托冰厨"，北海不是确指，而是泛指，指新疆北部湖泊，鲟鳇是伊犁河特有鱼类，也称鲟鱼、裸腹鲟或者鲟鳇鱼，因为鱼身青里泛黄，又俗称青黄鱼。裸腹鲟是大型食肉性凶猛鱼类，外形有些类似于鲨鱼，因而在清代的著作中多称其为鲨鱼。裸腹鲟全身没有鳞片，只有脊梁脆骨，也无小刺，食用十分方便，且肉质鲜美。鱼头尤其美味至极，所以首句写"北海鲟鳇美在颅"，诗人食到美味的鲟鳇鱼，不禁想起了在宫廷吃过的美味，勾起了诗人对前尘往事的回忆。"长安佳品托冰厨"，这里长安指代京城，冰厨二字化用了《吴越春秋》："勾践之出游也，休息食室于冰厨。"④ 该诗表面吟咏鲟鳇鱼，但实际为思乡而咏叹。"关西也有银丝脍，未免乡心只忆鲈"，结尾处使用了一个地名关西，此关西和北海一样并非确指，而是指代嘉峪关以

---

① （清）李光坡：《周礼述注》，北京：商务印书馆，2019 年版，第 310 页。
② （清）李光坡：《周礼述注》，北京：商务印书馆，2019 年版，第 310 页。
③ 修仲一、周轩：《祁韵士新疆诗文》，乌鲁木齐：新疆大学出版社，2006 年版，第 235 页。
④ （汉）赵晔著、（元）徐天祜音注：《吴越春秋》，南京：江苏古籍出版社，1986 年版，第 108 页。

西，诗下有自注："南路鱼极有大而肥者，名大头鱼。"大头鱼是塔里木河特产鱼类，现在已经濒临灭绝。银丝脍出自杜甫诗《陪郑广文游何将军山林》："鲜鲫银丝脍，香芹碧涧羹。"① 诗中说塔里木河也有上好的鱼类，为何我就想念鲈鱼呢？不是因为鲈鱼好吃，而是因为鲈鱼是家乡特产。末尾化用典故进一步强化表达了思乡之情，《晋书·张翰传》记载："齐王冏辟为大司马曹掾……因见秋风起，乃思吴中菰菜、莼羹、鲈鱼脍。曰：人生贵得适志，何能羁宦数千里以要名爵乎！遂命驾而归。"②

2. 留存了珍贵的民俗史料文献

祁韵士咏物诗中还写到了虫类，如《八叉虫》③ "神虫竞说类虺蛇，毒螫人人避八叉"，该诗吟咏对象是一种毒蜘蛛。诗下有自注："形如蜘蛛，八爪，口具双歧，嚼铁有声，被伤者茜草汁涂之。"这里说的"口具双歧"，指"毒螫"，蜘蛛伤人就是通过这一对毒螫分泌毒液进入猎物体内。句下自注说八叉虫"嚼铁有声"并非该诗首次谈及，七十一《西域闻见录》中也写到蜘蛛嚼铁有声。"见怪何如能不怪，任他来去莫纷拿"，该诗描写的情景，在生活中少见，该句下也做了自注："遇此虫勿加戕害，若戕其一，则纷纷踵至。"八叉虫不是首次见于典籍，元代刘祁《西使记》曾经记录过："有恶虫，状如蜘蛛，中人必号而死。"新疆蜘蛛种类众多，多至一百多种，大部分是益虫，只有少数种类对人类有害。纪晓岚《乌鲁木齐杂诗》也记载了这种八叉虫："照眼星星茜草红，无人染色付良工。年年驿使驰飞骑，只疗秋塍八腊虫。"④ 纪晓岚诗下也有自注："八腊虫，形在蜂蝫之间，螫人立毙，以茜根敷之，或得活。"⑤ 纪晓岚笔下的八腊虫应该就是该诗记录的八叉虫，如果对应新疆这一百多种蜘蛛种类，和狼蛛十分相似。狼蛛生活范围十分广泛，在新疆天山南北广阔的荒漠和草原上，都可见这种狼蛛的身影。祁韵士、纪晓岚和七十一看到狼蛛也是平常事。狼蛛体型比一般蜘

---

① 杜甫著、萧涤非编注：《杜甫全集校注》，北京：人民文学出版社，2013年版，第359页。
② 房玄龄：《晋书》，北京：中华书局，2015年版，第2041页。
③ 修仲一、周轩：《祁韵士新疆诗文》，乌鲁木齐：新疆大学出版社，2006年版，第237页。
④ 周轩、修仲一：《纪晓岚新疆诗文》，乌鲁木齐：新疆大学出版社，2006年版，第102页。
⑤ 周轩、修仲一：《纪晓岚新疆诗文》，乌鲁木齐：新疆大学出版社，2006年版，第103页。

蛛大很多，全身长有绒毛，身体两端各有四条腿，大多成年狼蛛有七八厘米长，外形十分恐怖。狼蛛捕猎不是靠结网，也不是跳跃，而是猛扑，这是当地人呼其为八叉虫的原因。狼蛛捕猎方式和该诗中八叉虫捕猎方式一样，用毒螯刺入猎物体内，将其毒死。狼蛛可以捕获比它的身体大好几倍的猎物，也经常会有伤人事件发生，这些都和诗中的描述很接近，当地人都对八叉虫敬而远之。

3. 以蚊子特点展现诗人的困苦

还有一种虫类对人们生活造成了严重的烦扰，《蚊》[①] 中描写尤其突出，"殷雷直似到南方，手不停挥道路长"，诗人到了西域后，无论在天山以南还是天山以北，都被蚊子严重烦扰。该诗下有自注："南北两路，蚊蠓极盛之区，所在有之。"[②] 诗人听到像打雷般的蚊声，以为到了南方，说明蚊子规模和数量之多，需要不停挥动手臂躲避蚊虫的叮咬，诗人心里更加烦躁。诗人或因为惊奇而吟咏，如《八叉虫》；或因为震撼而吟咏，如《雪莲》；或因为赞颂和喜爱而吟咏，如《沙竹》；或因为思乡而吟咏，如《雁》；唯有蚊子是因为不胜其烦讨厌而描写。"奚必露筋祠下过，怒人拔剑作彷徨"，诗歌结尾处化用典故来说明这种厌恶感，北宋米芾《露筋庙碑》记载，有一女子为保全名节，宁肯露宿于荒野，怕寄宿于农家对自己名节有损，被蚊虫叮咬，露筋而死。后人感念其忠贞，建了祠堂纪念她，这个祠堂也名仙女庙。[③] 后世时常建造露筋祠，感念意味已经减弱，祈求神灵保佑人们不被蚊虫叮咬意味渐浓。该诗末尾处使用了这个典故，也是后一种祈祷，希望一路上不要被蚊虫骚扰。诗人对于蚊子是无可奈何，该诗除了表达对蚊虫的厌恶之外，也展现了陌生环境中深深的无助之感。

此外，还有两首诗也描写了蚊子，《患蚊口占》[④] "驱逐不离身，公然昼嘬人"，如果说《蚊》通过烈女典故描写了夜晚蚊子的可怕和可恨，那么

---

① 修仲一、周轩：《祁韵士新疆诗文》，乌鲁木齐：新疆大学出版社，2006 年版，第 238 页。
② 修仲一、周轩：《祁韵士新疆诗文》，乌鲁木齐：新疆大学出版社，2006 年版，第 238 页。
③ 修仲一、周轩：《祁韵士新疆诗文》，乌鲁木齐：新疆大学出版社，2006 年版，第 238 页。
④ 修仲一、周轩：《祁韵士新疆诗文》，乌鲁木齐：新疆大学出版社，2006 年版，第 165 页。

《患蚊口占》着重描写了白天公然吸人血的蚊子，即使是白天，蚊子也是成群结队地叮咬人，公然吸人血。"怜渠愍就死，使我意回嗔"，描写蚊子叮咬人的前赴后继，"挥麈无停暑，蒙纱欲效颦"，诗人无法忍受蚊子的叮咬，白天也需要不停挥动麈尾来驱赶蚊子。诗人效仿当地居民蒙纱来躲避蚊子，该句化用了《庄子·天运》："故西施病心而颦其里，其里之丑人见之则美之，归亦捧心而颦其里，其里之富人见之，坚闭门而不出，贫人见之，挈妻子而去之走。彼知颦美而不知颦所以美。"① 诗人自嘲躲避蚊子叮咬而戴面纱的举动。"岂惟蜂虿毒，引避作逡巡"，诗歌结尾处感慨，不仅蜜蜂的毒针能伤人，蚊子也能置人于死地。

《自库尔喀喇乌苏西行》② 一诗中也写到了蚊子。"独有蚊雷添懊恼，伶俜瘦骨日摩挲"，该句化用了陆游《宿沱江弥勒院》"蛙吹喧孤枕，蚊雷动四廊"，诗人借助于陆游的诗句来形容蚊子的规模和声音之大。"伶俜"二字出于《古诗为焦仲卿妻作》"昼夜勤作息，伶俜萦苦辛"③。西行路上历时一年多，对于一个老人来说，身体已是瘦骨嶙峋，心里也痛苦不已，还要日夜遭受蚊虫的叮咬，不停去抓挠被蚊子叮咬的地方，该诗将一个受苦的老者形象跃然于纸上。诗人用三首咏物诗来描写蚊子，《万里行程记》中对蚊子也做了记录："此地始有蚊。从此西去十余日，种类滋繁，白昼嘬人，挥之下去，头目欲肿，始知蚊雷露筋之虐。"④ 可见，蚊子给诗人带来的困扰痛苦至极。

① 方勇辑注：《庄子》，北京：中华书局，2010 年版，第 233 页。
② 修仲一、周轩：《祁韵士新疆诗文》，乌鲁木齐：新疆大学出版社，2006 年版，第 164 页。
③ （宋）郭茂倩编撰，聂世美、仓阳卿校点：《乐府诗集》，上海：上海古籍出版社，2016 年版，第 887 页。
④ 祁韵士著、刘长海整理：《祁韵士集·万里行程记》，太原：三晋出版社，2015 年版，第 19 页。

三、自然事物类

（一）蕴涵地域文化史料价值

《瀚海石》① 一诗极为独特，从地域上讲，它吟咏了极具地域特色的瀚海石，又是涉及音乐和乐器的咏物诗，"袖石携将瀚海回，嵚奇影落碧云堆"，该诗下自注："绿色为上，猪肝色者多。"② 瀚海石是诗人在三间房水源地捡的石头，诗人将自己所捡的石头放入袖中带回来，嵚奇二字写出了诗人的喜爱之情，嵚奇本形容山之高峻，此处形容所捡瀚海石奇特之形状。诗人一路收集瀚海石，三间房的瀚海石被放在了其中，"碧云堆"一笔写出。"耳边弹指闻清越，泗水何劳觅磬材！"诗人喜爱瀚海石，忍不住放在耳边弹一弹，瀚海石乐声清澈激扬，让人心旷神怡。诗人感慨可以用作磬的材料，何须到出产良磬的泗水县去找呢？末尾化用古代地理书籍，《水经注·泗水》记载："泗水东过台南县，水上有石梁，故曰吕梁。晋太康地记曰'水出磬石'，《书》所指'泗滨浮磬'也。"③ 可见，《尚书》和《水经注》中都认为泗水的石头是做磬之良材，诗人认为瀚海石比泗水良材还好，可见诗人对瀚海石的喜爱。

《果子沟》④ 也是一首有地域特色的咏物诗，"阴浓万树欲参天，叠嶂层峰起马前"，果子沟是乌鲁木齐至伊犁的必经之路，这里松树重重，山脉连绵起伏，风景优美，夏秋之交时更是瓜果飘香，景色宜人。诗人说"买夏论园何足道，谷量百果露初鲜"，该句化用了苏轼《新年五首》之五："荔子几时熟，花头今已繁。探春先拣树，买夏欲论园。居士常携客，参军许叩门。明年更有味，怀抱带诸孙。"⑤ 谷量二字化用了《魏书·尔东荣传》"牛羊驼马，色别为群，谷量而已"⑥，谷量原意是牛羊骆驼和马

① 修仲一、周轩：《祁韵士新疆诗文》，乌鲁木齐：新疆大学出版社，2006 年版，第 256 页。
② 修仲一、周轩：《祁韵士新疆诗文》，乌鲁木齐：新疆大学出版社，2006 年版，第 256 页。
③ （北魏）郦道元著，陈桥驿校注：《水经注校证》，北京：中华书局，2013 年版，第 577 页。
④ 修仲一、周轩：《祁韵士新疆诗文》，乌鲁木齐：新疆大学出版社，2006 年版，第 215 页。
⑤ 苏轼著、王文诰辑注：《苏轼诗集》，北京：中华书局，1982 年版，第 2182 页。
⑥ 魏收：《魏书》，北京：大众文艺出版社，1999 年版，第 1100 页。

数量太多了，数不胜数，就把它们置于山谷中来计量，此处是说果子沟的瓜果太多了，多到了无法计算。将其放到山谷中计量，不仅写出了果子沟的特色，还写出了诗人胸怀，这也是诗人在暮年还能生回中原的根本原因。

《硇砂》①一首诗也吟咏了西域自然景物，硇砂是氯化铵气体凝聚在一起形成的矿物质。该诗吟咏了这种矿物质。"勾漏丹砂本异胎，严冬那得焰初灰"，勾漏也写作"句漏"，是山的名字，勾漏山在今天的广西北流县。因为晋代葛洪曾在这里担任句漏令，所以道家认为葛洪在这里炼丹。后世便以勾漏代指炼丹，丹砂指朱砂，是道家炼丹的必需之物。首句写用朱砂炼丹是道家独有的一种修炼之术，该诗下自注："向闻生火洞中，冬月焰熄采之。今询知并无此事。"诗人听说冬日可炼成丹药，后多方问询认为此说法并不可信，故而诗中言"传闻失实多难信"。"莫诧龟兹火洞来"，诗人竟然目睹了龟兹火洞，看到了传闻中的丹药，《本草纲目》和《天工开物》中也有此类记载。《本草纲目》中云："硇砂性毒，服之使人硇乱，故曰硇砂。"②硇砂是火山附近特有的产物，新疆无火山，应是煤田自己燃烧而形成。清人王树枏《新疆小正》中对此有详细的记载："《竹叶亭杂记》云，硇砂出库车。徐星伯云，其山无名，在唐呼为大鹊山。其山极热，夜望之如列灯。去砂者春夏不敢近，虽极冷时，人去衣，著一皮包，露两目，入洞凿之，然不过一两时，而皮包已焦。其砂著石上，红色星星，取出者皆石块，每石千数斤，不过有砂一二厘许。携此者用瓦坛盛石，密封其口，坛不可满，盖火气太重，满则热甚砂走，然受风亦走，受潮亦走。贾人携此，每行十数日，遇天气清明无风时，揭其封以出火气。"③硇砂不是库车独有，《宋史·高昌传》也有记载："北廷北山中出硇砂，山中尝有烟气涌起，至夕火焰若炬火，照见禽鼠皆赤，采者著木底鞋取之，皮者即焦。下者穴生青泥，出穴外则变为砂石，土人取以治皮。"④由此可见，不论是史

---

① 修仲一、周轩：《祁韵士新疆诗文》，乌鲁木齐：新疆大学出版社，2006年版，第257页。
② 李时珍：《本草纲目》（校点本），北京：人民卫生出版社，1975年版，第655页。
③ 王树枏：《新疆小正》，民国聚珍仿宋书局排印本。
④ 托托等：《宋史》，长春：吉林人民出版社，2005年版，第9694-9695页。

书还是散文，对于硇砂的记述都颇为神奇，可以看出，硇砂非中原常见之物，所以亲见之人都会夸大地记录。

《松皮膏》①一诗和医学有关，"茯苓几见化松脂，换骨仙膏重在皮"，松皮膏就是茯苓膏，茯苓是一种菌类可食用的植物，茯苓寄生于松树的根外，形状如圆球，中医将之用入药方中。茯苓和松树没有太多关系，就是寄生于此，但古时候科技不够发达，无法解释茯苓寄生的关系，于是古代不少典籍中都记述了松树和茯苓的神秘关系。《玄中记》中说"松脂沦入地中，千岁为茯苓"②；《抱朴子》说"松树之三千岁者，其皮中有聚脂"③；《淮南子》中亦记载了"茯苓，千岁松脂也"④；《汉武内传》中也记载了"药有松皮之膏，服之可以延年"的说法。可见古人将茯苓和松树看作一体。清代西域松林密布，茯苓时常可见，乾隆年间流放西域的曹麟开也吟咏了茯苓，他在《塞上竹枝词》中描写了松根下的茯苓："冰雪松根劚茯苓"⑤，该诗下自注："茯苓大者如斗瓮。其老松千年，大者可百围，皮可尺许，色如琥珀，土人取以熬膏，曰松龄，性热活血"⑥，可见西域当时盛产茯苓。

（二）蕴涵民俗文化史料价值

还有一首可食性咏物诗《盐泽》⑦，该诗本想归入可食性瓜果类，但因其不是植物，只好作罢，因为西域多盐碱地，将该诗归入自然景观一类论述。"广斥何须问海滨，不毛土半白如银"，该句化用了先秦典籍，《禹贡》中记载："厥土白坟，海滨广斥。"⑧后孔颖达解释云："海畔迥阔，地皆卤斥，故云广斥。"⑨可见，广斥指广阔多盐。中原只有沿海出产食盐，西域

① 修仲一、周轩：《祁韵士新疆诗文》，乌鲁木齐：新疆大学出版社，2006年版，第258页。
② 郭璞：《玄中记》，《古小说钩沉本》，见《鲁迅全集》第八卷，南京：江苏凤凰文艺出版社，2020年版，第242页。
③ 葛洪：《抱朴子内篇》，张松辉译注，北京：中华书局，2011年版，第349页。
④ 陈广忠：《淮南子》，上海：上海古籍出版社，2016年版，第393页。
⑤ 星汉：《清代西域诗辑注》，乌鲁木齐：新疆人民出版社，1996年版，第86页。
⑥ 星汉：《清代西域诗辑注》，乌鲁木齐：新疆人民出版社，1996年版，第87页。
⑦ 修仲一、周轩：《祁韵士新疆诗文》，乌鲁木齐：新疆大学出版社，2006年版，第208页。
⑧ 顾迁校注：《尚书》，北京：中华书局，2016年版，第62页。
⑨ 孔颖达疏：《尚书正义》，上海：上海古籍出版社，2007年版，第202-203页。

多是盐泽地，不用去沿海求盐了，该诗下有自注："乌鲁木齐之南，盐池凡二，他城亦多有之。"盐是生活中必不可少的物品，"盐齼自足供民用，关塞稀闻淡食人"，《礼·曲礼》中有记载："盐曰咸齼。"① 用"咸齼"形容盐。盐在人类生活中至关重要，《周记》中记载西周时期盐已经是朝廷祭祀的祭品之一。《左传·成公四年》中记载："晋人谋去故绛，诸大夫皆曰：必居郇瑕氏之地，沃饶而近盐，国利君乐，不可失也。"② 先秦时期，人们已经认识到了盐的重要性。祁韵士从中原至新疆的途中，也注意到了盐的生产地，到达新疆后，亲见两个盐池，一是达坂城西南的盐湖，一是晶河以东的沙泉的盐池。诗人曾亲见达坂城夜晚上空火光通天的煮盐盛况，对其进行了实地考察并亲自尝了盐味。

《骨重羊皮》③ 吟咏了服饰民俗文化。"策马常为短后装，细珠抖擞暗成章"，该诗前两句化用了先秦典籍，短后装指骨重羊皮做的衣裳，短后装出自《庄子·说剑》中记载："然吾王所见剑士，皆蓬头突鬓，垂冠，曼胡之缨，短后之衣，瞋目而语难，王乃说之。"④ 短后装前面的衣襟比后面的长，适合骑马射猎，唐代诗人岑参《北庭西郊封大夫受降回军献上》中也记载了短后装："自逐定远侯，亦著短后衣"⑤。细珠抖擞指卷曲的羊毛就像细小的珍珠在抖动一样，还可以看见暗色的花纹。《书·皋陶谟》中记载："天命有德，五服五章哉"⑥，当地百姓喜爱这种短后装，很多流人也入乡随俗穿起了短后装，短后装深受百姓欢迎。"试看一片乌云外，珍贵还皮草上霜"，因为穿的人多，这种厚重羊皮经常被用来制作衣服，有了销量和流通的市场，该诗末尾处写道，价格最好的要数名叫草上霜的羊羔儿皮。清代史善长《轮台杂记》专门记载了这种羊皮："骨重羊出乌什等回地，以种骨止取皮。青黑二种，间有白者。青名草上霜，最贵；黑次之。张盈尺，值

① 王文锦译注：《礼记译解》，北京：中华书局，2016 年版，第 57 页。
② (战国)左丘明著，(晋)杜预注：《左传》，上海：上海古籍出版社，2016 年版，第 415 页。
③ 修仲一、周轩：《祁韵士新疆诗文》，乌鲁木齐：新疆大学出版社，2006 年版，第 259 页。
④ 方勇辑注：《庄子》，北京：中华书局，2010 年版，第 529 页。
⑤ 吴蔼宸：《历代西域诗钞》，乌鲁木齐：新疆人民出版社，2001 年版，第 12 页。
⑥ 李学勤主编：《十三经注疏·尚书正义》，北京：北京大学出版社，1999 年版，第 108 页。

两四五钱。西北高燥，宜服之，南方潮气熏蒸，一年輤矣。"① 该诗有很高的史料价值，骨重羊也名骨种羊、垄种羊、种羊毛。《旧唐书·西戎传》曾记载："有羊羔生于土中，其国人俟其欲萌，乃筑墙以院之防外兽所食也。然其脐与地连，割之则死，惟人著甲走马及击鼓以骇之，其羔惊鸣而脐绝，便逐水草。"② 元代刘郁《西使记》中也有记录。从上述记录看，可以得知这种生于地中的羊羔就是西域当地种植的棉花，耶律楚材诗中可以得到印证："家家种木棉，是为垄中羊。"③ 棉花在西域有很长的种植史，直至元代以后才在中原普遍种植，在此以前很多中原文人并不认识棉花，看到地上的棉花便有了地中生出羊羔的奇特想法。祁韵士是史地学家，很清楚这段传说，他的诗中的骨重羊皮不是棉花，已经是货真价实的优质羊羔皮了，但这首诗依然沿用了骨重羊皮的传说，给后人留下了珍贵的史料文献。

四、咏物诗歌数量梳理统计

笔者将祁韵士咏物诗的种类和吟咏对象进行梳理如下表 3-2：

表 3-2　祁韵士咏物诗分类统计表

种类	类别	题目	补充说明	数量
植物	可食用瓜果	《西瓜》《甜瓜》《石榴》《梨》《沙枣》《蒲萄》《哈密瓜》	《蒲萄》吟咏的就是葡萄	7首
	观赏类	《胡桐泪》《雾凇》《红柳花》《集吉草》《梭梭木》《雪莲》《干活草》《沙竹》	《集吉草》吟咏的就是芨芨草	8首
	可食用性普通植物	《苜蓿》《香菌》《沙葱》《无题》《府茶》	《无题》描写了羊肝和奶茶，还有薄笨车	5首

---

① 董光和、齐希编：《中国稀见地方史料集成》第 61 册，北京：学苑出版社，2010 年版，第 483 页。

② （后晋）刘昫等：《旧唐书》，长春：吉林人民出版社，1995 年版，第 3389 页。

③ 耶律楚材著，谢方点校：《湛然居士集》，北京：中华书局，1986 年版，第 266 页。

种类	类别	题目	补充说明	数量
动物	鸟类	《雁》《雉》《孔雀》《鸳鸯》《压油鸟》《雪鸡》《黑雀》《鸦》《雕》《飞雁篇》《有谈岔口鸟者诗以志之》	《有谈岔口鸟者诗以志之》除了吟咏岔口鸟，还加入了对火鼠和冰蚕的吟咏	11首
	爬行类	《鹿》《马》《虎》《白驼》《黄羊》《野豕》《麂》《豹》	《野豕》吟咏的是野猪	8首
	虫鱼类	《鱼》《八叉虫》《蚊》《患蚊口占》《自库尔喀喇乌苏西行》	《自库尔喀喇乌苏西行》吟咏的是蚊子	5首
自然事物	自然景物类	《瀚海石》《果子沟》《盐泽》《水田》《赛里木海子》《戈壁》《风戈壁》《柳树泉》《风穴》《雪水》《苦水》《火山》《苇桥》《冰岭》《蒲昌海》《河源》《黑水》《天山》		18首
	生活用品类	《硇砂》《松皮膏》《骨重羊皮》《棉花》《圈车》《琶离》《绳伎》《泥屋》《煤火》《代酒》《酥》《阿拉占》《皮裘》《毛褐》《皮笕》《普儿钱》《回布》	《松皮膏》吟咏的是茯苓膏，《骨重羊皮》吟咏的是棉花，《阿拉占》吟咏的是马奶子酒	17首
	民俗类	《回字》《回节》《鄂博》《回乐》《鲊答》		5首
共计			84首	

综上所述，祁韵士咏物诗数量众多，大致可分为两类：一类是属于娱宾遣兴或遣赏把玩、应酬游戏之作，如《雉》咏野鸡，《孔雀》咏西域的孔雀，《八叉虫》咏蜘蛛；另一类是托物言志或借物抒情，有深沉的个人情感寄托，借所咏对象来抒情言志，表达诗人的理想抱负与个人情感。《雁》[①]通过描写大雁表达了思乡之情，大雁好似诗人自己，通过咏物来表现思想

[①] 修仲一、周轩：《祁韵士新疆诗文》，乌鲁木齐：新疆大学出版社，2006年版，第220页。

感情和人生价值观，这是"直是言情，非复赋物"①的艺术效果。《鸳鸯》
阐释了最佳人生境界是内心纯净。《雪莲》《干活草》《沙竹》都表达诗人
强烈的情感体验。还有一些咏物诗介于二者之间，既不是娱宾遣兴或遣赏
把玩、应酬游戏之作，也不完全是托物言志或借物抒情。将西域物产作为
吟咏对象，诗中除了客观描述之外，寄寓了诗人的观点，如《雪鸡》在陈
述了雪鸡的营养价值后转而批判当地捕猎雪鸡的人。

　　祁韵士《西陲竹枝词》100首中有80余首都可归入咏物诗，如《黑
雀》《鸦》《雕》《鹿》《马》《虎》《白驼》《黄羊》《野豕》《鏖》《豺》
《鱼》《蚊》《胡桐泪》《红柳花》《集吉草》《梭梭木》《棉花》等。这些咏
物诗中有一部分同时也是民俗诗歌，如《白驼》《苜蓿》《沙枣》《石榴》
《梭梭木》《梨》《哈密瓜》《蒲萄》《香菌》《沙葱》《圈车》《琵离》等等，
这一类诗歌数量非常多。继《诗经》和《离骚》之后，香草美人比兴传统
历来为文人们所青睐，他们创作咏物诗时追求体物肖形，传神摹意，穷尽
物之形态，尽现物之性情，通过吟咏对象抒发强烈的情感，这种比兴手法
在祁韵士诗中也多有体现。他的咏物诗也有很多寄托遥深、意蕴深远的
作品。

第五节
民俗诗

　　民风习俗是古典诗词题材的重要组成部分。研究民俗诗的历史发展，
是中国民俗诗歌的专门史研究的范畴，对民俗诗展开民俗学与诗学的交叉
研究，也是"民俗诗学"研究的范畴所在。近些年来，中国古典诗歌研究
领域出现了专题性质的诗史或诗学史，如中国山水诗史、中国咏史诗史、

---

　　① 张璋等:《历代词话》，郑州:大象出版社，2002年版，第806页。

中国题画诗史等等，笔者认为可以增加"中国民俗诗史"或"民俗诗学史"。民俗诗是民俗与诗歌互相渗透共融的结合物，民俗诗在祁韵士诗歌创作中数量较多。祁韵士创作民俗诗原因具有多重性和复杂性，既有史地学家的缘由，又有流放西域坎坷经历的原因，还有休闲娱乐世风及经世致用思想的影响等。祁韵士民俗诗客观上成为保存、传播西域民俗文化的重要载体之一，促进了清代西域诗歌与民俗文化的互动和融合的双向发展。

一、从民俗诗看中原至西域途中的民俗

《途次书所见》① 记录了耕田凿井的农耕生活。"山川淳朴气丰隆，耕凿惟安上古风"，这里民风淳朴，物产丰盛，《宋书·礼志》中有"其优衍丰隆，无所取喻"②，丰隆二字出于此。首句描写百姓耕田凿井的农耕生活，还保留着上古的风俗，晋皇甫谧《帝王世家》中详细记录了这种民风："日出而作，日入而息，凿井而饮，耕田而食。"③ 在这里"老妇濯衣渠水上，儿童挑菜麦田中"，挑菜是指挖野菜，《世说新语·德行》中记载："范宣年八岁，后园挑菜，误伤指，大啼。"④ 唐代时期，有挑菜节，定在农历二月初二，刘禹锡诗歌《淮阴行》："无奈挑菜时，清淮春浪软。"⑤ 该诗除了描写当地居民的日常生活，还写了当地的教育德行，"穹碑当道贞良劝"，该诗下自注："教泽贞节之碑，路旁甚多。"⑥ 《万里行程记》中也有记载："道左旁多石碣，率皆表扬贞节德教之所为，风俗近古。"⑦ 该诗中还记录了"团堡"这一地方村镇的瞭望台，这个瞭望台和山西戏台子一样珍贵，是农村古镇文化的标志之一。"团堡连乡守望同"，诗中描述了这个瞭望台的普

---

① 修仲一、周轩：《祁韵士新疆诗文》，乌鲁木齐：新疆大学出版社，2006 年版，第 95 页。
② 沈约撰、陈苏镇标点：《二十六史 宋书(一)》卷 1-4 珍藏版简字体，长春：吉林人民出版社，1995 年版，第 257 页。
③ 皇甫谧著、栾贵明整理：《皇甫谧集》，北京：新世界出版社，2016 年版，第 48 页。
④ 朱碧莲、沈海波译注：《世说新语》，北京：中华书局，2011 年版，第 38 页。
⑤ 王元明：《刘禹锡诗文赏析集》，成都：巴蜀书社，1989 年版，第 2 页。
⑥ 修仲一、周轩：《祁韵士新疆诗文》，乌鲁木齐：新疆大学出版社，2006 年版，第 96 页。
⑦ 祁韵士著、刘长海整理：《祁韵士集·万里行程记》，太原：三晋出版社，2015 年版，第 3 页。

遍性。"勤俭性成由耐苦，莫言富庶少贫穷"，诗人目睹和感受了如此淳朴的民风，感慨这里贫富的差别已不重要，勤俭持家和耐苦生活才是最值得颂赞的。

"专题民俗诗往往需要有足够的空间来展示全景式或全流程的民俗专题，这就需要庞大的、自成体系的表现系统。单体诗体式单一、表现容量十分有限，而组诗具有组块化、系统化特征，在表现容量和体式方面有着单体诗无法比拟的优势，尤其是大型组诗可以系统全面地描述一方民俗或某一民俗专题，可以从容舒展地铺叙民俗活动的系统流程或整体风貌。"① 诗人西行路上，记录了《陇右竹枝词六首》② 组诗，最为典型："西来气候少和融，早晚温凉便不同。夏葛冬裘一日里，行人欲换怕头风。清凉车岭路行难，峻坂高坡似六盘。沟水还过七十二，马蹄终日不曾干。大车槛槛最蹒跚，笨伯扶轮辙迹宽。登陟剧怜身短小，皮弦苇箔木栏杆。淡巴菰种几何年，采得灵苗自五泉。呼吸争夸风味别，居然烟火出丹田。乌云挽髻露双丫，红袖携春两鬓斜。土屋藏娇藏不得，烟花部里学琵琶。日食需钱仅数株，附身襦裤贱而粗。毡裘以外无长物，四季披来总不殊。"

组诗记录了陇山以西和兰州黄河一带的民风民俗。古代以东面为左，西面为右，陇右指陇山以西。竹枝词原本指南方巴渝一带流行的民歌曲调，后来逐渐用于边疆诗歌创作。

清人常用竹枝词记录边塞生活。北方生活昼夜温差大，"夏葛冬裘一日里，行人欲换怕头风"，头风指头痛，元稹《酬李六醉后见寄口号》中有"顿愈头风疾，因吟口号诗"③。清凉山、车道岭都是兰州最难走的地方，不仅山路弯曲难行，还有会宁县翟家所以西王家川的山涧，《万里行程记》中对这段山涧有详细的记录："入山涧中，但见高岸深谷，一水漾洄若线，乍东乍西，时时褰涉，俗称为七十二道脚不干云。"④ 诗中言"沟水还过七十

① 蒋东玲、候英：《宋代两浙地区民俗诗创作的多维透视》，《江西社会科学》，2012年第1期，第107页。

② 修仲一、周轩：《祁韵士新疆诗文》，乌鲁木齐：新疆大学出版社，2006年版，第117页。

③ 谢永芳编著：《元稹诗全集汇校汇注汇评》，武汉：崇文书局，2016年版，第286页。

④ 祁韵士著、刘长海整理：《祁韵士集·万里行程记》，太原：三晋出版社，2015年版，第8页。

二，马蹄终日不曾干"。如此难行的山路和山涧，诗人乘坐的车行驶缓慢，"大车槛槛最蹒跚，笨伯扶轮辙迹宽"，《诗经·王风·大车》中有云："大车槛槛，毳衣如菼。"① 该诗描写了西行的交通工具，对其进行了描述，"皮弦苇箔木栏干"，不仅如此，还写了用来打发时间的烟草，将吸烟的过程描写的乐趣横生："呼吸争夸风味别，既然烟火出丹田。"这里使用了烟草的西班牙语音译的方式，"淡巴菰种几何年，采得灵苗自五泉"，淡巴菰即是烟草的西班牙语音译，烟草大约是明代万历年间传入中国，至清代十分普及。王士祯《香祖笔记》中有烟草的相关记载："今世士大夫，下逮舆台仕女，无不嗜烟草者。田家种之连畦，颇获厚利。考之《尔雅》，原本不载有此。姚旅露书言，吕宋国有草，名淡巴菰，一名金丝熏，气从管中入喉，能使人醉，亦避瘴气，捣去其汁，可毒头虱。初，漳州人自海外携来，莆田亦种之，反多于吕宋。今则处处种之，不独闽矣。"② 上述组诗中用本来形容仙草的"灵苗"来形容烟草，可见，它能带给人唯一慰藉。除了这烟草打发时间外，还有幸得见"乌云挽髻露双丫，红袖携春两鬓斜"，《万里行程记》中有更加详细的记载："景色荒凉特甚，而羯鼓红牙，歌喉婉转，四邻唱遍。风俗淫靡，为之慨然。"③ 该诗中乌云源自苏轼《歧亭道上见梅花戏赠季常》"行当更向钗头见，病起乌云正作堆"④。双丫指代年轻女子之意，也就是诗中乌云之意。如此年轻貌美的女子在弹奏琵琶，让诗人不由得想起金屋藏娇的故事："土屋藏娇藏不得，烟花部里学琵琶。"《汉武故事》中记载："长公主欲以其女配刘彻，问曰：阿娇好否？帝曰：好。若得阿娇作妇，当作金屋贮之。"⑤ 运用金屋藏娇典故，意在说明姑娘太美丽了，也需用金屋来藏，在这土屋里可藏不住。"日食需钱仅数株，附身襦袴贱而粗"，一路上风尘仆仆，虽然艰辛，但花费却很少，仅仅需要钱数株，诗人

① 骆玉明校注：《诗经》，西安：三秦出版社，2018 年版，第 137 页。
② 王士祯：《香祖笔记》，北京：商务印书馆，1934 年版，第 22—23 页。
③ 祁韵士著、刘长海整理：《祁韵士集·万里行程记》，太原：三晋出版社，2015 年版，第 8 页。
④ 苏轼：《中国古代名家诗文集 苏轼集 卷一》，哈尔滨：黑龙江人民出版社，2005 年版，第 222 页。
⑤ 尤玉祥：《中国名帝选讲》，北京：线装书局，2019 年版，第 113 页。

穿着也极为简易朴素,最重要的衣服是毡裘,因为四季温差大,即便夏季,毡裘也总不离身,"毡裘以外无长物,四季披来总不殊"。

二、从民俗诗看西域服饰文化

清代中后期,西域各民族中游牧生活较为普遍,气候严寒,昼夜温差极大,为了抵御寒冷,当地百姓的服饰和内地有较大不同,祁韵士初到边疆,边疆皮裘所制的服饰引起了诗人较多的关注。《皮裘》① 就是一首描写服饰文化的民俗诗。"千羊皮集腋何肥,挟纩人披无缝衣",首句化用了"集腋成裘"成语之意,用来描写当地百姓使用羊皮作裘,寒冷时节,身穿裘皮大衣,因是整张羊皮制成,曰无缝。"可爱黄绵冬日暖,寒侵黍谷觉春归"该句化用了古时传说,古时传言黍谷地寒,五谷不生。邹衍演奏音乐而温气始升,后燕地人在其黍谷种黍,因此名为黍谷。意在说明即使天气再严寒,有了羊皮裘衣,人穿在身上也如沐春风。诗人在边疆极寒之地,很喜欢皮裘衣服,入乡随俗地穿在身上保暖,并且将其记录下来。

当地百姓不仅将整张羊皮制成衣服,还用羊毛制作服饰,《毛褐》② 一诗中就有详细的记录。"被褐名由宽博传,氄毛织就效洋毡",被褐指当地百姓将羊毛制作成衣裳穿在身上,宽博指褐宽博,意即平民百姓,皮裘不是每个普通百姓都能穿得起,毛褐则是当地百姓人人都买得起的衣服。褐宽博称呼源自先秦典籍,《孟子·公孙丑》中有记载:"若挞之于市朝,不受于褐宽博,亦不受于万乘之君;视刺万乘之君,若刺褐夫。"③ 氄毛也是源自先秦典籍,《周礼·天官·掌皮》中有记载:"共其氄毛为毡,以待邦事。"④ 诗中说当地百姓是将粗羊毛制成毡服,这是效仿洋毡的做法,笔者认为这是当地百姓独创的制衣方式,只是因为需要而生,不一定是效仿了洋毡,边疆百姓能够见到洋毡的机会也不多,诗中这样形容用意不在于洋毡和毛褐谁先谁后,而是说明毛褐的功能和效果,洋毡虽好,但价格太贵,

---

① 修仲一、周轩:《祁韵士新疆诗文》,乌鲁木齐:新疆大学出版社,2006 年版,第 265 页。
② 修仲一、周轩:《祁韵士新疆诗文》,乌鲁木齐:新疆大学出版社,2006 年版,第 265 页。
③ 罗云锋:《孟子广义》,上海:上海三联书店,2020 年版,第 95 页。
④ 陈戌国点校:《周礼·仪礼·礼记》,长沙:岳麓书社,2006 年版,第 17 页。

毛褐既有洋毡的功能又有低廉的价格。"价廉买得当风雪，一幅深衣耐几年"，深衣本意指诸侯、士大夫家居时穿的衣服和庶人的常礼服，但这里不用此意，仅仅指上衣和下衣连在一起的衣服。毛褐是上衣下衣连在一起的，全身都可以保暖的，价格低廉人人都买得起，买一件可以穿多年，因为极其耐磨。

除了多穿裘衣和毛褐之外，当地棉花的产量很高，百姓还常穿棉衣，盖棉被，《棉花》①一诗做了详细的记述。"白棉衣被利无穷，裘褐稀勤纺绩功"，裘褐虽然费工少，但相较棉花不易大批量生产，棉花可以广泛种植并且纺织成布，纺绩源自史书的记载，《汉书·食货志》中记载："男子耕少，不足粮饷；女子纺绩，不足衣服。"② "贩竖业非洴澼絖，牵车包匦日朝东"③，"洴澼絖"是先秦典籍中的语言，《庄子·逍遥游》中记载："宋人有善为不龟手之药，世世以洴澼絖为事。"④ 洴澼絖指漂洗棉絮，该诗说"贩竖业非洴澼絖"是说商人贩卖棉花并不是将棉花洗白，而是土地里出产雪白的新棉花，该诗句下有自注："土鲁番产棉花甚多，但宜作布，不宜作线，贩入关内，络绎不绝。"⑤ 结尾句中"包匦"出自《禹贡》："包匦青茅。"⑥ 本意指将献给殷商国君的祭祀品青色的茅草包裹起来，但这里指商人们将新棉花包裹起来扎成捆大量运往中原的场景。因而该诗不但描写了服饰文化，还涉及了西域当时的经济贸易情况。

《皮筒》⑦描写了当地制作皮筒的整个过程，"学得裘工妙手柔，裁剪新筒作香牛"，皮筒是当地军民用来盛放饭食、衣物和其他杂物的一种盛器，皮毛和皮革资源比较丰富和易得，人们不但穿皮裘、毡服，还用优质牛皮来制作各种生活用品。诗人看到很喜欢，忍不住也入乡随俗地制作了一个香料小皮筒。"夜寒窗静炉烟袅，帘卷微闻麝气浮"，描写使用香料皮筒的

---

① 修仲一、周轩：《祁韵士新疆诗文》，乌鲁木齐：新疆大学出版社，2006年版，第244页。
② 班固撰、颜师古注：《汉书》，北京：中华书局，1962年版，第1126页。
③ 修仲一、周轩：《祁韵士新疆诗文》，乌鲁木齐：新疆大学出版社，2006年版，第244页。
④ 蔡志忠编：《诸子百家庄子》，北京：现代出版社，2007年版，第44页。
⑤ 修仲一、周轩：《祁韵士新疆诗文》，乌鲁木齐：新疆大学出版社，2006年版，第244页。
⑥ 冀昀主编：《尚书》，北京：线装书局，2007年版，第39页。
⑦ 修仲一、周轩：《祁韵士新疆诗文》，乌鲁木齐：新疆大学出版社，2006年版，第266页。

心境，诗人对于这种制作过程了然于胸，该诗句下自注："以熟牛皮为笤颇佳。"为了平仄和押韵，诗中特意将"香牛"和"新笤"倒装，诗句本来是"裁剪香牛作新笤"。诗人亲自进行制作，又记录了制作和使用的过程，这首民俗诗歌地位独特，描写了生活中的用具，但和皮革相关，故列入服饰文化之中。

《回布》① 描写了西域使用的布料，"长短裁量百用宜，就中巧塔尔称奇"，首句化用《管子·乘马》中"百事治，则百用节矣。"② 该诗描写当地一种细布，该诗句下自注："回布极细者名巧塔尔。"③ 唐代李白《忆旧游寄谯郡元参军》："海内贤豪青云客，就中与君心莫迎。"④ "就中"二字即出于此。该诗描写了巧塔尔这种细布的多种用途，诗人看到细布，禁不住想到"看他细密成非易，想见辛勤手织时"，由眼前布料想到织布的勤苦。诗人关心百姓之心可见一斑。巧塔尔布料是当地民间作坊中手工织就的粗棉布，诗中细布是粗棉布相对而言。西域种植棉花历史悠久，可以追溯到一千七八百年前。20 世纪 50 年代末，民丰县发掘了一座东汉时期的墓葬，出土了棉纺织品，墓葬中还保留有东汉时期西域居民掌握印染技术的证据。祁韵士被流放时，西域在清政府的管理下，社会经济迅速恢复。乾隆二十七年（1762），清政府在南疆的叶尔羌、英吉沙尔、和阗、喀什噶尔和阿克苏实行了征粮折布的政策，这一政策最大程度上调动了当地百姓种植棉花和纺织棉布的积极性，这种巧塔尔棉布，细密精良，结实耐用，价格又便宜，不但当地百姓喜欢使用，还远销国外。这种棉布经常被商人贩卖至中亚和俄国进行贸易。清政府征收一部分，作为屯垦驻边军中所需品，有时也用此布作绢马交易。

"民俗与诗歌两种不同文化载体相互渗透、互为共融的产物——民俗诗，以诗歌描写或记录民俗事项、民俗活动等为表征，体现时代的民俗风

---

① 修仲一、周轩:《祁韵士新疆诗文》,乌鲁木齐:新疆大学出版社,2006 年版,第 271 页。
② 耿振东:《管子译注》,上海:上海三联书店,2018 年版,第 54 页。
③ 修仲一、周轩:《祁韵士新疆诗文》,乌鲁木齐:新疆大学出版社,2006 年版,第 271 页。
④ 李白:《李太白全集 2》,沈阳:辽宁教育出版社,1997 年版,第 112 页。

情与时代精神，具有深远的情感寄寓和深厚的审美意蕴。"① 《外夷》② 是西域民俗风情和时代精神的完美结合，也描写了一部分服饰文化。"率土绥宁壮远猷，天光照耀海西头"，首句化用先秦典籍，《诗经·小雅·北山》中记载："溥天之下，莫非王土；率土之滨，莫非王臣。"③ 率土指西域是中国重要的组成部分，体现了祁韵士的民族认同和中华民族共同体意识。绥宁指安定之意，出自《三国志·王基传》中记载："当务之急，在于镇安社稷，绥宁百姓，未宜动众以求外利。"④ 诗人因为遭遇政治挫折被流放至新疆，但并没有放弃理想，诗人怀有理想来到边疆为国效力，这里百姓生活井井有条，安居乐业，体现了祁韵士大一统的民族爱国精神。"织皮久叙昆仑外，服贡要荒遍小侯"，该诗句下自注："哈萨克、布鲁特而外，如霍罕、安集延、巴达克山诸部落皆内属。"织皮指皮裘和毛褐两种当地服饰，《禹贡》中记载："厥贡……熊罴狐狸织皮。"⑤ 昆仑指遥远的边疆，末句运用了古代文化的概念，根据《禹贡》的记载，从王都向外延伸，五百里是一服，国家都城是甸服，诸侯封国是侯服，侯服之外是绥服，在中原和边疆之间，边疆则称为要服和荒服，⑥ 这首诗歌正是西域历来是中国不可分割的一部分最好的证明。⑦

《阿克苏》⑧ 一诗也描写了西域服饰文化，"边城岁岁乐丰年，秋日黄云被野田"，边城指阿克苏城，描写了阿克苏城年年丰收的场景，诗歌中秋天多是伤感的季节，但阿克苏的秋天却是喜庆的秋天，夕阳西下，百姓们丰

---

① 王凤苓：《苏轼民俗诗创作缘由的多维透视》，《山东社会科学》，2016 年第 8 期，第 179 页。

② 修仲一、周轩：《祁韵士新疆诗文》，乌鲁木齐：新疆大学出版社，2006 年版，第 277 页。

③ 骆玉明校注：《诗经》，西安：三秦出版社，2018 年版，第 420 页。

④ 陈寿著、东篱子译注：《三国志》，北京：时代文化书局，2014 年版，第 111-113 页。

⑤ 王天苗：《尚书王氏传》，北京：九州出版社，2016 年版，第 147 页。

⑥ 祁韵士主张国家统一，民族团结，该诗意在说明即使是遥远的边疆，百姓也十分拥护和认可清政府的管理。

⑦ 该诗名为《外夷》，指西域统一于清政府之下的各个部族，此处无贬义，仅是中原之外的意思。清政府平定准噶尔部和南疆大小和卓的叛乱，天山南北各族人民对清政府极为拥戴和支持，该诗描写的正是西域各民族对清政府的拥戴和认可。

⑧ 修仲一、周轩：《祁韵士新疆诗文》，乌鲁木齐：新疆大学出版社，2006 年版，第 181 页。

收喜庆，安居乐业。该诗下有自注："各城回民皆习树艺之事。"《孟子·滕文公》中记载："后稷教民稼穑，树艺五谷。"① 诗人自注该诗，描述了阿克苏百姓皆擅长种植五谷和瓜果蔬菜。正好与七十一《西域闻见录》记录相一致："阿克苏，回子一大城也。人二万余，土田广沃，芝麻二麦、谷豆黍棉，黄云被野，桃杏桑梨、石榴葡萄、苹婆瓜菜之属塞圃充园。"② 该诗歌描写的场景和七十一相同，二者可以相印证。后两句"土著头人衣帽整，紫骝腰跨鹿皮鞯"，描写阿克苏地方首领阿奇木伯克穿戴整齐，骑着枣红色的良马，坐着鹿皮制作的坐垫，傍晚巡视的场景。该诗描写了阿克苏官民和谐、丰收和平的景象。诗中"土著头人"无贬义，只是当时习惯性称呼，不能因为有这几个字抹杀了该诗的政治意义和民俗意义。"这种描写不仅增加了诗歌民俗描写的真实性，也典型地体现出清代西域诗作的纪实特征。"③

此外，《自遣》④ 一诗也描写了西域服饰文化，"征衫欲换羊裘暖，冷露还嫌席帽轻"，这里气候寒冷，征衫无法抵御寒冷，保暖还需穿羊裘大衣，藤席做的帽子也不适合戴了，要戴毡帽，这种帽子大风也刮不走。《临潼早行》⑤ 一诗中也有类似描写"征衫薄絮不禁风，林外春寒日影红"。

三、从民俗诗看西域交通文化

《河西竹枝词六首》⑥ 中展现了清代中后期我国西北边疆的交通状况，"隆隆竟日走圈车，无定河边石子赊"，"懊恼行人多茧足，惯随风浪逐黄沙"。圈车指西行路上所乘坐的薄笨车，车的周围被帷幔围成轿子的样子，故而称为圈车。从黄河一带开始，无定河边石头多，路途难行，风沙渐多，必须将车围起来才可挡住风沙。

---

① 缪天绶选注，周淑萍、党怀兴校订:《孟子》，北京:商务印书馆，2019年版，第103页。
② 七十一:《西域闻见录》，清大成堂木刻本。
③ 吴华峰:《萧雄〈听园西疆杂述诗〉西域民俗描写及其意义》，《文艺评论》，2021年第6期，第139页。
④ 修仲一、周轩:《祁韵士新疆诗文》，乌鲁木齐:新疆大学出版社，2006年版，第163页。
⑤ 修仲一、周轩:《祁韵士新疆诗文》，乌鲁木齐:新疆大学出版社，2006年版，第102页。
⑥ 修仲一、周轩:《祁韵士新疆诗文》，乌鲁木齐:新疆大学出版社，2006年版，第124页。

《圈车》① 将这种交通工具描写得更为细致，"远行最稳是圈车，薄笨垂帷体态舒"，该诗下有自注："车制极宽，大轮尤高。"我们就更加清楚这种车的具体外形。诗人一路上乘坐的圈车，同时代新疆流人的西行游记中，有多处记载，大多称圈车为薄笨车，除了马、骡子还有骆驼之外，这种车辆是当时最常见的交通工具。"薄笨垂帷体态舒"，是最真实的写照，圈车是将普通的轿车车厢四周使用帷幔包裹起来，用以阻挡一路的风沙和烈日以及严寒，气候寒冷时，普通的帷幔更换为毛毡会更加保暖。圈车车轮较高，车厢高大，可以坐着或者躺着，不受炎热，也不受严寒风霜之苦，较为舒适。诗人西行路上，心情渐渐疏解，既来之，则安之，"日卧高轩向广漠，居然天地一蘧庐"，该句化用《庄子·天运》中"仁义，先王之蘧庐也。止可以一宿，而不可久宿"②，诗人解嘲圈车也可以让我将天地当作蘧庐，可以在西行路上一宿。虽是解嘲，但可以看出诗人内心的苦闷也化解了许多。

祁韵士不仅亲身感受了圈车，还亲见了雪地行驶的琶离，并留下《琶离》③ 一诗。"辚辚未解听车声，尺雪从教踏处平"，该诗下自注："无轮之车，雪后乘之。"杜甫《兵车行》中有诗句："车辚辚，马萧萧，行人弓箭各在腰。"④ 诗人反问为何听不到辚辚的车声，原来这是不需要车轮的琶离，只要琶离一出行，尺雪都可踏平，可见诗人对这种新奇交通工具的称赞。此诗中琶离即爬犁。"谁道陆舟行不得，到门恰似一船轻"，诗人不仅亲见，还亲身体验了一回，他进而叹道，这陆路上原来也能行舟啊，这爬犁像船一样行驶轻松容易。该诗描写的爬犁，也称为雪橇，是新疆常见的一种冰雪地上行驶的无轮的交通工具，可以载人也可以运输物品。这种雪橇制作起来极其简便，用两根木头触地当作支撑，也可以用柳条缠绕以减少摩擦，西域家家都有，是当时生活必备用品之一。此外，乌鲁木齐和伊犁等地，也将这种雪橇做成大型爬犁，就如轿车一般，用马拉着运输物品，有条件

---

① 修仲一·周轩：《祁韵士新疆诗文》，乌鲁木齐：新疆大学出版社，2006 年版，第 252 页。
② 庄子著·俞婉君译注：《庄子》，南昌：二十一世纪出版社，2014 年版，第 141 页。
③ 修仲一·周轩：《祁韵士新疆诗文》，乌鲁木齐：新疆大学出版社，2006 年版，第 253 页。
④ 林坚编：《唐诗三百首》，北京：华文书局，2019 年版，第 140 页。

的人家也会将其装饰得很华丽。

除了圈车和琶离之外，《咏路票》① 描写了西域当时出入关津的路票，"关门不禁往来人，官给名符验放真"，路票不是清代时新疆独创。《三国志·仓慈传》中记载："西域杂胡……欲诣洛者，为封过所。"② 《唐六典·司门郎中》："古书帛为繻，刻木为契，二物通谓之传，如今过所。"③ 该诗描写了这种出行场景，行人拿着路票，官府的管理人员核验是真路票后即可放行。诗人目送着友人"一纸送君行万里，弃繻谁敢置闲身"，弃繻二字出于史书，根据《汉书·终军传》中记载，终军18岁时被选为博士弟子，徒步入学，关吏向终军讨要繻，终军言："大丈夫西游，终不得传还。"终军弃繻，其后终军为使者出使郡国，持节出关，守关关吏认识他，曰："此使者前弃繻生也。"④ 上述史书记载的繻，即古时出入关津所需的凭证，大多是书帛后将帛撕裂，出关时取其合符，方才做不得假。该诗描写的路票已经不是帛书了，应指官府发放的纸质凭证。凡进出关塞的行人凭此出关入关，即"一纸送君行万里"，诗人借助于典故并反用之，说明路票十分重要，等闲之辈哪里敢不要它呢？此诗虽不是直接描写交通工具，但它是清代中后期中原流人进入西域的真实写照，是和交通文化紧密联系在一起的，故而归入交通文化一节。

四、从民俗诗看西域艺术文化

祁韵士至西域后，见到当地的民间艺术，《绳伎》⑤ 中记载了杂技艺术，"寻橦度索巧无双，传自花门远部降"，寻橦出自张衡《西京赋》"乌获扛鼎，都庐寻橦"⑥，寻橦是汉代杂技名称，缘竿演技称为寻橦，诗中度索指"都庐"，是一种高空走绳。诗人说中原的杂技是由西域传入，"传自花门远

---

① 修仲一、周轩:《祁韵士新疆诗文》,乌鲁木齐:新疆大学出版社,2006 年版,第 132 页。
② 方北辰译注:《三国志全本今译注》,西安:陕西人民出版社,2011 年版,第 948 页。
③ 李林甫等:《唐六典》,北京:中华书局,1996 年版,第 196 页。
④ 班固撰、颜师古注:《汉书》,北京:中华书局,1962 年版,第 2814-2821 页。
⑤ 修仲一、周轩:《祁韵士新疆诗文》,乌鲁木齐:新疆大学出版社,2006 年版,第 255 页。
⑥ 许结:《历代赋汇》(校订本),南京:凤凰出版社,2018 年版,第 892 页。

部降"，该诗句下自注："回人善为踏绳之伎。"① 唐人诗中经常用花门指代少数民族，祁韵士沿用这种称呼。"孑孑于于多少态，熟能矫捷力能扛"，诗中描写绳伎演员在高空之上丝毫不慌乱，极为从容，悠然自得的样子，该句使用了《西京赋》中秦国大力士之典描写绳伎。寻橦度索杂技表演，在西域历千百年而经久不衰，民国初年，财政部特派员谢彬《新疆游记》记录了这种杂技演出："妇人善歌舞，娴百戏，折筋斗，踏铜索。"②

西域各民族擅长歌舞，民间音乐成就很高，《回乐》③ 一诗描写了音乐演出的盛况。"琴箛迭和鼓咚咚，索享迎神祭赛恭"，诗歌描写琴和箛配合演奏，不仅如此，还有鼓来增强演出的节奏，洪亮的鼓声增添了音乐氛围。不仅有琴箛鼓演奏，而且还有歌舞配合演出，"更有韦囊长袖女，解将浑脱逞姿容"，韦囊，当时也称偎囊、偎郎、围浪，指群众歌舞，诗中具体指长袖女歌舞，诗下有自注："回女歌舞谓之韦囊。"④《新疆图志》也有记载："男女为筵，女子双双逐队起舞，谓之偎郎，间亦有男子偎郎者。"⑤ 可见韦囊即偎郎，偎郎指女子所舞。《韩非子·五蠹》中记载："彼谚曰：'长袖善舞，多钱善贾'。"⑥ 该诗不仅描写女子服饰外形，更表现了这名女子舞姿的优美和传神。结尾更是使用了唐宋大曲《醉浑脱》和杜甫《观公孙大娘弟子舞剑器行》中描写的浑脱舞来赞美跳舞女子的舞姿。

五、从民俗诗看西域饮食文化

"饮食和诗处于文化形态的两端，在饮食等物质文化形态不宜张扬的境况下，便自然转向对精神世界的经营。"⑦ 饮食和诗是社会生活的重要内容，在

---

① 修仲一、周轩：《祁韵士新疆诗文》，乌鲁木齐：新疆大学出版社，2006 年版，第 255 页。

② 谢彬著、杨镰，张颐青辑注：《新疆游记》，乌鲁木齐：新疆人民出版社，2010 年版，第 234 页。

③ 修仲一、周轩：《祁韵士新疆诗文》，乌鲁木齐：新疆大学出版社，2006 年版，第 272 页。

④ 修仲一、周轩：《祁韵士新疆诗文》，乌鲁木齐：新疆大学出版社，2006 年版，第 272 页。

⑤ 朱玉麒等整理、王树枏等纂修：《新疆图志》，北京：社会科学文献出版社，2017 年版，第 858 页。

⑥ 唐敬杲选注：《韩非子》，武汉：崇文书局，2014 年版，第 88 页。

⑦ 万建中：《战争、诗性与唐幽州饮食文化的错位》，《广西民族大学学报》，2021 年第 1 期，第 94 页。

保证了饮食等物质生活富足的境况下，文人便转向精神生活的追求。《府茶》①描写了西域饮食文化，"水寒端合饮熬茶，大叶粗枝亦足夸"，诗人品尝了天山雪水熬制府茶的清香，该诗下自注："茶甚粗，名为府茶。"府茶又名茯茶，是一种紧压茶，多数是由一芽五六叶制成，外形肥大，叶子很大，梗较粗，这种茶都要发酵后食用。府茶是边疆百姓生活中不可缺少的生活必需品。因为气候严寒，蔬菜不易种植，多食肉及乳酪，茶可以疏解乳肉之腻滞，因此府茶特别受百姓的欢迎。纪晓岚《乌鲁木齐杂诗》也描写了府茶："闽海迢迢道路难，西人谁识小龙图，向来只说官茶暖吗，消得山泉沁骨寒。"②纪晓岚诗下附注："佳茗颇不易致，士人惟饮附茶，云此地水寒伤骨，惟附茶性暖能解之。附茶者，商为官制易马之茶，因而附运者也，初煎之色如琥珀，煎稍久则黑如墅。"③此附茶指府茶，祁韵士和纪晓岚都将府茶写进了诗中。

　　诗人也将目光投向了代酒，这是西域百姓向中原人民学习的一种饮食，《代酒》④记录了内地酒文化与伊犁酒文化的融合。祁韵士流放西域时，很多内地百姓也来到祖国边疆，原因各不相同，或因罪流放，或随军，或民屯垦荒，或经商贸易，他们来到祖国边疆，同时也带来了内地的技术和文化，该诗是各民族交往交流交融的真实写照。"梨花淡白入杯香，十字帘前下马尝"，唐代杭州有名酒梨花春，此处诗人用梨花指代酒，十字帘指酒家幌子，诗人一路奔波，来到酒家，停马驻足小憩，品尝着代酒的清香。"轰饮不妨争拇战，岂知清绝绍兴良"，该句轰饮出自宋范成大《天平寺》："旧游彷佛记三年，轰饮题诗夜满山。"⑤诗人多想在此痛饮美酒，猜拳行酒令啊！拇战指猜拳行酒令，内地工匠在西域已经生活了很多年，他们从祖国各地来到边疆谋生，使中原文化技术和边疆文化技术迅速融合，纪晓岚《乌鲁木齐杂诗》中多处记载了这些商人长途贩运生活用品，并在西域经营

---

① 修仲一、周轩：《祁韵士新疆诗文》，乌鲁木齐：新疆大学出版社，2006年版，第261页。
② 周轩：《纪晓岚新疆诗文》，乌鲁木齐：新疆大学出版社，2006年版，第66页。
③ 周轩：《纪晓岚新疆诗文》，乌鲁木齐：新疆大学出版社，2006年版，第66页。
④ 修仲一、周轩：《祁韵士新疆诗文》，乌鲁木齐：新疆大学出版社，2006年版，第262页。
⑤ 范成大著、富寿荪标校：《范石湖集》，上海：上海古籍出版社，2006年版，第36页。

绍兴酒和山西醋等作坊。这些传统技术工艺因而保留在西域,成为西域文化的一个重要组成部分。该诗展现了清代中后期西域各民族交往交流交融的真实状况,具有很高的文献价值。

酥油是西域当地百姓日常生活常见食物,《酥》① 描写了酥油的美味和百姓对它的喜爱之情。"浓酥到口滑如油,挏饮家家养牸牛",首句描写酥油入口顺滑、入口即化的香醇,酥油是喝奶茶的必备品,挏饮本指制作马奶子酒时搅拌的工艺流程,这里指代搅拌牛奶制作酥油。酥油是用牛奶中的精华制作而成,所以诗中描写了家家户户养牸牛,牸牛指母牛。"一饭谁知终日饱,茶香微沁黑瓷瓯",诗人说一顿酥油管饱一天,强调了酥油的美味和营养,结尾再次写及府茶,当地百姓经常用府茶制作奶茶,奶茶里兑着酥油,笔者是新疆本地人,我的父辈依然有这样的饮食习惯。酥油营养丰富,是西域百姓喜食的食物之一。

《阿拉占》② 一诗描写了马奶子酒,"香醪甘液泛瑶觞,美酿凭谁起杜康",阿拉占即马奶子酒,该诗下有自注:"马乳为酒,谓之阿拉占。"③ 香醪指马奶子美酒,瑶觞此处指玉酒杯,描写马奶子盛放于玉酒杯中,诗人闻到马奶子酒散发出的阵阵香味,不禁想到有了马奶子酒谁还会再去制作其他酒呢? 这里杜康指代酒。"淡里藏浓风趣别,非逢嘉客莫轻尝",马奶子酒初入口觉淡,愈饮愈醇厚,所以这里说"淡里藏浓风趣别"。这种感受和其他酒不一样,马奶子酒醉人于不知不觉中,是招待贵客的最佳饮品,全诗以"非逢嘉客莫轻尝"作结,展现诗人对马奶子酒的喜爱和赞颂之情。

六、从民俗诗看西域经济贸易

祁韵士不仅将目光投向了饮食文化,他也关注西域经济贸易状况。《普儿钱》④ 描写清代中后期西域货币流通的真实情况,"番饼曾看个个圆,西来又说普儿钱",番饼也称胡饼,即芝麻烧饼,通常情况下这里的芝麻都是

---

① 修仲一、周轩:《祁韵士新疆诗文》,乌鲁木齐:新疆大学出版社,2006 年版,第 263 页。
② 修仲一、周轩:《祁韵士新疆诗文》,乌鲁木齐:新疆大学出版社,2006 年版,第 264 页。
③ 修仲一、周轩:《祁韵士新疆诗文》,乌鲁木齐:新疆大学出版社,2006 年版,第 264 页。
④ 修仲一、周轩:《祁韵士新疆诗文》,乌鲁木齐:新疆大学出版社,2006 年版,第 267 页。

白芝麻，本地人呼为馕。诗人描写了饮食民俗，一路吃着馕已经是十分新鲜了，现如今又看到普儿钱馕状货币，更觉奇特无比。《西域图志》对普儿钱做了记载："回人称钱为雅尔玛克，以一钱为一普尔。普儿为言文也。每一普尔值银一分。"[①] 普尔是普儿钱的另一种书写，可见西域曾通用普儿钱，普儿钱是西域天山南部地区居民聚居区流通的铜质钱币，清政府统一西域后使用的普儿钱统称为新普儿钱。普儿钱是用红色的铜铸造的，也称红钱。钱的外形，祁韵士在诗中进行了描述，"不分肉好无轮郭，腾格流通满市廛"，诗中涉及经济学术语，《汉书·食货志》中记载："卒铸大钱，文曰宝货，肉好皆有周郭。"[②] 轮郭指钱币圆周和方孔四周凸起的部分。诗人描写普儿钱没有周郭。结尾"腾格"也是经济术语，指货币计量单位，有时也称为"滕格"。《回疆通志》有记载："回疆旧用钱文名曰普儿，以红铜铸之，每五十文为一腾格。"[③]《西域图志》也有记载："初以五十普尔为一腾格，后定以百普尔为一腾格。直银一两。"[④] 由此可以看出，普儿钱较白银贱，上述普儿钱的贬值中也可以看出普儿钱流通也遵循货币流通规律。旧普儿钱呈桃形，没有方孔，这和诗中描写的普儿钱相同，可见，祁韵士描写的应是旧普儿钱。但根据相关历史记载，西域于乾隆二十五年（1760）后，开始发行轮郭方孔钱，[⑤] 祁韵士流放新疆时，新普儿钱已经流通市场，但旧普儿钱也未退出市场，很多百姓手中还持有旧普儿钱，这样的流通方式在一定程度上保护了百姓的利益，有利于当时社会的稳定。

祁韵士不仅描写了货币流通情况，还描写了清代中国边境线上国内外贸易往来情况，《市易》[⑥] 描写了中国边境周围的商贸活动场景。"深目虬髯状貌殊，叩关通市集睢盱"，首句描写进行贸易往来的参与者既有中国百姓，也有从哈萨克斯坦等国进入边境交易区的他国百姓，他们的长相稍有不同，眼窝较深，蓄着大胡子，叩关进入中国边境贸易区，《周礼·地

① 钟兴麒等校注：《西域图志校注》，乌鲁木齐：新疆人民出版社，2002 年版，第 479 页。
② 班固：《汉书》，北京：中华书局，1962 年版，第 1151 页。
③ 和宁著、孙文杰辑注：《回疆通志》，北京：中华书局，2018 年版，第 128 页。
④ 钟兴麒等校注：《西域图志校注》，乌鲁木齐：新疆人民出版社，2002 年版，第 479 页。
⑤ 修仲一、周轩：《祁韵士新疆诗文》，乌鲁木齐：新疆大学出版社，2006 年版，第 286 页。
⑥ 修仲一、周轩：《祁韵士新疆诗文》，乌鲁木齐：新疆大学出版社，2006 年版，第 273 页。

官·司关》中记载："凡四方宾客叩关，则为之吉。"① 通市指在边境贸易区商人进行贸易。这里集中了很多中国西域老百姓，乍看之下，睢盱二字较为晦涩，魏源《圣武记》中记载："苍苍者若必举天山之南北，葱岭东西，居国行国，侏离椎结睢盱之民，尽以界我大清而后已。"② 诗中用睢盱二字形容百姓的淳朴。这里指商业活动以诚实为准则。"万方玉帛通西极，欲绘成周王会图"，该句中万方指四方之意，《尚书·汤诰》："嗟尔万方有众，明听予一人诰。"③ 玉帛原本指先秦时期祭祀和会盟时用的珍贵祭祀品，但该诗泛指各种用于交易的商品。结尾也化用了先秦典籍，《逸周书·王会》中记载："成周之会，墠上张赤帝阴羽。"④ 此处的王会本意指先秦时期，诸侯和他们的附属国之间朝贡天子的聚会，此诗中王会指西域各地百姓聚集于此进行贸易，都统一在清政府的管辖之中，百姓安居乐业，和平相处，民族团结，社会稳定。该诗中"成周王会图"从深层表明了诗人大一统爱国思想，诗人从内心深处认定西域是中国自古以来不可分割的一部分，众多民俗诗都体现了这种民族观，该诗中的民族精神更值得肯定。从该诗中，还可以窥见丝绸之路的身影，从张骞通西域始，丝绸之路运送西域物产至世界各地从未断绝，这是一条国际商贸之路，在上千年的历史长河中，沙漠驼铃，商旅络绎不绝，成为沟通中西经济和文化的重要枢纽。清代西域社会相对安定，经济迅速恢复，丝绸之路上的贸易活动规模更大，交易次数更加频繁。祁韵士民俗诗中描写的商贸交易是丝绸之路贸易活动的一个瞬间，但却从诗歌层面为我们提供了史料。该类商贸活动在伊犁流人洪亮吉《伊犁纪事诗》中也有记录："谁跨明驼天半回，传呼布鲁特人来。牛羊十万鞭驱至，三日城西路不开。"⑤

七、从民俗诗看西域建筑文化

《河西竹枝词六首》⑥ 中描写了简易民居，"山童水劣少人烟，庐帐安居

---

① 崔高维校点：《周礼》，沈阳：辽宁教育出版社，1997年版，第27页。
② 魏源撰：《湖湘文库（甲编）魏源全集3》，长沙：岳麓书社，2011年版，第175页。
③ 陈戍国导读，陈戍国校注：《尚书》，长沙：岳麓书社，2019年版，第42页。
④ 黄怀信撰著：《逸周书校补注译》，西安：西北大学出版社，1996年版，第342页。
⑤ 吴蔼宸：《历代西域诗钞》，乌鲁木齐：新疆人民出版社，2001年版，第129页。
⑥ 修仲一、周轩：《祁韵士新疆诗文》，乌鲁木齐：新疆大学出版社，2006年版，第124页。

大道边",西行路上,诗人经常看到圆形的庐帐。这种易于搭建和搬迁的庐帐成本较低,在当时很受欢迎,庐帐频繁出现于诗中。如《喀喇沙尔》[①]"行国王庭绕幕毡,开都河畔惯游畋",诗中"幕毡"指用毡做成的蒙古包,百姓放牧牛羊时需要逐水草而居,简易的庐帐是他们的生活必需品,气候寒冷时,居民便用毡做庐帐。句中"行国王庭"指乾隆年间回归的土尔扈特部,乾隆三十六年(1771),我国卫拉特蒙古土尔扈特部在俄罗斯伏尔加河下游生活了一百四十年后,在首领渥巴锡的率领下举部回归,回归后,渥巴锡等13人进京觐见。

《库尔喀喇乌苏》[②]也描写了毡房和游牧生活,该诗描写得更为具体。"东南牖户启穹庐,向日回思叩角初",该诗写蒙古包,蒙古包通常用毡作为外墙搭建,秋冬时节常年刮西北风,为了避免寒风入户,毡房通常是东南开门。故而首句写"东南牖户启穹庐",该诗下有自注:"土尔扈特王在此游牧。"诗中描写了库车喀喇乌苏一带的牧民生活,其首领是渥巴锡汗的族弟巴木巴尔。该句化用了《琴操》中叩角的典故:"宁戚饭牛车下,叩角而商歌。……齐桓公闻之,举以为相。"[③]后人用叩角表示言行合乎上级的意愿而得高官,渥巴锡部回归时,因为巴木巴尔身体不适,未能进京觐见,但仍被封为多罗郡王,赐"毕锡喀勒图"的称号,该诗通过典故说明土尔扈特部回归后百姓安居乐业的场景。"挏马名王依黑水,牛羊遍野乐安居",挏马本意指汉代太仆属官掌管乳马的挏马令,他们负责将马乳挏治为马奶子酒。此处和名王一起指代郡王巴木巴尔,该诗中黑水指清水,也就是库尔喀喇乌苏,该部回归后,在朝廷的妥善安置后,过着较为富足的游牧生活"牛羊遍野乐安居",该诗集中体现了清代百姓民族团结的美好画面。

《行次土鲁番》[④]中还描写了穴居的房屋,"过客敢嫌裌襆触,欲从窟室问编茅",该诗下有自注:"回王避暑窟室中。"回王指吐鲁番郡王,吐鲁番地区多火山,夏日高温,吐鲁番以北山脉皆赤黄色,寸草不生。每年三四

---

①　修仲一、周轩:《祁韵士新疆诗文》,乌鲁木齐:新疆大学出版社,2006年版,第177页。
②　修仲一、周轩:《祁韵士新疆诗文》,乌鲁木齐:新疆大学出版社,2006年版,第193页。
③　欧阳询:《宋本艺文类聚》,上海:上海古籍出版社,2013年版,第2407页。
④　修仲一、周轩:《祁韵士新疆诗文》,乌鲁木齐:新疆大学出版社,2006年版,第158页。

月气温就高于南方地区，至夏日，酷暑难当，须以地室也就是地窖避暑。可见当地的建筑皆是因着地理环境和气候而形成的。

《邠州偶题》[①] 也描写了这种穴居的房屋，"陶穴遗风留古意，还思小范在军中"，陶穴指窑洞，《诗经·大雅·绵》："古公亶父，陶复陶居。"[②]《万里行程记》也有记载，并且说明了原因："自永寿自邠州，人民皆穴土而居，陶复陶穴遗风未改，盖土性坚可耐久。"[③] 此处百姓居住窑洞是因为土质坚固和易得之故，而吐鲁番是由于炎热需要地下的清凉避暑，二者同是穴居，但建造原因不同，体现出的民风民俗也不同。

西域民居中还有一种不加装饰的白屋。《泥屋》[④] 一诗描写了白屋，"过隔雨少四时干，白屋稀逢片瓦看"，边疆降水量少，适合居住于这种泥屋。"大雪压庐深数尺，呼儿却扫若磐安"，泥屋不仅适用于干旱的地区，还十分适用于降雪量大的地区，因为是泥土所建，极为坚固，即使降雪量再多，也不会将泥屋压垮，所以诗中咏叹"呼儿却扫若磐安"。泥屋除了上述两个优势之外，还有一个重要的优势就是泥土随处都有，易得易用，造价十分低廉，几乎没有成本，所以深受当地百姓青睐。七十一《西域闻见录》也记载了泥屋："回屋聚土为墙垒，厚三四尺，以白杨、胡桐之木横布其上，施苇敷泥。"[⑤] 王树枏《新疆小正》对泥屋也有记录："屋顶平衍，人于其上行走坐卧，并可堆积薪粮瓜果储物。"[⑥] 这种泥屋门很窄小，通常不设窗户，只在屋顶开一个天窗，当地人称为"通溜克"。这种泥屋建造得很平坦，当地百姓专门用来晒粮和存放农家杂物。虽然美观性不够，但实用性很强极受当地百姓喜爱。这种泥屋多见于西域南疆地区，乌鲁木齐和伊犁一带降雨量相对较多，当地百姓就将屋顶的泥土层加厚，有时会使用一些

---

① 修仲一、周轩：《祁韵士新疆诗文》，乌鲁木齐：新疆大学出版社，2006 年版，第 106 页。

② 骆玉明校注：《诗经》，西安：三秦出版社，2018 年版，第 487 页。

③ 祁韵士著、刘长海整理：《祁韵士集·万里行程记》，太原：三晋出版社，2015 年版，第 6 页。

④ 修仲一、周轩：《祁韵士新疆诗文》，乌鲁木齐：新疆大学出版社，2006 年版，第 260 页。

⑤ 七十一：《西域闻见录》，清大成堂木刻本。

⑥ 丁世良等主编：《中国地方民俗资料汇编(西北卷)》，北京：北京图书出版社，1989 年版，第 356 页。

砖瓦来遮雨。诗中"白屋稀逢片瓦看"一句即是如此。

第六节
军事诗和赠别诗

一、军事诗

从先秦时期开始，边塞战争题材就进入了诗歌创作中。《诗经》和汉乐府中都有军事题材的诗歌，《采薇》《东山》《十五从军征》《战城南》等就是这种题材的作品。魏晋南北朝时期，军事题材的诗歌逐渐走向成熟。曹操的《苦寒行》、高昂的《征行诗》、杨素的《出塞篇》、卢思道的《从军行》等作品都是这种题材的代表作。至盛唐时期，更是出现了以高适、岑参为代表的边塞诗派，这一诗派还有王昌龄、李颀、王翰、王之涣、崔颢等人，他们在中国文学史上留下了很多军事题材的佳作。盛唐军事题材的诗歌热情讴歌从戎报国、建功立业的入幕情怀。"军事美是社会美的一部分，通过军事实践的历史沉淀而形成。美是依托一定的形象来表现的，军事美的形象就是阳刚之美的形象。"[①]

"盛唐边塞诗歌以其勇武的英雄气概和昂扬的格调而著称，其中蕴含着丰富的军事美——进取之美、壮烈之美、勇毅之美以及机智之美。在盛唐诗人的笔下，军旅人生边塞战阵的客观美与心灵美交融在一起，将这幅画卷描绘得荡气回肠、溢彩流辉。"[②] 因为时代的原因，唐代诗人这种非凡的自信已经随着历史的发展烟消云散，清代的国力决定了诗人在描写军事题材时必然呈现不同的风格和特点，清代诗人军事题材中虽然表现出一定程

---

① 付静:《盛唐边塞诗蕴含的军事美及其现代启示》,《南京政治学院学报》,2009 年第 2 期,第 44 页。
② 付静:《盛唐边塞诗蕴含的军事美及其现代启示》,《南京政治学院学报》,2009 年第 2 期,第 44 页。

度的阳刚之美，也有进取心，但更多展现的是诗人理性的观察和冷静的思考。因而在祁韵士军事题材的诗歌中，目的不是展现诗人自我建功立业的豪情，更多侧重于描写当地百姓的安居乐业和和平稳定。祁韵士军事题材的诗歌数量不少，不逊于其他题材诗歌的数量，解读这类军事题材的诗歌，有助于展现当时文人的民族观和爱国精神，也有利于新疆高校教师教学中弘扬爱国爱疆教育，文化润疆和文化强国意义重大，因此笔者围绕祁韵士军事诗歌进行论述。

（一）借助军事题材展现西域的和平稳定

《柴墩》①"墩栅层堆老树柴，壁间熊虎杂弓靫"，该诗题目是"柴墩"，诗歌首句就解释了诗人用该题的原因，此处堆积了很多的柴草，这些柴草因为是堆积在古代烽火台遗址下，所以引起了诗人的注意。诗歌首句中的弓靫出自唐代元稹的诗歌，其《痁卧闻幕中诸公征乐会饮因有戏呈三十韵》中记载"蛇虺迷弓影，雕翎落箭靫"②，诗人取弓靫二字引入诗中，可见在诗人眼中，这里的柴堆不是普通民间的柴堆，这些柴堆是军事的象征，因此诗人才集中笔墨描写了这些柴堆。"平安烽火今无用，野戍犹看历历排"，诗人在该诗下有自注："相传为岳将军钟琪遗制。"雍正元年（1723），青海和硕特蒙古部罗布藏丹津叛乱，时任四川提督的岳钟琪官拜奋威将军，随抚远大将军年羹尧一起平叛。雍正七年（1729），岳钟琪官拜宁远大将军，平定准噶尔叛乱，该处烽火台相传即为岳钟琪当时作战遗留的。这样的烽火台遗址不仅留存了一个，数量不在少数，诗歌结尾处"野戍"二字也是出于古诗，北周时期庾信《至老子庙应诏》中有云："野戍孤烟起，春山百鸟啼。"③诗人想起当年岳将军所率将士们在野外驻扎时，也应看着这些"历历排"的烽火台，不同的是当年岳将军将士心系军情紧盯烽火台，而如今诗人眼中的烽火台仅是历史遗迹，这不由得让诗人感慨万千。

烽火台，古时又称烽燧，是边塞地区向京城报告军情的一种建筑。遇

① 修仲一、周轩：《祁韵士新疆诗文》，乌鲁木齐：新疆大学出版社，2006 年版，第 210 页。
② 谢永芳编著：《元稹诗全集》，武汉：崇文书局，2016 年版，第 220 页。
③ 庾信著、陈志平校注：《庾信诗全集》，武汉：崇文书局，2017 年版，第 81 页。

到有敌军入侵时，白天放狼烟为烽，夜晚燃火作燧，因此也称为举烽燧。为了能第一时间看到紧急军情，烽火台一般建在较高处，如果四周没有高处，烽火台建造高度就要延长。先秦时期，烽火台就是很普遍的预警方式，《墨子·号令》中有记载："与城上烽燧相望，昼则举烽，夜则举火。"①《史记·周本纪》也有记载："有寇至则举烽火。"② 几千年来，中华民族这一预警方式源远流长，至清代雍正时期，依然在使用这种预警方式，新疆现今遗留的烽火台，大多数建于汉代、唐代和清代三个时期，在今天丝绸之路所经之处，依然可以看到很多的烽火台遗址，如库车县的库木吐拉烽火台是汉代所建，至今还屹立不倒，笔者于 2007 年 5 月曾亲见该烽火台遗址，也经历了诗人亲见古烽火台的感慨万千。诗人在这首诗歌中提及的烽火台指的是哈密和巴里坤一带的烽火台，这些烽火台多是雍正年间平定准噶尔时所建，这种烽火台，大多由三至五人负责守卫和侦查军情。诗人至此时，当地百姓在清政府管理下安居乐业，因此诗人借助于烽火台已经闲置多时的描写，旨在展现西域和平稳定的局面。

这类诗歌数量不少，《围场》③ 亦是这样一首军事诗，"肄武疆场重合围，角弓风劲令旗挥"，该句下有自注："将军每秋例得演围于哈什山中。"哈什山位于今新疆伊犁州尼勒克县管辖范围内。从诗歌内容和诗人自注结合起来看，该诗是典型的军事题材诗歌，角弓二字出自《诗经·鲁颂·泮水》，其诗云"角弓其觩，束矢其搜"④。角弓指用野兽的角装饰的弓箭。该诗描写的重合围指将军和士兵进行的军事演练行为，将猎物包围起来进行狩猎，我国历代都有通过狩猎来操练军事的惯例，有春蒐、夏苗、秋狝和冬狩多种狩猎类型，大多是将士们进行的集体军事演练。这种狩猎，获得猎物不是目的，组织和训练将士们，提升士兵的军事战斗力才是其狩猎意义所在。所以诗中描写狩猎时写到"角弓风劲令旗挥"，可见，一切狩猎行动全部听从将军指挥，如沙场对敌一般。这次集体狩猎规模也很大，"三千

① 方勇译注：《墨子》，北京：中华书局，2015 版，第 564 页。
② 司马迁：《史记》，北京：中华书局，1963 年版，第 148 页。
③ 修仲一、周轩：《祁韵士新疆诗文》，乌鲁木齐：新疆大学出版社，2006 年版，第 216 页。
④ 骆玉明校注：《诗经》，西安：三秦出版社，2018 年版，第 629 页。

组练如云锦"，三千虽然不是实指，但依然可以看出此次参与狩猎人数众多，《左传·襄公三年》中有记载："使邓廖帅组甲三百，被练三千以侵吴。"① 组练原本指士兵所穿的军服和盔甲，后成了军中精锐部队的代称，可见该诗描写伊犁将军带领的精锐之师，将士们志向远大，他们的目标是"远向狼山射猎归"，去狼山射猎这个意象本身就代指了伊犁将军将士们平定西北，安定边陲的决心。

（二）展现西域军屯的和谐局面

《水田》②是农业题材，但该诗描写了军屯中的农业生产，因此将其归入军事诗来论述。"灌溉新开郑白渠，沃云万顷望中舒"，该句下有自注："伊犁旧无旗屯，嘉庆甲子松湘浦先生创为疏垦，岁收稻麦甚多。"③ 嘉庆甲子指嘉庆九年，即1804年，松湘浦先生指伊犁将军松筠，是诗人在流放地结识的两位知己之一。屯田是否成功，主要取决于农作物是否有充足的水源浇灌，首句就赞颂了松筠在屯田方面做出的贡献，"灌溉新开郑白渠"，郑白渠原本指郑国渠和白渠，是战国时期韩国人郑国在秦国修建的长约三百里的灌溉渠。后来汉武帝时期，由赵中大夫白公提议建造得渠名为白渠，这里运用了这两个名渠来描写伊犁将军松筠兴修水利，用于当时旗屯时农田的灌溉，松筠的这些措施对西域长治久安做出了巨大的贡献，当时经由这些水利设施灌溉的田地多至数万顷，即诗中"沃云万顷望中舒"。"便宜谁上安边策，充国屯田十二疏"，该句更是将伊犁将军松筠兴修水利灌溉农田之事进行了大力地认可和赞颂，诗人使用了典故赞颂伊犁将军，汉武帝时期，汉朝和匈奴的战争极大地损耗了汉朝国力，影响了老百姓日常生活，赵充国曾两次上书建议汉武帝屯田，提出"不出兵留田便宜十二事"，该诗"便宜""安边策"以及"充国屯田十二疏"都是指这件事。诗人借助于典故肯定松筠在西域屯田的积极意义，清政府治理西域，仅仅长期派出军队运送粮食，费用浩大也无法持久，不若直接在西域屯田，兴修水利，既能

---

① 杨伯峻前言，蒋冀骋标点：《左传》，长沙：岳麓书社，1988版，第181页。
② 修仲一、周轩：《祁韵士新疆诗文》，乌鲁木齐：新疆大学出版社，2006年版，第217页。
③ 修仲一、周轩：《祁韵士新疆诗文》，乌鲁木齐：新疆大学出版社，2006年版，第217页。

有助于清政府有效管理，百姓也能收益于此，事实证明，伊犁将军松筠的旗屯对农业生产起到了至关重要的作用。有学者认为该诗表面看描写了军事屯田，实质上是为松筠歌功颂德，但笔者以为即使歌功颂德也是诗人发自内心的，并无阿谀奉承之嫌，诗人去世后，暮年的松筠依然去探望祁韵士家人，这足以说明二人的情意之深。因此笔者考虑再三将这首诗歌列入军事诗中。

祁韵士对于边疆的屯田政策极为赞同，因此在其《兵屯》① 一诗里也做了很多的描写。"细柳云屯剑气寒，貔貅百万势桓桓"，诗人借助于周亚夫屯军细柳治军严谨的典故来说明伊犁将军松筠兵屯时治军的严明，这里的云屯指屯垦的军队和种类很多，这些屯垦像云一样聚集在一起保卫着边疆。祁韵士流放伊犁时，屯田有回屯、旗屯、民屯、犯屯等等多种形式，屯垦的稳定常态化在很大程度上促进了中国西北边疆政治经济发展，对于西域社会长治久安有深远的影响，笔者生于新疆，长于新疆，亲身体会到了新疆生产建设兵团对新疆政治和经济发展的贡献，诗人大力着墨于松筠屯田之事绝非歌功颂德那么简单。"列城棋布星多日，阃外群尊大将坛"，在诗歌的后两句中，诗人对西域屯田的规模和数量进行了描写，并将伊犁九城中伊犁将军的重要性做了突出描写。在该诗末尾处，化用了《史记·张释之冯唐列传》中的"阃外"之意，该列传中有记载："臣闻上古王者之遣将也，跪而推毂，曰阃以内者，寡人制之，阃以外者，将军制之。军功爵赏，皆决于外。"② 该诗结尾处使用了"阃外"二字，旨在表明伊犁将军松筠在边疆治理和管辖中的极为重要的作用。从清政府对伊犁将军的任命来看，伊犁将军一职十分受朝廷重视。洪亮吉《天山客话》中也有这样的记载"总统将军体制极尊"③。因此诗人诗中最后一句也说"阃外群尊大将坛"。伊犁将军是清政府在新疆设立的最高行政长官。清政府为了进一步稳固中国西北边疆，从乾隆二十六年（1761）至乾隆四十五年（1780），在伊犁河谷先后修建了惠远、塔勒奇、惠宁、绥定、宁远、熙春、广仁、瞻德和拱

① 修仲一、周轩：《祁韵士新疆诗文》，乌鲁木齐：新疆大学出版社，2006 年版，第 274 页。
② 司马迁：《史记》，北京：中华书局，2011 年版，第 2409 页。
③ 修仲一、周轩：《洪亮吉新疆诗文》，乌鲁木齐：新疆大学出版社，2006 年版，第 254 页。

宸九城，伊犁将军驻守惠远城，伊犁总兵的衙门行署则设在绥定城。九城中，除了宁远城（现伊宁市）主要管理维吾尔族屯田（回屯）事务，该城驻守的士兵数量较少，其他城镇均是屯兵重镇，其大多是旗屯。这些士兵除了守卫边疆、巡查边防，同时也从事农业种植生产和畜牧业的养殖。很多士兵都是携带家眷亲属而来，在自己驻守的地区，开垦荒地、兴修水利。该诗正是当时屯田的真实写照，具有很高的史料价值。

《即目》①一诗将西域屯垦的具体情况做了详细描写。"路越金沙岭，天开赤谷城"，诗人行走博克达坂，由《万里行程记》中可以看出，诗人此行并未经过金沙岭，该句描写了大致的行程方向，指代诗人行走在这条线路上。赤谷城在《汉书·西域传》中有记载："乌孙国大昆弥治赤谷城。"②对于赤谷城的具体位置现今也难以考证清楚，一说是今吉尔吉斯斯坦伊塞克湖东南，一说是今新疆特克斯河流域，和上句金沙岭一样，该句的赤谷城也是大致方向，当是指代乌鲁木齐方向。从金沙岭、赤谷城一路西行，诗人看到"川原多沃土，屯戍足深耕"，诗人西行路途中屯垦事业生机勃勃，民屯、军屯等都取得了丰硕成果，水利也得到了长足的发展，沟渠相连，阡陌纵横，百姓安居乐业，社会安定，"远岸炊烟出，斜阳古渡横。牛羊看遍野，民气乐升平"。清政府在平定准噶尔部及大小和卓叛乱之后，在西域各地大规模展开屯垦，不仅祁韵士写及屯垦事业的繁荣昌盛，在大致同一时期流放西域的国梁和纪晓岚诗歌中都有描述。该诗是祁韵士描写屯垦最为详尽的一首，也是极少数不用古籍古诗语句的一首诗。

（三）借助于古籍典故展现西域守边将士的报国之心

南宋爱国词人张孝祥"运用乘风破浪的宗悫和中流击楫的祖逖这两个典故，表达了要报效国家的强烈愿望"③，"词中运用历史人物和历史事实之典故，闪耀着时代色彩，恰当自然，是一首洋溢着胜利的喜悦、抒发爱国

---

① 修仲一、周轩：《祁韵士新疆诗文》，乌鲁木齐：新疆大学出版社，2006 年版，第 162 页。
② 班固：《汉书》，北京：中华书局，1964 年版，第 3901 页。
③ 张美丽：《论张孝祥对苏轼词的接受和推重》，《学术交流》，2020 年第 2 期，第172 页。

激情的壮词"①。笔者以为祁韵士的军事诗亦是如此。

《卡伦》②也是军事题材的诗歌，"刁斗声残夜寂寥，龙沙极目雪花飘"，该诗中绝大多数语句出自古代史书典籍，刁斗出自《史记·李将军列传》："及出击胡，而广行无部伍行陈，就善水草屯，舍止，人人自便，不击刁斗以自卫。"③刁斗指古代军队行进途中的用具，白天用作炊具，晚上用以击之巡查。诗人听到刁斗声，想起了自己身处"龙沙极目雪花飘"。龙沙一词出自《后汉书·班超传》："定远慷慨，专功西遐，坦步葱雪，咫尺龙沙。"④后世便以龙沙指代边疆地区。诗人听到了刁斗，看到没有边际的沙漠，调动了听觉、视觉，还写及了感觉，这漫天的雪花带给诗人无限的寒冷。

《卡伦》上半首写出了无尽的荒凉和寂寞，下半首诗风一转，由这荒凉和寂寞的落寞情怀高昂至无比自信的爱国情怀。"守边一一皆飞将，生手何人敢神雕"，《史记·李将军列传》中记载："广居右北平，匈奴闻之，号曰汉之飞将军，避之，数岁不敢入右北平。"⑤后世用飞将指代勇猛善战的将士，诗人说守边的都是飞将军李广，可见这些将士皆是英勇善战之人，诗人极为赞赏守边将士的才能和胆识，诗歌结尾处唱出了"生手何人敢射雕"的反问语句。生手指射生手，是写那些能够箭无虚发地射中活动目标的射手。《史记·李将军列传》中记载："中贵人将骑数十纵，见匈奴三人，与战，三人还射，伤中贵人，杀其骑且尽。中贵人走广，广曰：'是必射雕者也'。"⑥该句用射生手都不敢射雕反衬守边将士的勇猛无比。

《卡伦》全诗四句，每一句都化用史书典籍，都使用了军事意象。"卡伦"本意指军事要塞。卡伦是满语音译，何秋涛《朔方备乘》中记载："更番候望之所曰台，国语谓之喀伦，亦作卡伦，又有卡路、喀龙者，皆繙译

① 张美丽：《论张孝祥对苏轼词的接受和推重》，《学术交流》，2020 年第 2 期，第172 页。

② 修仲一、周轩：《祁韵士新疆诗文》，乌鲁木齐：新疆大学出版社，2006 年版，第 275 页。

③ 司马迁：《史记》，北京：中华书局，2011 年版，第 2501 页。

④ 范晔：《后汉书》，北京：中华书局，2011 年版，第 1047 页。

⑤ 司马迁：《史记》，北京：中华书局，2011 年版，第 2503 页。

⑥ 司马迁：《史记》，北京：中华书局，2011 年版，第 2500 页。

对音也。"① 清政府统一西域后，在各地要隘位置均设置了卡伦，用以稽查游牧、屯田、采矿和往来贸易等人，卡伦也负责传递文书，《大清会典》中也明确记载："于要隘处设官兵瞭望曰卡伦。"② 卡伦种类比较多样，有常设卡伦、移设卡伦和添设卡伦三种。常设卡伦一般距离边境地较远，位置固定，边境上经常使用移设卡伦和添设卡伦，时常随着季节的变化，这些卡伦的位置也会有所变化，比如在伊犁河南至西设卡伦十六处，有六处于每年十月后因为天气的原因就撤回了。该诗描写的将士都是这些卡伦上的守边人员，他们常年驻守在卡伦中，一方面保卫了祖国边疆领土的完整，另一方面，正是有他们常年的驻守，才防止了边疆地区各游牧民族之间的纷争，这些将士们为祖国边疆地区社会稳定、政治、经济贸易等各个方面都做出了重大的贡献。正是因为这个原因，诗人看到这些将士们才由衷地赞颂他们的英勇和胆识。基于上述原因，笔者将该诗列入军事诗。

此外，祁韵士是史地学家，他对于边疆重要的地理位置也给予了关注。《哈密》③ "玉门碛远度伊州，无数瓜畦望里收"，起句写哈密位置的重要性，玉门碛指位于安西和哈密之间的莫贺延碛，这片戈壁沙碛广袤无垠，是连接哈密的重要通道。诗中伊州指哈密，穿过莫贺延碛即能到达哈密，诗人一路上看到哈密瓜的丰收场景，"无数瓜畦望里收"，眼中看到的是百姓安居乐业的丰收喜庆。诗人写了近景之后又将诗笔拉开，以远景角度描写哈密位于天山南北的要塞位置，用锁和钥匙比喻哈密地理位置的重要性，"天作雪山隔南北，西陲锁钥镇咽喉"，诗中对哈密的军事重镇地理位置做了描述。该诗也写及民俗，但军事价值更突出，因而笔者将其列入军事诗中。

二、赠别诗

赠别也是诗歌题材不可缺少的组成部分，赠别诗包括赠诗和送别诗两方面内容。祁韵士赠别诗不论数量上还是质量上都值得一提，这些诗歌呈

---

① 何秋涛:《朔方备乘》，影印本，卷十，北徼卡伦考序。

② 崑冈等修:《钦定大清会典(光绪朝)》，卷66，《理藩院·典属清吏司一》

③ 修仲一、周轩:《祁韵士新疆诗文》，乌鲁木齐:新疆大学出版社，2006年版，第175页。

现出与风景诗、咏史诗、咏怀诗、咏物诗等不一样的特点。不仅体现了前代士人怨别和重土轻离的观念，也多了一份史地学家的使命感和责任感，更体现出暮年时期诗人遭遇政治挫折时内心大起大落的心理历程。

（一）对亲人和诗人自己前半生的告别

《至家辞墓告别》① 是一首送别诗，描写了诗人被流放边疆后心理上遭受沉重的打击，诗人要启程至流放地之前必须先归家与家人告别。"焚黄甘有四年前，拜扫徒虚岁月迁"，诗人要踏上遥远的西行之路，前途未卜，从诗人第一次进入仕途在祖先和父母墓前祭拜至今有二十四年了，诗人有感于这二十四年都是虚度了，不曾想前半生的辉煌竟至于此。哪里想到"一事无成今罢职，百年已半去投边"，想起自己编纂史地丛书，想起自己前半生在朝廷为官，本该安享晚年，却在暮年时被流放至边疆。"室家妻子心何系，险阻艰难命可怜"，家中的妻子孩子是诗人最大的牵挂，自己西行之路也是凶险重重，这一切不敢向家中的亲人哭诉，怕他们承受不住。只好向祖先和父母哭诉，"欲向双亲诉衷曲，九原不见泪如泉"，九原原本是春秋时期晋国卿大夫的墓地，此处指代祁韵士祖先和父母的墓地。

该诗是祁韵士 209 首诗中最为沉痛的一首，不仅表现了诗人遭遇政治挫折带给他的伤痛，还体现了诗人对自己前半生的怀疑，这次政治打击开始迫使诗人重新审视人生和仕途。该诗情感复杂，面对墓地的祖先和父母，诗人是儿子和后辈，他可以将自己内心的伤痛毫无保留地一一吐露；但回到家中，诗人是父亲是丈夫是长辈，他是家中唯一的支柱，他既担心妻子的孤苦无依，又担心子女无有所托，这种政治上情感上都进退两难的处境让诗人伤痛不已。该诗没有一个集中告别的对象，是诗人对父母、对妻子、对子女的告别，也是对自己前半生的告别。

祁韵士的送别诗不仅展现其遭遇政治挫折时内心大起大落的心理历程，"更为难得的是，由于贬谪、出任地方官职的经历，他们将送别诗的创作活

---

① 修仲一、周轩：《祁韵士新疆诗文》，乌鲁木齐：新疆大学出版社，2006 年版，第 71 页。

动从'宫廷'扩大到'江山'①，祁韵士送别诗的创作内容，从京城扩大到祖国西北边疆。

（二）对朋友的告别

祁韵士不仅写了给自己的告别诗，也写了送给他人的赠别诗。《晤平凉太守阎柱峰赋赠》②是一首典型的赠别诗，"恻怛为仁政，贤名一郡知"，诗人从山西老家启程，行至甘肃平凉，平凉知县阎柱峰对其礼遇有加，别时诗人赠诗一首。此诗中太守是一种拟古用法，汉代时称太守，清时称为知县。该诗起句"恻怛"二字出自《礼记·问丧》，"恻怛之心，痛极之意"③，该诗描述阎柱峰的仁政爱民之心，这种贤名全平凉县人人尽知。"我从所部过，民颂使君慈"，诗人说我来到平凉县，听到百姓对阎柱峰的称颂，亲身感受到阎柱峰的贤德。临别时诗人不忍分别，感慨"有子真堪慰，无钱莫自疑"，诗人替百姓高兴，有阎柱峰百姓就有好日子。有朋友如此，想到"故人明日去，万里寄相思"，全诗充满了诗人对阎柱峰仁政和贤德的赞颂，也体现出对阎柱峰的依依惜别之情。

《抵兰州，蔡小霞方伯话别感赋》④是诗人西行至兰州时创作的一首送别诗。"何时脱驾到伊滨，且向兰山一问津"，该诗中的"脱驾"表面看指马不再驾车之意，也就是自己不再出行之意，深层次指自己不再进入仕途为官，不再沉浮于官场之中，"伊滨"乍一看指的好像是流放地伊犁，但实际上指离开官场去乡间水边信步。此意是韩愈《与崔群书》文中句子的化用，"仆无以自全活者，从一官于此，转困穷甚，思自放于伊、颍之上，亦当终得之"⑤。韩愈《祭十二郎文》中也有："自今已往，吾其无意于人世矣。当求数顷之田于伊、颍之上，以待余年。"⑥诗人对于前半生为官朝廷

---

① 杨玉锋：《初唐送别诗创作的多元格局及诗歌史意义》，《烟台大学学报》，2019 年第 5 期，第 56 页。

② 修仲一、周轩：《祁韵士新疆诗文》，乌鲁木齐：新疆大学出版社，2006 年版，第 111 页。

③ 王文锦译注：《礼记译解》，北京：中华书局，2016 年版，第 764 页。

④ 修仲一、周轩：《祁韵士新疆诗文》，乌鲁木齐：新疆大学出版社，2006 年版，第 116 页。

⑤ 韩愈：《韩愈文集汇校笺注》，北京：中华书局，2010 年版，第 772 页。

⑥ 韩愈：《韩愈文集汇校笺注》，北京：中华书局，2010 年版，第 1469 页。

有悔恨之意，他多么希望自己能够像陶渊明一样离开浑浊的官场归于乡间颍水，在这样的心境下遇到蔡小霞可谓知己。诗中"兰山一问津"就是此意。"念我艰难金石告，服君肝胆笑言亲"，诗人想起自己被流放伊犁的痛苦，感念蔡小霞的坦诚相见，感恩于蔡小霞的肝胆相照。"心交自觉情偏厚，赠别还思语最真"，诗人和蔡小霞推心置腹，称为心心相印的知己之交，还未分开，离别之感伤就已经涌上心头。"纫佩难忘良友意，始知古道属同人"，诗歌结尾将自己和蔡小霞的品格借助于《离骚》来展现，"扈江离与辟芷兮，纫秋兰以为佩"①，诗人用纫佩二字表明了自己和蔡小霞皆是品行高洁之士，祁韵士多次不屈服于权相和珅即是很好的证明。该诗中多次提及自己和蔡小霞心心相印，彼此引为知己，最后一句将全诗主旨推向顶峰，正是蔡小霞和自己一样的品行和人格使得二人临别之时"难忘良友意"，二人彼此情志相近，"始知古道属同人"。如果说送别诗《晤平凉太守阎柱峰赋赠》重在展现阎柱峰的贤德和政绩，从客观角度表达自己对友人依依不舍之情的话，那么《抵兰州，蔡小霞方伯话别感赋》则是从主观情怀、人品志趣等方面展现蔡小霞和自己的契合，从而表达自己对蔡小霞的依依不舍之情，前者是送别诗客套中的不舍，后者则是发自内心的不忍分离之感。可见，送别诗虽然大多都是表达对亲友的不舍之情，但诗歌描写的切入点和情感侧重点各有不同。

前两首诗都是和初见初识的人道别，《饮阎观察署中》②则是和老友重逢又道别。"一别竟三年，相逢到酒泉"，诗人三年前和老友分别时哪里想到自己三年后被流放至边疆，从没有想到竟然在酒泉这里相逢。"那期今夕话，远在塞云边"，从没有想到会在塞外和老友话谈，"相见故人欢，依依欲别难"，真可谓"相见时难别亦难"，实在不忍分别，将这满腹的不舍就着酒杯干尽。祁韵士该诗是一首五言律诗，全诗押"an"韵，用该韵尤其将诗人哽咽之情于声韵中表达出来，从这首诗歌中可以看出诗人虽然在半百之前少有诗歌创作，但此次西行其诗歌才华尽显。这首五言律诗除了"依依"二字有出处，《韩诗外传》中有"其民依依，其行迟迟，

---

① 洪兴祖：《楚辞补注》，北京：中华书局，1983年版，第5-6页。
② 修仲一、周轩：《祁韵士新疆诗文》，乌鲁木齐：新疆大学出版社，2006年版，第127页。

其意好好"① 之句，其他均是诗人自己白话般浅显的语言，读来感人至深。

（三）送别中蕴涵着对戍边生活的希望

送别诗中比较有特色的还有《抵凉州刘苇亭观察见招》② 一诗，"马蹄
蹩躠下岩阿，日傍防秋故垒过"，诗中 "蹩躠" 二字出于《庄子·马蹄》：
"及至圣人，蹩躠为仁。踶跂为义，而天下始疑矣。"③ 岩阿出自王粲《七哀
诗》："山冈有余映，岩阿增重阴。"④ 该诗起句描述诗人骑马缓慢地行过山
腰，从白天行至傍晚时分，眼中看到了 "山外有山皆拥雪，水中无水尚名
河"。从早到晚独行于山间，几乎看不见行人，"地邻边塞人烟少，路隔乡
关客感多"，最终目的地是伊犁，越走越荒凉，该句化用了崔颢《黄鹤楼》
"日暮乡关何处是，烟波江上使人愁"⑤，表现思乡之客愁的情怀，这愁绪远
比崔颢的愁多。诗人独自在雪路上愁绪万千时，"愁里忽逢东道主，衔杯不
觉醉颜酡"，东道主刘苇亭雪中送炭一般给了诗人及时的温暖，诗人心情开
始好转，惨淡的愁怀开始明丽起来，不觉贪杯醉颜酡了。该诗中衔杯二字
与李白《广陵赠别》一般无二："系马垂杨下，衔杯大道闲。"⑥ 可见诗人
和刘苇亭相见之欢。该句中颜酡也是酡颜的意思，指饮酒较多时面颊发红
的样子，白居易《与诸客空腹饮》一诗中也有这个用法："促膝才飞白，酡
颜已渥丹。"⑦ 该诗描写诗人一路西行逐渐荒凉的外部环境，与之相应的是
日益增加的内心愁绪，该诗和前面送别诗中表达颂赞和引为知己的感情不
同，多了一层咏怀的意味，可谓送别诗外衣，咏怀诗内在。通过这难得的
欢颜，可以看出诗人对戍边生活还抱有希望。

---

① 韩婴:《韩诗外传》,北京:中华书局,1980 年版,第 74 页。
② 修仲一、周轩:《祁韵士新疆诗文》,乌鲁木齐:新疆大学出版社,2006 年版,第 121 页。
③ 庄子著、陈鼓应校注:《庄子》,北京:中华书局,2016 年版,第 258 页。
④ 王粲著、夏传才校注:《王粲集校注》,石家庄:河北教育出版社,2013 年版,第 19 页。
⑤ 崔颢著、万竟君校注:《崔颢崔国辅诗注》,上海:上海古籍出版社,1982 年版,第 42 页。
⑥ 李白著、王琦译注:《李太白全集》,北京:中华书局,2011 年版,第 614 页。
⑦ 王启兴主编:《校编全唐诗》,武汉:湖北人民出版社,2001 年版,第 2059 页。

（四）既是赠别也是对自我的慰藉

如果上述诗歌都是送别诗的话，那么《寄内》①相当于一首赠诗，是写给妻子保平安的家信，该诗内容和赠诗接近。"一车兀坐当枝栖，终日驰驱任马蹄"，诗人像离巢的孤鸟一样乘坐在西行的车辆上，孤鸟是择良枝而栖息，诗人将车当作枝栖息，一路西行不分昼夜。"夙驾未过葱岭北，宵征已到玉关西"，早上还未过葱岭，晚上就行驶到了玉关，该句中"夙驾"指早上，《诗经·鄘风·定之方中》中有"星言夙驾，说于桑田"②，"宵征"指夜晚出行，《诗经·召南·小星》中有"肃肃宵征，夙夜在公"③，诗人年过半百日夜兼程，十分艰辛。"音书久隔怜儿辈，臼臿亲操念老妻"，长时间没有儿孙的消息，内心十分挂念，想起家中老妻本该尽享天伦之乐时却要汲水舂米，承担了本该自己承担的家族事务，诗人愧对老妻。诗人心头万千感慨，落笔写家信时却不知从何说起，只能"手勒平安聊寄语，莫从风雨怨凄凄"。由己推人，家中老妻得知自己平安才是最好的家信，让家人得知自己过得很好，是宽慰家人的最佳方式，因此诗人为宽慰老妻，说自己"莫从风雨怨凄凄"。这里的风雨既指代自然界风雨，也指代政治上和仕途上遭遇的打击和挫折，这本是用来慰藉之语，后来遇到了赏识他的伯乐松筠，在伊犁编著新疆史地丛书，怨凄凄的心情也逐渐消释和疏解。该诗写得情真意切。

《途中呈丁立斋、凤祥庵、遐九峰》④一诗是即将到达流放地时诗人写给他同僚们的，丁树本、凤麟和遐龄三人也曾任职于宝泉局，因为亏铜案也被发往伊犁效力赎罪，就是诗中的丁立斋、凤祥庵和遐九峰三人。"何处最销魂，西去过玉门"，被流放至边疆是诗人此生最痛苦的事，"见沙不见草，无水竟无村"，这里几百里之地荒无人烟，没有水源，都是戈壁沙漠盐碱地。"路阔青山杳，风高白日昏"，在诗人的诗歌和西行散文中，第一次

---

① 修仲一、周轩:《祁韵士新疆诗文》,乌鲁木齐:新疆大学出版社,2006年版,第129页。
② 骆玉明校注:《诗经》,西安:三秦出版社,2018年版,第88页。
③ 骆玉明校注:《诗经》,西安:三秦出版社,2018年版,第40页。
④ 修仲一、周轩:《祁韵士新疆诗文》,乌鲁木齐:新疆大学出版社,2006年版,第135页。

出现同行的流放同僚，不知是于此相遇还是一路皆是同行，眼看路长山青，风高日昏，难以度日，马上要过玉门关进入边疆了，诗人内心十分沉重。这玉门关历来被看作是春风都不度的地方，诗人认为过了玉门关后自己就是罪人的身份了，这痛苦难以言表，"此行偕旧侣，差幸笑言温"，所幸还有三个同僚相互有个照应，不至于孤苦无依，想起这一点，诗人有了些许的疏解。此外《二月十八日出都，留别祖舫斋、阎墨园、曹定轩、郭可之、刘澄斋诸君子》也是一首典型的赠别诗。

"士人在政治抱负无法实现的境况下，因遭遇贬谪而产生心理创伤，有时会由此生发出消极遁世的心态"[1]，"文人行旅夹杂着更多的忧伤，无处安放的心灵在对避世的向往中得到一丝安慰和解脱"[2]，祁韵士在流放中寻求自我反思和慰藉，最终又找到了人生新的目标：编著西北史地著作。"送别诗作为题材诗中重要的一大类，无论是数量上、质量上，还是传承延续与流播接受方面，相对于学术界研究得非常火热的玄言诗、宫体诗、田园诗、边塞诗、军旅诗等诸多诗型而言，都毫不逊色。然而，送别诗的研究却远远不够，除了重要诗人或重要作品的个案研究不绝如缕外，对送别诗理论乃至送别诗史的探究甚是寥寥。"[3] 笔者尝试通过祁韵士流放西域送别诗的解读，试图阐释边疆文人描写送别诗的内心真实情感状态，以期能够更进一步研究西域送别诗这一题材诗歌。

---

[1] 戴一非：《唐代孤舟送别诗意与后世孤舟送别图》，《文艺研究》，2019 年第 3 期，第 49 页。

[2] 戴一非：《唐代孤舟送别诗意与后世孤舟送别图》，《文艺研究》，2019 年第 3 期，第 49 页。

[3] 叶当前：《中国古典送别诗的发生学研究》，《上海师范大学学报》，2010 年第 2 期，第 119 页。

第四章

祁韵士西域诗歌创作

艺术手法

祁韵士在流放地伊犁生活了三年，编著了西域史地著作，将日常生活中所见所闻所感都写进了诗歌和散文中，内容涉及生活的方方面面：有描写边疆山水风景的风景诗，有借助于历史事件和人物表现思想感情的咏史诗，有因地因人而生情的咏怀诗，有展现边疆风土人情的民俗诗，有描写军事生活的军事诗，有留赠给亲朋好友的赠别诗等等。这些诗歌不仅题材多样，内容丰富，有很高的思想价值和史料价值，在诗歌创作的艺术表现手法方面也取得了很高的成就，本章主要围绕其艺术成就论述。

第一节
历史典故

　　细读祁韵士诗歌，不难发现，209 首诗歌有一个共同特点：诗中化用了前代史书典故或者古诗词，很难找出一首不化用前代古籍典故或者古诗词的诗歌。诗中语句几乎无一字无来历，无一字无出处，诗人借助于史书典故、散文或者古诗词表达思想感情、人生观和价值观。

　　祁韵士一生专治史地研究，精通经学和史学思想，一生致力于编著大型史地丛书，他在诗歌创作中将自己熟知的历史事件和人物信手拈来，灵活运用，历史典故不自觉地成为最主要的表现形式与内容。暮年时被朝廷流放，遭受政治打击和人生挫折，但诗人关心国家社会民生的内心没有改变，在流放地受伊犁将军松筠所托编著西北史地丛书，闲暇之余将所见所闻所感诉诸笔端，《濛池行稿》和《西陲竹枝词》是其人生历程的最好展现。对于祁韵士来说，将历史事件和人物写进诗中已成为日常生活中不可缺少的内容了。《濛池行稿》和《西陲竹枝词》展现了诗人流放后的人生历程，是遭遇政治打击和人生挫折后感情的寄托，化用历史典故是不自觉地一种选择，也是艺术表现手法中最突出的特色。笔者试从两方面探讨其诗中历史典故的成就：其一，从朝代入手解读诗中的历史典故，以表达诗人创作诗歌时的心态或展现创作目的。其二，在使用特点上，历史典故使用时形式上有"明引"与"暗用"两种；语义上可以区分为正用和反用两种。正用即按照历史典故本意顺承而下，反用指将历史典故原本意反过来使用。从化用典籍的文体样式解读历史典故，以此表达诗人对历史人物寄托的感慨，深刻同情名垂千古的人物，为在时间的流逝下被埋没的历史人物而激愤，诗人对他们充满了敬仰和崇敬之心。

一、从朝代入手解读

（一）先秦时期

历史典故属于先秦时期的诗歌数量不在少数，《祁县祁大夫祠》① 中历史典故具有深刻的含义，诗中涉及盛唐末中唐之初的郭子仪和唐五代时期的郭崇韬，但都是为了吟咏春秋时期祁大夫祁奚而出现的，郭崇韬和郭子仪同姓，据郭崇韬先祖所言，郭崇韬是郭子仪的四世孙。郭崇韬自认为自己是郭子仪的后人这个先例在前，于是祁韵士到了祁县祁大夫的祠堂里，也将祁奚当作了自己的祖先。祁奚一生正直，这种品格深深影响了祁韵士，诗人敬爱祁大夫，甘愿自认为是祁氏子孙，诗人的人格理想追求和祁大夫一致。春秋末年晋国韩赵魏三家无论多么显赫富贵，如今已化为尘土，祁

① 修仲一、周轩：《祁韵士新疆诗文》，乌鲁木齐：新疆大学出版社，2006 年版，第 75 页。

奚祁大夫的土地虽然不存在了，但是他的人格和精神永远影响后人，祁韵士愿意以祁奚子孙自居，我们可以感受到诗人的人生观和价值观。

为了说明诗人对祁大夫的赞誉之情，需要结合当年的历史说明。山西寿阳是祁奚的土地，后被瓜分，该诗抒发了诗人作为祁奚子孙的自豪感和骄傲感。该诗涉及至少六个历史人物，两位属于唐五代时期，四位属于春秋时期，描写了春秋时期两个重大历史事件，通过祁大夫的品行可以审视诗人的品行，正所谓人以类聚。此外，该诗运用祁大夫历史典故还有潜在含义：祁大夫最后选择了隐退，诗人极力赞颂，表现了诗人对自己没有及时辞官回乡的悔恨，诗人祭拜祁大夫时内心深处赞同他及时功成身退的做法，基于此，该诗通过历史典故表达了自己没有及时归隐的悔恨。

（二）两汉时期

《至介县谒郭有道祠》① 中运用了两汉时期历史典故，该诗运用了东汉名士郭泰的历史典故。郭泰在士林阶层有很高的威望。其出行遇雨，头巾一角因为淋湿了情急之下将头巾折叠起来佩戴，于是文人争相效仿，故意将头巾折一角佩戴，被称为"林宗巾"。东汉末年文人大多不免于宦官之祸的时代，郭泰却能"不撄一网清流祸"，诗中还叙述了唐代韩愈为死去的人作碑铭而得钱财之事，东汉大名士蔡邕一度也为别人作碑铭度日，通过这两个名士事迹凸显郭泰人品的高洁。郭泰死后蔡邕为郭泰作碑铭，蔡邕对朋友卢植言"吾为碑铭多矣，皆有惭德，惟郭有道无愧色耳"，该诗围绕郭泰的历史典故，叙述了五个历史人物、三个历史时期，通过对郭泰人品的认可，充分展示了诗人的为人处世原则、世界观和人生观。

《韩侯岭怀古长句》② 和《祁县祁大夫祠》历史典故使用方法相同，该诗将淮阴侯韩信作为咏史对象，全诗处处化用史书典籍，赞颂了韩信对汉室的功业，同情韩信以莫须有的罪名被诛杀的命运，细思之下，诗人借助于韩信的历史典故委婉曲折地诉说自己遭遇的不公正命运。

---

① 修仲一、周轩：《祁韵士新疆诗文》，乌鲁木齐：新疆大学出版社，2006年版，第77页。
② 修仲一、周轩：《祁韵士新疆诗文》，乌鲁木齐：新疆大学出版社，2006年版，第78页。

（三）魏晋南北朝时期

《闻喜吊郭景纯即用其体》① 运用了东晋时期历史典故，通过郭璞反对王敦谋反被杀的历史故事来曲折地表达自己理想抱负不能实现的慷慨激愤。郭璞的抑郁和慷慨激愤就是诗人的抑郁和慷慨激愤。郭璞博学多才，精通经学，擅长词赋，还精通阴阳、历算、卜筮之术，诗人亦是如此，年少之时开始读史地著作，郭璞向往游仙，但现实的残酷将其游仙之梦击得粉碎。祁韵士亦是如此，一生正直却在暮年因为贪污罪被流放伊犁。郭璞博学多才，命运如此多舛，诗人又何尝不是，二人有很多共同之处，诗人借助于此诉说自己的坎坷人生。郭璞坎坷的命运引起诗人的感伤，诗人诵读着郭璞的书籍，感慨"当时佞奸辈，谁复存一庐"，排挤迫害诗人的和珅等人也会化为尘土，正是看透了这一层，诗人最后以"搔首去莫问，俯仰为唏嘘"作结。该诗借助于历史典故，诗歌内容从广度上和深度上都更进一层，可以看出，在诗人的内心深处，他看似为郭璞鸣不平，实则为自己鸣不平。这就是历史典故在诗中的魅力所在。

（四）隋唐时期

祁韵士诗中历史典故半数以上集中于唐代，这些历史典故涉及人物至少有16位。

《过太平县境见文中子故里碑敬赋》② 一诗运用了王通弃官回乡授业的典故，该诗借助于王通的一生，表达了诗人的人生观价值观：及时隐退才是明智之举。诗人告诉我们如果让他再次选择的话，诗人也会像王通一样选择隐退回乡。《太安驿韩文公诗亭》③ 一诗运用了韩愈的典故，诗人途经太安驿，于韩文公诗亭有感而发，诗人不是赞颂韩愈也不是赞颂杨雄，是以他们的命运坎坷安慰疏解自己，为自己晚年找到最好的精神慰藉。该诗写法和李白《将进酒》中提及曹植故事相同。

---

① 修仲一、周轩：《祁韵士新疆诗文》，乌鲁木齐：新疆大学出版社，2006年版，第92页。
② 修仲一、周轩：《祁韵士新疆诗文》，乌鲁木齐：新疆大学出版社，2006年版，第87页。
③ 修仲一、周轩：《祁韵士新疆诗文》，乌鲁木齐：新疆大学出版社，2006年版，第73页。

《忆唐书哥舒翰事，有感明季诸人》①一诗共写了16人，这16人主要分为两类，一类是面对权势和名利变节的人，另一类是以死殉国的有气节的人，诗人严厉批判后一类人，颂赞以死殉国的名士，这是涉及历史人物和事件最多的一首诗。全诗都在吟咏历史人物和事件，丝毫没有涉及自己的经历和情感，在诗人看来，自己就是苟活的那类人，这是诗人流放成为罪人最痛的心结，该诗通过众多的历史人物和事件隐约表达了痛彻心扉不好言说的情感。

其他诗歌如《裴晋公祠》《浴骊山温泉作》等都描写了这一时期的历史人物。

（五）两宋时期

《定州道中》②一诗运用了宋代历史典故，"寄怀雪浪石，不得访题名"涉及的人物，一是苏轼，一是张邦基。上半句化用了苏轼典故，苏轼《雪浪斋铭引》中写道："予于山中后圃得黑白石脉，如蜀孙位、孙知微所画，石间奔流尽水之变。又得白石曲阳，为大盆以盛之，激水其上，名其室曰雪浪斋。"③下半句运用了张邦基典故，《墨庄漫录》中云："时张芸叟守中山，方葺治雪浪斋，重安盆石，方欲作诗寄公。……"④该文详细记录了二人作诗题词的过程。该诗中都是落魄失意的典故，可见，祁韵士借助于此想要表达自己才华很高，但人生不如意之感。

《韩侯岭怀古长句》⑤一诗主要吟咏对象是韩信，但诗中还涉及了宋代岳飞的典故："我来吊古三叹息，莫须有事殊难详。"莫须有典故出自宋代岳飞，莫须有指或许有，据《建炎以来系年要录》中记载，秦桧杀了岳飞父子之后，韩世忠心中激愤，前去质询，"桧曰：'飞子云与张宪书虽不明，其事体莫须有。世忠怫然曰：相公，莫须有三字何以服天下乎？'"⑥该诗中

---

① 修仲一、周轩：《祁韵士新疆诗文》，乌鲁木齐：新疆大学出版社，2006年版，第142页。
② 修仲一、周轩：《祁韵士新疆诗文》，乌鲁木齐：新疆大学出版社，2006年版，第63页。
③ 苏轼：《简编苏东坡集五》，北京：商务印书馆，第14页。
④ 张邦基：《墨庄漫录下》卷八（二），上海：进步书局，1985年版，第35页。
⑤ 修仲一、周轩：《祁韵士新疆诗文》，乌鲁木齐：新疆大学出版社，2006年版，第78页。
⑥ 辛儒校注：《建炎以来系年要录》，上海：上海古籍出版社，2018年版，第2422页。

使用"莫须有"的典故表面是说韩信造反也是莫须有之事,深层则是说自己被流放所获亏铜案也是莫须有的罪名。正是有着这些关联,诗人才会同情韩信和岳飞,才有了这首诗的产生。

《邠州偶题》① 中也运用了宋代历史典故,"陶穴遗风留古意,还思小范在军中",诗人想起范仲淹,该句诗下有自注:"范父正公旧治。"诗人日夜兼程,舟车劳顿,流放地依然遥不可及,"北来已越三千里,西去方盈五十程。鞍马敢言多困顿,自怜文弱本书生。"诗人通过范仲淹的人生遭遇和自己人生际遇的相似性来抒发自己的身世之悲。

(六)明清时期

祁韵士诗中对于明清时期历史典故运用较少,诗人是清代中后期人,清代盛行文字狱,稍有不慎动辄会引来杀身之祸,诗人对时事不便进行评论,故而涉及较少。《询诗人吴天章故庐所在》② 一诗通过描写吴雯的人生经历,感慨自己是否也能像吴雯那样遇到自己后半生的伯乐,吴雯因其才华深受诗坛名家王士祯的赏识。"今日我来寻旧隐,河声岳色壮诗人",诗人想起前半生的仕途坎坷,感慨自己的人生,笔者认为该诗想表达诗人也渴望遇到自己的伯乐。事实证明,这种强烈的渴望后来梦想成真,他在伊犁流放地遇到了赏识他的松筠和那彦成,正是这两个伯乐和知己成就了祁韵士西北史地学开拓者的巨大功绩。

二、典故的使用方法

(一)正用

"用典方式,从原典之义与用典之义的关系看,可分为同义式、转义式、衍义式、反义式、双关式、别解式。"③ 此六种用典方式中同义式、转义式、衍义式和双关式都是正用典故含义,反义式和别解式是反用典故或

---

① 修仲一、周轩:《祁韵士新疆诗文》,乌鲁木齐:新疆大学出版社,2006年版,第106页。
② 修仲一、周轩:《祁韵士新疆诗文》,乌鲁木齐:新疆大学出版社,2006年版,第97页。
③ 罗积勇:《用典研究》,武汉:武汉大学出版社,2005年版,第79页。

者部分反用典故含义，笔者梳理统计了祁韵士诗中的典故，大多数都是正用典故之意，个别典故属于反用。

《二月十八日出都，留别祖舫斋、阎墨园、曹定轩、郭可之、刘澄斋诸君子》① 一诗中的典故大多都是正用。"词坛一蹶赋灵光，又失曹司白首郎"该句中使用了多个典故，"赋灵光"用"鲁灵光"的典故，指硕果仅存的人或者事务，这里的灵光指山东曲阜的灵光殿，是汉景帝之子鲁恭王所建造。东汉王逸想作一篇赋歌颂鲁灵光殿，于是派他的儿子王延寿去灵光殿实地考察，他儿子考察灵光殿时作了《鲁灵光殿赋》，王逸看到此赋，认为是佳作，故而未作赋。这个故事代代相传，成为"鲁灵光赋"的典故。根据"又失曹司白首郎"一句可以看出，祁韵士歌颂的作赋之人已经逝去了，考之同年离世才子，应是同年二月十四日去世的纪晓岚。下句"白首郎"也使用了典故，汉初冯唐白首时仍为郎官，因此后世有"冯唐易老，李广难封"的典故，曹司指中央朝廷设置的六部诸曹郎中职司的机构所在。这里使用曹司白首郎的典故说明自己和冯唐一样有才华，但年老了依然是下级官吏，其实诗人此时连下级官吏都不如，是罪人。因而下句自我解嘲"惭愧不才还自哂，生平宦迹似黄杨"，"黄杨"也是典故，黄杨本是一种质地坚硬细密、生长的速度极为缓慢的绿叶乔木，民间民俗中有黄杨树遇到闰年不生长的说法，后世便以"黄杨厄闰"来比喻一个人遭遇极为坎坷。诗人说自己人生仕途就如同黄杨一般极为坎坷，兢兢业业一生，晚年却被下狱流放，这如同黄杨遇到闰年一样，不但不长，反而倒退了一大截。诗人借助于黄杨的典故表达了仕途的坎坷和不公正的待遇。

《国士桥论豫让事》② 一诗运用了春秋时期豫让的历史典故，该历史典故的详细过程咏史诗一节已经叙述，这里不再赘述。祁韵士使用该典故，并在该典故中为豫让翻案，其实是在为自己翻案。豫让多次刺杀赵襄子失败，他知道自己不可能成功，于是豫让请求："今日之事，臣故伏诛，然愿请君之衣而击之焉，以致报仇之意。"③ 赵襄子感念其忠烈，满足了豫让的

---

① 修仲一、周轩：《祁韵士新疆诗文》，乌鲁木齐:新疆大学出版社,2006 年版，第 61 页。
② 修仲一、周轩：《祁韵士新疆诗文》，乌鲁木齐:新疆大学出版社,2006 年版，第 89 页。
③ 司马迁：《史记·刺客列传》，北京:中华书局,1959 年版，第 2521 页。

愿望，派人手持自己的衣服到豫让跟前，豫让使尽全身力气完成了他对智伯的誓言，之后伏剑自杀。后世大多数人对于豫让的忠烈是认可的，但对于少数质疑豫让的人，祁韵士在这首诗歌里进行了反击，就如杜甫对于当时个别人贬低初唐四杰的做法一样，杜甫写下"王杨卢骆当时体，轻薄为文哂为休。尔曹身与名俱灭，不废江河万古流。"①

祁韵士编修《蒙古王公表传》，又参与了《四库全书》校对工作，他见过的忠臣义士不在少数，何以对豫让如此情有独钟？这和祁韵士自身遭遇有关，诗人一生廉洁正直，从未想过自己会被流放，而且是因为贪污腐败的亏铜案被流放。什么罪名祁韵士都能忍受，唯独这贪污腐败的罪名，诗人是最不愿意承担的，这是最深层次的侮辱，一如豫让报智伯之君臣之义被否认一样。诗人看到国士桥就想到了豫让，想到了豫让的忠烈之举被否定，由此想到了自己一生最痛恨和珅的贪污腐败之举，却不曾想自己这一生也和贪污腐败联系到了一起，因而这一首咏史诗与其说是给豫让翻案，不如看作是祁韵士给自己翻案。这也是为什么诗人一生不喜作诗，流放伊犁后，创作了大量诗歌的原因，史地著作，不需要隐晦编著，而自己这千古冤情无法直言，直言既不妥也没有必要。有这种情怀的诗人经常在诗歌创作时使用大量历史典故，委婉曲折地以用他人酒杯浇自己胸中之块垒。

（二）反用

《二月十八日出都，留别祖舫斋、阎墨园、曹定轩、郭可之、刘澄斋诸君子》一诗中大多数典故是正用，但有一处典故是反用之。"也知别后相思苦，且向龙沙万里行"中的龙沙用了班超出使西域的典故，《后汉书·班超传》中有"定远慷慨，专功西遐；坦步葱雪，咫尺龙沙"②。诗人用该典有反讽的意味，班超是奉命出使西域，于西域建立丰功伟业，青史留名，而今自己却是被朝廷下狱，被作为罪臣流放于边疆，在诗人看来多么讽刺。同样是青史留名，班超留的是美名，而自己留的却是恶名。

---

① 杜甫著、萧涤非编注：《杜甫全集校注》，北京：人民文学出版社，2014 年版，第 2504 页。
② 范晔：《后汉书·班超传》，北京：中华书局，1965 年版，第 1594 页。

《至安肃县食菘菜》① 中最后一句是反用。"晚菘下箸足分甘，滋味清腴不厌贪"，诗人吃着美味的小白菜，感叹"此物北方称绝胜，莫夸莼菜忆江南"，诗人赞颂这种食物是人间美味，无与伦比，江南最美味的莼菜都不能与之相较。最后一句使用了张翰忆莼菜辞官的典故，《晋书·张翰传》中记载："（张翰）因见秋风起，乃思吴中菰菜、莼羹、鲈鱼脍，曰：'人生贵得适志，何能羁宦数千里以要名爵乎！'遂命驾归。"② 后世多用张翰思归的典故表现自己的洒脱和隐居志向，诗人在该诗中反用之，说北方的美食太好了，比莼羹鲈鱼有过之而无不及，自己愿意留在这里。结合诗人被流放的人生经历和仕途挫折，诗人此诗表达留在他乡不是想要为官于此，而是被朝廷以罪人的身份流放至此，既然无法回乡，那么从内心深处劝慰自己去接受这里，喜爱这里。这也是为何编著了大量史地著作和创作了大量诗歌散文的原因，由此可见，诗人是一个乐观旷达的人，这一点和苏轼极为相似。

《望方山》③ 一诗中也是反用历史典故，诗人万般悔恨自己没有归隐，因而招致了这灭顶之灾，他人都是衣锦还乡，诗人却"岂期入夜方归锦，只为无钱可买山"。该诗运用了衣锦还乡的典故，《史记·项羽本纪》中记载："富贵不归故乡，如锦衣绣夜行，谁知之者。"④ 诗人被流放至伊犁，显然是无法衣锦还乡，诗人自己也没有奢望于此，他最大的心愿就是归隐，但诗人不直接说自己想归隐，而是借用了买山的历史典故。《世说新语·排调》中记载："支道林因人就深公买印山，深公答曰：'未闻巢、由买山而归隐。'"⑤诗人在这里反用这个典故批判了自己一直因为觉得时机未到而没有归隐，以前认为没有金钱、没有时间这些原因都不值一提，"百事蹉跎缘自误，万端纠结合全删"。该诗反用典故，表达诗人悔恨没有及时归隐，故而遭受晚年的政治打击。笔者结合诗人后来的人生经历，他的诗歌和散文

① 修仲一、周轩：《祁韵士新疆诗文》，乌鲁木齐：新疆大学出版社，2006 年版，第 64 页。
② 房玄龄等：《晋书·张翰传》，北京：中华书局，1974 年版，第 2384 页。
③ 修仲一、周轩：《祁韵士新疆诗文》，乌鲁木齐：新疆大学出版社，2006 年版，第 72 页。
④ 司马迁：《史记·项羽本纪》，北京：中华书局，1950 年版，第 315 页。
⑤ 李天华校注：《世说新语新校》，长沙：岳麓书社，2004 年版，第 449 页。

体现出对松筠和那彦成的感恩，如果给诗人重新选择的机会，诗人依然会选择入仕为官，从他的内心深处来说，儒家积极用世的态度决定了诗人不可能真正归隐山林。

《韩侯岭怀古长句》①一诗中典故众多，可谓一句一典。该诗有个重要的特点就是具体每一句的典故是正面表达的，但综观全诗从韩信此人一生来看，韩信个人历史典故却是反用。诗人通过否定韩信的做法，表达了自己应该及时隐退的悔恨，和上一首诗表达的主旨是一样的。

（三）语言表达方式

祁韵士诗中典故众多，梳理典故的语言表达方式，主要有两种表达方法，一是名词性典面表达法，一是谓词性典面表达法。"典面指典故短语化的语言表达形式"②，诗中典故需要通过具体的典面表达，根据典故语言的构成将其分为名词性典面和谓词性典面。祁韵士诗中使用名词性典故的用法比重最大，也有一部分使用了谓词性典故的表达方式，在个别的诗歌中诗人既使用了名词性典面，也使用了谓词性典面，这类诗歌数量较少③。

《二月十八日出都，留别祖舫斋、阎墨园、曹定轩、郭可之、刘澄斋诸君子》一诗中有四个典故："龙沙""赋灵光""白首郎""黄杨"，这些典故都属于名词性典面。赋灵光当是灵光赋的倒装用法。《定州道中》④最后一句"寄怀雪浪石，不得访题名"中"雪浪石"也是名词性用典，"访题名"则是谓词性典面。《固关》⑤中"左车陈上计，赤帜下青山"中"左车"指代李左车说成安君的历史典故，"赤帜"指代韩信立赤帜的历史典故，这两个典故前后相互结合理解才能更加深刻领会诗意，它们都属于名词性典面。诗人通过左车和赤帜将整个历史事件一笔写出，使该诗容量大了好几倍。

---

① 修仲一、周轩：《祁韵士新疆诗文》，乌鲁木齐：新疆大学出版社，2006年版，第78页。
② 罗积勇：《用典研究》，武汉：武汉大学出版社，2005年版，第58页。
③ 李静：《杜甫诗歌中的世说新语典故研究》，东北师范大学，2019年硕士论文，第41页。
④ 修仲一、周轩：《祁韵士新疆诗文》，乌鲁木齐：新疆大学出版社，2006年版，第63页。
⑤ 修仲一、周轩：《祁韵士新疆诗文》，乌鲁木齐：新疆大学出版社，2006年版，第68页。

《水田》① 一诗三句都属于名词性典面。"灌溉新开郑白渠"中郑白渠指郑国渠和白渠,属于名词性典面,"便宜谁上安边策,充国屯田十二疏",安边策指赵充国向汉宣帝呈献的安边书,下句中"充国屯田十二疏"属于名词性典面,充国、屯田和十二疏叠加构成了完整的历史典故。

《望方山》中使用了两个历史典故。"岂期入夜方归锦,只为无钱可买山",上句使用了项羽的典故,下句买山的典故则是出于《世说新语》,这两个典故都属于谓词性典面。《太安驿韩文公诗亭》一诗"我今来问字,公昔此投鞭"中"问字"使用杨雄多识古文奇字的典故,这种古文奇字的用法至黄庭坚时发扬光大,黄庭坚《谢送碾壑源拣芽》:"已戒应门老马走,客来问字莫载酒。"② 受黄庭坚影响,祁韵士诗中的古文奇字不在少数。这里问字属于谓词性典面,谓词性典面往往比起名词性典面更能浑然入诗,但谓词性典故的使用较之名词性典面难度更大,更需要诗人有很高的才华去驾驭。

《无题》③ 一诗将名词性典面和谓词性典面浑然结合为一体了。"登楼王粲应多泪,投笔班超岂爱身",该诗上句使用了王粲登楼的典故,用王粲登楼感怀身世表达诗人自己的身世之悲,下句使用班超投笔从戎的典故,用班超之边塞建功立业来反讽自己晚年的政治遭遇。上句历史典故正用,抒发自己在他乡的愁苦,下句历史典故反用,对自己因贪污罪被流放进行自嘲。该诗名词性典面和谓词性典面结合恰到好处,浑然一体。

① 修仲一、周轩:《祁韵士新疆诗文》,乌鲁木齐:新疆大学出版社,2006 年版,第 217 页。
② 黄宝华注,匡亚明主编:《中国思想家评传丛书·黄庭坚评传》,南京:南京大学出版社,2011 年版,第 345 页。
③ 修仲一、周轩:《祁韵士新疆诗文》,乌鲁木齐:新疆大学出版社,2006 年版,第 130 页。

第二节
继承了宋代"江西诗派"的创作手法

南宋年间，在黄庭坚等人的诗歌理论影响下，逐渐形成了江西诗派，对中国古典诗歌产生了深远的影响。南宋初年，吕本中创作《江西诗社宗派图》，将黄庭坚、陈师道等二十余人全部列为江西诗派。江西诗派的诗歌创作和黄庭坚诗歌有很多共同之处，讲究用典，用词生新瘦硬，影响深远。笔者认为祁韵士的诗歌和江西诗派有一定的继承关系。

一、祁韵士和宋代江西诗派的继承关系

江西诗派的代表人物是黄庭坚、陈师道、陈与义，他们也被称为江西诗派的三宗。这个诗派最主要的特征是在语言技巧方面"以故为新"，讲求"点铁成金""夺胎换骨"，去摹古、变古，追求奇险硬涩的风格。黄庭坚诗歌理论中最著名的主张是："夺胎换骨""点铁成金"。即或师承前人之辞，或师承前人之意的一种方法，目的是要在诗歌创作中"以故为新"。他主张多读前人作品，从中汲取艺术营养，熟练地掌握炼字、造句、谋篇等写作技巧，同时力求打破技巧的束缚而进入"不烦绳削而自合"的境界，并争取超越前人而自成一家。

笔者遍查祁韵士研究文献，没有一篇文章提及祁韵士和江西诗派的关系，也没有只言片语论及祁韵士和黄庭坚的联系，但笔者细读祁韵士诗歌，祁韵士和黄庭坚的诗歌理念及其用典和遣词造句风格颇为相似。江西诗派极力推崇杜甫，甚至于将杜甫视为他们诗派的祖宗。祁韵士化用了历代古籍内容，对于杜甫的诗句化用尤多，可见，在祁韵士心目中，杜甫有很重要的地位，祁韵士尊杜观点最能展现祁韵士和江西诗派的某种联系。如同黄庭坚一样，祁韵士也主张诗歌创作者要主动地对前代诗歌的语言作积极

地借鉴和学习。黄庭坚说："自作语最难，老杜作诗，退之作文，无一字无来处。盖后人读书少，故谓韩、杜自作此语耳。故之能为文章者，真能陶冶万物，虽取古人之陈言入于翰墨，如灵丹一粒，点铁成金也。"① 黄庭坚在他的诗歌创作中一直贯穿这种主张，并深深影响了一批诗人。

纵观黄庭坚及江西诗派其他诗人诗歌作品，"无一字无来处"，祁韵士对于前代诗歌语言化用的数量也是不可胜数，也做到了无一字无来历，无一字无出处。祁韵士和江西诗派有一个重要的区别，江西诗派是主观地去搜罗前代诗句，自觉地化用在自己的诗歌中，有意为之。祁韵士则不同，祁韵士早年编著史书，不屑于作诗，对创作诗歌不感兴趣，直至晚年遭遇政治打击后，不得不将诗歌作为苦闷情感的排解方式，开始大力写诗。从对前代诗歌化用数量和时间跨度来看，祁韵士对于前代诗歌烂熟于胸，从这个意义上讲，笔者认为祁韵士创作诗歌时是不自觉地继承了江西诗派的创作主张和手法。

祁韵士《太安驿韩文公诗亭》一诗"我今来问字，公昔此投鞭"中"问字"是江西诗派的主张之一，问字也不是黄庭坚独创，是扬雄首次提出，黄庭坚将这种古文奇字的用法进一步发扬光大，直至形成了固定的诗人群体。黄庭坚《谢送碾壑源拣芽》中就有："已戒应门老马走，客来问字莫载酒。"② 受黄庭坚影响，祁韵士诗中的古文奇字不在少数。使事用典，更是山谷诗中常用的手法，他曾说："诗词高胜，要从学问中来。"③ "他的诗作中便多有先秦典籍、佛家内典、魏晋小说中的典故出现。"④ 可以看出祁韵士和黄庭坚在诗歌创作上有很多相同点。"山谷诗谋篇结构具有严密的

---

① 黄庭坚著，吴言生、杨锋兵解评：《黄庭坚集》，太原：山西古籍出版社，2007年版，第254页。
② 黄宝华注，匡亚明主编：《中国思想家评传丛书·黄庭坚评传》，南京：南京大学出版社，2011年版，第345页。
③ 黄宝华注，匡亚明主编：《中国思想家评传丛书·黄庭坚评传》，南京：南京大学出版社，2011年版，第345页。
④ 夏汉宁、黎清：《宋代江西文学家的诗创作》，《江西社会科学》，2015年第7期，第110页。

法度"①,"重视修辞造句"②,"对律诗的对偶,既继承了唐人的传统,又更进一步发扬"③,"使事用典,化用前人诗意和诗句"④,黄庭坚上述诗歌特点也是祁韵士诗歌的特点,可见祁韵士在一定程度上继承了江西诗派的诗歌主张。

此外,祁韵士对宋代江西的诗人们极为认可和推崇,祁韵士诗中多处化用了欧阳修、王安石、杨万里等人的诗句,苏轼和陆游对江西诗人十分认可,祁韵士诗中也多处使用了苏轼和陆游的诗句。金代的元好问在一定程度上也继承了江西诗派诗歌理论,祁韵士诗中也化用了元好问的诗句。

(一)无一字无来历

祁韵士诗中化用了大量古籍字句,以前文中从无提及的一首诗《行次吐鲁番》⑤为例,该诗共八句,其中五句都出自古籍内容,这些古籍涉及了经、史、子等三大类。"密云不雨是西郊,况值炎歊六月交",该句上句词语和意义皆出自《易·小畜》:"密云不语,自我西郊。"⑥诗人使用经类古籍的语言化为己用,描写吐鲁番天空密云聚集但迟迟不下雨的情况。下句更将这种不下雨的炎热写到了极致,该句中的歊字属于生僻字,其他诗人较少使用。宋代诗人喜用生僻字,王安石《题南康晏使君望云亭诗》中有"飚然一去扫遗阴,便觉歊烦怅千里"⑦之句,歊字与祁韵士诗中一个含义。吐鲁番历来夏日高温难耐,更何况是六月,加之密云聚集却不下雨,尤其炎热难当,让读者读来不觉有窒息之感。"但有熏风吹面目,绝无爽气出林

---

① 夏汉宁、黎清:《宋代江西文学家的诗创作》,《江西社会科学》,2015 年第 7 期,第
109 页。

① 夏汉宁、黎清:《宋代江西文学家的诗创作》,《江西社会科学》,2015 年第 7 期,第
109 页。
② 夏汉宁、黎清:《宋代江西文学家的诗创作》,《江西社会科学》,2015 年第 7 期,第
110 页。
③ 夏汉宁、黎清:《宋代江西文学家的诗创作》,《江西社会科学》,2015 年第 7 期,第
110 页。
④ 夏汉宁、黎清:《宋代江西文学家的诗创作》,《江西社会科学》,2015 年第 7 期,第
110 页。
⑤ 修仲一、周轩:《祁韵士新疆诗文》,乌鲁木齐:新疆大学出版社,2006 年版,第 158 页。
⑥ 朱安群、徐奔编著:《周易》,青岛:青岛出版社,2011 年版,第 34 页。
⑦ 王安石:《王安石全集》,上海:广益书局,1936 年版,第 6 页。

梢",本就闷热难当,更有热风扑面,熏风指夏日里的东南风,《吕氏春秋·有始》:"东南曰熏风,触热到人家。"① 诗人化用了史书字句表达吐鲁番的炎热。西域气候与内地不同,昼夜温差极大,瓜果糖分极高,"天生瓜果臻佳妙,人喜繁华列酒肴",诗人入乡随俗"过客敢嫌褆襹触,欲从窟室问编茅"。诗人是流放至此的罪人,哪里还能嫌弃酷暑,如果热得受不了就去当地的窟室权且乘凉,此诗写了当地民俗。最后一句也化用了古籍,褆襹并不常见,三国时程晓曾有《嘲热客诗》:"只今褆襹子,触热到人家。"② 末尾句窟室也多见于清末西域史地著作,王树枏《新疆小正》中记录了吐鲁番当地居民盛夏时分,凿地穴以避暑的习俗。纵观该诗,八句中有五句都有出处,可谓"无一字无来历",与江西诗派诗歌理论有很多相似之处。

（二）点铁成金

"点铁成金"本是一个成语,原指用手指一点使铁变成金的法术。后来比喻文人们修改文章时稍稍改动原来的文字,就使这篇文章变得很出色。宋代黄庭坚《答洪驹父书》中提出:"古之能为文章者,真能陶冶万物,虽取古人之陈言入于翰墨,如灵丹一粒,点铁成金也。"③ 经黄庭坚和陈师道等人大量提倡和实践,"点铁成金"成为江西诗派的主要理论之一,对宋诗产生了深远的影响。黄庭坚选择了以杜甫和韩愈作为学习对象,他说:"老杜作诗,退之作文,无一字无来处。盖后人读书少,故谓韩杜自作此语耳。"④ 纵观祁韵士诗歌,绝大多数都化用了古籍内容,要找一首没有化用的诗非常困难。

《至介休县谒郭有道祠》一诗有八句,其中七句化用了前代历史人物、历史典故以及文字,仅有一句"老槐独茂荫常新"中老槐树是描写现实生

---

① 冀昀主编:《吕氏春秋》,北京:线装书局,2007年版,第247页。
② 萧涤非等著:《汉魏晋南北朝隋诗鉴赏词典》,太原:山西人民出版社,1989年版,第368页。
③ 吴言生、杨锋兵解评:《黄庭坚集》,太原:山西古籍出版社,2007年版,第254页。
④ 吴言生、杨锋兵解评:《黄庭坚集》,太原:山西古籍出版社,2007年版,第254页。

第四章　祁韵士西域诗歌创作艺术手法 ｜ 179

活，这棵老槐树在《万里行程记》有详细的描写。《晚宿小店率尔成篇》①是一首律诗，押韵十分工整，四联全部化用了典故，首联化用了夸父的神话故事，颔联化用了宋玉《高唐赋》中的大王风的典故，颈联化用了段成式《酉阳杂俎》中的佛教故事，尾联则化用了阮籍途穷而哭的典故。《乌什》② 是一首绝句，押韵严格，一二四句皆押韵。首句"阊阖风宣万里疆"出自《史记·律书》："阊阖风居西方"③，诗人所行之路正是向西而行；"专城抚驭镇四方"指清政府在南疆设置参赞大臣驻扎在喀什噶尔之事；"藩王入侍长安邸"，该句写历史上有名的霍集斯藩王留居长安城的历史史实；"禾黍曾无故国伤"，结尾化用了《诗经·王风·黍离》中黍离之悲的典故，末句还化用了杜甫《上白帝城》"取醉他乡客，相逢故国人"④ 的内容。可见，祁韵士诗中时时处处都化用了前代典籍中的历史人物、历史事件或者文字。

（三）多用古籍中的生僻字

宋代江西诗派追求诗歌风格生新瘦硬、奇崛峭拔，诗歌内容讲究用典，诗歌语言追求出处，黄庭坚尤其注重炼字，尤其喜欢使用生僻字，祁韵士诗中也出现了大量生僻字和生僻词。如《黑雀》⑤ 一诗中"鷿鷉"；《平阳道中望藐姑射山》⑥ 一诗中"履舄"；《中条山》⑦ 一诗中"巃嵷"；《闻喜吊郭景纯即用其体》⑧ 一诗中"趑趄"；《潼关》⑨ 一诗中"崒葎"；《询诗

---

① 修仲一、周轩:《祁韵士新疆诗文》,乌鲁木齐:新疆大学出版社,2006 年版,第 41 页。
② 修仲一、周轩:《祁韵士新疆诗文》,乌鲁木齐:新疆大学出版社,2006 年版,第 182 页。
③ 司马迁:《史记·律书》,北京:中华书局,1950 年版,第 1248 页。
④ 傅东华选注,王云五、朱经农主编:《杜甫诗》,北京:商务印书馆,1934 年版,第 203 页。
⑤ 修仲一、周轩:《祁韵士新疆诗文》,乌鲁木齐:新疆大学出版社,2006 年版,第 225 页。
⑥ 修仲一、周轩:《祁韵士新疆诗文》,乌鲁木齐:新疆大学出版社,2006 年版,第 85 页。
⑦ 祁韵士著、刘长海整理:《祁韵士集·濛池行稿》,太原:三晋出版社,2015 年版,第 29 页。
⑧ 修仲一、周轩:《祁韵士新疆诗文》,乌鲁木齐:新疆大学出版社,2006 年版,第 92 页。
⑨ 修仲一、周轩:《祁韵士新疆诗文》,乌鲁木齐:新疆大学出版社,2006 年版,第 98 页。

人吴天章故庐所在》^① 一诗中"篁头";《明岨山纪异》^② 一诗中"鑱""劚""蜷跼""飋屃";《抵凉州刘苇亭观察见招》^③ 一诗中"整壁";《出塞前夕不寐口占》^④ 一诗中"杓横";《红柳峡》^⑤ 一诗中"俶诡""搏埴";《星星峡》^⑥ 一诗中"岞崿";《山鸟有啁哳求旦者,闻而感赋》^⑦ 一诗中"鶍旦鸟";《风穴行》^⑧ 一诗中"横杓",正好与《出塞前夕不寐口占》一诗中"杓横"相反。该诗中还有生僻字词"微飔";《连木沁风景甚佳喜作》^⑨ 一诗中"睠彼""略彴"(这两个词在《过九眼泉》中也有)"潈潈""水硙""沄沄";《行次吐鲁番》^⑩ 一诗中"褷襫";《乌鲁木齐》^⑪ 一诗中"郊堋";《晨渡玛纳斯河》^⑫ 一诗中"活活(guoguo)";《自库尔喀喇乌苏西行》^⑬ 一诗中"嵯峨""伶俜";《患蚊口占》^⑭ 一诗中"蜂蛋";《无题》^⑮ 一诗中"阆昆""停骖";《塔尔奇沟记胜》^⑯ 一诗中"罨画""葳蕤";《阿克苏》^⑰ 一诗中"鹿皮鞲";《乌什》^⑱ 一诗中"阛阓";《库尔喀喇乌苏》^⑲ 一诗中"挏马";《火山》^⑳ 一诗中"异飑";《盐泽》^㉑ 一诗中

① 修仲一、周轩:《祁韵士新疆诗文》,乌鲁木齐:新疆大学出版社,2006年版,第97页。
② 修仲一、周轩:《祁韵士新疆诗文》,乌鲁木齐:新疆大学出版社,2006年版,第107页。
③ 修仲一、周轩:《祁韵士新疆诗文》,乌鲁木齐:新疆大学出版社,2006年版,第121页。
④ 修仲一、周轩:《祁韵士新疆诗文》,乌鲁木齐:新疆大学出版社,2006年版,第127页。
⑤ 修仲一、周轩:《祁韵士新疆诗文》,乌鲁木齐:新疆大学出版社,2006年版,第135页。
⑥ 修仲一、周轩:《祁韵士新疆诗文》,乌鲁木齐:新疆大学出版社,2006年版,第37页。
⑦ 修仲一、周轩:《祁韵士新疆诗文》,乌鲁木齐:新疆大学出版社,2006年版,第144页。
⑧ 修仲一、周轩:《祁韵士新疆诗文》,乌鲁木齐:新疆大学出版社,2006年版,第150页。
⑨ 修仲一、周轩:《祁韵士新疆诗文》,乌鲁木齐:新疆大学出版社,2006年版,第154页。
⑩ 修仲一、周轩:《祁韵士新疆诗文》,乌鲁木齐:新疆大学出版社,2006年版,第158页。
⑪ 修仲一、周轩:《祁韵士新疆诗文》,乌鲁木齐:新疆大学出版社,2006年版,第159页。
⑫ 修仲一、周轩:《祁韵士新疆诗文》,乌鲁木齐:新疆大学出版社,2006年版,第163页。
⑬ 修仲一、周轩:《祁韵士新疆诗文》,乌鲁木齐:新疆大学出版社,2006年版,第165页。
⑭ 修仲一、周轩:《祁韵士新疆诗文》,乌鲁木齐:新疆大学出版社,2006年版,第165页。
⑮ 修仲一、周轩:《祁韵士新疆诗文》,乌鲁木齐:新疆大学出版社,2006年版,第167页。
⑯ 修仲一、周轩:《祁韵士新疆诗文》,乌鲁木齐:新疆大学出版社,2006年版,第170页。
⑰ 修仲一、周轩:《祁韵士新疆诗文》,乌鲁木齐:新疆大学出版社,2006年版,第181页。
⑱ 修仲一、周轩:《祁韵士新疆诗文》,乌鲁木齐:新疆大学出版社,2006年版,第182页。
⑲ 修仲一、周轩:《祁韵士新疆诗文》,乌鲁木齐:新疆大学出版社,2006年版,第192页。
⑳ 修仲一、周轩:《祁韵士新疆诗文》,乌鲁木齐:新疆大学出版社,2006年版,第206页。
㉑ 修仲一、周轩:《祁韵士新疆诗文》,乌鲁木齐:新疆大学出版社,2006年版,第208页。

“盐鹾”；《雪水》[1] 一诗中“沟塍”；《雁》[2] 一诗中“嘹唳”；《鸳鸯》[3] 一诗中“海堧”；《鹿》[4] 一诗中“麀鹿”；《黄羊》[5] 一诗中“肥羜”；《野猪》[6] 一诗中“豵豜”“不豮”“射菆”；《麈》[7] 一诗中“�属”“麃”“麇至”；《八叉虫》[8] 一诗中“虺蛇”“毒螫”；《雪莲》[9] 一诗中“萴芀”；《棉花》[10] 一诗中“洴澼絖”“包匭”；《苜蓿》[11] 一诗中“野齕”；《石榴》[12] 一诗中“使輶”“葳蕤”；《梨》[13] 一诗中“垒砢”；《圈车》[14] 一诗中“蘧庐”；《鲊答》[15] 一诗中“羌髳”；《绳伎》[16] 一诗中“寻橦”；《瀚海石》[17] 一诗中“嵚奇”；《酥》[18] 一诗中“牸牛”；《皮裘》[19] 一诗中“挟纩”；《毛褐》[20] 一诗中“毳毛”；《市易》[21] 一诗中“睢盱”；《兵屯》[22] 一诗中“貔貅”“阃外”……通过上述统计，可以看出祁韵士诗中使用了大量生僻字。祁韵士好用生僻字这一点和江西诗派也很像。

---

① 修仲一、周轩:《祁韵士新疆诗文》,乌鲁木齐:新疆大学出版社,2006 年版,第 209 页。
② 修仲一、周轩:《祁韵士新疆诗文》,乌鲁木齐:新疆大学出版社,2006 年版,第 220 页。
③ 修仲一、周轩:《祁韵士新疆诗文》,乌鲁木齐:新疆大学出版社,2006 年版,第 222 页。
④ 修仲一、周轩:《祁韵士新疆诗文》,乌鲁木齐:新疆大学出版社,2006 年版,第 228 页。
⑤ 修仲一、周轩:《祁韵士新疆诗文》,乌鲁木齐:新疆大学出版社,2006 年版,第 232 页。
⑥ 修仲一、周轩:《祁韵士新疆诗文》,乌鲁木齐:新疆大学出版社,2006 年版,第 233 页。
⑦ 修仲一、周轩:《祁韵士新疆诗文》,乌鲁木齐:新疆大学出版社,2006 年版,第 233 页。
⑧ 修仲一、周轩:《祁韵士新疆诗文》,乌鲁木齐:新疆大学出版社,2006 年版,第 237 页。
⑨ 修仲一、周轩:《祁韵士新疆诗文》,乌鲁木齐:新疆大学出版社,2006 年版,第 106 页。
⑩ 修仲一、周轩:《祁韵士新疆诗文》,乌鲁木齐:新疆大学出版社,2006 年版,第 244 页。
⑪ 修仲一、周轩:《祁韵士新疆诗文》,乌鲁木齐:新疆大学出版社,2006 年版,第 245 页。
⑫ 修仲一、周轩:《祁韵士新疆诗文》,乌鲁木齐:新疆大学出版社,2006 年版,第 247 页。
⑬ 修仲一、周轩:《祁韵士新疆诗文》,乌鲁木齐:新疆大学出版社,2006 年版,第 248 页。
⑭ 修仲一、周轩:《祁韵士新疆诗文》,乌鲁木齐:新疆大学出版社,2006 年版,第 253 页。
⑮ 修仲一、周轩:《祁韵士新疆诗文》,乌鲁木齐:新疆大学出版社,2006 年版,第 254 页。
⑯ 修仲一、周轩:《祁韵士新疆诗文》,乌鲁木齐:新疆大学出版社,2006 年版,第 255 页。
⑰ 修仲一、周轩:《祁韵士新疆诗文》,乌鲁木齐:新疆大学出版社,2006 年版,第 256 页。
⑱ 修仲一、周轩:《祁韵士新疆诗文》,乌鲁木齐:新疆大学出版社,2006 年版,第 263 页。
⑲ 修仲一、周轩:《祁韵士新疆诗文》,乌鲁木齐:新疆大学出版社,2006 年版,第 265 页。
⑳ 修仲一、周轩:《祁韵士新疆诗文》,乌鲁木齐:新疆大学出版社,2006 年版,第 265 页。
㉑ 修仲一、周轩:《祁韵士新疆诗文》,乌鲁木齐:新疆大学出版社,2006 年版,第 273 页。
㉒ 修仲一、周轩:《祁韵士新疆诗文》,乌鲁木齐:新疆大学出版社,2006 年版,第 274 页。

二、点铁成金方法使用典籍历史时期分期

祁韵士诗中以"点铁成金"方法使用的典籍涉及历史时期十分广泛，最早至先秦原始社会，最晚至清代中后期，笔者将化用的古籍按照历史时期做一个梳理，以期对本章研究有所助益。

（一）先秦时期

祁韵士诗中化用典籍涉及先秦时期典籍的次数：《论语》1 次、《诗经》40 次、《孟子》5 次、《尚书》12 次、《左传》16 次、《九歌》1 次、《荀子》3 次、《庄子》14 次、《礼记》15 次、《易经》7 次、《韩诗外传》1 次、《韩非子》1 次、《列子》2 次、《吕氏春秋》2 次、宋玉《风赋》1 次、《战国策》1 次、《尸子》1 次、《尚书大传》1 次、《管子》1 次、《逸周书》2 次、《穆天子传》1 次、《国语》1 次、《山海经》1 次。

通过上述统计，我们可以看出祁韵士诗中化用了大量先秦文学典籍内容，先秦文学特点是诗乐舞一体，文史哲不分，诗人能够将这些先秦典籍信手拈来，化用在诗中，可见对典籍十分熟悉。从上述统计中可以看出诗人较为偏好的典籍是《诗经》《尚书》《左传》《庄子》《礼记》，其中《诗经》和《礼记》《尚书》都是儒家经典，《左传》也是很重要的先秦史书典籍，诗人对《左传》中民本思想尤其肯定。诗人一生致力于历史典籍的编纂，一心为民为朝廷，诗人在诗中不自觉地偏好于这类儒家经典尤其可以说明儒家思想在诗人内心深处的影响。诗人在暮年时期经历了亏铜案，被流放边疆，这对于诗人是毁灭性的打击，这一时期，诗人思想中庄子的隐士思想逐渐开始显露。笔者通过阅读这些使用了《庄子》内容的诗歌，有一种深刻的感受，那就是与其说这是诗人由儒家思想向道家思想的转变，不如说这是诗人在遭遇致命性身体和心理双重打击时的一种不自觉地慰藉和排解。因此即使诗人在诗中化用《庄子》的次数达到了 14 次，仍然不能说明诗人改变了其儒家思想的初衷，由日后三年诗人在流放地伊犁所做的西北史地学著作等事件本身来看，更加可以证明笔者上述看法。

（二）两汉时期

祁韵士诗中化用典籍涉及两汉时期的典籍次数：《淮南子》2 次、《古诗为焦仲卿妻作》2 次、张衡《四愁诗》2 次、《汉书》39 次、《后汉书》10 次、《史记》35 次、《乐府诗集》1 次、《古诗十九首》2 次、《陌生桑》1 次、《西京杂记》1 次、司马相如《长门赋》1 次、《上林赋》1 次、《子虚赋》1 次、《尔雅》1 次、《神异经》1 次、《遂初赋》1 次、枚乘《七发》1 次、王褒《圣主得贤臣颂》1 次、汉代刘歆《西京杂记》1 次、班固《东都赋》3 次、《东观汉记》1 次、张衡《西京赋》4 次、刘向《神仙传》1 次、刘向《列仙传》1 次、《汉武故事》3 次、《飞燕外传》1 次、班固《白虎通》1 次、汉苏武《古诗》1 次、东方朔的志怪小说《十洲记》2 次、《尔雅》1 次、《吴越春秋》1 次、《洞冥记》1 次。

通过上述统计，可以看出祁韵士化用了大量两汉时期文学典籍中的内容，两汉文学特点是文学和经学联系紧密，儒家思想占据主导地位，出现了今文经和古文经两种流派，诗人能够将这两汉经史典籍信手拈来，化用在诗中，可见诗人也是熟知这些典籍的。诗人较为偏好的典籍是《汉书》《史记》，其次是《后汉书》，此外还化用了两汉的小说及辞赋等，这些次数都不多，不超过 5 次。《汉书》和《史记》是两汉时期最重要的史书，化用《汉书》高达 39 次，《史记》达 35 次，可见诗人尤其喜欢及认可《汉书》和《史记》，诗人不自觉地偏好于这两部史书，可以说明在诗人内心深处仍然是以历史学家自诩。诗人晚年遭遇了政治挫折，但历史学家的使命感和责任感仍然长存于诗人内心深处，因此诗人愿意接受伊犁将军松筠的邀请，编纂西域史地著作。通过笔者梳理，凡化用《汉书》和《史记》内容的诗歌，选取的历史人物和历史事件和诗人的经历有很大程度上的相似性，在祁韵士咏史诗一节都有详细的论述，此处不再一一赘述。

（三）魏晋南北朝时期

祁韵士诗中化用典籍涉及魏晋南北朝时期的典籍次数：曹植诗 4 次、曹丕诗 1 次、《广雅》1 次、陶渊明的古诗和散文共 9 次、《世说新语》4 次、晋代惠远诗 1 次、左思《吴都赋》1 次、《水经注》5 次、鲍照诗 2 次、《晋书》11 次、《敕勒歌》1 次、《魏书》6 次、江淹诗 3 次、王粲诗 1 次、曹操诗 4 次、《三国志》10 次、三国魏程晓诗 1 次、《南史》3 次、庾信诗 4 次、南朝梁沈约诗 2 次、《宋书》3 次、晋皇甫谧诗 1 次、刘勰《文心雕龙》1 次、晋王嘉《拾遗记》1 次、葛洪《抱朴子》1 次、晋夏侯湛诗 1 次、《梁书》1 次、晋代郭璞《游仙诗》2 次、《文选》1 次。

魏晋南北朝是大分裂时期，战乱不断，政权更替频繁，这段时期的史学、文学和经学都呈现出乱世文学特点。这一时期也是中国文学自觉的历史时期，史学和经学逐渐地从文学中脱离出来，文学审美性日益突出，佛教和道教大力发展，诗人将这魏晋南北朝经史典籍和文学作品信手拈来，化用在诗中。诗人较为偏好的典籍是《晋书》《三国志》，其次是陶渊明作品。诗人也偏好曹操和曹植诗歌，化用曹植诗歌内容 4 次，曹操诗歌 4 次，相较曹丕诗歌（1 次）多了四倍。除此之外，魏晋南北朝出现了地理学著作《水经注》，祁韵士共使用该书内容 5 次。不仅如此，祁韵士对于历史著作也较为关注，如《宋书》《梁书》《南史》等史学著作。尤其难能可贵的是，诗人对于小说也给予了很大的关注，诗人化用《世说新语》内容多达 4 次。这一时期出现了中国古代文学理论第一部著作《文心雕龙》，该著作在诗中也有化用。祁韵士关注最多的依然是史书，《晋书》和《三国志》是该时期最重要的史书，《晋书》化用了 11 次，《三国志》内容化用也多达 10 次。通过笔者梳理发现，《晋书》和《三国志》中历史人物和历史事件的选取和诗人的经历极为相似，历史学家的使命感和责任感仍然长存于诗人内心深处。

（四）隋唐时期

祁韵士诗中化用典籍涉及隋唐时期的典籍次数：隋卢思道诗 1 次、卢照邻诗 1 次、宋之问诗 1 次、王昌龄诗 1 次、王维诗 2 次、王之涣诗 1 次、孟浩然诗 1 次、李白诗 21 次、司空图诗 1 次、杜甫诗 39 次、唐秦韬玉诗 1 次、白居易诗 10 次、《艺文类聚》琴操 1 次、岑参 3 次、唐崔颢诗 1 次、韩愈诗 16 次、韩愈散文 1 次、元稹诗 6 次、《博异志》1 次、李商隐诗 5 次、刘禹锡诗 3 次、温庭筠诗 3 次、李山甫诗 1 次、唐皮日休诗 1 次、杜牧诗 4 次、成书于唐代的《楞严经》1 次、唐王贞白诗 1 次、孟郊诗 2 次、唐郑谷诗 2 次、唐陈陶诗 1 次、唐郎士元诗 1 次、柳宗元诗 1 次、王通哲学著作《中论》1 次、杜淹《文中子世家》1 次、高适诗 2 次、《旧唐书》4 次、《新唐书》7 次、唐许浑诗 1 次、祖咏诗 2 次、李贺诗 1 次、唐钱起诗 1 次、唐杜荀鹤诗 1 次、李贺诗 2 次、唐李群玉诗 1 次、《唐六典》1 次、唐刘知己《史通》1 次、《阿弥陀经》（鸠摩罗什和玄奘都翻译了该书）1 次、《金刚经》1 次、唐段成式《酉阳杂俎》1 次、欧阳炯诗 1 次、唐郑还古《博异志》2 次、《旧五代史》3 次。

　　唐朝在政治、经济和文化上均达到了当时全世界的顶峰，出现了"贞观之治"和"开元盛世"，社会安定，文化开明包容，是中国古典诗歌繁荣时期，出现了很多一流诗人，文学走向了全面繁荣，确定了律诗和绝句的格律，审美性达到顶峰。佛教本土化出现了禅宗一脉，并深深影响到诗歌创作，道教也蓬勃发展，诗人将隋唐经史典籍和文学作品信手拈来，使用在诗中，可见对这些典籍和诗歌十分熟悉。诗人对于唐代典籍的偏好与前代不同，祁韵士偏爱唐以前经史典籍，涉及唐代典籍时，化用最多的却是唐诗，尤其偏好李白和杜甫的诗歌，化用李白诗 21 次，化用杜甫诗 39 次。除此之外，化用韩愈诗 16 次，化用白居易诗 10 次。诗人最欣赏唐诗，祁韵士化用次数最多的是杜甫诗，杜甫忧国忧民和心系天下苍生百姓的心和诗人一般无二，韩愈和白居易也是关注民生的诗人，祁韵士也对他们青睐有加，李白以道家思想为主，但晚年入幕的用世思想，对祁韵士也有深远的影响，也体现了诗人积极用世的思想。

　　祁韵士对于唐代史书给予了关注，化用《新唐书》内容 7 次，化用《旧唐书》内容 4 次，化用《旧五代史》内容 3 次，也化用了《唐六典》和《史通》内容。值得一提的是，还化用了我国最早的综合性类书《艺文类聚》内容，化用了唐人传奇集《博异志》。不仅如此，还涉及唐代小说段成式《酉阳杂俎》，尤其难能可贵的是，多次化用了宗教类书籍，化用了《金刚经》《阿弥陀经》和《楞严经》内容，《金刚经》是南北朝时鸠摩罗什所译，鸠摩罗什也翻译了《阿弥陀经》，后来唐代玄奘取经后也翻译了《阿弥陀经》。《楞严经》是唐中宗时期翻译成书。综上所述，诗人对唐代典籍关注最多是诗歌，李白、杜甫、韩愈和白居易是其关注度最高的诗人，其他还涉及卢照邻、王昌龄、王之涣、王维、孟浩然、元稹、李商隐、杜牧等等，可见祁韵士对于唐诗是十分熟悉的。诗人在被流放前对诗歌创作并未用力，甚至不屑于进行诗歌创作，但对于唐诗的储备量却是极大的，诗人晚年遭遇了政治挫折后，不得不创作诗歌聊以自慰，熟读的唐诗便不自觉地进入到诗人创作中，尤其杜甫诗史类诗歌深入骨髓，由其驱使。祁韵士集中描写了边疆百姓的真实生活，展现了西域民风民俗、经济贸易。诗人对杜甫诗化用的高频率说明了诗人的人生观和价值观，笔者以为诗人虽多次提及悔恨没有归隐山林，但如果让他重新选择的话，诗人依然会选择积极入仕，他对于诗圣杜甫诗歌的喜爱就是最好的证明。

（五）宋金元时期

祁韵士诗中化用典籍涉及宋金元时期的典籍次数：宋代王禹偁诗 1 次、宋代米芾散文《露筋庙碑》1 次、周敦颐《爱莲说》1 次、范成大诗 1 次、张先词 2 次、陈师道诗 1 次、宋张邦基散文 2 次、黄庭坚诗 1 次、辛弃疾词 1 次、陈亮词 1 次、陆游诗 3 次、宋孟贯诗 1 次、《宋史》1 次、王安石诗 2 次、欧阳修诗 2 次、苏轼诗 11 次、张先词 1 次、柳永词 3 次、元好问诗 1 次、《西昆酬唱集》1 次、宋洪迈《夷坚志》1 次、宋杨万里诗 1 次、《新五代史》1 次、宋王观国诗 1 次、《建炎以来系年要录》1 次、李好古《张生煮海》1 次、宋刘炎散文 1 次、《西厢记》1 次、元乔吉散曲 1 次、《长春真人西游记》1 次、《元史》3 次、《太平广记》2 次、《太平御览》2 次。

宋代在政治、经济和文化上呈现出和唐代迥然不同的特点，经历了"靖康之耻"，宋代奉行崇文抑武的国策，出现了宋金辽西夏分而治之的局面，宋朝逐渐衰弱的国力使诗歌不再有唐人的充分自信，多了一层理性的思考和哲理，这段时期是中国古典诗歌由兴象向哲思转型时期，宋诗与唐诗比肩，一大批宋代诗人诗派出现，有了和唐诗能够分庭抗礼的宋诗和宋词，宋词在思想性和审美性方面都达到了顶峰。宋代儒释道三家并存，深深影响到宋代诗词和散文的创作。诗人将宋金元经史典籍和文学作品信手拈来，使用在诗中，可见诗人熟知这些典籍和诗歌。诗人偏好宋代诗歌，尤其偏好苏轼的诗，陆游诗次之，化用苏轼诗 11 次，化用陆游诗 3 次。诗人对于宋词也给予了较多关注，化用柳永词 3 次，此外还化用了张先词、辛弃疾词和陈亮词等。

祁韵士对于宋金元史书也给予了关注，《元史》内容化用了 3 次，还化用了《宋史》《建炎以来系年要录》和《新五代史》的内容。值得注意的是，还化用了综合性类书《太平御览》内容，化用了宋代著名小说集《夷坚志》，不仅如此，诗中还涉及了宋代文言小说集《太平广记》，可见诗人对于类书的关注，还化用米芾、周敦颐、张邦基等人散文中的内容。

元代是叙事性文学蓬勃发展的时期，出现了元杂剧和散曲，祁韵士化用了《张生煮海》和《西厢记》的内容，对于乔吉的散曲也有所涉及。诗人对宋金元典籍关注最多的是诗歌，苏轼、陆游、欧阳修是诗人关注度最高的诗人，其他还涉及王禹偁、陈师道、孟贯、杨万里、元好问、王观国等，可见诗人对于宋金元诗歌作品十分熟悉。可以毫不夸张地说，诗人对于宋金元个体文学都有涉及，尤其肯定积极用世的宋代诗人，大量化用这些诗歌。诗人对于宋代诗词和散文的储备量很大，熟读宋代诗词和散文，才能信手拈来。诗人晚年遭遇政治挫折后，不得不用诗歌聊以自慰，宋代文学不自觉地进入到诗歌创作中，多次化用苏轼诗歌，苏轼诗歌化用频率说明了二人有共同的人生观和价值观，苏轼晚年遭遇了贬谪黄州、惠州和儋州的政治挫折，但苏轼没有向命运屈服，依然心系百姓，乐观地看待周围的人和事，"同是天涯沦落人，相逢何必曾相识"，苏轼积极的人生态度也深深影响了祁韵士。祁韵士在流放地伊犁勤奋著述史地书籍，关心当地民风民情，正是苏轼积极乐观和旷达的人生态度影响着祁韵士从一开始的消极逐渐转向积极、乐观和旷达。诗人比苏轼更加幸运，诗人在流放地结交了两位挚友。

（六）明清时期

祁韵士诗中化用典籍涉及明代的典籍次数：明代焦竑散文 1 次、陶宗仪《辍耕录》1 次、杨慎《升庵集》1 次、沈得符《野获篇》1 次、陈诚《西域番国志》1次、《明史》1次、《徐霞客游记》1次。祁韵士诗中化用典籍涉及清代典籍次数：《小腆纪年附考》1次、方士淦《东归日记》1次、吴天章《莲洋集》1次、王士禛《渔洋诗话》1次、《香祖笔记》1次、史善长《轮台杂记》1次、《回疆通志》1次、《新疆图志》1次、魏源的《圣武记》1次、顾炎武《石射堋山》1次、俞樾《诸子平议》1次、褚人获《坚瓠四集》1次、纪晓岚《阅微草堂笔记》2次、纪晓岚《乌鲁木齐杂诗》1次、七十一《西域闻见录》1次、清厉荃《事务异名录》1次、倭仁《莎车行记》1次。

明代文学逐渐和商品经济靠拢，市民阶层进一步发展壮大，文学商业化使叙事性文学大放光芒，出现了长篇小说，明清散文和诗歌也得到了长足发展，明清散文大家人数众多。祁韵士对于明清散文关注较多，也涉及部分小说内容。诗人将明清散文和小说典籍信手拈来，化用在诗中，可见诗人熟知这些典籍。祁韵士偏好侧重于清代散文和小说，尤其偏好纪晓岚的小说。祁韵士化用纪晓岚小说2次，诗歌1次。其次是王士禛，祁韵士提及其散文2次。

祁韵士对于明清史书给予了关注，化用了《明史》《新疆图志》和《回疆通志》内容。还化用了明代游记《徐霞客游记》。诗人对明清散文关注较多，涉及明代文人焦竑、陶宗仪、徐霞客、杨慎、沈得符、陈诚；涉及清代文人方士淦、吴天章、王士禛、史善长、魏源、顾炎武、俞樾、褚人获、纪晓岚、七十一、厉荃、倭仁。可见祁韵士十分熟悉明清文学作品，对于明清个体文学都有涉及，诗人对明清散文的储备量也较大。诗人晚年不得不用诗歌聊以自慰，明清文学不自觉地进入到诗歌创作中，尤其对于纪晓岚作品较为偏爱，二人有相同的命运，纪晓岚也是受和珅的排挤和打压，被流放至乌鲁木齐，诗人对纪晓岚有惺惺相惜之感。纪晓岚流放后创作《阅微草堂笔记》，该笔记风格和遣词用句深深影响了诗人。

三、点铁成金使用的典籍文体分类

黄庭坚"点铁成金"强调利用学问的素养能够灵活地袭取古人的现成字面，然后在与古人并不一致的用意之中来使用它，于是两种异质的东西因为被放在一个相同的原则之下，其中的一致性就使人不期而然地得到一种愉悦。① 祁韵士对史地典籍熟悉，并能灵活运用经、史、子、集内容，将学问用于诗歌创作中，将古人的现成文字信手拈来，但表达的感情和观点却是自己的，于是做到了黄庭坚"点铁成金"一样的功效，相较于黄庭坚，祁韵士有过之而无不及。为了说明这一观点，笔者对诗人化用古籍做一个梳理。

（一）史学古籍

祁韵士诗中化用了史学古籍内容，这些内容涵盖的时间段十分广阔，上至原始社会的《尚书》《逸周书》等，下至清代《回疆通志》《西域图志》等。出自史书典籍内容十分繁多，下文每种史书仅举一两例作为代表。

祁韵士熟知史书典籍。《至榆此县境出山》② 中"山河表里"、《晚宿小店率尔成篇》③ 中"逆旅"均出自《左传》；《黑雀》④ 中"鸴鸴"出自《国语》；《风穴行》⑤ 中"鸿毛"出自《战国策》；《红柳峡》⑥ 中"俶诡"出自《吕氏春秋》；《固关》⑦ 一诗中"左车"和"赤帜"两个意象出自《史记·淮阴侯列传》，"左车"指广武君李左车，"赤帜"指战争中象征胜利的重要标志。原本是一个复杂的历史人物和事件，祁韵士通过使用"左车"和"赤帜"两个名词展现了整个历史事件。《马》⑧ 中"龙媒"、《普儿钱》⑨ 中"肉好"皆出自《汉书》；《回字》⑩ 中"虫书"出自《汉书》、"侏离"则出自《后汉书》；《过安定县，忆汉皇甫规事，为之一笑》⑪ 中

---

① 钟锦：《从"唐韵"到"宋调"：江西诗派对中国美学传统的改变》，《人文杂志》，2013 年第 7 期，62 页。

② 修仲一、周轩：《祁韵士新疆诗文》，乌鲁木齐：新疆大学出版社，2006 年版，第 74 页。

③ 修仲一、周轩：《祁韵士新疆诗文》，乌鲁木齐：新疆大学出版社，2006 年版，第 141 页。

④ 修仲一、周轩：《祁韵士新疆诗文》，乌鲁木齐：新疆大学出版社，2006 年版，第 255 页。

⑤ 修仲一、周轩：《祁韵士新疆诗文》，乌鲁木齐：新疆大学出版社，2006 年版，第 151 页。

⑥ 修仲一、周轩：《祁韵士新疆诗文》，乌鲁木齐：新疆大学出版社，2006 年版，第 135 页。

⑦ 修仲一、周轩：《祁韵士新疆诗文》，乌鲁木齐：新疆大学出版社，2006 年版，第 68 页。

⑧ 修仲一、周轩：《祁韵士新疆诗文》，乌鲁木齐：新疆大学出版社，2006 年版，第 229 页。

⑨ 修仲一、周轩：《祁韵士新疆诗文》，乌鲁木齐：新疆大学出版社，2006 年版，第 267 页。

⑩ 修仲一、周轩：《祁韵士新疆诗文》，乌鲁木齐：新疆大学出版社，2006 年版，第 270 页。

⑪ 修仲一、周轩：《祁韵士新疆诗文》，乌鲁木齐：新疆大学出版社，2006 年版，第 115 页。

"轩车"出自班固《白虎通》。

《至介休县谒郭有道祠》① 中"水鉴""不撄"和"清流"均出自《三国志》；《塔尔奇沟纪胜》② 中"绣错"出自《魏书》；《鱼》③ 中"冰厨"出自《吴越春秋》、"忆鲈"出自《晋书》；《圈车》④ 中"薄笨"、《无题》中"薄笨车"出自《宋书》；《无题》⑤ 中"竟日"出自《晋书》；《风穴行》⑥ 中"雷公电母"出自"宋史"；《抵哈密》⑦ 中"草莱"出自《南史》。《咏路票》⑧ 中"弃繻"出自《唐六典》；《祁县祁大夫祠》⑨ 中全诗化用《旧五代史》内容；《过华州谒郭汾阳祠》⑩ "再造兴唐室"出自《新唐书》；《河西竹枝词六首》⑪ 中"踏歌"出自《旧唐书》；《闻喜吊郭景纯即用其体》⑫ 中"寰区"出自刘知己《史通》；《过太平县境内见文中子故里碑敬赋》⑬ 中"才成将相"出自杜淹《中说·文中子世家》。《河源》⑭一诗是在《元史·地理志》中收录的《河源记》基础上进行创作；《风穴》⑮ 一诗句下自注了《明史》关于十三间房怪风的原文记录。

经过上述统计，诗中化用史书典籍多至 26 种。这些典籍包含了中华民族五千年的历史，祁韵士可以达到随意化用的程度，"引他人之言来表达作者内心所思所想，既能增强文章阅读的曲折性，又能增强观点的说服力，

① 修仲一、周轩:《祁韵士新疆诗文》,乌鲁木齐:新疆大学出版社,2006 年版,第 77 页。
② 修仲一、周轩:《祁韵士新疆诗文》,乌鲁木齐:新疆大学出版社,2006 年版,第 171 页。
③ 修仲一、周轩:《祁韵士新疆诗文》,乌鲁木齐:新疆大学出版社,2006 年版,第 235 页。
④ 修仲一、周轩:《祁韵士新疆诗文》,乌鲁木齐:新疆大学出版社,2006 年版,第 252 页。
⑤ 修仲一、周轩:《祁韵士新疆诗文》,乌鲁木齐:新疆大学出版社,2006 年版,第 167 页。
⑥ 修仲一、周轩:《祁韵士新疆诗文》,乌鲁木齐:新疆大学出版社,2006 年版,第 153 页。
⑦ 修仲一、周轩:《祁韵士新疆诗文》,乌鲁木齐:新疆大学出版社,2006 年版,第 147 页。
⑧ 修仲一、周轩:《祁韵士新疆诗文》,乌鲁木齐:新疆大学出版社,2006 年版,第 132 页。
⑨ 修仲一、周轩:《祁韵士新疆诗文》,乌鲁木齐:新疆大学出版社,2006 年版,第 75 页。
⑩ 修仲一、周轩:《祁韵士新疆诗文》,乌鲁木齐:新疆大学出版社,2006 年版,第 100 页。
⑪ 修仲一、周轩:《祁韵士新疆诗文》,乌鲁木齐:新疆大学出版社,2006 年版,第 125 页。
⑫ 修仲一、周轩:《祁韵士新疆诗文》,乌鲁木齐:新疆大学出版社,2006 年版,第 93 页。
⑬ 修仲一、周轩:《祁韵士新疆诗文》,乌鲁木齐:新疆大学出版社,2006 年版,第 88 页。
⑭ 修仲一、周轩:《祁韵士新疆诗文》,乌鲁木齐:新疆大学出版社,2006 年版,第 202 页。
⑮ 修仲一、周轩:《祁韵士新疆诗文》,乌鲁木齐:新疆大学出版社,2006 年版,第 211 页。

还可以展示作者学识，因而这种修辞手法在中国古代诗文中被广泛使用"①，诗人随时驱使古人的语言和人物，灵活地融入自己的观点和情感中，由此可见，诗人历史知识的渊博和深广。这些史书典籍内容极大地丰富和深化了《濛池行稿》和《西陲竹枝词》的历史文化价值，将其诗歌展现的历史背景提升至一个新的广度。

（二）经学古籍

祁韵士诗中化用了经学古籍内容，这些内容涵盖的时间段十分广阔，如先秦时期《尚书》《诗经》《礼记》《易经》等等，出自经书典籍内容繁多，下文每种经书仅举一两例作为代表。

《尚书》是我国第一部史书，也是五经之一，《盐泽》② 一诗中化用《尚书》词语，"广斥何须问海滨，不毛土半白如银"中"广斥"出于《尚书·禹贡》："厥土白坟，海滨广斥。"《访大槐树里无知者慨然有作》③ 中"卜宅"出自《尚书》、该诗中"贻谋"出自《诗经》；《过华州谒郭汾阳祠》④ 中"式闾"出自《尚书》；《寒食行次平定州感赋》⑤ 中"来朝"、《抵张兰镇抚今追昔卒尔寄慨》⑥ 中"授餐"均出自《诗经》；《沙枣》⑦ 中"离离"出自《尚书大传》；《中条山》⑧ 中"仰止"和"遯世"均出自《诗经》、该诗中"桑梓"也出自《诗经》；《西安府》⑨ 中"龙飞"、《火山》⑩ 中"阴阳"、《风穴行》⑪ 中"云龙"均出自《易经》；《晤平凉太守

———————————

① 闫续瑞、宋定坤：《论苏轼、黄庭坚诗歌用典中的文学思想》，《湖北社会科学》，2020 年第 9 期，第 100-101 页。

② 修仲一、周轩：《祁韵士新疆诗文》，乌鲁木齐：新疆大学出版社，2006 年版，第 208 页。

③ 修仲一、周轩：《祁韵士新疆诗文》，乌鲁木齐：新疆大学出版社，2006 年版，第 83 页。

④ 修仲一、周轩：《祁韵士新疆诗文》，乌鲁木齐：新疆大学出版社，2006 年版，第 101 页。

⑤ 修仲一、周轩：《祁韵士新疆诗文》，乌鲁木齐：新疆大学出版社，2006 年版，第 71 页。

⑥ 修仲一、周轩：《祁韵士新疆诗文》，乌鲁木齐：新疆大学出版社，2006 年版，第 76 页。

⑦ 修仲一、周轩：《祁韵士新疆诗文》，乌鲁木齐：新疆大学出版社，2006 年版，第 247 页。

⑧ 修仲一、周轩：《祁韵士新疆诗文》，乌鲁木齐：新疆大学出版社，2006 年版，第 90 页。

⑨ 修仲一、周轩：《祁韵士新疆诗文》，乌鲁木齐：新疆大学出版社，2006 年版，第 103 页。

⑩ 修仲一、周轩：《祁韵士新疆诗文》，乌鲁木齐：新疆大学出版社，2006 年版，第 206 页。

⑪ 修仲一、周轩：《祁韵士新疆诗文》，乌鲁木齐：新疆大学出版社，2006 年版，第 153 页。

阁柱峰赋赠》① 中"恻怛"、《过安定县，忆皇甫规事，为之一笑》② 中"缝掖"、《盐泽》③ 中"盐醝"、《豺》④ 中"服不氏"均出于《礼记》；《市易》⑤ 中"王会"出自《逸周书》。

通过上述梳理，祁韵士诗中涉及五经，既包含《诗》《书》《礼》《易》《春秋》五经原典书籍，也有后来儒生的注疏。化用的原典经书涉及了四部：《诗经》《尚书》《礼记》和《易经》，虽然没有直接使用《春秋》原典内容，但多次化用《左传》内容，化用《左传》达16次之多。祁韵士随意驱使儒家的思想和语言，将经书内容灵活融入自己的观点和情感，由此可见，儒家思想对诗人影响之深。这些经书典籍内容极大地丰富和深化了祁韵士《濛池行稿》和《西陲竹枝词》的文化内涵和社会影响力，将其诗歌的社会教育功能提升至一个新的高度。

（三）古诗词作品

祁韵士诗中化用了古代诗歌作品内容，包括先秦至明清多位诗人作品。出自古典诗词内容繁多，下文每种作品仅举一两例作为代表。

《寒食行次平定州感赋》⑥ 中"来朝"出自《诗经》，祁韵士诗歌化用《诗经》多达40次；《宿伏城驿》⑦ 颈联中"浩歌"、《过太平县境见文中子故里碑敬赋》⑧ 中"枌榆"均出自屈原《九歌》；《闻喜吊郭景纯》⑨ 中"烦纡"出自张衡《四愁诗》之三；《红柳峡》⑩ 中"去去"出自苏武《古诗》之三；《晤平凉太守阁柱峰赋赠》⑪ 中"使君"出自汉乐府《陌上桑》；

---

① 修仲一、周轩:《祁韵士新疆诗文》,乌鲁木齐:新疆大学出版社,2006 年版,第 111 页。
② 修仲一、周轩:《祁韵士新疆诗文》,乌鲁木齐:新疆大学出版社,2006 年版,第 114 页。
③ 修仲一、周轩:《祁韵士新疆诗文》,乌鲁木齐:新疆大学出版社,2006 年版,第 208 页。
④ 修仲一、周轩:《祁韵士新疆诗文》,乌鲁木齐:新疆大学出版社,2006 年版,第 235 页。
⑤ 修仲一、周轩:《祁韵士新疆诗文》,乌鲁木齐:新疆大学出版社,2006 年版,第 273 页。
⑥ 修仲一、周轩:《祁韵士新疆诗文》,乌鲁木齐:新疆大学出版社,2006 年版,第 71 页。
⑦ 修仲一、周轩:《祁韵士新疆诗文》,乌鲁木齐:新疆大学出版社,2006 年版,第 65 页。
⑧ 修仲一、周轩:《祁韵士新疆诗文》,乌鲁木齐:新疆大学出版社,2006 年版,第 87 页。
⑨ 修仲一、周轩:《祁韵士新疆诗文》,乌鲁木齐:新疆大学出版社,2006 年版,第 92 页。
⑩ 修仲一、周轩:《祁韵士新疆诗文》,乌鲁木齐:新疆大学出版社,2006 年版,第 137 页。
⑪ 修仲一、周轩:《祁韵士新疆诗文》,乌鲁木齐:新疆大学出版社,2006 年版,第 111 页。

《干活草》① 中"微生若寄"出自《古诗十九首》中《今日良宴会》；《霍山》② 中"诘屈"出自三国曹操《苦寒行》，《阿拉占》③ 中"杜康"出自曹操《短歌行》；《集吉草》④ 中"帘栊"出自江淹《张司空离情》；《平阳道中望藐姑射山》⑤ 中"落落"出自北周庾信《谢赵王示新诗启》；《库尔喀喇乌苏》⑥ 中"穹庐"出自北朝民歌《敕勒歌》。

《甘州道中》⑦ 中"生憎"出自唐代卢照邻《长安古意》；《寄内》⑧ 中"音书"出自宋之问《渡汉江》；《张掖县》⑨ 中"暮烟"出自王昌龄《留别郭八》；《河西竹枝词六首》⑩ 中"羌笛几声怨杨柳"出自王之涣《凉州词》；《无题》⑪ 中"徒尔"出自王维《不遇咏》；《闻喜吊郭景纯即用其体》⑫ 中"陇坂"出自李白《北上行》；《抵凉州刘苇亭观察见招》⑬ 中"衔杯"出自李白《广陵赠别》；《行至获县迤逦入山》⑭ 中"乡园"出自杜甫《宴王使君宅题》；《入洪洞县境内风景可爱喜作》⑮ 中"江乡"出自杜甫《送大理封主簿亲事不合却赴通州》；《琶离》⑯ 中"辚辚"出自杜甫《兵车行》；《访龙窝寺》⑰ 中"乖龙"出自韩愈《答道士寄树鸡》；《望方

---

① 修仲一、周轩:《祁韵士新疆诗文》,乌鲁木齐:新疆大学出版社,2006 年版,第 243 页。
② 修仲一、周轩:《祁韵士新疆诗文》,乌鲁木齐:新疆大学出版社,2006 年版,第 81 页。
③ 修仲一、周轩:《祁韵士新疆诗文》,乌鲁木齐:新疆大学出版社,2006 年版,第 264 页。
④ 修仲一、周轩:《祁韵士新疆诗文》,乌鲁木齐:新疆大学出版社,2006 年版,第 240 页。
⑤ 修仲一、周轩:《祁韵士新疆诗文》,乌鲁木齐:新疆大学出版社,2006 年版,第 85 页。
⑥ 修仲一、周轩:《祁韵士新疆诗文》,乌鲁木齐:新疆大学出版社,2006 年版,第 192 页。
⑦ 修仲一、周轩:《祁韵士新疆诗文》,乌鲁木齐:新疆大学出版社,2006 年版,第 122 页。
⑧ 修仲一、周轩:《祁韵士新疆诗文》,乌鲁木齐:新疆大学出版社,2006 年版,第 130 页。
⑨ 修仲一、周轩:《祁韵士新疆诗文》,乌鲁木齐:新疆大学出版社,2006 年版,第 123 页。
⑩ 修仲一、周轩:《祁韵士新疆诗文》,乌鲁木齐:新疆大学出版社,2006 年版,第 124 页。
⑪ 修仲一、周轩:《祁韵士新疆诗文》,乌鲁木齐:新疆大学出版社,2006 年版,第 130 页。
⑫ 修仲一、周轩:《祁韵士新疆诗文》,乌鲁木齐:新疆大学出版社,2006 年版,第 92 页。
⑬ 修仲一、周轩:《祁韵士新疆诗文》,乌鲁木齐:新疆大学出版社,2006 年版,第 121 页。
⑭ 修仲一、周轩:《祁韵士新疆诗文》,乌鲁木齐:新疆大学出版社,2006 年版,第 67 页。
⑮ 修仲一、周轩:《祁韵士新疆诗文》,乌鲁木齐:新疆大学出版社,2006 年版,第 82 页。
⑯ 修仲一、周轩:《祁韵士新疆诗文》,乌鲁木齐:新疆大学出版社,2006 年版,第 253 页。
⑰ 修仲一、周轩:《祁韵士新疆诗文》,乌鲁木齐:新疆大学出版社,2006 年版,第 70 页。

山》① 中"汗颜"出自韩愈《祭柳子厚文》;《方顺桥》② 中"逗裙腰"出自白居易《杭州春望》;《星星峡》③ 中"乌衣巷"出自刘禹锡《乌衣巷》;《至介休县谒郭有道祠》④ 中"诔墓"出自李商隐《刘义》;《浴骊山温泉作》⑤ 中"妃子笑"出自杜牧《过华清宫》;《明岨山纪异》⑥ 中"吮笔"出自宋代王禹偁《一品孙郑昱》;《果子沟》⑦ 中"买夏论园"出自苏轼《新年五首》之五;《行次吐鲁番》⑧ 中"炎歊"出自王安石《题南康晏使君望云亭诗》;《二月八日出都,留别祖舫斋、阎墨园、曹定轩、郭可之、刘澄斋诸君子》⑨ 中"别眼"出自陈师道《舅氏新斋》;《太安驿韩文公诗亭》⑩ 中"问字"出自黄庭坚《谢送碾壑源拣芽》;《代酒》⑪ 中"轰饮"出自范成大《太平寺》;《过九眼泉》⑫ 中"略彴"出自陆游《闭门》;《过安定县,忆汉皇甫规事,为之一笑》⑬ 中"恶作剧"出自杨万里《宿潭石步》。

祁韵士诗中化用了宋词作品的内容,诗中出自宋词内容繁多,下文每种作品仅举一两例作为代表。《二月八日出都,留别祖舫斋、阎墨园、曹定轩、郭可之、刘澄斋诸君子》⑭ 中"临歧"出自柳永《击梧桐》,"关情"出自张先《江南柳》;《戈壁》⑮ 中"目断"出自柳永《少年游》;《行抵伊

---

① 修仲一、周轩:《祁韵士新疆诗文》,乌鲁木齐:新疆大学出版社,2006 年版,第 72 页。
② 修仲一、周轩:《祁韵士新疆诗文》,乌鲁木齐:新疆大学出版社,2006 年版,第 65 页。
③ 修仲一、周轩:《祁韵士新疆诗文》,乌鲁木齐:新疆大学出版社,2006 年版,第 137 页。
④ 修仲一、周轩:《祁韵士新疆诗文》,乌鲁木齐:新疆大学出版社,2006 年版,第 70 页。
⑤ 修仲一、周轩:《祁韵士新疆诗文》,乌鲁木齐:新疆大学出版社,2006 年版,第 101 页。
⑥ 修仲一、周轩:《祁韵士新疆诗文》,乌鲁木齐:新疆大学出版社,2006 年版,第 108 页。
⑦ 修仲一、周轩:《祁韵士新疆诗文》,乌鲁木齐:新疆大学出版社,2006 年版,第 215 页。
⑧ 修仲一、周轩:《祁韵士新疆诗文》,乌鲁木齐:新疆大学出版社,2006 年版,第 158 页。
⑨ 修仲一、周轩:《祁韵士新疆诗文》,乌鲁木齐:新疆大学出版社,2006 年版,第 61 页。
⑩ 修仲一、周轩:《祁韵士新疆诗文》,乌鲁木齐:新疆大学出版社,2006 年版,第 73 页。
⑪ 修仲一、周轩:《祁韵士新疆诗文》,乌鲁木齐:新疆大学出版社,2006 年版,第 263 页。
⑫ 修仲一、周轩:《祁韵士新疆诗文》,乌鲁木齐:新疆大学出版社,2006 年版,第 124 页。
⑬ 修仲一、周轩:《祁韵士新疆诗文》,乌鲁木齐:新疆大学出版社,2006 年版,第 114 页。
⑭ 修仲一、周轩:《祁韵士新疆诗文》,乌鲁木齐:新疆大学出版社,2006 年版,第 61 页。
⑮ 修仲一、周轩:《祁韵士新疆诗文》,乌鲁木齐:新疆大学出版社,2006 年版,第 198 页。

犁三台海子》① 中"文鸳"出自张先《减字木兰花》。涉及清代诗词内容特别少,笔者遍查《濛池行稿》和《西陲竹枝词》,仅有《煤火》② 一诗中"人气熏蒸"和纪晓岚《乌鲁木齐杂诗》相印证。

通过上述梳理统计,诗中涉及古代诗词作家至少67人,而且都是一流二流大诗人,三四流或者小诗人没有列出。可见,祁韵士对于古典诗词作品十分熟悉。《濛池行稿》中化用诗词作品不足为奇,因为诗歌主题和形式丰富多样,便于创作。但《西陲竹枝词》以物命名的写实诗中也能大量化用实属不易。化用诗歌涵盖了先秦至两宋时期众多诗人,对于李白、杜甫和苏轼的诗歌,化用次数最多,可见诗人对唐宋诗的喜爱程度,诗中也化用了柳永、辛弃疾、张先等人词作,可见诗人也较看重宋词。通过笔者统计,竟无一首化用明清诗词,这不得不引人深思,笔者以为不化用明清诗词,应是诗人有"贵古"传统思想,加之唐诗宋词是巅峰之作;诗人应十分熟悉明清诗词,之所以不用,也应该有文字狱的原因;还有诗人不屑于作诗的缘故,被流放之前,历史和地理及学术是其首要使命,诗词不过是赏玩游戏之作,他有历史学家的使命感和责任感,流放前,他不屑为诗。正是晚年的政治挫折,成就了他的诗歌,使诗人在诗歌领域也占了一席之地,苏轼曾自嘲地说"问汝平生功业,黄州惠州儋州",笔者揣测下,祁韵士也许会如此自嘲他的《濛池行稿》《西陲竹枝词》。

（四）古代散文

祁韵士诗中化用古代散文作品,涵盖时间跨度很长,涉及先秦至明清各个时期散文作品。出自古代散文内容繁多,下文每种作品仅举一两例作为代表。《门人王汉庭送至卢沟桥,远眺口占示之》③ 中"门人"出自《论语》;《访龙窝寺》④ 中"造物"、《平阳道中望藐姑射山》⑤ 中"藐姑射

---

① 修仲一、周轩:《祁韵士新疆诗文》,乌鲁木齐:新疆大学出版社,2006年版,第169页。
② 修仲一、周轩:《祁韵士新疆诗文》,乌鲁木齐:新疆大学出版社,2006年版,第261页。
③ 修仲一、周轩:《祁韵士新疆诗文》,乌鲁木齐:新疆大学出版社,2006年版,第63页。
④ 修仲一、周轩:《祁韵士新疆诗文》,乌鲁木齐:新疆大学出版社,2006年版,第70页。
⑤ 修仲一、周轩:《祁韵士新疆诗文》,乌鲁木齐:新疆大学出版社,2006年版,第85页。

山"、《雕》^① 中"垂天翼若大鹏抟"、《胡桐泪》^② 中"樗散"、《圈车》^③
中"蓬庐"、《厚重羊皮》^④ 中"短后装"均出自《庄子》;《黄羊》^⑤ 中
"猎较"、《香菌》^⑥ 中"肥甘"、《毛褐》^⑦ 中"宽博"均出自《孟子》;
《访龙窝寺》^⑧ 中"迟予"、《河西竹枝词六首》^⑨ 中"山童"、《塔尔巴哈
台》^⑩ 中"案角"均出自《荀子》;《回布》^⑪ "百用"出自《管子》;《回
乐》^⑫ 中"长袖"、《玉门道中》^⑬ 中"识途凭老马"均出自《韩非子》;
《甘州道中》^⑭ 中"汗漫"出自《淮南子》;《宿三道沟有感》^⑮ 中"鹿梦"、
《鸳鸯》^⑯ 中"鸥父"均出自《列子》;《红柳峡》^⑰ 中"俶诡"、《行次吐鲁
番》^⑱ 中"熏风"均出自《吕氏春秋》;《苦水》^⑲ 中"盗泉"出
自《尸子》。

《访大槐树里无知者慨然有作》^⑳ 中"桃源"出自《桃花源记》,"钓
游"出自韩愈的《送杨少尹序》;《陇右竹枝词》^㉑ 中"丹田"出自葛洪

① 修仲一、周轩:《祁韵士新疆诗文》,乌鲁木齐:新疆大学出版社,2006年版,第227页。
② 修仲一、周轩:《祁韵士新疆诗文》,乌鲁木齐:新疆大学出版社,2006年版,第239页。
③ 修仲一、周轩:《祁韵士新疆诗文》,乌鲁木齐:新疆大学出版社,2006年版,第252页。
④ 修仲一、周轩:《祁韵士新疆诗文》,乌鲁木齐:新疆大学出版社,2006年版,第259页。
⑤ 修仲一、周轩:《祁韵士新疆诗文》,乌鲁木齐:新疆大学出版社,2006年版,第232页。
⑥ 修仲一、周轩:《祁韵士新疆诗文》,乌鲁木齐:新疆大学出版社,2006年版,第251页。
⑦ 修仲一、周轩:《祁韵士新疆诗文》,乌鲁木齐:新疆大学出版社,2006年版,第265页。
⑧ 修仲一、周轩:《祁韵士新疆诗文》,乌鲁木齐:新疆大学出版社,2006年版,第69页。
⑨ 修仲一、周轩:《祁韵士新疆诗文》,乌鲁木齐:新疆大学出版社,2006年版,第125页。
⑩ 修仲一、周轩:《祁韵士新疆诗文》,乌鲁木齐:新疆大学出版社,2006年版,第194页。
⑪ 修仲一、周轩:《祁韵士新疆诗文》,乌鲁木齐:新疆大学出版社,2006年版,第271页。
⑫ 修仲一、周轩:《祁韵士新疆诗文》,乌鲁木齐:新疆大学出版社,2006年版,第272页。
⑬ 修仲一、周轩:《祁韵士新疆诗文》,乌鲁木齐:新疆大学出版社,2006年版,第129页。
⑭ 修仲一、周轩:《祁韵士新疆诗文》,乌鲁木齐:新疆大学出版社,2006年版,第122页。
⑮ 修仲一、周轩:《祁韵士新疆诗文》,乌鲁木齐:新疆大学出版社,2006年版,第131页。
⑯ 修仲一、周轩:《祁韵士新疆诗文》,乌鲁木齐:新疆大学出版社,2006年版,第222页。
⑰ 修仲一、周轩:《祁韵士新疆诗文》,乌鲁木齐:新疆大学出版社,2006年版,第136页。
⑱ 修仲一、周轩:《祁韵士新疆诗文》,乌鲁木齐:新疆大学出版社,2006年版,第158页。
⑲ 修仲一、周轩:《祁韵士新疆诗文》,乌鲁木齐:新疆大学出版社,2006年版,第207页。
⑳ 修仲一、周轩:《祁韵士新疆诗文》,乌鲁木齐:新疆大学出版社,2006年版,第83页。
㉑ 修仲一、周轩:《祁韵士新疆诗文》,乌鲁木齐:新疆大学出版社,2006年版,第117页。

《抱朴子》;《喻骊山温泉作》① 中"天地传舍"出自陶渊明《自祭文》;《雪莲》② 中"岂向污泥较色鲜"出于周敦颐《爱莲说》;《望方山》③ 中"汗颜"出自韩愈《祭柳子厚文》;《抵兰州,蔡小霞方伯话别感赋》④ 中"脱驾""伊滨"出自韩愈《与崔群书》《祭十二郎文》;《肃州》⑤ 中"欲贮锦囊羞"出自李商隐《李贺小传》,《李贺小传》是李商隐为李贺撰写的人物传记;《蚊》⑥ 中"露筋祠"出自米芾《露筋庙碑》;《孔雀》⑦ 中"吉光片彩"出自明代焦竑《澹园集》;《明岨山纪异》⑧ 中"一一颙顬触"出自明代杨慎《升庵录》;《定州道中》⑨ 中"雪浪石"和"访题名"均出自张邦基《墨庄漫录》;《戈壁》⑩ 中"奥区"出自刘炎《迩言》,是一部语录体散文;《连木沁风景甚佳喜作》⑪ 中"创获"出自明代沈得符《野获篇》;《火山》⑫ 一诗句卜自注了明代陈诚《西域番国志》关于火山的记载;祁韵士诗中也涉及《徐霞客游记》内容,这里不论及,放入地理类典籍论述。

祁韵士诗中也化用了清代散文集,可以和诗中描写内容相互印证:《鸦》⑬ 中"又有冬鸦作替身"与方士淦《东归日记》关于白颈鸦换班的说法一致;《询诗人吴天章故庐所在》⑭ 中"莲洋"出自吴天章《莲洋集》、"渔洋"出自王士祯《渔洋诗话》;《厚重羊皮》中"草上霜"⑮ 和史善长

①　修仲一、周轩:《祁韵士新疆诗文》,乌鲁木齐:新疆大学出版社,2006年版,第101页。
②　修仲一、周轩:《祁韵士新疆诗文》,乌鲁木齐:新疆大学出版社,2006年版,第242页。
③　修仲一、周轩:《祁韵士新疆诗文》,乌鲁木齐:新疆大学出版社,2006年版,第72页。
④　修仲一、周轩:《祁韵士新疆诗文》,乌鲁木齐:新疆大学出版社,2006年版,第116页。
⑤　修仲一、周轩:《祁韵士新疆诗文》,乌鲁木齐:新疆大学出版社,2006年版,第126页。
⑥　修仲一、周轩:《祁韵士新疆诗文》,乌鲁木齐:新疆大学出版社,2006年版,第238页。
⑦　修仲一、周轩:《祁韵士新疆诗文》,乌鲁木齐:新疆大学出版社,2006年版,第221页。
⑧　修仲一、周轩:《祁韵士新疆诗文》,乌鲁木齐:新疆大学出版社,2006年版,第107页。
⑨　修仲一、周轩:《祁韵士新疆诗文》,乌鲁木齐:新疆大学出版社,2006年版,第63页。
⑩　修仲一、周轩:《祁韵士新疆诗文》,乌鲁木齐:新疆大学出版社,2006年版,第198页。
⑪　修仲一、周轩:《祁韵士新疆诗文》,乌鲁木齐:新疆大学出版社,2006年版,第157页。
⑫　修仲一、周轩:《祁韵士新疆诗文》,乌鲁木齐:新疆大学出版社,2006年版,第206页。
⑬　修仲一、周轩:《祁韵士新疆诗文》,乌鲁木齐:新疆大学出版社,2006年版,第226页。
⑭　修仲一、周轩:《祁韵士新疆诗文》,乌鲁木齐:新疆大学出版社,2006年版,第98页。
⑮　修仲一、周轩:《祁韵士新疆诗文》,乌鲁木齐:新疆大学出版社,2006年版,第259页。

《轮台杂记》中的草上霜羊皮记叙完全一致；《市易》① 中"雎盱"和魏源《圣武记》中雎盱表达一致；《途次书所见》② 中穹碑和顾炎武《石射堋山》中表达一致；《风穴行》③ 中"大块"与俞樾《诸子平议》中"大块"意思相同；《雪鸡》④ 一诗句下有自注，该自注引用《西域闻见录》对雪鸡的记载，《西域闻见录》是清代七十一所著，是清代边疆史地丛书，也可以看作散文和小说；《红柳花》⑤ 中对于红柳花"买俏"说法和《事务异名录》中记载极为相似，《事务异名录》是清代厉荃编著的词汇类书，这里暂时放入散文中；《回中怀古》⑥ 中"王母""此山傍"均与清倭仁《莎车行记》记载一致。

通过上述梳理，诗中涉及古代散文典籍，时间跨度极广，上至先秦诸子百家，下至清代散文作品，包含了《论语》《孟子》《庄子》《荀子》《韩非子》《管子》《尸子》《列子》《吕氏春秋》等诸子百家的散文著作，涵盖了儒家、道家、法家、杂家等各派思想、各家学说。可见祁韵士对先秦诸子百家著作皆有涉猎。

祁韵士对于魏晋南北朝散文也十分熟悉，多次化用陶渊明和葛洪的散文作品。对于唐代韩愈和刘禹锡的散文，诗中也有多处涉及，还化用了宋代张邦基和刘炎的散文。祁韵士对明清散文也给予了一定的关注，上述已有列举，此处不再一一赘述。诗中对于先秦文学散文和明清散文化用次数最多。祁韵士随意引用古代散文，灵活融入自己的观点和情感，由此可见，祁韵士熟知各家学说，儒家散文著作是祁韵士最关注的。散文典籍内容极大地丰富和深化了祁韵士《濛池行稿》和《西陲竹枝词》对于社会民生的厚重感，将诗歌反映现实力度提升至一个新的高度，这是清代西域诗中其他诗人都难以企及的高度。

---

① 修仲一、周轩:《祁韵士新疆诗文》,乌鲁木齐:新疆大学出版社,2006 年版,第 273 页。
② 修仲一、周轩:《祁韵士新疆诗文》,乌鲁木齐:新疆大学出版社,2006 年版,第 96 页。
③ 修仲一、周轩:《祁韵士新疆诗文》,乌鲁木齐:新疆大学出版社,2006 年版,第 152 页。
④ 修仲一、周轩:《祁韵士新疆诗文》,乌鲁木齐:新疆大学出版社,2006 年版,第 223 页。
⑤ 修仲一、周轩:《祁韵士新疆诗文》,乌鲁木齐:新疆大学出版社,2006 年版,第 240 页。
⑥ 修仲一、周轩:《祁韵士新疆诗文》,乌鲁木齐:新疆大学出版社,2006 年版,第 109 页。

（五）古代小说

　　祁韵士诗中也化用了古代小说内容，涵盖时间跨度很长，涉及了先秦至明清各个时期小说作品。出自古代小说内容繁多，下文每种作品仅举一两例作为代表。《西安府》① 中"夸父"出自《山海经》，神话是小说的源头，《山海经》是中国最早的神话集；《鸳鸯》② 中"鸥父"的典故出自《列子·黄帝篇》，《列子》是中国古代哲学著作，记载了大量神话寓言故事；《宿三道沟有感》③ 中"鹿梦"典故出自《列子·周穆王》，"鸥父"和"鹿梦"各讲述了一个历史故事，从而具有了固定的成语寓意；《回中怀古》④ 中"白云乡"出自《飞燕外传》，"蟠桃"出自《汉武故事》；《陇右竹枝词》⑤ 中"藏娇"出自《汉武故事》；《平阳道中望貌姑射山》⑥ 中"落落青芙蓉"出自《西京杂记》，《西京杂记》是汉代刘歆编著的古代文言小说集。

　　《豺》⑦ 中"梼杌"出自《神异经》，该书作者不详，成书于汉代，是一部神话志怪小说集；《望方山》⑧ 中"买山"、《途次书所见》⑨ 中"挑菜"、《晚宿小店率尔成篇》⑩ 中"痛哭途穷"、《塔尔奇沟记胜》⑪ 中"山阴道上"均出自《世说新语》，《世说新语》是魏晋南北朝时期文言志人小说集；《华阴道中》⑫ 中"紫气辟仙关"出自《神仙传》，《神仙传》是东晋时期葛洪编著的古代文言志怪小说集，收录了92位仙人的事迹；《陇右竹

---

① 修仲一、周轩:《祁韵士新疆诗文》,乌鲁木齐:新疆大学出版社,2006 年版,第 104 页。
② 修仲一、周轩:《祁韵士新疆诗文》,乌鲁木齐:新疆大学出版社,2006 年版,第 222 页。
③ 修仲一、周轩:《祁韵士新疆诗文》,乌鲁木齐:新疆大学出版社,2006 年版,第 131 页。
④ 修仲一、周轩:《祁韵士新疆诗文》,乌鲁木齐:新疆大学出版社,2006 年版,第 109 页。
⑤ 修仲一、周轩:《祁韵士新疆诗文》,乌鲁木齐:新疆大学出版社,2006 年版,第 119 页。
⑥ 修仲一、周轩:《祁韵士新疆诗文》,乌鲁木齐:新疆大学出版社,2006 年版,第 86 页。
⑦ 修仲一、周轩:《祁韵士新疆诗文》,乌鲁木齐:新疆大学出版社,2006 年版,第 235 页。
⑧ 修仲一、周轩:《祁韵士新疆诗文》,乌鲁木齐:新疆大学出版社,2006 年版,第 72 页。
⑨ 修仲一、周轩:《祁韵士新疆诗文》,乌鲁木齐:新疆大学出版社,2006 年版,第 95 页。
⑩ 修仲一、周轩:《祁韵士新疆诗文》,乌鲁木齐:新疆大学出版社,2006 年版,第 141 页。
⑪ 修仲一、周轩:《祁韵士新疆诗文》,乌鲁木齐:新疆大学出版社,2006 年版,第 171 页。
⑫ 修仲一、周轩:《祁韵士新疆诗文》,乌鲁木齐:新疆大学出版社,2006 年版,第 100 页。

枝词六首》① 中"采得灵苗自五泉"出自《拾遗记》，《拾遗记》是晋代王嘉编著的神话志怪小说集。

《晚宿小店率尔成篇》② 中"阎浮世界"出自《酉阳杂俎》，《酉阳杂俎》是唐代段成式的笔记小说集；《风穴行》③ 中"封姨少女若居此"出自《博异志》，《博异志》是唐代郑还古的传奇小说集；该诗中"广寒月府连宫阙"出自《洞冥记》，中国历史上曾有两部《洞冥记》，一是东汉时期志怪小说集，全名《汉武洞冥记》，另外一部指1925年创作的《洞冥记》，祁韵士是18世纪文人，该诗中使用的是《汉武洞冥记》，从诗中封姨居住的月宫也可以推知是《汉武洞冥记》。《访大槐树里无知者慨然有作》④ 中"杏林不可即，桃源谁再度"典故、《华阴道中》⑤ 中"拔宅"典故均出自《太平广记》，《太平广记》是宋代文言小说总集，这是我国文言小说第一部总集；《胜金口苦热作》⑥ 中"吴牛喘未息"出自《太平御览》，《太平御览》是宋代文人奉旨编著的大型类书，收录了很多古代小说，这里用"吴牛见月而喘"来凸显吐鲁番的闷热，该典故的化用也让该诗多了一层人文韵味。《过安定县》⑦ 中"偛人"出自《夷坚志》，是南宋洪迈的文言志怪集。

《陇右竹枝词》⑧ 中"淡巴菰"和王士禛《香祖笔记》中记载的淡巴菰极为一致；《晚过大河沿，南山极雄峻，其西忽见小山耸翠，一一秀削可爱，记之以诗》⑨ 中"秀削"与纪晓岚《阅微草堂笔记·滦阳消夏录》中"秀削"表达一致；《喀喇沙尔》⑩ 中"恬熙"与纪晓岚《阅微草堂笔记·如是我闻》中"恬熙相安"意思相同。该书是清代纪晓岚以笔记形式

① 修仲一、周轩:《祁韵士新疆诗文》,乌鲁木齐:新疆大学出版社,2006年版,第118页。
② 修仲一、周轩:《祁韵士新疆诗文》,乌鲁木齐:新疆大学出版社,2006年版,第141页。
③ 修仲一、周轩:《祁韵士新疆诗文》,乌鲁木齐:新疆大学出版社,2006年版,第152页。
④ 修仲一、周轩:《祁韵士新疆诗文》,乌鲁木齐:新疆大学出版社,2006年版,第83页。
⑤ 修仲一、周轩:《祁韵士新疆诗文》,乌鲁木齐:新疆大学出版社,2006年版,第99页。
⑥ 修仲一、周轩:《祁韵士新疆诗文》,乌鲁木齐:新疆大学出版社,2006年版,第157页。
⑦ 修仲一、周轩:《祁韵士新疆诗文》,乌鲁木齐:新疆大学出版社,2006年版,第115页。
⑧ 修仲一、周轩:《祁韵士新疆诗文》,乌鲁木齐:新疆大学出版社,2006年版,第118页。
⑨ 修仲一、周轩:《祁韵士新疆诗文》,乌鲁木齐:新疆大学出版社,2006年版,第169页。
⑩ 修仲一、周轩:《祁韵士新疆诗文》,乌鲁木齐:新疆大学出版社,2006年版,第177页。

编著的文言短篇志怪小说集。《望家信》① 中"鸦噪"之意和《坚瓠四集》中对乌鸦噪集预兆喜事表达的意思一致；《坚瓠集》是清代褚人获编著的小说集。祁韵士在诗中化用前代志人小说和志怪小说，是化用其中的语言，为己所用，对于同时代文人小说中和诗中相同语言的句子，需要具体分析。我们不能简单地认为其是否出于清代文人小说中，也有可能是他们同时听说了类似的小说故事所作的记录，抑或是到过同一处地方对于当地传说和风俗所作的记录，故而在笔者统计清代小说时，不说出自，只能说是相似或者相互印证。

通过上述梳理统计，祁韵士诗中涉及前代志人小说和志怪小说典籍内容，包含了《山海经》《列子》《西京杂记》《神异经》《汉武故事》《飞燕外传》《博异志》《世说新语》《太平御览》《太平广记》《阅微草堂笔记》等各个时期小说著作，有的是文人根据收集的材料编著而成，有的是奉旨将小说一类汇编而成。可见，祁韵士对于当时不被看重的小说类书籍也多有涉猎，多次化用了类书中小说类素材作诗。诗人读小说时也不局限于一朝一代，不局限于一人一地，化小说内容时间跨度、地理位置跨度十分广阔，由此可见，诗人不仅认可儒家思想推崇的经史典籍，对于儒家不认可的神话和小说也给予了很多关注。他不仅肯定《世说新语》一类志人小说的价值，对于志怪小说的认可度更高，这是不可忽视的。历代文人对于志怪小说评价不甚高，直至鲁迅《中国小说史略》中才从理论的高度肯定了志怪小说的价值，笔者以为在鲁迅之前，祁韵士是对于中国志怪小说关注度和认可度较高的文人。祁韵士随意驱使小说典籍内容，供自己所用，极大地丰富和深化了《濛池行稿》和《西陲竹枝词》的浪漫主义手法。

（六）古代骈文

祁韵士诗中也化用了古代骈文作品内容，涵盖时间跨度很长，涉及了先秦至明清各个时期骈文作品。出自古代骈文内容繁多，下文每种作品仅举一两例作为代表。《晚宿小店率尔成篇》② 中"大王风"、《风穴行》中

---

① 修仲一、周轩:《祁韵士新疆诗文》,乌鲁木齐:新疆大学出版社,2006 年版,第 164 页。
② 修仲一、周轩:《祁韵士新疆诗文》,乌鲁木齐:新疆大学出版社,2006 年版,第 141 页。

"青萍末"① 出自宋玉《风赋》;《望方山》② 中"遂初"出自刘歆《遂初赋》;《华阴道中》③ 中"二华"出自《西京赋》,《西京赋》是张衡的京都赋;《红柳峡》④ 中"何年巨灵手"出自《西京赋》,《绳伎》⑤ 中"寻橦度索""熟能矫捷"均出自《西京赋》;《自库尔喀喇乌苏西行》⑥ 中"嵯峨"出如《上林赋》,《塔尔奇沟记胜》⑦ 中"龙鳞"出自《子虚赋》,《上林赋》和《子虚赋》都是司马相如的代表作品;《四月十四日度六盘山,雨雪交作,狼狈殊甚,次日作长歌纪其事》⑧ 中"百灵乘间作狡狯"出自班固《东都赋》;《风穴行》⑨ 中"剽掠"出自左思《吴都赋》;《连木沁风景甚佳喜作》中⑩ "沄沄"出自柳宗元《惩咎赋》;《柳树泉》⑪ 中"喷玉跳珠混混来"出自枚乘《七发》;《天山》⑫ 中"鼻祖"出自金代元好问《济南庙中古桧同叔能赋》。

通过上述梳理统计,诗中涉及了大量骈文典籍内容,时间跨度较广,包含《风赋》《遂初赋》《西京赋》《上林赋》《子虚赋》《东都赋》《吴都赋》《惩咎赋》《七发》《济南庙中古桧同叔能赋》等骈文作品,其中汉代大赋居多,尤其是京都大赋。可见,诗人对骚体赋和汉大赋都十分熟悉,京都赋以华丽的语言和结构宏大为美。诗人编著《蒙古王公表传》和校对《四库全书》也都是大手笔,尤其《四库全书》体例宏大,结构缜密。诗人读骈文时也不限于一朝一代,不限于一人一地,化骈文内容时间跨度、地理位置跨度十分广阔,由此可见,诗人不仅认可文以载道的散体文,对于

---

① 修仲一、周轩:《祁韵士新疆诗文》,乌鲁木齐:新疆大学出版社,2006 年版,第 152 页。
② 修仲一、周轩:《祁韵士新疆诗文》,乌鲁木齐:新疆大学出版社,2006 年版,第 72 页。
③ 修仲一、周轩:《祁韵士新疆诗文》,乌鲁木齐:新疆大学出版社,2006 年版,第 99 页。
④ 修仲一、周轩:《祁韵士新疆诗文》,乌鲁木齐:新疆大学出版社,2006 年版,第 137 页。
⑤ 修仲一、周轩:《祁韵士新疆诗文》,乌鲁木齐:新疆大学出版社,2006 年版,第 255 页。
⑥ 修仲一、周轩:《祁韵士新疆诗文》,乌鲁木齐:新疆大学出版社,2006 年版,第 165 页。
⑦ 修仲一、周轩:《祁韵士新疆诗文》,乌鲁木齐:新疆大学出版社,2006 年版,第 171 页。
⑧ 修仲一、周轩:《祁韵士新疆诗文》,乌鲁木齐:新疆大学出版社,2006 年版,第 114 页。
⑨ 修仲一、周轩:《祁韵士新疆诗文》,乌鲁木齐:新疆大学出版社,2006 年版,第 153 页。
⑩ 修仲一、周轩:《祁韵士新疆诗文》,乌鲁木齐:新疆大学出版社,2006 年版,第 157 页。
⑪ 修仲一、周轩:《祁韵士新疆诗文》,乌鲁木齐:新疆大学出版社,2006 年版,第 212 页。
⑫ 修仲一、周轩:《祁韵士新疆诗文》,乌鲁木齐:新疆大学出版社,2006 年版,第 199 页。

对偶、华美的骈文也较为重视。清代骈文较明代有很大的发展,诗人对于骈文的看重,正是这一体现。诗人将骈文典籍内容化用在《西陲竹枝词》纪实性诗中,极大地增强了诗歌的韵律感,使其语言朗朗上口。祁韵士随意驱使骈文典籍内容,极大地增强了《濛池行稿》和《西陲竹枝词》韵律美和节奏美,将诗歌的音乐性提升至一个新的高度。

（七）元代杂剧散曲

祁韵士诗中也化用了元杂剧和散曲内容,涉及作品数量不多,但也不容忽视。《旅馆牡丹盛开,邻舍女有乞花者,折而付之》① 中"鬓鸦"出自元代乔吉《新水令》;《河西竹枝词六首》② 中"倚门卖笑"出自《西厢记》;《行抵伊犁三台观海子》③ 中"三千弱水"出自李好古《张生煮海》。涉及了元杂剧《西厢记》和《张生煮海》两部,散曲《新水令》一曲,数量极少,但也说明了诗人重视抒情性文学的同时,没有忽视叙事性文学,《西厢记》和《张生煮海》都是叙事性文学代表性作品。《新水令》的化用说明诗人关注雅文学同时,也没有忽视俗文学,古诗词、骈文和散文都是雅文学,散曲因植根于民间,具有俗文学意味,对元杂剧和元散曲的化用说明诗人拥有兼容并包的胸怀和观念,这是难能可贵的。

（八）古代地理著作

祁韵士诗中也化用了古代地理典籍内容,涉及数量较少,也不容忽视。《蒲州道中望华山》④ "穹窿"出自郦道元《水经注》;"秀拔"⑤ 则出自徐霞客《徐霞客游记》;《蒲萄》⑥ 中"桑落酿仙醪"出自《水经注》,桑落是美酒的名称。《水经注》记载:"民有姓刘名堕者,宿擅工酿,采挹河流,

① 修仲一、周轩:《祁韵士新疆诗文》,乌鲁木齐:新疆大学出版社,2006 年版,第 107 页。
② 修仲一、周轩:《祁韵士新疆诗文》,乌鲁木齐:新疆大学出版社,2006 年版,第 125 页。
③ 修仲一、周轩:《祁韵士新疆诗文》,乌鲁木齐:新疆大学出版社,2006 年版,第 170 页。
④ 修仲一、周轩:《祁韵士新疆诗文》,乌鲁木齐:新疆大学出版社,2006 年版,第 96 页。
⑤ 修仲一、周轩:《祁韵士新疆诗文》,乌鲁木齐:新疆大学出版社,2006 年版,第 97 页。
⑥ 修仲一、周轩:《祁韵士新疆诗文》,乌鲁木齐:新疆大学出版社,2006 年版,第 250 页。

酝成芳酎、悬食同枯枝之年，排于桑落之辰，故酒得其名矣。"《瀚海石》①中"泗水何劳觅馨材"出自《尚书》和《水经注》;《连木沁风景甚佳喜作》②中"委折行何迅"出自《水经注》;《徐霞客游记》③中"崇茏"出自《徐霞客游记》。

通过上述统计梳理，诗中涉及地理典籍有《水经注》和《徐霞客游记》两部。数量虽少，但也说明了诗人有地理学家纪实的追求，笔者以为这也是诗中有句下自注的缘故，史地学家的责任感使命感不允许诗人脱离客观历史现实，在诗中臆造，绝大多数诗歌都是从历史地理的事实出发，从不虚言也不妄言。祁韵士和清代众多学者一样都遵循"经世致用"的理念，诗人在晚年白发苍苍之际踏上西行之路，更是亲自践行了这一观念。祁韵士对历史地理类书籍广泛涉猎，因此在伊犁三年的时间里，才具备了编著西北史地丛书的前提条件，亲自至各地考察后才开始执笔撰述，就如同司马迁漫游一样，不同的是司马迁是以自由人身份进行，而祁韵士则是以罪人的身份进行，二人心境大有不同。更为可贵的是，诗人"并未以一种旁观者的心态审视西域风土生活，而是投身其中，自主参与记载，保持一种探索、学习的态度，对新疆社会及当地少数民族的文化习俗进行历史文化扫描。这些诗文记述视觉广阔，可补充正史、通志中失之过简的不足，具有浓郁的地区特色，亦提供了丰富的与民俗、宗教相关的宝贵资料，堪称新疆社会史料和文化史料的宝库"④。

① 修仲一、周轩:《祁韵士新疆诗文》,乌鲁木齐:新疆大学出版社,2006 年版,第 256 页。
② 修仲一、周轩:《祁韵士新疆诗文》,乌鲁木齐:新疆大学出版社,2006 年版,第 156 页。
③ 修仲一、周轩:《祁韵士新疆诗文》,乌鲁木齐:新疆大学出版社,2006 年版,第 106 页。
④ 司聘:《简述清代贬谪入疆文士的诗文特色——以纪昀新疆行记为中心》,《西北民族大学学报》,2016 年第 2 期,第 150 页。

第五章

祁韵士西域

诗歌中的意象

祁韵士西域诗歌中涉及的意象众多，经笔者统计，主要有以下几类意象：植物意象、动物意象、自然意象、民俗意象和思乡意象等等。植物意象主要有柳树、杏树、桃树、槐树、桑梓、麦子、各类小草、各类瓜果、雪莲、荍菜、荆棘、杨树、沙竹、沙葱等等；动物意象主要有马、黄羊、狗、骆驼、鸡、鹿、各类飞鸟等等；自然意象主要有山、雨、风、雪、沙漠、石、冰、水、云、明月、雷、桥、路、春、斜阳、烟、土、田、气等等；民俗意象主要有毡、裘、衣、寒食、清明、墓、祭祀等等；思乡意象主要有家园、故乡、梦等等。

　　在上述统计中，出现频率最高的是柳意象、雪意象和沙漠意象，因此下文中主要围绕这三种意象进行论述。

第一节
祁韵士西域诗歌中的柳意象

　　柳意象在中国古代文学作品中起源甚早，《诗经·小雅·采薇》言："昔我往矣，杨柳依依。今我来思，雨雪霏霏。"柳树这种细长枝条具有柔婉的美已经进入诗人心中。"在汉末建安时代，以时任魏太子的曹丕为中心，由王粲、陈琳等人参加，确实有过一次以柳为题的同题作赋的文学活动"①，曹丕等文人的《柳赋》将柳树的意象继续向前推进，"《小雅·采薇》中所蕴含的今昔感喟和对征战不堪的情绪，在曹丕赋中已转化、升华为更深沉的生命哲思"②。《三辅黄图》卷六："霸桥在长安，东跨水作桥，汉人送客至此桥，折柳赠别。"③ 从此以后，柳树的意象又多了一层离别的含义。"自汉代特定地理条件形成的这一风俗始，柳与古人的情感与人际关系的联系愈加密切。"④《世说新语·言语》云：桓公北征经金城，见前为琅邪时种柳，皆已十围，慨然曰："木犹如此，人何以堪！攀枝执条，泫然流泪。"⑤ 魏晋时期人们已经将自己和柳树代表的生命意识融为一体，桓温眼中的柳树有了青春易逝的深层意味。"至迟在南朝后期，柳树意象就已经走上经典化的道路。"⑥ 柳树意象是陶渊明诗歌和散文中最常见的意象，陶渊明本人就号称"五柳先生"，并创作《五柳先生传》以文章记之。唐宋时期，柳树意象被诗人多次写进诗中，柳树意象进一步深化，继承中虽然时时有创新，但柳树意象的最基本含义并没有发生变化。直至清代道光年间，孙麟趾等文人在秦淮河将枯死的柳树前举行了一次诗词的唱和活动，创作了《秦淮枯柳唱和词》。综上所述，最晚到清末时，柳树意象在中国古代文学作品中蕴含的具体含义已全部具备。柳树本身具备的这种细长柔美的形状，使得柳树意象逐渐成为具象情感寄托的意象载体。柳树随手就能插活的特点，又让柳树意象成了极强生命力的象征。古代文人无数游子思念家乡时，柳树意象时常出现于脑海中，故而柳树意象成为一种固化意象展现于文人笔下。

---

① 程章灿:《"树"立的六朝:柳与一个经典文学意象的生成》,《北京大学学报》,2011 年第 2 期,第 53 页。

② 程章灿:《"树"立的六朝:柳与一个经典文学意象的生成》,《北京大学学报》,2011 年第 2 期,第 52 页。

③ 佚名:《三辅黄图》,文渊阁四库全书本。

④ 王立:《心灵的图景——文学意象的主题史研究》,上海:学林出版社,1999 年版,第 44 页。

⑤ 刘义庆:《世说新语》,北京:中华书局,2006 年版,第 135 页。

⑥ 程章灿:《"树"立的六朝:柳与一个经典文学意象的生成》,《北京大学学报》,2011 年第 2 期,第 56 页。

清乾隆朝统一西域之后，清政府加强了对西北边疆的管理，不仅派大量的官员任职于此，也成了继东北后重要的中央王朝集中流放地。流放是"统治者将触犯刑律之人强制遣逐，服劳役或充军伍，意为如水流向远方"①。清代文字狱对文人迫害之甚，罪重者发伊犁，罪轻者发乌鲁木齐。清代设置伊犁将军府管辖全疆，流人中重罪者居多，为方便管理约束，以伊犁将军府所在的伊犁流人为最多。中原历来都有种植柳树保护河堤和种植柳树保护两岸道路的习惯，不仅如此，两岸种植柳树还成为一道美丽的风景，这种传统几千年来一直没有间断过，清代很多中原文人被流放至伊犁，这种种植柳树的传统也盛行于西域。这在清代文人朱书《游历记存》中做了详尽的记载。祁韵士《万里行程记》中对潼关、华阴至西安的行道种植柳树也有详细记载。② 左宗棠治理西域以后，柳树成为西域最普遍的一种植物，故而左公柳成为西域文化与中原文化融合的重要载体之一，③ 西域流放文人绝大多数都有诗歌或者散文传于后世，柳树意象在他们笔下时常出现，柳树意象既是中原文化的传承，又增添了西域文化的内涵，可以通过描写柳树意象的诗句还原当时的社会生活。这些文人中"既有应得之罪，也有枉屈之人，流放背景各有不同，流放经历因人而异"④，祁韵士属于前者。"东方的意象艺术体系既不同于西方的具象艺术体系，又区别于抽象艺术体系，它没有再现物象的种种自然属性，而是将物象与宏观的宇宙相沟通，与看不见但可以感觉得到的生命律动相融合，以极大的灵活性表现人的神情意趣。"⑤ 柳树意象具有上述审美特点，柳树意象寄寓了西域社会生活和诗人的身世之感。

① 周轩、高力：《清代新疆流放名人·序》，乌鲁木齐：新疆人民出版社，1994 年版，第 3 页。

② 关传友：《中国植柳史与柳文化》，《北京林业大学学报》，2006 年第 4 期，第 10 页。

③ 王立：《心灵的图景——文学意象的主题史研究》，上海：学林出版社，1999 年版，第 43 页。

④ 周轩、高力：《清代新疆流放名人·序》，乌鲁木齐：新疆人民出版社，1994 年版，第 3 页。

⑤ 郑军里：《众里寻他千百度——用传统意象理论指导中国画创作》，《南方文坛》，1994 年第 2 期，第 62 页。

一、借助生机勃勃、春意盎然的春景展示诗人平和的心态

"诗的意象形成，是审美主客体瞬间相触相融、意和象合成的结果。在这个内在创作的流程中，首先是诗人对外部物象的审美感知，即审美主体对审美客体特性的完整的、综合的心理组织过程"①，祁韵士诗中柳树意象是诗人对西域边疆社会生活的反映。"羌笛何须怨杨柳，春风不度玉门关"②，因为气候的原因，西域春天来得比较晚，历代诗人笔下边疆生活凄苦，环境恶劣，边疆的春天也是姗姗来迟。可是祁韵士却和前代诗人不一样，在他的眼中，已经没有春天晚到的伤感，祁韵士看到的是春天的柳树展现出生机勃勃、春意盎然的生命力。《定州道中》③一诗云："笑指中山路，驱车缓缓行。人稀茅店远，土润野田平。官道新栽柳，烟村未唤莺。寄怀雪浪石，不得访题名。"

诗中表现了平和宁静的心态，用柳树意象表现了春意盎然，西域人民安居乐业的生活场景。

《方顺桥》④一诗写道："曲逆水流方顺桥，无边草色逗裙腰。东皇只喜春来早，又遣柔风飐柳条。"诗人借助于神话中司春之神东皇展现春天的勃勃生机，这勃勃生机正是"又遣柔风飐柳条"来展现的，诗人看到柳枝在微风下的摇动，内心无比愉悦。一个"喜"字，一个"又"字更是一扫之前其他诗人的悲苦情怀。《过正定府》⑤中"平沙人迹远，夹道柳阴请"一句也是如此，展现了边疆沙漠荒凉中柳树带来的生命力。该诗看到柳树新抽条，带给了诗人心灵深处的温暖，通过柳树意象展现了自己心态极其平和，使该诗呈现出意境悠远的特征。

《河西竹枝词六首》其五："扃户家家过节时，道琴争说鼓儿词。灵符

---

① 张顺兴:《试析创制诗作意象的方法及其意象类型》,《延边大学学报》,2003年第2期,第103页。

② 赖芳伶编著:《唐代诗选》,北京:九州出版社,2018年版,第85页。

③ 修仲一、周轩:《祁韵士新疆诗文》,乌鲁木齐:新疆大学出版社,2006年版,第63页。

④ 修仲一、周轩:《祁韵士新疆诗文》,乌鲁木齐:新疆大学出版社,2006年版,第65页。

⑤ 修仲一、周轩:《祁韵士新疆诗文》,乌鲁木齐:新疆大学出版社,2006年版,第66页。

艾叶都无用，窄窄门楣插柳枝。"① 该诗主要吟咏柳枝的民俗功能，诗人一路西行，看到了不一样的社会民俗，"窄窄门楣插柳枝"，该句描写柳树的民俗内涵，但也将诗人西行路上由阴霾痛苦逐渐转向释然的感受全然写出。祁韵士诗中柳树意象出现次数多达 16 次，绝大多数都是通过柳树意象来展现自己遭遇政治挫折后心境平和的状态，如《红柳峡》② 中 "独有红柳园，快我纾遐瞩"、《星星峡》③ "红柳既称殊，星星又别样"。祁韵士因为流放边疆内心凄苦无比，但看到红柳峡和星星峡的柳树后诗人感受到春天柳树的生命力而逐渐心中释然，通过柳树意象给自己情感找到了寄托和慰藉。

祁韵士描写春天或者农村社会生活时常常结合柳树的意象，边疆气候寒冷，环境恶劣，但诗人看柳树时多了一层暖意，或许正是想通过柳树意象来温暖自己的心灵。这些柳树意象的诗中多充满着诗人乐观、积极的人生态度。

二、借助凄苦、萧瑟的秋景寄寓了诗人的伤怀

西域位于祖国西北边疆，地理交通不便，诗人西行路上条件艰苦，诗人看到秋风起万物凋零时，他乡为客的伤感涌上心头，创作诗歌时常常带有浓郁的悲秋情怀。"物象一进入诗人的构思，就带上了诗人的主观色彩，这时它要受到两方面的加工：一方面，经过诗人审美经验的淘选和筛选，以符合诗人的美学理想和美学趣味；另一方面，又经过诗人思想感情的化合和点染，渗入诗人的人格和情趣。"④ 诗人将这种凄苦满怀、泪眼婆娑的感伤之情映射在西域景物上时，秋天的柳树意象进入诗人笔下，成为诗人表达自己凄苦情怀的常见载体，如《二月十八日出都，留别祖舫斋、阎墨园、曹定轩、郭可之、刘澄斋诸君子》一诗 "知交代我感君恩，握手西郊告语温。斑马萧萧留不得，几行柳色黯消魂"⑤。诗人因为亏铜案被流放至

---

① 修仲一、周轩:《祁韵士新疆诗文》，乌鲁木齐:新疆大学出版社,2006 年版,第 124 页。
② 修仲一、周轩:《祁韵士新疆诗文》，乌鲁木齐:新疆大学出版社,2006 年版,第 135 页。
③ 修仲一、周轩:《祁韵士新疆诗文》，乌鲁木齐:新疆大学出版社,2006 年版,第 137 页。
④ 袁行霈:《中国诗歌艺术研究》，北京:北京大学出版社,1987 年版,第 62 页。
⑤ 修仲一、周轩:《祁韵士新疆诗文》，乌鲁木齐:新疆大学出版社,2006 年版,第 61 页。

伊犁，内心感伤，更面临与知己离别之愁，听着离别的马鸣声，看秋天万物凋零，生出"黯消魂"之感。

《辟展》①描写了秋天的柳树意象带来的伤感："碧树红桥外，裙腰草色齐。泉分瓜圃润，人入豆棚低。暂憩停征马，将炊听午鸡。柳中怀故垒，烟雾目还迷。"

看到绿树红桥翠草的美景，看到农家瓜果丰收，诗人应该是心情愉悦的。旅程疲劳，诗人暂停赶路，想要找到吃午饭的地方，路途疲累，冲淡了欣赏美景的心情。看到两旁的柳树，看到农家袅袅炊烟的烟雾，想起了自己家乡的亲人，想起了自己这一生的坎坷，眼睛不由得泪眼婆娑。秋天的柳树无疑是伤感的催化剂，诗人借助于柳树意象将自己的身世之感和思乡之情浓浓地展现出来。

还有一首《雾松》②，该诗把目光集中于西域特有的松树上。气温由暖骤降而形成树挂的现象被称为雾凇，诗人将雾凇比喻成梅花开满树，比喻成柳絮漫天飞舞，借助于梅花和柳絮表现他乡为客的感受："多情惯解迎人去，不在衣边在帽边。"看着漫天飞舞的柳絮，这柳絮仿佛明白诗人的思乡之情，总是不忍离去，不是留在衣边，就是留在帽边，多情的柳絮引起了诗人的思乡之情。诗人感慨一别家中数年，只能盼望来日回乡。西域空间广袤，村庄之间相隔得较为遥远，在车中行驶，一走就是数日。每年八月九月时白雪覆盖，需要遮挡严寒，所以大多数人都是乘坐毡车。车外风沙很大，诗人有了自己离乡背井与世隔绝的感受，痛苦不已，于思乡伤痛之余看到柳树，更为感伤。

三、印射出边疆人民安定喜乐的生活状态

祁韵士自幼感受的是农耕生活，诗人看到哈萨克毡房，喝到马奶酒的时候十分惊奇，不由自主地吟咏了这些生活习俗，同时也将目光投向西域生活的方方面面。如《抵哈密》③"草莱弥漫麦苗匀，菜圃瓜畦入望新。柳

---

① 修仲一、周轩：《祁韵士新疆诗文》，乌鲁木齐：新疆大学出版社，2006年版，第154页。
② 修仲一、周轩：《祁韵士新疆诗文》，乌鲁木齐：新疆大学出版社，2006年版，第218页。
③ 修仲一、周轩：《祁韵士新疆诗文》，乌鲁木齐：新疆大学出版社，2006年版，第147页。

荫垂街青漠漠，渠流绕郭碧潾潾。居民不改天方俗，丰乐无殊内地人。更向番王城畔过，林溪明媚景常春。"起句描写西域农业的丰收场景，看到农田中庄稼长得喜人，看到路边的柳树，诗人内心极为喜悦。诗中描绘了农村庄稼地里硕果累累、即将大丰收的场景，不仅如此，诗人也将眼光转向了西域独有的瓜果。这首诗歌中的柳树没有丝毫感伤的情怀，印射出边疆人民宁静喜乐的生活状态。该诗不仅描写了农业生活，还涉及了西域习俗和管理情况。

《土鲁番》① 一诗亦是如此："黑风川尽柳中过，酷热如烧唤奈何。独喜人称安乐国，此间物产本来多。"诗人西行路上看到西域水利和交通情况，到了吐鲁番，气候炎热难耐，酷热无比，这里物产丰富，被视为安乐国。诗人描写这里人民生活的安定，看到当地百姓安居乐业时诗人内心高兴不已。

《辟展》② 中"泉分瓜圃润，人入豆棚低"也写及上述景象，只是多了"柳中怀故垒，烟雾目还迷"的思乡之情。

四、反映了清代西域军事和民俗真实状况

西域是历来兵家争夺的重要位置，因此军事题材也被写进了西域诗中，《兵屯》③ "细柳云屯剑气寒，貔貅百万势桓桓。列城棋布星罗日，阃外群尊大将坛。"在西域的历史上一度还出现了以柳树命名的"细柳营"。该诗使用了细柳营典故，汉文帝时，周亚夫为将军，在细柳（因其多细柳而名细柳）屯兵准备与匈奴交战，汉文帝劳军却不得入，后使者持诏诣将军，周亚夫才传军令，文帝始得入细柳。诗人描写边疆也有如细柳营一般纪律严整的铁军，"云屯"二字更是描写了这些铁军人数众多，他们都是勇猛无比的士兵，守卫着伊犁九城。这里也是多柳树，正好使用这个典故，无比契合。

《柳树泉》一诗以柳树命名，更是借助于老柳将当地民俗展现出来：

---

① 修仲一、周轩：《祁韵士新疆诗文》，乌鲁木齐：新疆大学出版社，2006 年版，第 176 页。
② 修仲一、周轩：《祁韵士新疆诗文》，乌鲁木齐：新疆大学出版社，2006 年版，第 154 页。
③ 修仲一、周轩：《祁韵士新疆诗文》，乌鲁木齐：新疆大学出版社，2006 年版，第 274 页。

"皮存仅剩劫余灰，喷玉跳珠混混来。岁歉岁丰皆可卜，天然一孔好传杯。"① 该诗描写对象是柳树，是极具生命力的老柳树。老柳树和泉水互相依存，是当地百姓日常用水的重要来源之一，不仅如此，这棵柳树也是当地百姓的精神寄托和支撑。人们把丰收和喜乐都寄托在老柳树上，在前文中笔者曾解释了这个占卜现象，就像瑞雪兆丰年一样的道理。该诗将柳树作为描写对象，写了当地百姓的生活和民俗习惯。

五、表达了诗人在异域对生命的感悟

"意象重在表意传神，是对事物复杂性内涵和变化规律的形象表征，并要求'系辞焉以尽其言'。从这个意义上讲，中国传统的思维方式涵盖了概念思维，超越了表象意义的形象层面，弥补了概念思维的僵化、单调之不足。"② 祁韵士诗中柳树意象所涵盖的内在意蕴是对柳树这一物象意义上的延伸。柳和留是谐音，因此古人喜欢折柳枝送别亲人朋友，意思是想挽留对方。"无心插柳柳成荫"，可见柳树自古至今都有极强的生命力，诗人被流放至西域，环境艰苦，经常身处逆境，他的人生到了最低谷，流放带给他的是身心俱伤，有朝不保夕的感受，可能诗人无法活着回去。诗人面对西域困境时柳树的意象时常化为诗人内心深处的一股暖流，他期待多年后自己还能生还故乡，如《红柳花》③："自生自长野滩中，吐穗鲜如百日红。最喜迎人开口笑，却羞买俏倚东风。"诗人用浓重笔墨写了红柳的顽强的生命力，让人产生了钦慕，不由得想起自己的人生，于是这顽强的柳树便成了诗人的化身。红柳不仅在荒漠中可以生存，它还可以开花，惹人怜悯和喜爱，诗人从未见过这样的柳树，该诗将红柳的顽强凸显出来，使用了拟人的修辞手法，全诗景中含情，浑然天成，句句写柳，句句又言情。该诗充满浓郁浪漫主义色彩，这里的柳树意象成了与困境和逆境战斗最好的精

① 修仲一、周轩:《祁韵士新疆诗文》,乌鲁木齐:新疆大学出版社,2006 年版,第 212 页。
② 金美芳:《中国意象认识论视域中的心理学之观照与改造——兼论心理学的整合与中国化》,《新疆师范大学学报》,2011 年第 5 期,第 105 页。
③ 修仲一、周轩:《祁韵士新疆诗文》,乌鲁木齐:新疆大学出版社,2006 年版,第 240 页。

神支撑，柳树意象仿佛就是一个与命运抗争的战士。《星星峡》① 中"红柳既称殊，星星又别样"描写的也是这样的情感。

综上所述，柳树意象时常成为诗人吟咏的对象，借助于诗人之心、诗人之眼，描述了西域春天的暖意、秋天的凄苦，诗人通过柳树意象再现了西域奇特的自然风光和艰苦的生活环境；他将自身复杂的思想和坎坷的命运寄寓于柳树的意象中，因此柳树意象是诗人表现诗人个人复杂情感的重要载体，柳树意象寄寓了诗人不同的感情和心绪，或睹柳思乡，或因柳而心境平和；有时也通过柳树意象表现了诗人对西域农业和军事的关注之情和忧国忧民的情怀。柳树意象的研究有助于我们进一步理解祁韵士流放至西域的真实心境，还原当地居民真实的生活面貌，只是遗憾于笔者能力有限，柳树意象只能言尽于此。

第二节
祁韵士西域诗歌中的沙漠意象

先秦时期，沙漠就出现于士人笔下，只是不同时代称呼有所不同。唐朝时指蒙古高原地区大沙漠的北部及准噶尔盆地一带广大地区。在古典诗词中沙漠也经常被当作征战、武功等的典故。② 除了上述含义以外，沙漠还被称作"瀚海"。唐朝设置都护府也使用了瀚海的名称，"唐贞观中置瀚海都督府，属安北都护府。龙朔中以燕安都护府改号瀚海都护府"③。祁韵士诗中沙漠意象贯穿始终，写天山的雄奇壮丽时也写到了沙漠无边无际，诗

---

① 修仲一、周轩：《祁韵士新疆诗文》，乌鲁木齐：新疆大学出版社，2006 年版，第 137 页。
② 汉语大词典编辑委员会：《汉语大词典第六卷》，上海：上海辞书出版社，1986 年版，第 205 页。
③ 汉语大词典编辑委员会：《汉语大词典第六卷》，上海：上海辞书出版社，1986 年版，第 205 页。

人通过沙漠意象阐释了边疆地区奇特的地理景观，以及诗人的生活环境、情绪和思想等主观和客观的条件，从而加深了我们对清代西域诗歌内涵的认识。

通读中国古典诗词，沙漠意象并不罕见，唐代是古典诗歌发展的高峰期，查阅唐诗中的沙漠意象，可以找到李世民《饮马长城窟行》诗句中有"瀚海百重波，阴山千里雪"①；卢照邻《结客少年场行》中有"追奔瀚海咽，战罢阴山空"②；盛唐时代，王维《燕支行》中有"叠鼓遥翻瀚海波，鸣笳乱动天山月"③；李白《塞上曲》中有"萧条清万里，瀚海寂无波"④；不仅如此，盛唐时期还出现了边塞诗派，边塞诗人高适《燕歌行》中有"校尉羽书飞瀚海，单于猎火照狼山"⑤、岑参《白雪歌送武判官归京》中有"瀚海阑干百丈冰，愁云惨淡万里凝"⑥；除此之外，中晚唐钱起、皇甫冉等诗中也多处提及沙漠意象，除著名诗人外，唐朝多位知名度不高的诗人也写到了沙漠意象，如虞羽客和屈同仙等。唐诗在描写沙漠意象时，有一个突出特点就是沙漠意象经常和龙城以及阴山这两个地名同时出现。崔禹锡《奉和圣制送张说巡边》中有"叱咤阴山道，澄清瀚海阳"⑦，在阴山脚下是一望无际的瀚海；李昂《从军行》中有"阴山瀚海千万里，此日桑河冻流水"⑧，沙漠意象是伴随着阴山出现的。虞羽客《结客少年场行》中有"龙城含晓雾，瀚海隔遥天"⑨，在龙城的周围是无边无际的沙漠海，无水的沙漠和天相接，犹如水天相接。可以看出，从唐代开始，沙漠意象在边塞诗中和阴山、龙城、天山等等景象紧密结合在一起，已然具有了丰富的内涵和文化底蕴。

祁韵士诗中沙漠意象出现次数甚多，诗中的沙漠意象结合天山、雪、

---

① 彭定求等：《全唐诗》，北京：中华书局，1999 年版，第 3 页。
② 彭定求等：《全唐诗》，北京：中华书局，1999 年版，第 516 页。
③ 彭定求等：《全唐诗》，北京：中华书局，1999 年版，第 1257 页。
④ 彭定求等：《全唐诗》，北京：中华书局，1999 年版，第 1703 页。
⑤ 彭定求等：《全唐诗》，北京：中华书局，1999 年版，第 2217 页。
⑥ 彭定求等：《全唐诗》，北京：中华书局，1999 年版，第 2056 页。
⑦ 彭定求等：《全唐诗》，北京：中华书局，2018 年版，第 1137 页。
⑧ 彭定求等：《全唐诗》，北京：中华书局，1999 年版，第 1209 页。
⑨ 彭定求等：《全唐诗》，北京：中华书局，1999 年版，第 8865 页。

松树等意象一起具有了象征的含义。

一、表现自然环境和生存环境的恶劣

著名文学理论家刘勰在《文心雕龙·物色第四十六》中写道："是以献岁发春，悦豫之情畅；滔滔孟夏，郁陶之心凝；天高气清，阴沈之志远；霰雪无垠，矜肃之虑深。岁有其物，物有其容；情以物迁，辞以情发。一叶且或迎意，虫声有足引心。"① 刘勰第一次明确客观自然环境和诗歌创作主体之间的关系，独特的自然环境可以最大限度地激发诗人内在的写作动力。诗人由此体验到了与中原不同的情感体验，沙漠意象进入诗人眼中和诗中，故而沙漠成为诗人笔下最常见的意象之一。

沙漠意象往往与西域交通不便等客观因素相结合，祁韵士通过沙漠意象将心中不同情感融入诗中。对于诗人而言，沙漠已经成为陌生环境里不可缺少的组成部分。古代诗词作品中意象大多数有象征含义，"关于中国古典诗歌的启示义，我大致分为以下五类：双关义、情韵义、象征义、深层义、言外义。"② "象征义，专指那些用象征的手法派生出来的意义，有的附着在词语的宣示义上，有的并不在词语上，而在整个句子之中或整篇诗歌之中"③。"物象一旦进入诗人的构思，就带上了诗人的主观色彩。"④ 故而，进一步探究沙漠意象深层次的象征意义，对于理解诗人不同的情感和体验，有很好的辅助作用。沙漠"经过诗人审美经验的淘洗与筛选，以符合诗人的美学理想和美学趣味；另一方面，又经过诗人思想感情的化合与点染，渗入诗人的人格和情趣"⑤，祁韵士以别样的审美和意绪去审视沙漠意象时，它就是"融入了主观情意的客观物象，或者是借助客观物象表现出来的主观情意"⑥ 的沙漠意象。

诗人初至西域，他将目光集中在沙漠的广袤无垠上，亲身体会了沙漠

---

① 刘勰著、范文澜注：《文心雕龙》，北京：人民文学出版社，1958 年版，第 693 页。
② 袁行霈：《中国诗歌艺术研究》，北京：北京大学出版社，1987 年版，第 7 页。
③ 袁行霈：《中国诗歌艺术研究》，北京：北京大学出版社，1987 年版，第 13 页。
④ 袁行霈：《中国诗歌艺术研究》，北京：北京大学出版社，1987 年版，第 62 页。
⑤ 袁行霈：《中国诗歌艺术研究》，北京：北京大学出版社，1987 年版，第 62 页。
⑥ 袁行霈：《中国诗歌艺术研究》，北京：北京大学出版社，1987 年版，第 63 页。

中行走的不易，在诗人的眼里和心里，写到了沙漠就是写到了西域，沙漠因而具备了象征意义。

《二月十八日出都，留别祖舫斋、阎墨园、曹定轩、郭可之、刘澄斋诸君子》① 中有"三十年来老弟兄，临歧分袂更关情。也知别后相思苦，且向龙沙万里行"。诗人告别好友，不得不驶向沙漠，这里龙沙指沙漠，借用了《后汉书·班超传》中典故："定远慷慨，专功西遐；坦步葱雪，咫尺龙沙。"龙沙指白龙堆沙漠，在阳关以西，罗布泊以东，是一片浩瀚的沙漠，自此后龙沙就用以指代西北边疆的沙漠。该诗描写诗人告别亲友后，踏上西行流放之路。因此这里沙漠意象就蕴含了生活的艰难和内心的凄苦。另一首《无题》② 有"客西水自向东行，三五人家村不成。广漠无边芳草白，流沙极目暮云平"。一路向西行驶，然而水却无情向东流去，突出了他乡为客的伤悲，诗人越走越荒凉，人烟稀少，村落更加少见，眼中看到的是广阔无垠的沙漠，草木是枯白色，四周是流沙。四句中有两句写沙漠，描写了边疆行路之艰难，使读者感同身受。其《宿三道沟有感》③ 中有"平冈一望远天低，风疾沙迷塞草萋"；《途中书呈丁立斋、凤祥庵、遐九峰》④ 有"何处最销魂，西去过玉门。见沙不见草，无水竟无村"；《红柳峡》⑤ 中有"游龙走瀚海，至此势一束""至今西北地，半为沙砾窟"，这三首诗中都描写了沙漠的广阔和荒凉，诗人将沙漠当作环境艰苦的写照。《旅次遣怀》⑥ 中"行经瀚海难为水，渡向恒河但有沙"写沙漠，并且化用了唐代元稹《离思》的诗意："曾经沧海难为水，除却巫山不是云。"诗人反其意而用之，这里主要突出沙漠中缺水的情况。《晚宿小店率尔成篇》⑦ 中"逆旅岂悬高士榻，流沙且避大王风"化用了宋玉《风赋》突出边疆环境的荒凉。

---

① 修仲一、周轩：《祁韵士新疆诗文》，乌鲁木齐：新疆大学出版社，2006 年版，第 61 页。
② 修仲一、周轩：《祁韵士新疆诗文》，乌鲁木齐：新疆大学出版社，2006 年版，第 130 页。
③ 修仲一、周轩：《祁韵士新疆诗文》，乌鲁木齐：新疆大学出版社，2006 年版，第 131 页。
④ 修仲一、周轩：《祁韵士新疆诗文》，乌鲁木齐：新疆大学出版社，2006 年版，第 135 页。
⑤ 修仲一、周轩：《祁韵士新疆诗文》，乌鲁木齐：新疆大学出版社，2006 年版，第 135 页。
⑥ 修仲一、周轩：《祁韵士新疆诗文》，乌鲁木齐：新疆大学出版社，2006 年版，第 139 页。
⑦ 修仲一、周轩：《祁韵士新疆诗文》，乌鲁木齐：新疆大学出版社，2006 年版，第 141 页。

《晚宿格子烟墩》① 中有诗句"百余里外未逢村，沙路迟迟问远墩。日暮途遥频驻马，更深店闭懒开门"，描写诗人西行路上投宿的艰难。诗人用沙漠的无边形容被流放的无穷尽，也突出了诗人对流放生活的不适应。

二、蕴含了诗人内心深处丰富复杂的情感

"在这些诗里，取作象征的事物相当广泛，而表现的内容多半是政治的感慨，或伤时，或忧生，或言志，或讥刺"②，"在中国古典诗歌里，象征义是很常见的"③。祁韵士诗歌描写的沙漠意象中"象征义有两个特点：其一，用具体的、可感的事物象征抽象的意义；其二，用客观的事物象征主观心理和情绪"④。沙漠意象展现奇特的自然风光和艰难的生存环境，沙漠意象逐渐固定成为诗人在西域的情感抒发载体。

诗人描写沙漠意象时，经常将沙漠的辽阔和具体的人生感受结合在一起，如《五月廿七日出嘉峪关西行》⑤ 中有"种种嗟余两鬓斑，穷沙远戍几时还，始知天下伤心处，无过西来嘉峪关"，用"穷沙远戍"和"几时还"描写诗人的悲苦心情，将沙漠和自己的年迈以及身世之感融为一体。沙漠意象表现了诗人的极度伤痛，以至于"行行忽遇东归客，不觉低头泪欲潸"，诗人描写伤心的诗句很多，但落泪的诗句不多，可见万里沙漠带给诗人的伤感程度。

《夜行戈壁中》⑥ 描写对象是戈壁，即广义沙漠之意，诗人摹绘细致、生动："安西北郭外，千里起沙碛。一望少人烟，所至水草缺。"看着无边无际的沙漠，空中的云彩都染上了"愁"思，让人无法前行。"念我再生人，今作远游客"，全诗十六句，几乎句句言愁，最后以"冷冷清凉界，身忘在沙漠。颓向车中卧，起视东方白"作结，可以看出，诗人借助于沙漠

① 修仲一、周轩:《祁韵士新疆诗文》,乌鲁木齐:新疆大学出版社,2006年版,第145页。
② 袁行霈:《中国诗歌艺术研究》,北京:北京大学出版社,1987年版,第13页。
③ 袁行霈:《中国诗歌艺术研究》,北京:北京大学出版社,1987年版,第13页。
④ 袁行霈:《中国诗歌艺术研究》,北京:北京大学出版社,1987年版,第13页。
⑤ 修仲一、周轩:《祁韵士新疆诗文》,乌鲁木齐:新疆大学出版社,2006年版,第128页。
⑥ 修仲一、周轩:《祁韵士新疆诗文》,乌鲁木齐:新疆大学出版社,2006年版,第133页。

意象展现了人生感受。

《偶占》① 是诗人行至哈密时所作，"流水皆东去，吾行独向西。沙原春寂寞，惟见草萋萋。"流水向东流去，诗人多想和流水一样归至故乡，但只能奉命西行，看到一片片沙漠，不见亲友，只见茂盛的野草。诗人的内心无比伤痛和寂寞，该诗借助于流水和沙漠意象突出诗人身世之悲。

西域天气严寒，天山峰顶上常年覆盖积雪。祁韵士描写瀚海时不可避免地写到了雪意象。如《卡伦》② "刁斗声残夜寂寥，龙沙极目雪花飘。"出发前听说西行路途遥远，一路走来确信传闻不差，又是冰山又是沙漠，路程难行。沙漠中行路难，遇上雪天，更加难行，诗人难以成眠，夜夜听"刁斗声残"，孤独难耐。

西域多沙漠，诗里时时有沙漠，处处是沙漠。除了借助于沙漠意象表达愁情外，还展现了诗人看到异域风景时的惊奇之感。《星星峡》③ 中"一峡锁万峰，横绝瀚海上"除了描写沙漠的广阔和荒凉外，又多了一层新奇之意。《风穴行》④ 中连续使用了三个"沙"字表达诗人对黑风川的大风和沙漠的惊叹："沙碛崎岖亘千里，此穴横穿沙碛里""沙石错杂迷道路，昼夜狂号风不止"，诗人不但惊奇于黑风川的大风，还惊叹于沙漠的浩瀚无垠。这两首诗一改前面的悲苦感情，给沙漠意象披上了新奇感受的外衣，让人心里舒畅了很多。该诗与上述诗歌最大的不同，在于不是写静态的沙漠意象，而是将气候多变，狂风不止、沙石满地滚的动态沙漠摹绘在眼前，写动态沙漠的诗歌数量较少，夸张、拟人和比喻等修辞手法纷纷体现于"连天吼""动地来""从空起"和"腾空去"等词语中。

沙漠意象还抒发了诗人经历苦难后的平和心态，《过正定府》⑤ 中有"策马登前路，双蹄傍晓嘶。平沙人迹远，夹道柳阴请"，诗人经历了苦难后，内心暂时归于平静，有所释然，诗歌最后以佛教用语"无上问菩提"作结。

---

① 修仲一、周轩：《祁韵士新疆诗文》，乌鲁木齐：新疆大学出版社，2006 年版，第 149 页。
② 修仲一、周轩：《祁韵士新疆诗文》，乌鲁木齐：新疆大学出版社，2006 年版，第 275 页。
③ 修仲一、周轩：《祁韵士新疆诗文》，乌鲁木齐：新疆大学出版社，2006 年版，第 137 页。
④ 修仲一、周轩：《祁韵士新疆诗文》，乌鲁木齐：新疆大学出版社，2006 年版，第 150 页。
⑤ 修仲一、周轩：《祁韵士新疆诗文》，乌鲁木齐：新疆大学出版社，2006 年版，第 66 页。

三、还原了西域百姓真实的生活状况

诗人一路西行至流放地伊犁，所见所闻所感颇多，心情逐渐平复，开始客观地看待自己的人生，诗人对西域民俗很认同。坎坷的命运并没有击垮诗人积极用世之心，看到百姓丰衣足食内心欢乐，借助于沙漠意象，展现了安居乐业的生活。《黄羊》① 中这样写道："猎较邱陵笑触羝，天高漠远草萋萋。归鞍拉杂驮将去，肥牸还应速客齐。"该诗描写百姓狩猎野生动物的生活场景，人们在黄羊交配的季节射猎黄羊，凯旋而归，这样欢乐的场景是在"天高漠远"背景下完成的，沙漠再也不是环境恶劣、内心凄苦的映射了，而是人们生活欢乐祥和的展现。

《苜蓿》② 写到了边疆人民游牧的生活场景："欲随青草斗芳菲，求牧偏宜野甙肥。几处嘶风声不断，沙原日暮马群归。"在春天苜蓿正肥的时节，成群的马啃食苜蓿，"沙原日暮马群归"也写出了百姓和平的游牧生活。

此外，祁韵士还描写了沙漠中生长的植物和出产的瀚海石。《沙葱》③ 中写道："针细何殊草一丛，摘来盈把向沙中。不随姜桂老同辣，羊角多须是若翁。"该诗描写沙中生长的沙葱，它是人们日常生活的重要蔬菜；《沙竹》④《沙枣》⑤ 都描写了沙漠中生活的植物；《瀚海石》⑥ 更是将沙漠出产的石头作为音乐的奇材来描写。"耳边弹指闻清越，泗水何劳觅磬材"，沙漠中瀚海石声音清脆激扬，何必去泗水之滨去寻作磬的石材呢？该诗句下有自注："绿者为上，猪肝色者多。"诗人在三间房附近戈壁上捡了很多石头，诗人喜爱这些奇石。当地百姓也将石头做成各种工艺品。

《圈车》⑦ 一诗写及沙漠时结合了极有特色的交通工具："远行最稳是圈车，薄笨垂帷体态舒。日卧高轩向广漠，居然天地一蓬庐。"诗人描写了西

---

① 修仲一、周轩:《祁韵士新疆诗文》,乌鲁木齐:新疆大学出版社,2006 年版,第 232 页。
② 修仲一、周轩:《祁韵士新疆诗文》,乌鲁木齐:新疆大学出版社,2006 年版,第 245 页。
③ 修仲一、周轩:《祁韵士新疆诗文》,乌鲁木齐:新疆大学出版社,2006 年版,第 252 页。
④ 修仲一、周轩:《祁韵士新疆诗文》,乌鲁木齐:新疆大学出版社,2006 年版,第 246 页。
⑤ 修仲一、周轩:《祁韵士新疆诗文》,乌鲁木齐:新疆大学出版社,2006 年版,第 247 页。
⑥ 修仲一、周轩:《祁韵士新疆诗文》,乌鲁木齐:新疆大学出版社,2006 年版,第 256 页。
⑦ 修仲一、周轩:《祁韵士新疆诗文》,乌鲁木齐:新疆大学出版社,2006 年版,第 252 页。

行路上的真实状态，沙漠无边，不适宜乘坐普通的交通工具，薄笨车行驶方便，于是诗人乘坐薄笨车行驶在沙漠之中。便利舒适的车带给诗人极大的安慰，解除部分身体之苦，沙漠不再是痛苦的根源，而是享受的环境了。

综上所述，祁韵士诗中使用了 24 处沙漠意象，沙漠是西域风景中独有壮观的并且具有象征意义的一个物象。到西域的人第一眼看到的是沙漠，路途上感受到的也是沙漠，沙漠既是新奇的风景，又是苦难生活的开始，只有征服沙漠，方才有可能活下来。诗人将自己丰富复杂的思想感情熔铸于沙漠意象中，因此，在这个意义上讲，沙漠意象中寄托了诗人各种复杂的感情和心境，沙漠意象展现了诗人真实的感受。通过阅读这些诗歌，可以还原一百多年前西域居民真实的生活面貌，诗人心里认同西域民俗和社会生活；更深层次上讲，祁韵士诗中缊含了中华民族共同体意识，在诗人眼里，中原人民和西域人民亲如一家，中华民族各民族平等、和平相处，各民族交往交流交融，安居乐业，和谐安定。从这个意义上讲，祁韵士诗歌具有民族团结、国家统一和领土完整的政治意义。该类诗歌思想价值和文化价值极高。由于作者能力有限，沙漠意象研究只能言尽于此。

第三节
祁韵士西域诗歌中的雪意象

在中国古典诗词作品中，诗人通过自然物象表达诗歌的主旨和自己的感情和心绪，这些物象进入诗词作品中具有了特定的含义，这种含义被诗人反复使用，最终固定下来。如唐代终南山意象，象征文人通过隐居途径进入官场，隐居不是目的，只是手段而已。短松岗在中国古典诗词中反复出现，象征亲朋已故的墓地。笔者梳理了祁韵士诗歌，发现山、水、风、雨、雪等等这些自然意象随处可见。自然物象一旦进入诗中，被历代诗人用笔墨着意摹绘后，形成了不同意象，最早可以追溯至先秦时期。《诗经·关雎》①中借助于雎鸠的意象来展现男子对女子的痴情和专一；荇菜意象是为了表明男子追求女子的不容易和长久的过程；琴瑟意象是为了说明男子是将女子当作妻子来追求的，不是情人也不是妾，因而琴瑟意象后来被用来指代夫妻之情，成语字典中有琴瑟和鸣，用来表现夫妻恩爱，感情特别好，它的反义词就是琴瑟不调，用来形容夫妻二人感情出了问题，同床异梦。

古典诗词作品中，雪意象出现得很早，我国第一部诗歌总集《诗经·采薇》中有"今我来思，雨雪霏霏"②，诗人用雪物象结合雨物象表现了悲伤的情怀；汉乐府民歌《上邪》中有"冬雷震震，夏雨雪"③，诗人通过五个誓言，把雪物象放进诗歌展现了女主人公对爱情的执着；唐代岑参《白雪歌送武判官归京》中有"纷纷暮雪下辕门"④，岑参出塞后在雪中送朋友回京城，通过雪的大环境表达了送别时恋恋不舍的友情；唐代李白《行路难》中写道"欲渡黄河冰塞川，将登太行雪满山"⑤，雪意象象征阻碍李白实现理想抱负的阻力；中唐柳宗元《江雪》一诗中"孤舟蓑笠翁，独钓寒江雪"⑥，更是将诗人放进更大的时空孤独中，用一个绝字，用一个灭字，来凸显诗人独钓寒江雪，成为千古绝唱；南宋陆游爱国诗《书愤》中有"楼船夜雪瓜州渡，铁马秋风大散关"⑦，借助于楼船夜雪的意象表达了诗人报国无门的愤慨情怀。纵观中国历代诗词作品，雪意象自先秦至明清绵延不绝。值得一提的是，这些古典诗词中的雪意象和其他意象不一样，雪意象有一个发展渐变的过程：先秦时期，雪作为诗歌的大环境衬托出现，雪意象都是作为诗歌作品的背景环境，这种情况至魏晋才开始转变。魏晋南北朝时期，文学自觉逐渐完成，雪意象的独立是伴随着魏晋南北朝文学

①　骆玉明校注：《诗经》，西安：三秦出版社，2018 年版，第 2 页。
②　骆玉明校注：《诗经》，西安：三秦出版社，2018 年版，第 318 页。
③　谭国清主编：《传世文选·乐府诗集》，北京：西苑出版社，2009 年版，第 165 页。
④　陈湛元：《唐诗八百解》，哈尔滨：东北林业大学出版社，2016 年版，第 22 页。
⑤　马茂元、赵昌平选注：《唐诗三百首新编》，北京：商务印书馆，2020 年版，第 161 页。
⑥　赖芳伶：《唐代诗选》，北京：九州出版社，2018 年版，第 242 页。
⑦　王新龙编著：《陆游文集》，北京：中国戏剧出版社，2011 年版，第 81 页。

自觉而同步完成的，从此之后，雪意象才成为独立的审美意象为文人们吟咏。①

梳理研究祁韵士诗歌，可以看出，雪是诗中的重要组成部分，雪意象寄寓了诗人主观感情。刘勰说得好："春秋代序，阴阳惨舒，物色之动，心亦摇焉。"② 诗人到边疆地区后，大雪带给他极大的震撼。雪是西域常见的自然物象，秋冬时节，随处可见，诗人将雪写进诗歌，雪被诗人赋予了灵性和深厚的内涵，雪意象就形成了。《文心雕龙·物色》中写道："是以诗人感物，联类不穷，流连万象之际，沈吟视听之区；写气图貌，既随物以宛转；属采附声，亦与心而徘徊。"③ 雪意象"随物以宛转，与心徘徊"，雪意象逐渐拥有了丰富的文化内涵，是诗人至西域后情感变化的抒情载体。雪物象对于诗人们创造边塞诗歌的意境和表现主观感受都有非常重要的作用，当读者感受诗歌意境时，雪意象成了表达作者主观感受的抒情路径。因此，为了充分理解祁韵士西行路上的真情实感，必须结合雪意象来解读他的诗歌。

祁韵士诗中雪意象的内涵，主要从雪的外形和颜色、雪承载的情感内容，与其他物象结合构成了特殊的精神和意蕴三个方面来探究。

一、摹绘了雪的颜色

雪是西域冬季特有物象，雪物象时时处处出现于祁韵士诗中，无所不在，无时不在。《四月十四日度六盘山，雨雪交作，狼狈殊甚，次日作长歌纪其事》④ 中出现了 10 个雪字，"雪白泥紫路泞甚，马瘏仆瘁若就缚"，诗人用泥的紫色、泥巴的泥泞衬托雪的洁白；《甘州道中》⑤ 也使用了这样的写法："凉州西去是甘州，积雪青山半白头" 诗人用山的青色衬托白色的

---

① 袁海俊:《论苏轼词的雪意象》,《乐山师范学院学报》,2013 年第 2 期,第 14 页。
② 刘勰:《品读经典 文心雕龙 图文版》,长春:吉林文史出版社,2018 年版,第 242 页。
③ 刘勰:《品读经典 文心雕龙 图文版》,长春:吉林文史出版社,2018 年版,第 245 页。
④ 修仲一、周轩:《祁韵士新疆诗文》,乌鲁木齐:新疆大学出版社,2006 年版,第 112 页。
⑤ 修仲一、周轩:《祁韵士新疆诗文》,乌鲁木齐:新疆大学出版社,2006 年版,第 122 页。

雪；《乌鲁木齐》①中有"岭上停云连雪白，溪头密树带烟青"，用云彩的颜色和密树的青色衬托白色的雪；《望博克达山》②中有"峻坂仰看白雪老，连城俯压青云开"，用云的青色衬托白色的雪。由此可见，诗人钟爱颜色相间相衬的艺术表现手法。诗人喜欢用青色衬托雪的白色，上述四首诗中有三首都是用青色衬托白色的雪。

二、展示了雪的情态

在祁韵士看来，西域的雪也是有生命的，诗人赋予了雪生命力，这生命力和诗人一样，是极其顽强的。他在中原很少见到雪，他眼中雪是千姿百态的，美丽轻盈的雪花寄寓了诗人的感情。诗中看到飞舞的雪花、层层叠叠的积雪、即将融化完的残雪、密密麻麻下着的雪、伴随着风的雪、泥土中融合一体的雪、象征诗人品格的傲雪、预示丰年的瑞雪、和诗人愉悦心情联系在一起的快雪、和诗人苦痛情怀联系在一起的恶雪等，这些雪景的描写都是诗人丰富复杂情怀的表现。《雉》③中有"草浅风嘶雪霰飞，离披五色雉初肥"，描写草枯风吼秋日里雪花飞舞的情景，飞雪和草浅风吼相互衬托；《风戈壁》④中有"漫空雪阵欲埋人，不死虬尤作转轮"，则是写飞雪的情态以及降雪的规模；《泥屋》⑤中描写了异域降雪量之大："大雪压庐深数尺，呼儿却扫若磐安。"《火山》⑥中"冰山雪海界将交，赤地洪炉鼓异飔"则是用比喻的修辞手法描写了雪的规模之大；《抵凉州刘苇亭观察见招》⑦中有"山外有山皆拥雪，水中无水尚名河"，诗人描写了雪的规模。《琶离》⑧中也写雪的规模："辚辚未解听车声，尺雪从教踏处平。"《古

①　修仲一、周轩:《祁韵士新疆诗文》,乌鲁木齐:新疆大学出版社,2006 年版,第 159 页。
②　修仲一、周轩:《祁韵士新疆诗文》,乌鲁木齐:新疆大学出版社,2006 年版,第 161 页。
③　修仲一、周轩:《祁韵士新疆诗文》,乌鲁木齐:新疆大学出版社,2006 年版,第 221 页。
④　修仲一、周轩:《祁韵士新疆诗文》,乌鲁木齐:新疆大学出版社,2006 年版,第 213 页。
⑤　修仲一、周轩:《祁韵士新疆诗文》,乌鲁木齐:新疆大学出版社,2006 年版,第 260 页。
⑥　修仲一、周轩:《祁韵士新疆诗文》,乌鲁木齐:新疆大学出版社,2006 年版,第 206 页。
⑦　修仲一、周轩:《祁韵士新疆诗文》,乌鲁木齐:新疆大学出版社,2006 年版,第 121 页。
⑧　修仲一、周轩:《祁韵士新疆诗文》,乌鲁木齐:新疆大学出版社,2006 年版,第 253 页。

城》① 中有："残雪几峰吹不落，迎风飞上白云间。"《张掖县》② 更是用拟人化的手法描写了雪的情态："雪隐天山北，沙屯黑水西"。

《四月十四日度六盘山，雨雪交作，狼狈殊甚，次日作长歌纪其事》③ 描写了动态的雪："路转峰回不记数，冰裂雪绽风飕飕。"结合千回百转的路，诗人描写了冰层裂开、风吼雪绽时的雪景。诗中所有物象都是动态的。动态的雪有一个逐渐变化的过程："危坂陡绝上青霄，时有风雪相倚徙""汩汩流泉建瓴下，雨点缤纷化为雪""雪白泥紫路泞甚，马瘏仆瘁若就缚""是时风雪复大作，雪花如掌风如烟""路转峰回不记数，冰裂雪绽风飕飕""渐入平地杨店息，雪则不见雨未休""此身疑是从天降，回首但看山白头""山下作雨山上雪，兼有狂风助雄怪""不怕层峰叠嶂险，但愁泥滑雪漫漫"，该诗共使用 11 个雪字，完成了雪的动态变化过程。雪几乎是诗人的化身了，冲破了千难万阻，不怕层峦叠嶂，尽情地舞动着它的风姿。

由上可知，雪意象直接或者间接寄寓了诗人丰富复杂细腻的感情，诗人对雪充满了新奇、喜爱的情感，极个别时候也会因为雪带来的寒冷和交通不便而产生伤感之心。钟嵘《诗品序》写道"气之动物，物之感人，故摇荡性情，形诸舞咏"④"嘉会寄诗以亲，离群托诗怨。至于楚臣去境，汉妾辞宫"⑤"凡斯种种，感荡心灵，非陈诗何以展其意？非长歌何以骋其情？故曰：'诗可以群，可以怨'"⑥。诗人获罪被朝廷流放至西域。从这个意义上讲，他的诗是"群"和"怨"的表达方式，与此同时，被异域风光震撼，诗人也展现了自己对此美景的欣赏。祁韵士以诗展现了复杂的人生感受，将个人情感融入了雪意象。不仅如此，还融入了独特的人生体验，诗人努力适应新环境，开解自己，逐渐对雪产生了欣赏和喜爱之情。

① 修仲一、周轩：《祁韵士新疆诗文》，乌鲁木齐：新疆大学出版社，2006 年版，第 190 页。
② 修仲一、周轩：《祁韵士新疆诗文》，乌鲁木齐：新疆大学出版社，2006 年版，第 123 页。
③ 修仲一、周轩：《祁韵士新疆诗文》，乌鲁木齐：新疆大学出版社，2006 年版，第 112 页。
④ 钟嵘著、张朵等注译：《诗品》，郑州：中州古籍出版社，2010 年版，第 31 页。
⑤ 钟嵘著、张朵等注译：《诗品》，郑州：中州古籍出版社，2010 年版，第 41 页。
⑥ 钟嵘著、张朵等注译：《诗品》，郑州：中州古籍出版社，2010 年版，第 41 页。

三、与其他物象结合构成了特殊的精神和意蕴

祁韵士诗中运用比喻和丰富的联想，在摹绘雪意象时展现出特殊的美，和沙漠意象体现的壮美不同，雪意象展现的美更接近优美。诗人摹绘雪意象时将雪和其他特有物象结合起来进行描写，雪常常伴随着风，呈现风雪物象；雪和冰结合呈现冰雪物象；雪和山结合呈现山雪物象；雪和松树结合呈现雪松物象；雪和山峰结合呈现峰雪物象；雪和窟结合呈现窟雪物象；雪和雨结合呈现雨雪物象；雪和泥结合呈现雪泥物象；雪和月结合呈现雪月物象等等。这些物象和雪结合进而有了新的意蕴，比如冰使雪意象多了层神韵，月和山使雪意象多了层雅韵，泥和窟使得雪意象多了层哲理。

风雪物象增加了诗歌的和谐感，更多体现出雪意象的精神和文化内涵。祁韵士诗歌中，风雪物象时常出现，雪意象在诗中不再是一种环境和背景了，而是成为诗歌着重描写的对象。这类诗歌数量不在少数，《鄂博》① 中描写风雪时甚至给雪披上了祭祀的内涵，"告虔祝庇雪和风，垒石施金庙祀同"。风雪紧密结合在一起成为人们祝祷的对象。《毛褐》② 一诗中"风雪"和当地服饰文化紧密结合在一起，"价廉买得当风雪，一幅深衣耐几年"。

冰雪、雪泥、窟雪和窖雪等物象增加了诗歌的哲理感，《飞雁篇》③ 中有"雪泥踪迹偶然耳，行见衔芦归去肥"，表达了苏轼雪泥鸿爪这一成语的含义。《四月十四度六盘山，雨雪交作，狼狈殊甚，次日作长歌纪其事》④ 诗中描写了"深涧万丈冰雪窟"后感叹"进退维谷唤奈何，智勇俱困难为力"；《冰岭》⑤ 诗中有"玲珑雪窖深无底，茧足盘旋履战兢"，通过雪窖和茧足展现了诗人一路西行的艰难险阻。

《过九眼泉》⑥ 描写了雪峰物象，"雪峰远出层霄迥，芳草低迷十里

---

① 修仲一、周轩：《祁韵士新疆诗文》，乌鲁木齐：新疆大学出版社，2006 年版，第 219 页。
② 修仲一、周轩：《祁韵士新疆诗文》，乌鲁木齐：新疆大学出版社，2006 年版，第 265 页。
③ 修仲一、周轩：《祁韵士新疆诗文》，乌鲁木齐：新疆大学出版社，2006 年版，第 168 页。
④ 修仲一、周轩：《祁韵士新疆诗文》，乌鲁木齐：新疆大学出版社，2006 年版，第 112 页。
⑤ 修仲一、周轩：《祁韵士新疆诗文》，乌鲁木齐：新疆大学出版社，2006 年版，第 204 页。
⑥ 修仲一、周轩：《祁韵士新疆诗文》，乌鲁木齐：新疆大学出版社，2006 年版，第 123 页。

平"，诗人将雪峰放在天地沙漠之间，凸显出了人的渺小；《雁》① 一诗中也有这样的表达方式："相呼南返江干去，不恋情凉雪外山。"诗人在展现自身渺小的同时，借助于雪意象凸显出了环境的寒冷和艰苦。个体的渺小和无奈之感，和祁韵士晚年的政治挫折相契合，诗人前半生仕途相对顺利，后半生却十分坎坷。他人生经历和雪意象内涵相同，有时风雪交加，转瞬间又晴空万里。在诗人笔下，雪意象是孤独的，有一种伟美的感觉，在诗人眼中，雪意象有时候是一种精神的体现，有时候是雨的精魂，有时候展现出顽强的生命力，诗人摹绘雪意象时将自己坎坷遭遇寄寓其中。王国维《人间词话》中说"以我观物，故物皆著我之色彩"，雪意象就是如此。品读雪意象时我们分明感受到了诗人傲岸和寂寞的心。

除了风雪外，和雪结合最多的是雪山物象，《有谈岔口鸟者诗以志之》② 中记载道："雪山小鸟不知寒，水腹坚时出卵完。"诗人站在边地的孤城之上，看着雪山，看着岔口鸟，诗人就是那啼叫的鸟儿，多么期盼回乡，但无法回乡。在这些荒凉的景物摹绘中饱含了诗人浓郁的思乡之情。

《晨渡玛纳斯河》③ 写道："山雪消将尽，滩头水怒号。"诗人立于天地间，从时间和空间上感受到了前所未有的孤独，"前不见古人，后不见来者，念天地之悠悠，独怆然而涕下"，诗人又看到"北流声活活，西顾势滔滔"；《自库尔喀喇乌苏西行》④ 中有"雪山入望郁嵯峨，蔓草荒原取次过"，让我们感受到了诗圣杜甫《兵车行》"新鬼烦冤旧鬼哭，天阴雨湿声啾啾"⑤ 的痛苦，读完此诗，仍然可感受到诗人当时的伤痛和凄苦。

祁韵士诗中雪意象与复杂的心境和丰富的感情相互应和，通过对雪意象的描写，往往显示出言有尽而意无穷的特点。诗中频繁出现雪，即使在六月的夏天，西域也有飞雪的时候。雪增强了人生坎坷的情感体验，有时雪意象又是诗人精神孤独的载体，有时又是诗人活下去奋斗下去的精神动

---

① 修仲一、周轩:《祁韵士新疆诗文》,乌鲁木齐:新疆大学出版社,2006 年版,第 204 页。
② 修仲一、周轩:《祁韵士新疆诗文》,乌鲁木齐:新疆大学出版社,2006 年版,第 159 页。
③ 修仲一、周轩:《祁韵士新疆诗文》,乌鲁木齐:新疆大学出版社,2006 年版,第 163 页。
④ 修仲一、周轩:《祁韵士新疆诗文》,乌鲁木齐:新疆大学出版社,2006 年版,第 164 页。
⑤ 林坚编:《唐诗三百首》,北京:时代华文书局,2019 年版,第 140 页。

力。可以说，祁韵士通过雪意象的反复摹绘，使诗人表达的情感更加深刻、细致。

综上所述，祁韵士编修国史和复校《四库全书》，积累了大量的史地编纂经验，为日后编修西北史地著作提供了前提条件。祁韵士是伊犁流人作家群的代表诗人，流人文化对祁韵士产生了重要的影响，祁韵士与伊犁将军松筠及其下属官员们往来密切，经常诗文唱和，留下了大量的诗文著作。伊犁流人、伊犁将军府官员和当地百姓共同建设了伊犁，维持了西域的社会稳定与长治久安。祁韵士诗中自强不息的抗争精神、踏实肯干的奋斗精神、关心当地民众和巩固边疆防务的爱国情怀是中华民族共同体意识的重要组成部分。

祁韵士《濛池行稿》《西陲竹枝词》中寄寓了诗人由失望伤心到疏解和振作的完整历程，展现了诗人由最初对自身命运的哀怨和愁苦之情到乐观、旷达地看待人生的情感转变。正是有了这种感情转变真实的记录，祁韵士诗歌尤其能够打动人心，他笔下描写的西域历史和人文风貌才尤其真实可信。祁韵士诗歌涉及多种题材内容。风景诗全方位展示了清代中后期西北边疆的山川河流、地理风貌，诗中摹绘了边疆天山、雪水、戈壁、胡杨等奇异风光带给他的心灵震撼，如《风穴行》《行抵伊犁三台观海子》《天山》《戈壁》等。咏怀诗多是有感于身世之悲，寄寓了诗人的思乡情怀和对松筠、那彦成的感遇之恩，如《七月十七日抵戍书怀》《塞外独行忽有所悟》；咏史诗记了诗人一路西行的名胜古迹，诗中涉及众多历史事件、历史人物，也寄寓了诗人的人生感悟和思考，寄寓了自己才华不被赏识，无法得到朝廷重用的苦闷，如《国士桥论豫让事》《祁县祁大夫祠》《韩侯岭怀古长句》等。咏物诗则将目光聚焦于西北边疆各种物产，在吟咏物产的同时结合了自身感受，选取西域特有的植物和动物为吟咏对象，对其进行刻画，绘形传神，从而借助于吟咏之物表现诗人的主观情感、人生感慨、政治见解等，如《胡桐泪》《雪莲》《梭梭木》等。民俗诗则借助于诗人之眼、诗人之笔、诗人之心将边疆民风民俗画卷无保留地展现于我们眼前，展示了西域服饰文化、交通文化、饮食文化、艺术文化、建筑文化、宗教文化和经济贸易等民俗，如《毛褐》《棉花》《皮筒》《圈车》等。送别诗展现了诗人的思乡之情，特别是对妻儿和亲朋好友的深深挂念。军事诗是祁韵士西域诗歌的一个亮点，通过对边疆军事屯垦等方面的描写，展示了清政府对西北边疆有效的治理，展现了中华民族共同体意识，还原了清代中后期各民族交往交流交融的真实场景，说明西域是祖国不可分割的重要组成部分。

祁韵士诗歌创作也取得了较高的艺术成就。诗中化用了前代史书或古诗词，诗句几乎无一字无来历，无一字无出处，这些化用的古籍内容深层次寄寓了诗人流放伊犁后的思想感情、人生观和价值观。祁韵士化用历史典故，使用了正用、反用等多种方法。祁韵士接受和继承了宋代江西诗派诗歌理论，他的诗歌运用了江西诗派"点铁成金"艺术表现手法。诗中出现了众多的意象，出现频率最高的是柳树意象、雪意象和沙漠意象，这些意象背后都蕴涵着深刻的思想和文化内涵。

祁韵士晚年遭遇政治打击，开启了新的人生篇章，结识了两位知己松筠和那彦成，正是在他们的影响和帮助下，完成了《西陲总统事略》的编纂工作，并创作了《万里行程记》《濛池行稿》《西陲竹枝词》等文学著作。正如梁启超所说"祁鹤皋、徐星伯皆夙治边徼地理，皆因遭戍伊犁而其学大成"①。正是流放伊犁，成就了祁韵士西北史地研究的奠基之功，这一点和苏轼极为相似，黄州惠州儋州，成就了苏轼。祁韵士编著史书时遵循"信今而证古，有益于当世"的史学信念，对日后西北史地学者们产生了重要的影响。祁韵士流放伊犁期间，将严谨的考据精神和史地考察的真实数据完美结合，完成了《西陲总统事略》等多部西北史地学著作，内容涉及政治、经济、文化和宗教等方面，是西域文学与文化研究重要的文献资料。祁韵士对西北史地学具有开拓之功，在他的影响下，学者们逐渐重视西北史地学，这对于维护中国领土完整和中华民族共同体意识有重要作用，祁韵士诗中体现的民族精神和忧患意识也值得肯定和称颂。祁韵士在清代西域文学领域内占有重要的地位，期待本研究对清代西域文学研究有一定的贡献。

---

① 梁启超：《中国近三百年学术史》，北京：中华书局，2019 年版，第 282 页。

附录

《鹤皋年谱》^①

———————————
① 摘引自祁韵士著、刘长海整理:《祁韵士集》,太原:三晋出版社,2015 年版,第683-696 页。

余族祁氏，为晋著姓，其占籍于寿阳也。自始祖河东公始，十五传至余，世居平舒村。余初名庶翘，应试改名韵士，字谐庭，一字鹤皋，以所居山房额别号筠渌。村东北四十里有方山，往时爱其风景，尝有补筑山中之志，顾宦学无成，忽忽六十余年，兹老矣，获赋遂初，而买山无资，竟成画饼。惭对山灵，得毋胜诮，因复改号访山，以志夙约。暇日偻计，生平家居之日不过十载，追维往事，一一在心。既为按年编述出处之概，重复省览，不胜日月逾迈之感矣。嘉庆癸酉八月自题。

乾隆十六年辛未一岁。

八月十四日酉时，生于凤台县学署。时先君子官凤台训导，年四十九，母贾太恭人年四十一，兄赞亭讳树楷十九岁，兄福亭讳醇士十四岁，兄贯亭讳恕士九岁，姊七岁。

十七年壬申二岁。

十八年癸酉三岁。

祖母雒太恭人即世。随先君子归重。

十九年甲戌四岁。

二十年乙亥五岁。

始识字，记绝句。是年先君子服阕。

二十一年丙子六岁。

入家塾读书。

二十二年丁丑七岁。

二十三年戊寅八岁。

兄赞亭、贯亭同时补附学生。

二十四年己卯九岁。

先君子补官朔州训导。姊适吴氏，姊丈国子助教吴井榆，余姑子也。越二年，姊没，年十七。

二十五年庚辰十岁。

学作诗。

二十六年辛巳十一岁。

始学作文，侍母赴朔州任。

二十七年壬午十二岁。

偕兄贯亭听讲鄱阳书院，山长周霁亭先生讳煌孙，江苏山阳明经，邃于经学，善谈论，美须髯，时年六十六，自号髯翁。饮兴豪甚，每开讲，引巨觥琅琅作金石声。辟俗解，阐要义，启发人心思，余兄弟深得其益。

二十八年癸未十三岁。

手钞诗韵全部欲平仄审也。是年冬，先君子迁官长治县教谕，便道至家挈余之任。

二十九年甲申十四岁。

兄贯亭奉母至署，姪朝鸾从焉，年四岁，为兄赞亭出。先君子得孙晚甚，钟爱之。长治为潞郡大学，阁庋书籍自《十三经注疏》以及廿二史各种悉备。余兄弟日恣翻诵，而余性尤喜谈史事，抄撮寻究，日夜不辍，即古人爵里姓字必为疏记，小册累累，性之所好，殊不厌也。

三十年乙酉十五岁。

先君子督课极严，以余文字稍进奖励之。是年秋，兄贯亭乡试中式第二十三名举人。

三十一年丙戌十六岁。

归里完婚。十二月，弓宜人来归，余年十六。宜人父讳勋世，居本邑段王镇，母氏张，兄附学生持正，弟从九品表正。

三十二年丁亥十七岁。

应县试取第一名，时邑宰龚岷川先生延其同年陈莼涘先生阅卷，得余文，极为奖赞，谓不愧读书人手笔。既而莼涘先生就馆潞郡，闻余诣署省侍，亟召晤，且约排日为文，为之批阅，所以奖掖者甚至。莼涘先生讳庭学，顺天宛平籍，乾隆丙戌进士。岷川先生讳导江，浙江仁和籍，亦丙戌进士。

三十三年戊子十八岁。

应院试，受知于学使吕守一先生，补附学生。先生讳光亨，安徽旌德籍，乾隆辛未进士，官御史，授余《孝经》，使讲习之。是年秋七月，先君子见背，余以赴省试，行五十里驰归，语详先君子谱中。九月，奉枢归里。

三十四年己丑十九岁。

葬先君子于村东阳和堰之新阡，前母王太恭人祔葬焉。是年冬，兄贯亭就馆静乐，门人为李清葵、李燨、李清芬。余亦同往授读，门人为李銮宣。李氏阀阅旧家，书楼十余间，藏弃极富，多善本书，画亦绝佳。课余次第观览，开卷有益。余留静乐五载，非为修脯计，恋其有书可读耳。

三十五年庚寅二十岁。

母贾太恭人见背，余时送试忻州，由盂邑山中驰归。

三十六年辛卯二十一岁。

先太恭人于二月祔葬。前十日，兄赞亭以察视窑岁中阴寒暴亡，年三十九。三年之内，父母长兄叠遭变故，哀惨已极，痛不欲生。而孤侄朝鸾年甫十一，茕茕在疚，弥切鸧原之悲，乃与兄贯亭携之出门，选为教读，以冀成立。

三十七年壬辰二十二岁。

是年服阕。兄贯亭与余频年游学，家事悉兄福亭一人支持，此后遂以为常，忘内顾焉。

三十八年癸巳二十三岁。

始应岁试，补增广生。

三十九年甲午二十四岁。

科试补廪膳生。学使为曹剑亭先生，讳锡宝，江苏华亭籍，乾隆丁丑进士，官御史。时本邑诸生有秦、祁、赵、魏之目，谓余及秦君尚志、赵君宗文、魏君向中也。秋，病目甚剧，勉就闱卷，荐弗售。九月，辞静乐馆，读书晋阳书院，主讲马苏园公先生，讳去疾，江苏常熟籍，乾隆癸未进士。是年五月，第一子宬藻生。时第一女五岁，长适廪生王敷政，为本邑生员王公献宾子。女后于辛亥年殁，年二十一，遗一女。

四十年乙未二十五岁。

就馆太原李观察家，门人为李应垣、李应均，侄朝鸾从学。是年，叔父九峰公卒。

四十一年丙申二十六岁。

辞李氏馆，僦居校尉营道院读书，与曲沃张西园国翰、静乐李丹溪清葵、介休刘澄斋锡五同笔砚，旋同膺选拔。时相国朱文正公任山右方伯，宏奖人才，暇辄课所学，为讲经史，余蒙识拔最挚。太原司马蔡公、阳曲令吕公亦以诗赋相勖。余有《白桃花赋》见赏于吕，蔡亦推奖不置，咸有知己之感。朱文正公讳珪，顺天大兴籍，乾隆戊辰进士。蔡公讳亮茂，浙江德清籍，乾隆丁丑进士。吕公讳公滋，河南新安籍，乾隆壬辰进士。

四十二年丁酉二十七岁。

受知于学使国石堂先生，举选拔贡生。先生讳国柱，满洲镶黄旗人，乾隆乙丑进士，官翰林侍读学士。是年秋，余乡试中式第五名举人，时乡闱犹分经抡中，余习《礼记》为孤经，故置第五。座师一为长洲褚均心先生，讳廷璋，乾隆癸未进士，官翰林侍读学士。一为歙县金辅之先生，讳榜，乾隆壬辰状元，官修撰。房师为张文园先生，讳灏，陕西富平籍，乾隆已丑进士，官岚县令。是科解元秦尚志与余同邑同学，榜发，座师晤学使，知两人者素齐名，喜甚，以为针芥之投，所见略同，果不谬也。先是，陈纯涘先生别十余年，至是由比部出守潞郡，余单骑往谒，至则先生为之倒屣，亟命笠帆世兄预从余学，余亦以窗课就正纯涘先生。若丁亥年事，每一艺出，口讲指画，改削评骘，必期于是而后已。余时文工夫略有所得，皆先生指示之力也，余尝举以示人，谓师弟渊源有自云。

四十三年戊戌二十八岁。

会试中式第九十三名，座师金坛相国于文襄公，讳敏中，乾隆丁巳状元。嵩抚棠先生，讳嵩贵，蒙古镶黄旗人，乾隆辛巳进士，官阁学。韩城相国王文端公，讳杰，乾隆辛巳状元，时官少宰。房师为雷绍堂先生，讳轮，四川井研籍，乾隆已丑进士，时官户科给谏。殿试第二甲第四十七名，赐进士出身。朝考论一、诏一、疏一、诗一，钦取第二十一名，引见改翰林院庶吉士，寻派习清书。大教习师，其一初为大宗伯德文庄公，讳德保，满洲镶白旗人，乾隆丁巳进士；继为相国阿文成公，讳阿桂，满洲正白旗人，乾隆戊午举人。其一为钱箨石先生，讳载，浙江秀水籍，乾隆壬申进士，官少宗伯。小教习为富竹轩先生，讳富炎泰，满州镶蓝旗人，乾隆丁丑进士，官翰林侍读学士。是科状元戴莲士先生衢亨亦习清书，约余同学。冬十月，弓宜人携子女至京，姪朝鸾偕来，余课读如初。

四十四年已亥二十九岁。

朝鸾应试补附学生。是年，恭遇覃恩，先祖先君子俱邀敕赠儒林郎、翰林院庶吉士，祖母雒太孺人、前母王太孺人、母贾太孺人俱赠太安人。

四十五年庚子三十岁。

春二月，高宗纯皇帝南巡，恭进诗册。四月散馆，列二等第一名，引见授编修职。秋九月，请假省墓，适朝鸾乡试中式第五十七名举人。此子幼失怙，无兄弟，余自游宦以来，所至必携与俱，兹幸成立，继先人书香，闻之喜不自胜。抵里之日，拜先兄赞亭主，与孀嫂潘孺人相见，不觉涕之何从也。是年十月，弓宜人以产后失调病卒，兄福亭为余聘刘氏婚。

四十六年辛丑三十一岁。

二月，刘宜人来归余，年十八。宜人父讳煜，世居平定州河底镇，乾隆丁巳进士，官湖北宜昌司马、署汉阳太守，母宜人，兄贡生培和。四月，兄贯亭于会试后大挑一等，签掣山东试用，时从兄树桧任直隶清河令，余以送兄贯亭赴东，便道过其署相见，留十余日，甚欢，商定他时建立宗祠事。会内兄弓子固与其从兄泉冈太守招余至永平署中，为山海关之游，乃至临榆海上，登澄海楼观日出。夜夏方半，东方云气赪黑，已乃递变朱碧黄色，日隐隐自水中涌出，不可逼视，但见百道金光激射天半，波涛奔拥，烟霞变幻，千态万状，不可缕述，洵钜观也。九月，假满还京供职，充武英殿纂修《四库全书》分校官。十月，刘宜人携子女至京，朝鸾仍来从学。是年秋，兄贯亭补山东嘉祥令。

四十七年壬寅三十二岁。

充国史馆纂修官。先是，奉旨创立《蒙古王公表传》，武进管先生干贞纂传数篇，奉差离馆，时无锡相国嵇文恭公为总裁，知余谙习清文，派令接纂是书。余既任事，通核立传体例，计内札萨克凡四十九旗，外札萨克若喀尔喀土谢图汗、车臣汗、札萨克图汗、赛因诺颜，若青海、若阿拉善、若土尔扈特，多至二百余旗，以至西藏及回部，均应立总传、分传。羌无故实，文献奚征，虽有钞送旗册，杂乱纠纷，即人名亦难卒读，无可作据。乃悉发大库所贮清字红本，督阅搜查，凡有关于外藩事迹者，概为检出，以次覆阅详校，择其紧要节目，随阅随译，荟萃存作底册，以备取材。每于灰尘坌积中忽有所得，如获异闻，积累既久，端绪可寻，于是各按部落条分缕析，人立一传，必以见诸《实录》红本者为准。又以西北一带山川疆域，必先明其地界方向，恭阅《皇舆全图》，译出山水地名，以为提纲。其王公等源流支派，则核以理藩院所存世谱订正勿讹。如是者八年而书始成，时与余同修此书者，惟检讨郭可之在迤一人耳。

四十八年癸卯三十三岁。

正月，第二子宣藻生，后于癸丑年病殇，年十一。是年，同人作文字会，余与编修孙敬轩希旦、吴古余舒帷、颜酌山崇沩、吴朴园鼎雯、冯鱼山敏昌、王乙斋天禄、钱次轩杙、检讨李墨庄鼎元、驾部邵楚帆自昌、韩聘之汤衡皆预焉，间数日一聚，讨论商榷，上下古今，极友朋之乐。农部管辊山世铭别选《戊戌房书》行于世。

四十九年甲辰三十四岁。

《四库全书》告成，议叙，纪录二次。是年，高宗纯皇帝诣盛京谒陵，恭进诗册。

五十年乙巳三十五岁。

二月，奉旨大考翰詹诸臣于乾清宫，赋一、论一、七言律一，余列二等第十六名，遇有坊缺，吏部夹单开列请旨。是年，高宗纯皇帝南巡，恭进诗册。

五十一年丙午三十六岁。

五月，第三子寀藻生。

五十二年丁未三十七岁。

充国史馆提调兼总纂官。国史，三品以上大臣事迹多者，例得立传。惟查辑必以官书为据，私家撰述不得阑入。册籍纷如，易有舛漏。余在史馆久，国初掌故尚能熟悉贯通，必详必慎，所进书未尝有误，每辰入西归，虽风雨寒暑无间。稽文恭公知余勤劳，深为器重。公讳璜，江苏无锡籍，雍正庚戌进士。是年，兄贯亭调任汝上令，越年余，因公离任。

五十三年戊申三十八岁。

秋八月，国学丁祭，余以资俸较深，轮充分献官，行礼于崇里祠西庑，诗以志事，有"今日方能入圣门"之句。是年，本族宗祠落成，余撰族谱一册，寄藏祠中。

五十四年己酉三十九岁。

《蒙古回部王公表传》书成，仰蒙钦定，凡一百十二卷。奉旨议叙，加一级，纪录二次。初，是书因属创立，又须清汉合璧，需用人多，翻译、收掌、誊录、供事人等二百余名，自备资斧，在馆效力十年于兹。书既成，循例开单请叙，总裁阿文成公、嵇文恭公、彭文勤公皆允代奏，独和相坤不肯，以蒙古字未译为词。余言蒙古字乃理藩院续办之事，非史馆所能越俎，且查各馆定例，誊录、供事悉给公费，每居五年，议叙一次，今此书效力人员，本系自备斧，不给公费又越十年之久，著有微劳，勤苦可悯，若不奏请鼓励，未足以昭平允。阿文成公以为然，乃得具奏，蒙恩给叙如例，或谓余忤和相意，将有不利，余曰职任提调，公事公言，利害非所计也。时居京察，掌院阿文成公、嵇文恭公保荐一等，以行走勤，慎才，具明练，注考，引见记名以道府用，仍加一级。是年四月，第二女生，长适候选兵马司吏目阎庭桩，为顺天府府尹阎公泰和子。阎公世居平遥县大阎村，乾隆壬辰进士。八月，充顺天乡试同考官，得士薛任之、汤开、顾履厚、王进祖、陈庭硕、方仲梓、王丹枫、方遵辙、卢承祖、寥守谦、恒山、惠琏、解玷、哈晋、嵩延、刘承祖，凡十六人。

五十五年庚戌四十岁。

坊局缺，出吏部夹单，具题"奉旨：祁韵士著补授右春坊右中允。钦此。"随具呈，谢恩。由军机处代奏，奉旨："知道了。钦此。"恭遇覃恩，先君子晋赠翰林院编修、右春坊右中允。余本身妻室，应得封典，呈请貤封。兄福亭由府照磨貤封儒林郎、翰林院编修，嫂郭氏貤封安人。时《国史大臣列传》自雍正十三年以前通完纂竣，均蒙钦定，凡八百余篇。奉旨议叙，纪录二次。欣逢万寿大庆，恭进诗册。是年，第四子富藻生，越二年殇。子宬藻授室任氏，为本邑宗艾镇任公懋官女。

五十六年辛亥四十一岁。

四月，奉旨大考翰詹诸臣于正大光明殿，赋一、奏疏一、五言排律一、余列三等第十四名。引见以部属用签，分户部，在云南司主事上行走，前次丁巳大考，开坊翰林由四品降改者补郎中，五六品降改者补员外郎，其由编检降改者补主事。此次陆学士伯琨、法学士式善皆补员外郎，余与编修俞君廷榆等一体改补主事，皆和相珅所为也。阿文成公命余仍兼国史馆总纂。七月，管户部现审处，审办八旗争讼地亩田租之事。是年冬十月，第一孙世弇生，子妇任氏产后病殁。

五十七年壬子四十二岁。

二月，高宗纯皇帝巡幸五台，余由户部派往扈从，往返三十八日。秋，兼管捐纳房，寻随大宗伯纪文达公复校文渊、文源两阁四库书。

五十八年癸丑四十三岁。

六月，第五子寯藻生。上年，兄贯亭捐复原官，赴东候补，至是补博山令。

五十九年甲寅四十四岁。

十月，赴热河，复校文津阁四库书，十二月还京。

六十年乙卯四十五岁。

户部纂则例，充分纂官。八月，第三女生，越六年殇。

嘉庆元年丙辰四十六岁。

恭遇覃恩，先君子晋赠奉政大夫、户部云南清吏司主事，母晋赠太宜人。余得诰授奉政大夫，妻弓氏赠宜人，刘氏封宜人。是年二月，子宬藻继娶徐氏，为宛平徐公汝澜女。徐公寄居天津碾坨嘴，乾隆庚子进士，时官福建漳平令。

二年丁巳四十七岁。

二月，题补云南司主事。三月，子宬藻补附学生。五月，第四女生，字嘉庆辛未进士编修张公敦颐之子，张公世居平定州大杨泉。是年，兄福亭卒于家，年六十。兄家居，终身敦厚正直，举充乡饮大宾，为乡里所推重。子一：朝鸣，从九品。

三年戊午四十八岁。

是年，兄贯亭调任兰山令。

四年己未四十九岁。

正月，第二孙世庚生。是年，内外臣工言事者多漕仓之事，职隶滇司，每有条奏，分别准驳，呈常定稿。时成亲王总理户部，以余奏撰稿得体，屡蒙奖赞。冬，选授河南司员外郎，坐办云南司事。子寀藻由太学生报捐府检校候补。

五年庚申五十岁。

春，题授福建司郎中，充则例馆提调，仍坐办云南司事。两年以来，漕仓章程，奏明改定，择其要者，辑为《己庚编》一册，别撰《滇司职守说》悬于司堂之壁，以纪其事。八月，充顺天乡试同考官，得士费士玑、叶有和、叶玢玉、辂恒福、陆佳栋、罗嘉元、朱垂广、沈用维、马应熊、鹿庭芳、文雅、英瑞、刘济川，凡十四人。是年，恭遇覃恩，先祖、先君子俱晋赠朝议大夫、户部福建清吏司郎中，祖母、母俱晋赠太恭人。

六年辛酉五十一岁。

三月，上谒东陵，奉派扈从，往返十八日。时届京察，保荐一等。四月，引见，加一级。七月，保钱局监督引见。奉旨："宝泉局监督差着祁韵士去。钦此。"仍兼本部行走。十一月，第六子宿藻生，聘湖南候补知县王公万龄之女。王公世居太原省城。是年，子寀藻授室刘氏，为平定生员刘公元春女。刘公世居河底镇，与内兄刘育堂同族。子宬藻补增广生，选拔副贡。

七年壬戌五十二岁。

郎中俸满，截取保繁缺，知府引见，记名候陞。子宬藻考取实录馆誊录候补。是年秋，兄贯亭卒于兰山官署，年六十一。忆少小时，随兄读书，昕夕不离，厥后出门就馆以及供职京师，亦时相追随，未尝远隔。自辛丑岁，兄作宰齐鲁，各宦一方，始仅以尺札代面。戊申、己酉间，兄卸任入都，相依二载。壬子岁复官，旋又别去，十年之间，不获一晤，遂尔永别，每一念及，为之酸鼻。见官东省二十年，历任四邑，所至爱民以实，约束胥吏以严，民为衣伞颂德。性清介，卒之日，一无所有，眷属几不能归。子二：朝鸾补县丞，朝挚太学生。

八年癸亥五十三岁。

七月，差满回部供职。

九年甲子五十四岁。

局库亏铜案发，历任监督奉旨逮问治罪，余名亦在牍中。向来监督交代，仅凭册造出结，相沿致误，追悔莫及。

十年乙丑五十五岁。

二月，同案监督五灵泰遣子申诉，钦派大臣复讯。奉旨："五灵泰发往热河效力，宗室凤麟、遐龄，丁树本、董成谦、祁韵士均发往伊犁当差。钦此。"是月十八日由京启行，七月十七日到戍，将军松湘浦先生派充印房章京。自余西行后，眷属归里，子宬藻以充补实录馆誊录留京。八月，第三孙世龄生。

十一年丙寅五十六岁。

公事之暇，闭户读书，受业者熙庆、复蒙、善祺、丁廷荩凡四人。

十二年丁卯五十七岁。

创纂《伊犁总统事略》十二卷，别摘山川疆域为《西域释地》二卷。是年，子宬藻议叙，分发四川候补盐大使，子寯藻补附学生，第四孙世舒生。

十三年戊辰五十八岁。

七月期满，蒙恩释，令回籍。十月二十日，由伊犁启行，次年三月初八日抵里。是役也，驱驰万里，备述所经，有《万里行程记》《濛池行稿》及《西陲百咏》诗刻。子寯藻补廪膳生。

十四年己巳五十九岁。

三月，子寯藻授室曹氏，为平定曹公玉树女，曹公乾隆庚子进士，官浙江衢州太守。四月，孙世弇授室潘氏，为本邑罗城生员潘君淑英女。十月，万寿圣节，入都恭进诗册，随班行礼。十一月，旋里。

十五年庚午六十岁。

松湘浦先生调任两江总制，招余襄理幕务。二月，至清江浦，四月至江宁。是年，孙世弇补附学生。子寯藻举优贡生，乡试中式第十一名举人。

十六年辛未六十一岁。

二月，由江宁旋里。三月，访张筠圃方伯于太原，留课其子张承恩、张汲读。筠圃寻擢湖北中丞，余以不习南中水土未赴。七月，陕甘制府那绎堂先生约余至署授读。十月，携第五子寯藻抵兰，令偕门人容安、容恩读书。是年，有《平舒山庄六景诗》刻。

十七年壬申六十二岁。

兼充兰山书院山长。是年，孙世弇补增广生。

十八年癸酉六十三岁。

四月，诸生感余教泽，为制"西河楷模"额，悬讲堂中，列名者，举人俞登渊、赵连魁、彭鹤龄、李德元，副榜朱庆元、史宝，拔贡马疏、韩秉太、王者佐、滕成章、张应兰，优贡翟敏德，廪生张振濯、赵涧等一百五十人。六月，第一曾孙友准生。

十九年甲戌六十四岁。

闰二月，绎堂先生移节保阳，寓书见招，仍至署中课读，以第六子宿藻、长孙世弇随，兼充莲池书院山长。四月，子寯藻会试中式第九十七名，复试一等第十八名，殿试第二甲第三名，赐进士出身，朝考第十一名，引见改翰林院庶吉士。余以戊戌通籍，今寯藻又以甲戌入翰林，两世清华，贺者多谓余有积德。自揣耿介愚直，毫无可称，惟顶戴天恩祖佑，勖子敦品励志耳。

此府君自订年谱也，呜呼！痛哉！孰意至此遂绝笔耶。不孝宬藻等方冀年复一年，长依膝下，孰意府君竟弃不孝等而长逝耶，呜呼！痛哉！谨和泪濡血附志数言于简末。府君既以甲戌春来保阳，旋闻不孝寯藻成进士、入词馆，甚喜，手书寄谕曰："余族自十世后肇启书香，及余身罔敢失坠，汝祖尝言：'吾子孙若皆力学敦品，书种子不继绝，足矣。'今汝幸获寸进，当思继祖父之业。勉之哉，毋堕乃志。"不孝寯藻谨受命，志之不敢忘。自是府君气体愈加健爽，授及门静止、湛园两昆季经史之学，口讲指画，昕夕不倦多年，师弟相得益亲。又以莲池书院为畿辅首善之区，人才杰出可造就者甚众，每月更增课期，逐卷必详加评削，复面为训迪，以故诸生悦服，士风大振。八月，不孝寯藻请假省亲至保阳，见府君动履矍铄，私心窃愉快焉。九月，不孝寯藻归里将母，府君率不孝宿藻及长孙世峹于岁杪亦同西旋，举家团聚，舞彩承欢，一门之内，雍雍如也。府君前岁馆兰阳，以积劳故患腰痛，旋服药有效。比年来旧恙时作时止，府君初不介意，然精神亦渐减。是岁十二月旋里后，因劳困感風风，累日不思饮食，转成疟疾，不孝等心神焦灼，急延医诊视，百计调理。至今岁正月间，渐就平愈，时那绎堂制府复寓书见招，府君以病体既痊，即于二月十九日束装就道，既登舆，顾家人曰："吾自揣精力尚健，又善饭能睡，不露十分老态，汝辈勿念也。"不孝等闻命唯唯，喜惧交集。孰意府君抵保仅十余日，疟疾复发，遍体冷汗大作，至五六次，医言内脉已亏，又婴外感，投以参苓，竟无微效，呜呼！痛哉！府君竟弃不孝等而长逝耶。府君痛于嘉庆二十年三月二十五日未时寿终于保阳书院正寝，享年六十有五。不孝宬藻自乙丑岁叩送府君西行后，旋即远宦川省，十载之中，天涯暌隔，生不能亲色笑，没不能视含敛，终天抱恨，何以为人。不孝宷藻居家奉母，又不获躬侍府君朝夕尽养。不孝寯藻去岁请假回籍，数月以来，奔走之日多，定省之日少。不孝宿藻年幼无知，随侍府君，不能慎选名医上药，悉心调治，以致府君病势日臻遂不起。呜呼！痛哉！不孝等罪深孽重，擢发难数，复何面目偷延视息于人世耶。先是，府君至保阳，不孝等恐病后体弱，元气未复，旧症易于触发，因检治疟诸方，府君所服之有效者，令世峹持往侍奉，讵世峹抵保时，府君病已沉剧，越一日，遂溘然见背。呜呼！痛哉！不孝宷藻、寯藻在籍闻讣，星夜奔丧，偕不孝宿藻及长孙世峹匍匐扶柩归里，一切后事幸完善免遗悔，皆绎堂制府提携轸恤之力也。当府君疾作，犹以书院课卷数百本置枕边，手自评定，时惓惓静止、湛园昆季学业，神气言笑如平日，略无一语及家事，盖素性淡定如此。府君孝友肫笃，每与不孝等言及先大父大母事，辄泣下不能成声。又尝撰先二伯父墓表云：人到中年忧伤多，故鸰原之感尤所惊心。回忆少小时，雁行追随杳不可得，洒涕黄泉，思为一诉。呜呼！至性所寓，时流露于言语笔墨间若此。府君一生淡泊俭素，无所嗜好，性敏毅，读书必窥其大，每览一编，捷如扫叶，尤喜谈史事于断烂中，别具特识。居官二十余年，清慎介直，不避艰苦，以在史馆久，凡国初掌故及满州蒙古王公世家爵里世系与夫西北边疆地理形势，熟悉贯通，了如指掌。著有《西陲总统事略》《西域释地》《万里行程记》《已庚编》《书史辑要》《珥笔集》《袖爽轩文集》《覆瓿诗集》《筠渌山房试帖》《濛池行稿》《西陲百咏》，其余《访山随笔》《杂录》及采摘诸家纪载汇集成卷者共十余种。伏念府君立身行己之大，服官勤政之要，若不即今阐述一二，不孝等罪戾滋大，谨泣录府君自订年谱授梓。至府君嘉言懿行，谱中未载者尚多，他日当别辑家传补之。不孝等苫块昏迷，语无伦次，伏冀大人先生俯鉴哀忱，锡之铭诔，以光泉壤，不孝等世世子孙感且不朽。

慈命称哀 哀孤子 宬宋寯宿 藻泣血谨志

参考文献

专著

[1]　王云红.清代流放制度研究[M].北京:人民出版社,2013.

[2]　赵尔巽.清史稿[M].北京:中华书局,1977.

[3]　星汉.清代西域诗研究[M].上海:上海古籍出版社,2009.

[4]　祁韵士著、刘长海整理.祁韵士集[M].太原:三晋出版社,2015.

[5]　修仲一、周轩.祁韵士新疆诗文[M].乌鲁木齐:新疆大学出版社,2006.

[6]　张廷玉.明史[M].北京:中华书局,1974.

[7]　施补华.泽雅堂文集[M].北京:朝华出版社,2018.

[8]　郭茂倩.乐府诗集[M].北京:中华书局,2017.

[9]　李白著、王琦辑注.李太白全集[M].北京:中华书局,2011.

[10]　杜甫著、萧涤非主编.杜甫全集校注[M].北京:人民文学出版社,2014.

[11]　苏轼著、王文诰辑注.苏轼诗集[M].北京:中华书局,1982.

[12]　星汉.清代西域诗辑注[M].乌鲁木齐:新疆人民出版社,1996.

[13]　吴蔼宸.历代西域诗抄[M].乌鲁木齐:新疆人民出版社,2001.

[14]　徐松著、朱玉麒整理.西域水道记(外二种)[M].北京:中华书局,2012.

[15]　陈尚君.旧五代史[M].北京:中华书局,2016.

[16]　司马迁.史记[M].北京:中华书局,2016.

[17]　陶渊明.陶渊明全集[M].上海:上海古籍出版社,2015.

[18]　李煜著、王兆鹏导读.李煜词集[M].上海:上海古籍出版社,2009.

[19]　伏胜著、杨峰校注.尚书大传[M].济南:济南出版社,2019.

[20]　周轩.纪晓岚新疆诗文[M].乌鲁木齐:新疆大学出版社,2006.

[21]　周轩、刘长明.林则徐新疆诗文[M].乌鲁木齐:新疆大学出版社,2006.

[22]　万丽华、蓝旭译注.孟子[M].北京:中华书局,2016.

[23]　焦竑著、李剑雄点校.澹园集[M].北京:中华书局,1999.

[24]　史善长.轮台杂记[M].兰州:甘肃人民出版社,2003.

[25]　叶蓓卿译注.列子[M].北京:中华书局,2016.

[26]　徐元诰.国语集解[M].北京:中华书局,2002.

[27]　孙通海辑注.庄子[M].上海:上海古籍出版社,2016.

[28]　柯宝成.李清照全集[M].武汉:崇文书局,2010.

[29]　刘熙.释名[M].北京:中华书局,1985.

[30]　韩愈.韩愈文集汇校笺注[M].北京:中华书局,2010.

[31]　杨钟健.西北的剖面[M].北京:生活・读书・新知三联出版社,2014.

[32]　骆玉明.诗经[M].西安:三秦出版社,2018.

[33]　李时珍著、吴少祯整理.本草纲目[M].北京:中国医药科技出版社,2016.

[34]　周生春辑注.吴越春秋辑校汇考[M].北京:中华书局,2019.

[35]　郦道元著、陈桥驿译注、王东补注.水经注[M].北京:中华书局,2016.

[36]　葛洪.抱朴子[M].上海:上海古籍出版社,2018.

[37]　陈广忠.淮南子[M].北京:中华书局,2016.

[38]　顾迁校注.尚书[M].北京:中华书局,2016.

[39]　孔颖达疏.尚书正义[M].上海:上海古籍出版社,2007.

[40]　王文锦译注.礼记译解[M].北京:中华书局,2016.

[41]　郭丹译注.左传[M].北京:中华书局,2016.

[42]　耶律楚材.湛然居士集[M].北京:中国书店,2018.

[43]　沈谦.填词杂说[M].北京:中华书局,2005.

[44]　朱碧莲、沈海波译.世说新语[M].北京:中华书局,2011.

[45]　刘禹锡.刘禹锡诗全集[M].武汉:崇文书局,2013.

[46]　谢永芳编著.元稹诗全集[M].武汉:崇文书局,2016.

[47]　王士祯.香祖笔记[M].北京:中国书店,2018.

[48] 李山、轩新丽译注. 管子[M]. 北京:中华书局,2019.

[49] 陈寿著、栗平夫,武彰译注. 三国志[M]. 北京:中华书局,2009.

[50] 谢彬著、杨镰,张颐青辑注. 新疆游记[M]. 乌鲁木齐:新疆人民出版社,2010.

[51] 朱玉麒等整理、王树枏等纂修. 新疆图志[M]. 北京:社会科学文献出版社,2017.

[52] 高华平、王齐洲、张三夕译注. 韩非子[M]. 北京:中华书局,2016.

[53] 范成大著. 范石湖集[M]. 上海:上海古籍出版社,2006.

[54] 钟兴麒等校注. 西域图志校注[M]. 乌鲁木齐:新疆人民出版社,2002.

[55] 和宁著、孙文杰辑注. 回疆通志[M]. 北京:中华书局,2018.

[56] 杨天宇译注. 周礼译注[M]. 上海:上海古籍出版社,2016.

[57] 魏源著. 魏源集[M]. 北京:中华书局,2018.

[58] 黄怀信辑注. 逸周书汇校集注[M]. 上海:上海古籍出版社,2007.

[59] 欧阳询. 宋本艺文类聚[M]. 上海:上海古籍出版社,2020.

[60] 陶宗仪著、徐永明,杨光辉整理. 陶宗仪集[M]. 杭州:浙江古籍出版社,2014.

[61] 庾信著、陈志平校注. 庾信诗全集[M]. 武汉:崇文书局,2017.

[62] 李小龙辑注. 墨子[M]. 北京:中华书局,2016.

[63] 韩愈. 韩愈文集汇校笺注[M]. 北京:中华书局,2010.

[64] 洪兴祖. 楚辞[M]. 上海:上海古籍出版社,2019.

[65] 王粲著、夏传才校注. 王粲集校注[M]. 石家庄:河北教育出版社,2013.

[66] 崔颢著、万竟君校注. 崔颢崔国辅诗注[M]. 上海:上海古籍出版社,1982.

[67] 李心传. 建炎以来系年要录[M]. 上海:上海古籍出版社,2018.

[68] 罗积勇. 用典研究[M]. 武汉:武汉大学出版社,2005.

[69] 黄庭坚. 黄庭坚诗集注[M]. 北京:中华书局,2003.

[70] 杨天才译注. 周易[M]. 北京:中华书局,2011.

[71] 王立. 心灵的图景——文学意象的主题史研究[M]. 上海:学林出版

社,1999.

[72] 刘义庆.世说新语[M].北京:中华书局,2006.

[73] 周轩、高力.清代新疆流放名人[M].乌鲁木齐:新疆人民出版社,1994.

[74] 袁行霈.中国诗歌艺术研究[M].北京:北京大学出版社,1987.

[75] 刘勰著、范文澜注.文心雕龙[M].北京:人民文学出版社,1958.

期刊

[1] 李兴盛.黑龙江流域文明与流人文化[J].学习与探索,2006(2).

[2] 彭卫.中国古代咏史诗歌初论[J].史学理论研究,1994(9).

[3] 孙明君.酒与魏晋咏怀诗[J].清华大学学报,1999(1).

[4] 戴伟华.独白——中国诗歌的一种表现形态[J].中国社会科学,2003(3).

[5] 付静.盛唐边塞诗蕴含的军事美及其现代启示[J].南京政治学院学报,2009(2).

[6] 夏汉宁、黎清.宋代江西文学家的诗创作[J].江西社会科学,2015(7).

[7] 程章灿."树"立的六朝:柳与一个经典文学意象的生成[J].北京大学学报,2011(2).

[8] 关传友.中国植柳史与柳文化[J].北京林业大学学报,2006(4).

[9] 郑军里.众里寻他千百度——用传统意象理论指导中国画创作[J].南方文坛,1994(2).

[10] 张顺兴.试析创制诗作意象的方法及其意象类型[J].延边大学学报,2003(2).

[11] 金美芳.中国意象认识论视域中的心理学之观照与改造——兼论心理学的整合与中国化[J].新疆师范大学学报,2011(5).

[12] 袁海俊.论苏轼词的雪意象[J].乐山师范学院学报,2013(2).

后　记

距离该书稿完成，已经过去五个年头了，但迟迟未交稿，是由于个别注释未与纸质版古籍核实页数，心里始终放心不下，怕有疏漏。我于2011年1月做了剖宫产手术，产后马虎大意，得了严重的月子病，最严重时上半身无知觉，躺了半年之久。在我身体最糟糕时，我的导师高长山老师、星汉老师鼓励我、帮助我，让我得以完成博士学业，若是没有他们的指导和帮助，该书无法完稿，该书稿是在博士毕业论文的基础上修改完成的。期间，我的同门周燕玲、吴华峰、朱丽娟以及研究生同学孙文杰等人都给予了我很多无私的帮助，特别感谢他们！

　　一开始定选题时，我最先选定伊犁流人洪亮吉西域诗歌研究，因为洪亮吉的诗歌情感表达外露，读来荡气回肠，让人为其流放命运唏嘘不已！洪亮吉的诗歌很好理解，我也能读得很透！但我的同门朱丽娟告诉我，容易解读的不一定是最好的选题，也许难解的诗研究起来才更有意义！加之洪亮吉从流放到回乡，在伊犁停留短短三个月，研究他的心理历程没有足够的说服力。深思之下，我很赞同她的观点。于是，我果断更换为伊犁流人祁韵士西域诗歌研究。该选题得到了导师的认可后，我开始动笔直至完稿，历经7个月，书稿终于完成。后因为种种原因，中间两万字关于文化的论述删除了。

　　因为身体原因，我不能出门查阅资料，该书稿需要收集、整理和统计大量文本资料，这些工作均由我的爱人任刚完成，因此，该书稿作者署名两人。这是我们的第一部学术著作，书中专业研究水平还很欠缺，但却饱含了我们对西域文学的热爱，我们一定会继续努力，提高学术水平，做一个合格的科研人，负重前行，不负韶华。

李彩云

2023 年 9 月 10 日写于伊犁师范大学